茂吉歌碑を訪ねて

沼沢 修

現代短歌社

序に代えて

歌誌『楡ＥＬＭ』に毎号寄せて頂いた「茂吉歌碑を訪ねて」が、いよいよ最終回を迎えるとのことでショックを受けております。

想えば十年近く前でしょうか、学士会短歌会の会合の日の午頃、神保町のそば屋で沼沢さんとご一緒したのがきっかけでした。東北育ちなので、ここのそばが好きと言われ、それから沼沢さんが茂吉に精通しておられることを知って、気軽に文章をお願いしたのです。

その結果、最初は短い文章でしたが、次第に詳しい旅行記となり、ついには「平成の奥の細道」と言ってよい内容となりました。兎に角、実に丹念な旅行記を丁寧な原稿として頂戴し、編集委員一同どんなに感謝したことか。

この度、沼沢さんが『茂吉歌碑を訪ねて』を出版されることになりました。心からお祝い申し上げます。

長田《おさだ》　泰公《やすたか》

目次

カバー　蔵王熊野岳山頂歌碑「陸奥をふたわけざまに聳えたまふ蔵王の山の雲の中にたつ」より
画像提供／斎藤茂吉記念館

茂吉歌碑を訪ねて

凡例

※校訂は原則として底本どおりとしました。但し、旧漢字、旧かなづかいの引用文は文語・文語調のものを除き、原則として新字体・新かなづかいとしました。
※引用に際してはその都度記しました。
※執筆以前の故人、歌碑建立者等につき、原則として敬称を省略させていただきました。
※文中の一部に、今日においては不適切と思われる表現・用語がありますが、引用文の原作にもとづくものであることをお断りします。
※斎藤茂吉歌碑の短歌の記載については、原則として茂吉自筆の色紙・短冊等の原稿に基づいて歌碑に刻まれた文字の表記を採用しました。したがって、『斎藤茂吉全集』(岩波書店)の表記と異なる場合があります。

第一回　聴禽書屋（山形県）

最上川逆白波《さかしらなみ》のたつまでにふぶくゆふべとなりにけるかも
最上川の上空《じやうくう》にして残れるはいまだうつくしき虹の断片《だんぺん》　茂吉

これらの短歌は歌人斎藤茂吉の代表作としてだれでも知っているが、どのような状況で詠まれたかを知る人は少ないと思う。

山形県北村山郡大石田町に、大石田町立歴史民俗資料館がある。ここには太平洋戦争後の混乱期である、昭和二十一年二月一日から二十二年十一月三日までの間、茂吉（六十三〜五歳）が疎開中に住んでいた木造二階建家屋一棟が当時のまま大切に保存されている。二藤部兵右衛門《にとべひょうえもん》家の離れだったこの建物を、茂吉は「聴禽書屋《ちょうきんしょおく》」と名づけた。ここはいつ行っても訪問者が少なく、茂吉の気配が残っている。

七十歳九ヶ月の生涯を送った茂吉の代表歌集『白き山』にある冒頭の秀歌が聴禽書屋で詠まれた事実に思いを馳せると、タイムスリップしたような錯覚におちいる場所である。

戦火で東京青山の自宅と経営する脳病院が焼失した。茂吉は戦争の混乱を逃れて家族と離れ、故郷山形県に疎開してきた。その頃の茂吉は、戦争に積極的に協力する短歌を詠んだとして世論の批判にさらされていた。疎開先の大石田で肋膜炎を病み生命の危険が迫ったが、大石田の人々の親身な世話に支えられて肉体的にも精神的にも回復、再生したのであった。（私の伯母は、聴禽書屋の近所に嫁いでいたので当時の茂吉を身近に知っていた。）

歌人としての円熟期を迎えていた茂吉がそのような境遇の中で詠んだ『白き山』の世界が、現存する聴禽書屋だけでなく当時と自然環境がさほど変わらない大石田に今も色濃く漂っている。

聴禽書屋の中から窓越しに見る庭には、茂吉自筆の以下の歌を刻んだ歌碑が建っている。（昭和五十一年五月建立、歌集『白き山』）

蛍火《ほたるび》をひとつ見いでて目守《まも》りしがいざ帰りなむ老の臥処《ふしど》に　茂吉

夏の宵闇に灯るようにとんでいる蛍に、ひとり東京を離れて疎開している老境の自分を重ね合わせて、孤独な心境がひとりごとのように語られている。自然と自己が一体となって胸に迫るものがある。

茂吉は短歌を詠む心構えとして実相観入を提唱したが、この蛍火の短歌はその典型例といえる。

少年時代に画家になりたかった茂吉は、聴禽書屋の庭に咲く白牡丹の絵を描き残している。その折、以下の歌を詠んだ。

近よりて我は目守《まも》らむ白玉の牡丹の花のその自在心《じざいしん》　茂吉

花のうつくしい芯を「自在心」と捉えたところに実相観入を感じ取ることができる。

聴禽書屋から、山形県の母なる川である最上川の岸辺まで徒歩数分で着く。冒頭の「逆白波」の歌は、万葉調と近代短歌の融合を示す代表作といえる。（歌碑は茂吉の墓がある乗船寺《じょうせんじ》境内にある。昭和四十八年二月建立）

佐藤佐太郎は、『茂吉秀歌下巻』（岩波書店）の中でこの歌を以下のとおり評している。

「歌は蒼古で新鮮な万葉調で、単純に線が太い。『逆白波』という造語がいいが、一首の味わいは、この語によって簡潔のうちに豊富になっている。〈中略〉『けるかも』は万葉調の典型といってもいいが、この作者といえども、しばしばは用いていない。それは『万葉集』との時代のへだたりが、いよいよ遠くなったためだが、しかし、この歌のように力量と用意があれば生かすこともできる。」

大石田で親身に茂吉の世話をした板垣家子夫《かねお》は、この一首ができた時の様子を以下のとおり書いている。

（『斎藤茂吉随行記　大石田の茂吉先生』）

「あの時は四人が、大橋に行く角を曲ってすぐ、私は何の気なしに、『先生、今日は最上川にさか波が立ってえんざいっす。』と言うと、先生は私の左腕を引張るようにして、『板垣君、君ちょっと。』と歩みをとどめさせ、哀草果氏とカクにさんが先に行くのを待って、『君、今何と言った。』

『はあ、今言ったながっす。はいつぁ最上川さ、逆波立っているって言ったなだっす。』

先生の顔をいぶかるように見ながら答えた。すると、先生はにらむような眼をして、強く、

『それだからいけない、君は。君には言葉を大切にしろと今まで何度も語ったはずだ。君はどうも無造作過ぎる。そうした境地の逆波という言葉は君だけのものだ。それを少しも大切にしない。粗末にしてしまうから、人に取られてしまうんだ。それから後悔したんでは遅い。その時はもう君のものでなくなってしまう。今の君の言った言葉は哀草果に聞かれてしまっている。見らっしゃい。哀草果は必ず作ってよこすから。造語は一生に一度、使って二度ぐらいに止めるもんだっす。大切な言葉はしまっておいて、決して人に語るべきものではないっす。』

と、きびしく私に訓戒した。言われて私もやっと解ったものの、この地方では、『さかさ波』、『さかさま波』と常に言っており、それを私が『さか波』と言っただけで、至って軽い気持ちから言ったのである。」

茂吉の歌に対する姿勢や情熱がいきいきと伝わって来るエピソードである。真冬の吹雪のときに大石田大

橋に実際に立ってみると茂吉の実相観入の境地を実感することができる。

元禄二年夏、山寺をたって大石田を訪ねた松尾芭蕉は、『おくのほそ道』に以下のように記している。

「最上川乗らんと大石田といふ所に日和を待つ。〈中略〉道しるべする人しなければと、わりなき一巻残しぬ。このたびの風流ここに至れり。」

茂吉は最上川の短歌をたくさん詠んで『白き山』に残している。最上川の岸辺を歩いていると、「五月雨をあつめてはやし最上川」の名句を残した芭蕉に挑戦して短歌を詠んだであろう茂吉の熱情が胸に迫ってくる。

近年、山形県では最上川の景観を世界文化遺産に登録してもらおうと積極的に運動している。登録の有無にかかわらず、芭蕉や茂吉の遺した詩歌の言霊が最上川流域の自然と一体となって語りかけてくる。最上川流域の風土が、おカネやモノだけではみたされない現代人の心を癒してくれる。

最後に、一首書かせていただき第一回目の筆を擱きたい。

ふぶきて茂吉のうたの言霊のひびくをおぼゆ冬最上川　修

平成二十二年二月七日

第二回　猿羽根峠（山形県）

私が短歌を詠み始めたのは、高校一年生の秋だった。郷里の山形県北にある猿羽根《さばね》峠に建つ斎藤茂吉の歌碑を見て、「いつか茂吉のように歌を詠んでみたい」と感動したことがきっかけだった。

この歌碑には、茂吉自筆の以下の歌が刻まれている。（「短歌拾遺」昭和二十一年、昭和三十年十月建立、建立者舟形町観光協会）

もみぢ葉のすがれに向ふ頃ほひにさばね越えむとおもふ楽しさ　茂吉

猿羽根峠は、元禄二年夏、松尾芭蕉が門人曾良と二人で『おくのほそ道』の旅の途中に越えたところである。猿羽根峠には縁結び、子育てにご利益のある地蔵堂がある。茂吉の歌碑は地蔵堂に向かう古い石段の傍らに、北に大きく蛇行する最上川を見下ろすようにして建っている。

地蔵堂は地元の名所なので幼時の頃から家族に何度か参拝に連れて来られた記憶がある。訪れる人は少ないが猿羽根峠からは月山、鳥海山もはるかにあらわれて眺望のよいところである。

大石田の人々の親身な世話により病が癒えて健康を回復した茂吉は、昭和二十二年春、大石田の雪が解けて以降、山形県内の酒田、山形（結城哀草果宅）、新庄や秋田県の八郎潟、田沢湖等に小旅行をした。同年五月二十九日、茂吉は猿羽根峠を徒歩で越えている。

茂吉は、随筆「猿羽根峠」にこの日のことを以下の通り書いている。

「時は晩春新緑の好日、ヤマウツギの花が、いたるところに咲きみだれて居る。杜鵑が直ぐ目のまえを啼いて飛ぶ。郭公もひっきり無しに啼く。」

『白き山』にはこのときに詠んだ歌が以下を含めて十七首収められている。

こほしかる道とおもひて居りたりしさばねの山をけふ越えむとす

猿羽根峠のぼりきはめしひと時を汗はながれていにしへ思ほゆ

元禄のときの山道《やまぢ》も最上川ここに見さけておどろきけむか

雪しろき月読の山横《よこ》たふをあなうつくしと互《かたみ》に言ひつ　茂吉

これらの歌から、疎開時代の茂吉が芭蕉を強く意識して歌を詠んでいたことがわかる。

戦争の混乱を避けて東京から山形県に疎開していた茂吉は、敗戦後になぜ郷里の上山金瓶を引きあげて県北の大石田に移り住んだのだろうか。

地元では、芭蕉が大石田に逗留して詠んだ「さみだれをあつめて涼し最上川」の句や、本合海《もとあいかい》（新庄）から最上川を実際に舟で下った体験から詠んだ句、「さみだれをあつめて早し最上川」が、茂吉の念頭にあったからだと言われている。茂吉の芭蕉に対する追慕の気持と、芭蕉の俳句に対して短歌をもって挑戦しようとする気持があったことは多くの研究者が指摘しているところである。

『白き山』の後記に茂吉自身が書いた以下の一文から大石田移住の真意をうかがい知ることができる。

「大石田も尾花沢もまことに好いところである。それに元禄の芭蕉を念中に有つといよいよなつかしいところである。『最上川』一巻が無事現存しているし、又曾良の随行日記が発見せられたために、芭蕉の行動も一段と明かになったが、芭蕉は大石田から乗船せず、猿羽《さば》根《ね》越をして舟形に出たのであったが、その猿羽根越も明治に出来た新道に拠らなかったのであるから、山間の谿谷を縫い、峯を伝わって二人の乗った馬を馬子が導いたのであっただろう。そうして頂上に到ったとき、眼下に最上川の大きいうねりを見、葉山・月山の山貌の相並ぶさまを見た時には、芭蕉もおのずと讃歎の声をあげたに相違ない。しかし芭蕉はここでは句作をしなかったようである。」

芭蕉に想いを馳せながら猿羽根峠を越えて舟形に下りてきた茂吉は、小国川の岸辺に来て休息した。茂吉は随筆「猿羽根峠」の中で、以下のとおり書いている。

「私等は地蔵堂から下りて歩いた。ここからはくだりになって、間もなく舟形へ著く。今の国道のわきに近道があるのは、旧道で、芭蕉などの通ったのは大体この旧道であっただろうと想像せられる。」

「小国川は、最上川の支流で、陸前さかいから流れてくる清い急流であり、鮎がいまでも沢山に住む。」

私の実家は茂吉が通った旧道にある。茂吉の想像どおりなら芭蕉も実家の前を通っただろうと勝手に親しみを感じている。

茂吉は、この日、舟形で以下の歌を詠んだ。(『白き山』)

舟形にくだり来れば小国川《をぐにがは》ながれの岸にねむりもよほす

小国川宮城《みやぎ》ざかひゆ流れきて川瀬川瀬に河鹿鳴かしむ　茂吉

故郷の自然を詠んだ茂吉の歌が、高校生だった私の歌心を育んでくれたとひそかに茂吉に感謝している。

細川謙三氏は、『斎藤茂吉二百首』藤岡武雄編(短歌新聞社)の中で『白き山』の秀歌、「山鳩がわがまぢかくに啼くときに午餉《ひるげ》を食はむ湯を乞ひにけり」(「黒滝向川寺」十七首中の一首)に、以下の鑑賞を記している。ご参考に追記する。(この歌も芭蕉の足跡が残る場所で茂吉が詠んだ歌である。私の祖母はこの寺の近くで生れ育った。)

「連作のなかに『ひがしよりながれて大き最上川見おろしをれば時は逝くはや』、『元禄の二年芭蕉ものぼりたる山にのぼりて疲れつつ居り』があり、病気が快癒した茂吉を二人の親しい弟子が黒滝向川寺に誘った理由もわかる。要するにピクニックを兼ねた吟行である。したがって歌調も前の『春より夏』に比して平明で即物的だが、どこか伸び伸びとした気分が背後に感じられるだろう。上句に向川寺境内の即興をのべ、下句に自らの行動を叙するのは、いわば作歌技法の常套だが、結句の『乞ひにけり』で平明な流露感が出ているよう。」

最後に、『白き山』の故郷、すなわち私自身の故郷で私が茂吉を想って詠んだ歌三首を記し、第二回目の筆を擱きたい。

胸中に芭蕉をもちて越えゆきし茂吉を想う猿羽根峠に
ここに立ち鳥海山のうた詠みし六十五歳の茂吉したしも
茂吉愛でし瀬見のいで湯に身をひたし故郷の川の瀬音きく幸　修

平成二十二年三月二十八日

第三回　仙台（宮城県）

斎藤茂吉の歌碑の中では、「みちのくをふたわけざまに聳えたまふ蔵王の山の雲の中にたつ」（蔵王・熊野岳山頂）、「わが父も母もいまさぬ頃よりぞ湯殿の山に湯はわき給ふ」（湯殿山）などが有名である。

しかし、山形県の内外を問わず茂吉の歌とゆかりのある土地には、地元の人以外にさほどその存在が知られていなくても数多くの歌碑が建っている。茂吉が歌を詠んだその土地を訪ね、歌碑の前に実際にわが身を置いてみると、時空を超えて茂吉の言霊が聞こえてくる。本で読むのとはまた違う感動や楽しさを味わうことができる。

仙台市内に住む私は、休日、朝食前に二時間ほどウォーキングをしている。いくつかのコースの一つに、広瀬川の橋を渡って東北大学川内キャンパス（旧仙台城二の丸跡）を歩くコースがある。ここには阿部次郎東北帝大教授の『三太郎の日記』を記念して「三太郎の小径」と名づけられた道がある。欅や銀杏などの大樹の中に散策する人の思索を誘うように散歩道が整備されている。実は今朝も歩いてきたばかりなのだが、橡の大樹が花盛りだった。澄んだ空気の中に鶯が鳴き新緑がじつに気持ちよい。

茂吉の歌碑は、この小径を歩き視界が広がったところに仙台市街を見下ろすように建っている。歌碑には、活字で以下の歌が刻まれている。

わがこころ和《な》ぎつつゐたり川の瀬の音たえまなき君が家居に　茂吉

あいにくここまで広瀬川の瀬音は聞こえて来ない。丸みのある大きな石の歌碑の裏面には以下の文が綴られている。

「山形の生んだ不世出の歌人斎藤茂吉（明治十五年～昭和二十八年）は哲学者阿部次郎の招きにより昭和三年五月、東北帝国大学における講演のため来仙した。その折、広瀬川畔の阿部次郎宅に二泊し、次の五首（歌集『ともしび』所収）を詠んだ。〈一首前述〉

みちのくに来しとおもへば楽しかりこよひしづかに吾はねむらむ
さ夜ふけと更けわたるころ海草のうかべる風呂にあたたまりけり
朝がれひ君とむかひてみちのくの山の蕨を食へばたのしも
いとまなき吾なりしかどみちのくの仙台に来て友にあへるはや

同郷の二人の五十年にわたる友情を記念しあわせてその歌業を賛え、有志を計ってここに歌碑を建設した。

平成二年四月十五日　斎藤茂吉歌碑建設委員会」

右記の歌碑建設委員会のメンバーとして、扇畑忠雄、原田隆吉、大平千枝子（阿部次郎三女）など十名の方のお名前が刻まれている。

東北大学資料館（仙台市青葉区片平）の資料によれば、昭和三年五月、大学の文芸部長だった阿部次郎に文芸講演会の講師として招かれた茂吉は、「実朝の短歌」について講演し、柳田国男は「笑いの文学の起源」について講演している。

資料館で展示している写真パネルには、阿部次郎、茂吉、柳田国男の他、文芸講演会に集まった当時の教授と学生たちも写っている。医学部教授の木下杢太郎（本名太田正雄）も一緒に写っており、文芸講演会の活況と充実ぶりがうかがえる。

茂吉の年譜によれば、茂吉と阿部次郎が出会ったのは、明治三十六年。茂吉二十一歳、阿部次郎二十歳の旧制一高生のときだった。茂吉が神田の貸本店で正岡子規の遺歌集『竹の里歌』を借読して作歌を志す前から交友関係があった。

私は、阿部次郎の郷里である山形県飽海《あくみ》郡松山町（現酒田市）に近い鶴岡に転勤で五年間住んだ。この茂吉歌碑に来るたび、阿部次郎の生家の裏山ともいうべき「眺海《ちょうかい》の森」に何度も登って眺めた光景が思い浮かぶ。日本海の落日が美しかった。そこに建つ阿部次郎の文学碑には、以下の文が刻まれている。（『秋窓記』）

「まさに海に入ろうとする最上川とその周囲に発達せる平野は鳥海山や月山の中央山脈の山塊を盟友として幼い私の魂をその懐の中に育ててくれたのである。」

郷里を終生愛した阿部次郎の名文である。

阿部次郎は、『三太郎の日記』（大正三年発表）にも、以下のとおり書いている。

「私という人間をつくりあげた最初の師は何をおいてもまずこの故郷の風土である。」

また、阿部次郎は茂吉との交友から歌人としても活躍しアララギ派の振興にも寄与している。

同郷で郷土愛が強かった茂吉と阿部次郎は、最初の出会いのときから郷里の話をして打ち解けたことだろう。私は、そんな想像をしながらウォーキングを楽しんでいる。

この茂吉歌碑は私が学んだキャンパス内にあり、歩いていると学生の頃の記憶が蘇ってくる。

長田泰公氏の歌集『蟬時雨の丘』に細川謙三氏が寄せた跋文があり、その中に「東大アララギ会」についての以下の記述がある。

「アララギの五味保義氏と近藤芳美氏は毎月欠かさず出席されていた。長田氏もその常連であった。当時は、私も熱心な会員であったが、長田氏に比べると、兵営から復学したばかりの私は新入りであった。その頃の中心は小嶋和司氏（のち東北大学教授・憲法学）であったが、後で聞いたところ、その前任者が長田氏であったというから、のち小嶋氏から責任者を引継いだ私は、長田氏の一代のちの責任者ということであった。」

法学部の学生だった私は、右記の文中にお名前がある小嶋先生に憲法の講義を受けた。本当は文学部に行きたい気持ちがあった私は、法律の勉学に専念する学生ではなかった。

小嶋先生は当然ながら学問に向かう姿勢、指導は厳しかったが、学生に接する時は一人の人間としてやさしい目を向ける先生だった。学生から尊敬され慕われておられた。

最後に、私が学生時代に想いを馳せて詠んだ歌三首を書かせていただき、第三回目の筆を擱きたい。

　さくら舞う仲ノ瀬の橋ペダル踏み友と通いし春遥かなり

ときとして単位を落とす夢を見る子を持つ親となりて今なお
ヘッセ詩集読めと勧めし憲法の教授の顔も忘れがたかり　修

平成二十二年五月二十九日

第四回　陸羽東線（宮城県、山形県）

元禄の芭蕉おきなもここ越えて旅のおもひをとことはにせり　茂吉

斎藤茂吉が、松尾芭蕉の『おくのほそ道』の旅に思いを馳せながら宮城県鳴子《なるこ》（現大崎市）で詠んだ歌である。この歌を刻んだ歌碑が、鳴子峡を見下ろす鳴子公園にある。

六月十九日、妻と訪ねたとき人影はなく歌碑は夏草の中にひっそりと建っていた。鳴子峡は、芭蕉と門人曽良の二人が元禄二年五月十五日（陽暦七月一日）、『おくのほそ道』の旅で太平洋側から日本海側に向かう途中に通った旧出羽街道中山越の峡谷である。新緑や紅葉の季節はとくに美しい。

すぐ近くには、『おくのほそ道』の本文中に、「この道、旅人まれなるところなれば関守にあやしめられてやうやうとして関を越す」と書かれた尿前《しとまえ》の関跡がある。山形県側には、「大山をのぼつて日すでにくれければ封人の家をみかけて宿りをもとむ。三日風雨荒れてよしなき山中に逗留す。のみしらみ馬の尿《しと》する枕もと」、と芭蕉が句を残した封人の家がある。（芭蕉が宿泊した現存する唯一の建造物。陸羽東線堺田《さかいだ》駅付近）

茂吉ファンであると同時に芭蕉ファンでもある私は、『おくのほそ道』を自分の足で歩くことを趣味にしている。芭蕉が『おくのほそ道』の旅で訪ねた土地を訪れると、松島、山寺、最上川等は、芭蕉のおかげで有名な観光地になっていることを実感する。

茂吉は『おくのほそ道』ゆかりの各地でたくさんの歌を詠んでいる。冒頭の歌碑の歌は、茂吉が芭蕉の『おくのほそ道』に心酔していたことがよく表れている。

この歌碑の裏面には、以下の文が刻まれている。

「現代の歌聖、斎藤茂吉翁（上山市出身、一八八二年〜一九五三年）の歌集『石泉』のうち「鳴子途上」（昭和六年）にある作品である。俳聖芭蕉が、人生を旅と観じた生涯を、茂吉翁も又短歌の道を通じて、共通の思いとしている歌である。昭和五十九年十一月建立　鳴子町長　寺坂二男」

この歌は、芭蕉が『おくのほそ道』の旅のクライマックスともいうべき奥羽山脈を越えたことで、『おくのほそ道』を不朽の名作として後世に残したことよ、と茂吉が芭蕉を讃えて詠んだ歌とも解釈できる。奥羽山脈中の夏草が茂る現地にわが身を置き、芭蕉がここを越えてから出羽の国で詠んだ名句の数々に思いを馳せると的外れでもなさそうだ。

この日、私は、仙台駅発九時二十五分の新庄行リゾートみのり（東北本線、陸羽東線経由）に乗り、十一時ちょうどに山間の鳴子温泉駅で降りた。そして、右記の茂吉の歌碑を訪ねた後、駅から徒歩三分のところにある鳴子温泉の共同浴場「滝の湯」に浸かって心身ともにリフレッシュした。鳴子温泉は延喜式に出てくる歴史ある温泉で、日本の天然温泉の十一種類の泉質のうち九種類の泉質が湧き出ていて源泉が四百近くある。はしご湯をすれば、色も匂いも感触も異なる泉質の違いを楽しむことができる。

芭蕉は、『おくのほそ道』の旅で、「南部道はるかに見やりて岩出の里に泊まる。小黒崎、みづの小島を過ぎて、鳴子の湯より尿前の関にかかりて出羽の国に越えんとす」と鳴子温泉について記している。芭蕉は鳴子温泉に入浴せず山越の難儀な道を越えていった。今更詮無いことだが芭蕉は惜しいことをしたと思えてならない。

温泉好きの茂吉は鳴子温泉の泉質が気にいって以下の歌を詠んだ。(『石泉』)

おのづから硫黄《いわう》の香するこの里に一夜《ひとよ》のねむり覚《さ》めておもへる　茂吉

奥羽山脈を越えて走る陸羽東線には、「奥の細道湯けむりライン」の愛称がある。終点の新庄駅までの間に、温泉、湯と名の付く駅が六駅ある。(川渡《かわたび》温泉、鳴子御殿湯、鳴子温泉、中山平温泉、赤倉温泉、瀬見温泉)

この日は鳴子から仙台に帰ったが、鳴子温泉駅から分水嶺のある県境を越えて山形県側に行けば、列車は四十分ほどで瀬見温泉駅(山形県最上町)に着く。瀬見温泉は、茂吉(六十四歳)が大石田に疎開中の昭和二十一年十月三日~六日に滞在したところである。湯前神社には、以下の歌を刻んだ歌碑が建っている。(『白き山』)

みちのくの瀬見《せみ》のいで湯のあさあけに熊茸《くまたけ》といふきのこ売りけり　茂吉

瀬見温泉は、最上川の支流である小国川沿いにある鄙びた温泉で義経伝説が残っている。私は、ここから小国川を西に八キロほど下った所で生まれ育った。幼少の頃、農閑期の一週間くらいの間、祖父祖母に湯治(自炊)に連れてこられた思い出がある。小国川で獲れる天然鮎は香りがよく地元では美味で名高い。茂吉は『白き山』に鮎の歌を残している。

この鮎はわれに食はれぬ小国川の蒼《あを》ぎる水に大きくなりて　茂吉

小国川はダムのない川だが、近い将来ダム建設が予定されている。天然鮎がこれからも棲み続けられることを願っている。

瀬見温泉を発車しさらに西に向かうと、天気がよければこの季節でも雪の残る月山を左側の車窓から望むことができる。瀬見温泉駅から二十分ほどで終点新庄駅に着く。

さらに、新庄駅で陸羽西線（愛称「奥の細道最上川ライン」）に乗り換えれば、列車は最上峡を縫うようにして流れる最上川と並んで走る。トンネルが多いが鉄道にしては珍しく水路感覚を味わうことが出来る。最上峡を過ぎると列車はやがて庄内平野に入り、新庄駅から一時間ほどで日本海沿いの酒田駅に到着する。

新庄駅東口に、茂吉が瀬見温泉からの帰りに詠んだ歌の歌碑がある。

新庄にかへり来りてむらさきの木通《あけび》の実をし持てばかなしも　茂吉（『白き山』）

新庄駅前ふれあい広場には以下の歌碑がある。（『ともしび』昭和三年）

新庄に汽車とまるまもなつかしき此国びとのおほどかのこゑ　茂吉

また、『白き山』中の名歌、「全《また》けき鳥海山はかくのごとからくれなゐの夕ばえのなか」の歌は、昭和二十二年四月四日、庄内から陸羽西線の列車に乗って帰ってきた茂吉が、新庄駅で奥羽本線に乗り換える時に見た鳥海山を詠んだとの説がある。（『斎藤茂吉歌集白き山研究　斎藤茂吉記念館編』短歌新聞社）

最後に、陸羽東線を詠んだ歌一首を書かせていただき第四回目の筆を擱きたい。

人生に途中下車せし心地して鳴子の湯の香まとい旅ゆく　修

平成二十二年六月二十五日

第五回　二つの日和山（宮城県、山形県）

斎藤茂吉の歌碑が、二つの日和山《ひよりやま》（宮城県石巻市日和山と山形県酒田市日和山）にあることをご存じだろうか。石巻の日和山の茂吉の歌碑は、岩手県に源をもつ北上川が太平洋に入る雄大な景色を見下ろすようにして建っている。歌碑には次の歌が刻まれている。（歌集『石泉』、昭和六十三年建立）

　わたつみに北上川の入るさまのゆたけきを見てわが飽かなくに　茂吉

五月三日、私と妻は仙台から久しぶりに海沿いを走る仙石線の電車に乗って石巻に行き、眺望のよい日和山に歩いて登った。そして、昭和六年に茂吉（五十八歳）が日和山で詠んだ右記の歌と同様の感慨に浸りながら美景を眺めた。ここには、盛岡中学の修学旅行で訪れた石川啄木の歌碑と宮沢賢治の詩碑も建っている。

私にとって石巻は二十代に三年間勤務した懐かしい土地である。例年になく四月が寒かった影響で五月晴れのなか桜が満開で美しかった。茂吉の歌碑の近くには、元禄二年に『おくのほそ道』の旅で石巻を訪れた芭蕉と曾良の旅姿の像がある。芭蕉は、『おくのほそ道』の中で石巻を以下のように記している。

「人跡まれに雉兎蒭蕘《ちとすうぜう》のゆきかふ道そこともわかず、つひにみち踏みたがへて石巻といふ湊に出づ。〈中略〉おもひかけずかかるところにも来たれるかなと、宿からんとすれど、更に宿かす人なし。やうやうまどしき小家に一夜をあかして、明くれば又知らぬ道まよひゆく。」

実際には、芭蕉は道中で知り合った親切な武士に宿を紹介されて泊っている。『おくのほそ道』の旅の目的だった松島と、「夏草やつはものどもが夢のあと」の名句を詠んだ平泉との間にある石巻の章では、旅のわびしさ、心細さを特に誇張し虚構を織り交ぜて表現していることが、研究家によって明らかにされている。

私には、日和山に建つ芭蕉像が、『おくのほそ道』の構成上やむをえず石巻のことを悪く書いたことを石巻の人々に詫びて、少し背中を丸めているように思える。芭蕉ファンだった茂吉は日和山から太平洋を眺めながら、『おくのほそ道』の中で芭蕉が記した石巻の章に想いを馳せ歌を詠んだことだろう。

歌碑の歌以外にも、茂吉が石巻で詠んだ以下の歌が歌集『石泉』に収められている。

石巻《いしのまき》の名は恋《こほ》しかりこのゆふべ汽車よりおりてこころ和《な》ぎをり

石《いし》を売る家に来りていろいろの石《いし》見つつをり亡き父のため　茂吉

黒潮と親潮がぶつかる三陸の漁場をひかえた石巻は日本有数の漁港である。石巻は水揚げされる魚の種類が豊富で、とくに寿司の旨さは格別である。

以下に、石巻で詠んだ歌二首を書かせていただく。

港町ひとり住み来て潮風にシャツを晒せり二十四の夏

石巻に向かう車窓にわたつみの光るを見ればこころ躍るも　修

他方、酒田の日和山は、福島県境の吾妻山を源とする最上川が日本海に入る河口を見下ろす場所である。風光明媚なロケーションは石巻の日和山と似ている。しかし、石巻の日和山が太平洋から昇る日の出の名所なのに対して、酒田の日和山は日本海に沈む夕日の名所で趣は全く異なる。

八月十七日、私と妻は、社会実験で自動車道が無料化した恩恵を受けながら車で酒田を訪ねた。日本海から吹いてくる潮風を肌に感じつつ日和山周辺を歩いた。酒田も石巻と同じく東北を代表する港町として古くから栄えたところである。芭蕉と同時代の井原西鶴の『日本永代蔵』にも当時の繁栄ぶりが描かれており旧跡が多い。

四十代前半の五年間、酒田の隣の鶴岡に勤務した私にとって酒田はなじみ深い土地である。庄内平野の米や野菜、日本海の魚介類が美味なところである。アカデミー賞を受賞した映画『おくりびと』のロケ地としても有名である。酒田の日和山には、与謝蕪村、正岡子規、若山牧水などこの地を訪れた文人墨客の文学碑が多数ある。

茂吉の歌碑は日本海に対峙するように建っている。(『白き山』)

おほきなる流となればためらはず酒田のうみにそそがむとする　茂吉

この歌は、昭和二十二年四月、大石田に疎開していた茂吉が芭蕉の足跡を辿って酒田に訪れたときに日和山で詠んだものである。やはりここでも石巻の日和山と同様に、茂吉の歌碑の近くには芭蕉像が建っている。ここの芭蕉像は目鼻立ちが整っていて気品がある。石巻の芭蕉像より背筋が伸びて堂々とした印象を受ける。芭蕉は酒田に九泊し長旅の疲れを癒した。ここには芭蕉が酒田で詠み、『おくのほそ道』に残した以下の二句の句碑が少し間をおいて建っている。

あつみ山や吹浦《ふくうら》かけて夕すずみ

暑き日を海に入れたり最上川　芭蕉

茂吉は、上山金瓶を離れて帰京する前年の明治二十八年、十三歳のときに上山小学校の訓導に引率されて上山から徒歩で六十里越えをしている。初めて海を見て感動し酒田にも来ている。後年、茂吉は随筆「最上川」に当時を次のように書いている。茂吉が芭蕉に傾倒していたことがわかる。

「芭蕉が奥の細道で『あつき日を海に入れたり最上川』と詠んだのはこの酒田の日和山というところであ

った。少年であった私等は無論芭蕉の句などは知らず、訓導もそのころは芭蕉の句を云々する者などはいなかったと同様に、こういう句のあることなどは知らなかった。」

茂吉は、疎開を終えて帰京する前月の昭和二十二年十月酒田に再訪し、『白き山』に以下の最上川詠を残した。茂吉の酒田で詠んだ歌は、芭蕉の借り目を感じさせる。

最上川黒びかりして海に入る秋の一日《ひとひ》となりにけるかも

ここに至りて最終《さいしゅう》の最上川わたつみの中にそそぐを見たり

たへがたき波の動揺をわれに見しむ最上川海《うみ》に没するときに　茂吉

最後に、酒田で詠んだ歌を二首書かせていただき第五回目の筆を擱きたい。

照りつける西日さえぎり存分に欅大樹は蟬を鳴かしむ　（山居倉庫）

本間家のお庭のかなた梅雨あけて鳥海山は秀峰を見す　（本間家鶴舞園）　修

平成二十二年八月二十日

第六回　山形の温泉（山形県）

山形県は全市町村に温泉が湧き出る温泉王国である。地元の人は温泉好きで、あちこちの温泉に日帰り入浴に出かけては癒され、いろいろな泉質の違いを楽しんでいる。

歌集『白き山』には、茂吉が大石田に疎開中に訪れた山形県内の温泉（瀬見温泉、肘折温泉、湯野浜温泉、湯田川温泉など）で詠んだ歌が多数収められている。温泉好きだった茂吉の人間的な一面をうかがい知ることができる。

肘折《ひぢをり》のいでゆ浴みむと秋彼岸のはざま路とほくのぼる楽しさ　茂吉

山形県最上郡大蔵村肘折温泉には、茂吉（六十五歳）が詠んだ右の歌（『短歌拾遺』）の歌碑が建っている。（昭和四十八年十一月二日建立、建立者大蔵村観光協会）

この歌は『白き山』に入っていないが、肘折温泉に向かって山道を登っていく茂吉の楽しい気分が明快に表れていることから地元の人々に選ばれたのだろう。肘折温泉まで新庄駅から車で約一時間かかる。霊峰月山に近い山中にあり山菜の宝庫である。冬には積雪三メートルを超す豪雪地域でもある。肘折温泉は開湯千二百年の歴史があり、木造の旅館が十数軒あって昔ながらの湯治場の風情が残っている。地元の人と湯治客がふれあう朝市は楽しい。

私の高校時代、同学年だったK君が肘折温泉で旅館ゑびす屋を経営しており、昨秋、妻と宿泊した。主のK君が山から採ってきたきのこや木通が美味で、茂吉が愛した源泉のぬくもりとともに忘れられない。

昭和二十二年九月十七日から十九日、肘折温泉を訪れた茂吉は肘折温泉がよほど気にいったらしく、『白き山』に以下の歌を含め十一首の歌を収めている。

峡のうへの高原《たかはら》にして湧きいづる湯を楽しめば何かも云はむ
のぼり来《こ》し肘折《ひぢをり》の湯はすがしけれ眼《まなこ》つぶりながら浴《あ》ぶるなり
山を越え峡《かひ》をわたりて来し人らいつくしみあふ古《ふ》りし代のごと　茂吉

肘折温泉の近くには「日本の棚田百選」に選ばれた「四ヶ村の棚田」がある。K君に勧められ、棚田の美景を見て一首詠んだ。

稔りきて黄金に染まる四ヶ村の棚田の秋は見ともあかめや　修

茂吉は、肘折温泉で寛いだ翌月の十月一日、湯野浜温泉に泊まり、十月二日湯田川温泉に泊まった。『白き山』の中に「湯の浜」、「湯田川」と題して歌を収めている。翌月の十一月三日、茂吉は大石田を去り、東京世田谷の家に落ち着いた。ゆえに湯野浜温泉、湯田川温泉は疎開時代の最後に訪ねた温泉といえる。

湯野浜温泉、湯田川温泉ともに現在は合併により山形県鶴岡市になっている。私は鶴岡に勤務したのでどちらも思い出深い。湯野浜温泉は海水浴場と一体をなす温泉で、砂丘を隔てて鳥海山の雄大な山貌を望むことができる。そして、運がよければ温泉につかりながら日本海に沈む美しい夕日が眺められる。

『白き山』には、茂吉が湯野浜で詠んだ以下の歌が収められている。

めざむればあかあかと光かがやきて日本海《にっぽんかい》の有明《ありあけ》の月

人生きてたたかひの後に悲しめる陸《くぬが》に向ひ迫《せ》るしき浪　茂吉

湯野浜温泉から数キロ南下した堅苔沢《かたのりざわ》漁港（現鶴岡市）には、茂吉の以下の歌の歌碑が、海を隔てる鳥海山を背にして建っている。（『白き山』、昭和二十一年九月二十七日詠）

もえぎ空はつかに見ゆるひるつ方鳥海山は裾より晴れぬ　茂吉

私が鶴岡で勤務していた頃、湯野浜で詠んだ歌一首を書かせていただく。

湯の浜に夕陽を見んと子と来れば鳥海山は波の上に立つ　修

湯田川温泉は、茂吉だけでなく藤沢周平（鶴岡市出身）、種田山頭火、横光利一など多くの文人に愛されてきた。閑静な温泉で開湯千三百年の歴史を持つ。湯の温度が四十一度とぬるめで肌触りがやわらかい。周辺には竹林があり五月の孟宗はとくに美味である。日本海も近いので湯野浜温泉同様、口細《くちぼそ》かれい、鰰《はたはた》などの地魚が新鮮でおいしい。湯田川温泉の由豆佐売《ゆずさめ》神社には、茂吉の以下の歌を刻んだ歌碑がある。(木柱)

式内の由豆佐売《ゆづさめ》の神ここにいまし透《す》きとほる湯は湧きでて止まず　茂吉

右の他、『白き山』には以下の歌が収められている。

田川なる清きいで湯にもろ人《びと》は命を延べきいにしへゆ今に

湯田川の湯をすがしめど年老いて二たびを来む吾ならなくに　茂吉

これらの歌から、大石田に疎開中の茂吉が山形県内の温泉につかって心身ともに癒されたことがわかる。

十月九日、私と妻は、茂吉ゆかりの宿(斎藤家の親戚)である蔵王温泉(山形市)のわかまつやに泊まった。蔵王の中腹(標高約９００ｍ)にある蔵王温泉は、開湯千九百年の歴史があり、かつては高湯《たかゆ》と言われていた。蔵王温泉は強酸性で硫黄の匂いが強烈である。白濁していて温泉らしい温泉である。

大正二年五月十六日、茂吉(三十一歳)は母いく危篤の報に接して帰郷した。同二十三日母が逝去した後、わかまつや(当時は若松屋旅館)に一週間ほど逗留し母を亡くした悲しみを癒している。

現在のわかまつやは、茂吉が逗留した当時の場所から歩いて二分くらいの所に移転しているが、源泉かけ流しの湯は茂吉が何度も訪れたときと変わっていない。元の場所に茂吉がわかまつやで揮毫した「霊泉延年」の直筆の書からとった「霊泉」の文字を刻んだ記念碑が建っている。茂吉がこの温泉を愛したことがわかる。わかまつやには、茂吉直筆の色紙、「たかはらを越えのぼり来て消えのこるゆきのかたへにわれはたたずむ」(昭和十六年詠)が残されている。

現在、わかまつやから車で三分ほど上ったところに、蔵王温泉大露天風呂が造られていて人気がある。翌朝は紅葉を愛でながらこの大露天風呂につかって蔵王の自然のゆたかさを満喫した。最後に、蔵王温泉で詠んだ歌を書いて第六回目の筆を擱きたい。

硫黄湯に浸かる蔵王の朝あけに朴の葉落つる音の聞こゆる　修

平成二十二年十月二十三日

第七回　尾花沢（山形県）

元禄二年、松尾芭蕉と門人曾良が『おくのほそ道』の旅で、白河の関を越えてから最も長く逗留した土地がどこかご存じだろうか。

出羽の国（山形県）に四十二泊しているが、中でも斎藤茂吉が戦争直後に疎開した大石田の隣町である尾花沢に十泊している。芭蕉は、尾花沢の紅花問屋鈴木清風を訪ねて長旅の疲れを癒した。『おくのほそ道』に以下の記述がある。

「尾花沢にて清風《せいふう》といふものを尋《たづ》ぬ。かれは富める者なれども志いやしからず。都にも折々かよひてさすがに旅の情をも知りたれば日ごろとどめて長途のいたはり、さまざまにもてなしはべる。」

豪商の清風は江戸に出店を持ち、江戸で芭蕉と俳席に連ねた友人だった。尾花沢には芭蕉と清風の交友を記念した「芭蕉・清風歴史資料館」が、かつての清風宅跡に隣接する旧家を保存活用して建っている。尾花沢市内には「芭蕉十泊の町」という看板がある。当時の尾花沢の俳人たちは芭蕉と曾良を温かくもてなした。

芭蕉もおおいに寛ぎ、「涼しさをわが宿にしてねまるなり」、「まゆはきを俤《おもかげ》にして紅粉《べに》の花」などの名句を『おくのほそ道』に残した。（「ねまる」は、尾花沢の方言で「坐ってくつろぐ」の意味。）

芭蕉・清風歴史資料館には、旅姿の芭蕉像が建っている。はるばる遠い江戸から俳友の清風を訪ねて来て、今やっとたどり着いたかのような風情を醸し出している。

十年程前、芭蕉・清風歴史資料館を訪ねた折、館内に昭和四十年頃の尾花沢近辺の写真パネルが展示されていた。その中に当時の茅葺屋根の家並みが続く旧道で私の兄（当時は高校生）が自転車をこいでいる写真を見つけたときは驚いた。（私の実家は尾花沢市の隣町である舟形町の旧街道に面している。）

『曾良随行日記』には、尾花沢の俳人たちが芭蕉と曾良に、「奈良茶」（上方の奈良地方の「茶粥」が江戸に渡って大豆を炊き込んだ茶飯に変わったものらしい）をご馳走したり、「日待」や「庚申待」という地元の信仰行事に招待したことが詳細に書かれている。

さらに、「同晩、沼沢所左衛門へ被ㇾ招。」との記載がある。沼沢姓は尾花沢と舟形に多いローカルネームである。先祖との関係を裏付けるものは何もないが、芭蕉をもてなした元禄時代の尾花沢の俳人に同姓のよしみで親しみを感じている。

茂吉は、歌集『白き山』の後記に以下の通り書いている。

「大石田も尾花沢もまことに好いところである。それに元禄の芭蕉を念中にもつといよいよなつかしいところである。」

尾花沢には、茂吉の歌碑が二つある。一つは、芭蕉が尾花沢逗留中に七泊した養泉寺と芭蕉・清風歴史資料館のどちらにも近い諏訪神社の境内にある。（『白き山』、平成元年十一月建立）

封建の代の奴踊《やっこをどり》がをどり居る進み居る尾花沢往還のうへ　茂吉

茂吉が、昭和二十二年九月十一日、大石田の板垣家子夫《かねお》に連れられて尾花沢の諏訪神社の祭礼を見物に来たときに詠んだ歌である。茂吉は、翌々月の三日に板垣家子夫に付き添われて大石田を去り東京に帰った。この歌には戦争が終わって祭礼が復活したことを喜び、奴踊りを楽しんでいる気分が感じられる。

尾花沢のもう一つの歌碑は銀山温泉にある。歌碑には、上山金瓶に疎開していた頃の茂吉が銀山温泉で詠んだ、以下の歌が刻まれている。(「短歌拾遺」、昭和五十五年七月建立、建立者尾花沢市銀山温泉組合)

蟬のこゑひびかふころに文殊谷吾もわたりて古へおもほゆ　茂吉

北杜夫著『茂吉晩年』(岩波書店)には次のように書かれている。

「茂吉は(終戦の日である昭和二十年八月十五日からまもなくの)八月二十四日に大石田で講演をした。板垣家子夫氏の入れ智恵で、鰻を食べさせ更に銀山温泉に案内すると町長が約束したからである。〈中略〉苦手な講演を済ませ、銀山温泉へ行ったが、蚤が沢山いて茂吉は眠れなかった。しかし、このときの大石田行が、次の疎開先を決める重大な要因になった。」(注・引用文中のカッコ内は筆者補記)

茂吉が銀山温泉と鰻に魅かれて大石田で講演したことが、茂吉歌集の最高峰『白き山』誕生のきっかけの一つだったと思うと、歌碑の歌が特別なものに感じられる。

先日、東京駅で吉永小百合さんがモデルの銀山温泉のPR用特大ポスターを見かけた。銀山温泉は昔ながらの木造三階建ての旅館が銀山川をはさんで旅館街をつくっている。他所には珍しい大正ロマンあふれる温泉である。

仙台から車で尾花沢に行くルートとして、鳴子温泉を経由して山形県最上町から山刀伐《なたぎり》トンネルを通っていくコースがある。この旧道が、芭蕉が『おくのほそ道』の旅で尾花沢の清風を訪ねて歩いた山刀伐峠越えである。芭蕉は『おくのほそ道』の中で次のように書いている。

「高山森々として一鳥声聞かず。木の下闇茂りあひて夜行くがごとし。雲端《うんたん》に土ふる心地して篠の中ふみわけふみわけ水を渡り岩につまづいて肌《はだ》につめたき汗を流して最上の庄にいづ。」

「最上の庄」とは、尾花沢のことである。

昭和四十九年八月、大学生だった私は郷里で夏休みを過ごしていた。二十歳の記念に芭蕉が越えた山刀伐峠を一人で歩いてみようと思い立ち実行した。陸羽東線赤倉温泉駅まで新庄経由で汽車で行き、芭蕉に思いを馳せながら汗をふきつつ尾花沢までの二十数キロの道を歩いた。当時、山刀伐トンネルはまだ開通していなかった。山刀伐峠の上で食べた、母の手作りのおにぎりのうまかったことは懐かしい思い出である。

尾花沢も大石田も蕎麦の産地で、芭蕉の時代には蕎麦きりが食べられていたといわれている。辛い大根の汁を入れたつゆで食するのが、この地方の蕎麦の食べ方である。

茂吉は、「蕎麦《そば》の花咲きそろひたる畑あれば蕎麦を食はむと思ふさびしさ」の歌を『白き山』に残している。

最後に、尾花沢で詠んだ歌を二首書かせていただき第七回目の筆を擱きたい。

暮れなずむとき銀色の穂波たてゆれさわぐ野の尾花かなしも
新蕎麦の便りにこころときめかせ妻と紅葉の峠越えゆく　修

平成二十二年十一月三十日

第八回　仙台～山形間（宮城県、山形県）

太平洋側にある宮城県仙台市と、日本海側にある山形県山形市が隣接していることをご存じだろうか。距離的には60㎞ほどの近さだが、地理的には奥羽山脈を挟んでいることから冬の積雪量や夏の暑さも大いに異なっている。

仙台市から山形市に行く交通ルートは、ＪＲ仙山線、山形自動車道（笹谷峠越え）、国道48号線（関山峠越え）の三つがある。今回は、それぞれのルートと茂吉の関わりについて触れてみたい。

二月七日、私は仙台駅七時七分発の仙山線の電車に乗って山形に出かけた。電車は作並温泉を過ぎたあたりから乗客もまばらになる。このあたりから、雪深い奥羽山脈をひた走るローカル線の情緒を堪能できる。雪列車は県境の仙山トンネル（全長５３６１ｍ）を抜けて七分ほどで山寺駅に着く。

山寺駅のホームから間近に見る山寺の雪景色は荘厳な雰囲気で美しい。山寺駅で数分間の停車の合い間（単線なので上り列車と待合わせする）、ホームに降りて合掌した。私は訪れる人のほとんどいない冬のしずけさが好きである。

元禄二年夏、尾花沢に十泊して寛いだ芭蕉と曾良は、尾花沢の人々の勧めで山寺に向かった。尾花沢から七里の道を歩き、その日のうちに山上の堂に登った。現在、山寺の山門をくぐると、恰幅のいい芭蕉像と実直な雰囲気をたたえた曾良像が建っていて記念写真のスポットになっている。

芭蕉は、『おくのほそ道』に以下のとおり記している。

「岩に巌《いはほ》を重ねて山とし、松柏年ふり、土石老いて苔滑らかに、岩上の院々扉を閉《とぢ》て、物の音きこえず。岸をめぐり、岩を這《はひ》て、仏閣を拝し、佳景寂寞として心すみゆくのみおぼゆ　閑《しづか》さや岩にしみ入る蟬《せみ》の声」

芭蕉は、予定外の行動で訪れた山寺で不朽の名句を残した。千余段の石段を登ってゆくと山上の五大堂の手前に、茂吉の木製歌碑があり以下の歌が書かれている。（歌集『赤光』、明治三十九年作）

みちのくの仏《ほとけ》の山のこごしこごし岩秀《いはほ》に立ちて汗ふきにけり　茂吉

二十代の茂吉は、芭蕉に思いを馳せながらこの歌を詠んだのであろう。四季折々、『おくのほそ道』の右記の文章を思い浮かべながら山頂の奥の院まで石段を登っていくと、芭蕉の時代と変わらぬ山寺の景観と芭蕉の簡潔な名文が渾然一体となって心が清められる。

電車は、仙台駅から一時間二十分ほどで仙山線の旅を終え山形駅に着く。改札口を出ると、駅構内自由通路の壁面の銅板に、茂吉の以下の歌が蔵王の山脈の絵とともに刻まれている。（『つきかげ』、平成五年七月設置）

萬国《ばんこく》の人来り見よ雲はるる蔵王《ざわう》の山のその全《また》けきを　茂吉

この歌は、茂吉が大石田の疎開を終えて東京に帰った後の昭和二十五年、蔵王が日本観光地百選の山岳部門第一位になったことを祝って詠んだ歌である。私はこの銅板レリーフを見るたび、一首全体から茂吉の蔵王を祝福する郷土愛を感じる。

有名な樹氷は今がシーズンで、多くの観光客が山形駅に降り立つが、この銅板レリーフに気づく観光客は残念ながら少ない。

現在、仙台～山形間を行き来する公共交通機関としては、仙山線の電車より山形自動車道を走る高速バスを利用する人の方が多いようだ。（所要時間約一時間）自動車で山形自動車道を通るとき、県境の笹谷《ささや》トンネルを数分間くぐるだけで気候が一変する。笹谷トンネルの開通により、笹谷峠の旧道を通る車はあまり見られない。（旧道は冬期間閉鎖）

笹谷峠の上に、茂吉の以下の歌を刻んだ歌碑が建っている。（『霜』、昭和六十二年十月建立）

ふた国の生きのたづきのあひかよふこの峠路《たうげぢ》を愛《かな》しむわれは　茂吉

ふた国とは、山形県と宮城県のことであり、「生き」は「行き」との掛詞とも解釈できる。私は山形県に生まれ育って仙台の大学を卒業した。山形県、宮城県いずれも転勤で勤務し、仙台在住なので、この歌には特に愛着を感じている。

昭和十七年五月一日、茂吉は、幼年時代に父兄からしばしば話を聞き、越えたことのなかった笹谷峠を甥の高橋重男と共に徒歩で越えて還暦の記念にした。明治十五年に関山峠に隧道ができるまで、旧道の笹谷峠越えが山形から仙台に行く主要な道だった。

歌集『霜』には、他にも以下の歌が収められている。

はかなかるわれの希《ねが》ひの足《た》れるがに笹谷峠《ささやたうげ》のうへにゐたりき　茂吉

年譜によれば、明治二十九年八月二十五日、茂吉（十四歳）は、父伝右衛門に伴われ徒歩で関山《せきやま》峠を越えて仙台に着く。二十八日朝、仙台から汽車に乗って上京し浅草区三筋町の浅草医院（養父となる斎藤紀一方）に寄寓した。（当時、奥羽線は未開通。）

後年、茂吉は随筆「三筋町界隈」にこの時のことを以下の通り書いている。

「二人は徒歩で山形あたりはまだ暁の暗いうちに過ぎ、それから関山越えをした。その朝山形を出はずれてから持っていた提灯を消したように憶えている。関山峠はもうそのころは立派な街道でちっとも難渋しないけれど、峠の分水嶺を越えるころから私の足は疲れて来て歩行が捗らない。〈中略〉日の暮れに作並温泉に著いた。その日の行程十五里ほどである。」

関山峠を越えて上京したことにより、少年茂吉の人生は劇的に変わっていく。

仙台から国道48号線（関山峠越え）を山形県側に向かってゆくと、県境の関山トンネルを過ぎた東根市大滝に正岡子規の句碑があり、「とんねるや笠にしたたる山清水」と刻まれている。（『はてしらずの記』）茂吉が関山峠を越える三年前の明治二十六年、子規は関山峠を越えて最上川など『おくのほそ道』の地を巡って旅した。

明治三十八年一月、茂吉（二十二歳）は、神田の貸本屋から子規の歌集『竹の里歌』を借読して作歌を志すようになった。

私は関山峠を車で越えるたびに、子規と茂吉の不思議な縁に想いを馳せるのである。

最後に、山寺で詠んだ歌二首を書かせていただき第八回目の筆を擱きたい。

山寺をのぼりゆくとき歌ごころ湧けり茂吉の詠みしごとくに

大寒の月照りわたる山寺の杉の木立ちは雪あかりせり　修

平成二十三年二月十三日

第九回　最上峡（山形県）

三月十一日午後二時四十六分、仙台市内の勤務先で会議中だった私は、突然の大地震に襲われた。大波に翻弄されるような激しく長い横揺れで、十六年前に西宮市夙川《しゅくがわ》で阪神大震災（震度七）を経験した時の恐怖が蘇った。

直後に沿岸部に津波が襲い万余の尊い命が奪われるとは思いもよらなかった。幸い家族は無事で自宅もなんとか持ちこたえた。自宅に都市ガスが復旧するまで五週間かかった。

震災後は非常時で慌ただしく交通手段も止まり、茂吉歌碑めぐりができる状況ではなくなってしまった。徐々にバスや鉄道も回復してきたので、四月中旬、山形県新庄市本合海《もとあいかい》にある茂吉歌碑を訪ねることができた。歌碑には以下の歌が活字で刻まれている。（歌集『白き山』、平成十二年九月建立）

最上川いまだ濁りてながれたり本合海に舟帆《ほ》をあげつ　茂吉

本合海はかつて大石田と同様に最上川舟運で賑わった地で、元禄二年夏、芭蕉と曾良が『おくのほそ道』の旅で乗船した所である。茂吉の歌碑は高台の八向《やむき》公園にあり、南から流れ来て西に大きく蛇行する最上川を見下ろすようにして建っている。（『白き山』では、「最上川いまだ濁りてながれたる本合海に舟帆をあげつ」となっている。歌碑が一字違う理由は不明。）

今冬は大雪だったので、本合海にはまだ雪が残っていた。私は長靴でないことを後悔しながら歌碑までの道を登った。歌碑にたどりつくと視界が開けて、雪解けで増水した最上川と、芭蕉と曾良の像が建つ史跡「芭蕉乗船の地」が眼下に見えた。芭蕉と曾良の像は、新庄藩御用窯東山焼で、奥の細道紀行三百年祭記念事業として平成元年に建立されたものである。

桜の蕾はまだ固く、誰もいない。八向公園で茂吉歌碑をなでながら音読していると、芭蕉と茂吉の言霊が一つになって響いてくる気がした。震災後初めて、仙台から新庄までバスで二時間半かけてきたかいがあった。（仙山線は震災の影響でまだ不通だった。）

茂吉（六十五歳）は昭和二十二年九月十七日、大石田から月山の山腹にある肘折温泉に行く途中、本合海を通ったときにこの歌を詠んだ。歌碑の傍らに立って滔々と流れる最上川を見ていると、茂吉は芭蕉を念頭において詠んだのだろうと確信した。

私は少年時代から親しんでいる『おくのほそ道』の最上川の章を口遊んだ。

「最上川はみちのくより出でて山形を水上とす。ごてん・はやぶさなどいふおそろしき難所あり。板敷山の北を流れて、果ては酒田の海に入る。左右、山覆ひ、茂みの中に船を下す。これに稲つみたるをや、いな船といふならし。白糸の滝は青葉のひまひまに落ちて、仙人堂岸に臨みて立つ。水みなぎつて、舟あやうし。

五月雨をあつめてはやし最上川」

茂吉は、前年の昭和二十一年十一月二十九日に随筆の中で以下の文を書いている。（『斎藤茂吉全集』岩波書店）

「五月雨をあつめてすずし最上川

五月雨をあつめてはやし最上川

はじめのは原作、後のは奥の細道を作ったとき訂正したものである。〈中略〉奥の細道では、最上川を概叙し、古口、清川あたりを経たあたりの文章の後に、この句を載せているのである。そして、『すずし』を『はやし』と直したのであった。

そして直した方が句が上乗になったとおもうが、はじめ自分はこれは芸術上技法の上のみで直したとおもったのであったが、それは必ずしもそうでなく、大石田の最上川に本合海《もとあいかい》以後の最上川の写生をも一句のうちに含ませて、『はやし』と直したということが分かった。しかしながら、この直し方というものは実に偉大であって、畏るべき力量だと謂わねばならない。」

この一文から、茂吉が芭蕉に心酔していたことがわかる。

また、茂吉の歌碑から下ってすぐの古刹、積雲寺の境内には、明治二十六年夏、芭蕉の足跡を訪ねて最上川に旅してきた正岡子規の歌碑が雪に埋もれて建っている。子規も最上川に魅了された一人で、歌碑には以下の歌が刻まれている。

　草枕夢路かさねて最上川ゆくへもしらず秋立ちにけり　子規

四十代に鶴岡に単身赴任していた私は、最上川沿いの国道47号線を車で通って、舟形町の実家まで一時間十分程かけて時々帰った。そして、途中の本合海にある史跡「芭蕉乗船の地」の芭蕉像に立ち寄っては、最上川から吹いて来る風を頰に感じながら芭蕉や茂吉、子規に思いを馳せた。訪れる人は少ないが、黒光りのする陶製の芭蕉像は存在感がある。その顔つきには野性味があって鋭い目つきで最上川を見つめている。

四月末、像の傍らの桜の大樹が遅咲きの花を咲かせる。当時、私は以下の歌を詠んだ。

　生涯の一句詠まんと川睨《にら》む芭蕉像あり本合海に　修

現代の最上川舟下りは、陸路のなかった時代のような交通手段ではない。青葉や紅葉の季節には奥の細道を探訪する観光客で賑わっている。舟下り乗り場は芭蕉が乗船した本合海ではなく、下流の戸沢村古口にある。最上川の雄大な景観を約一時間楽しめる舟下りの旅は、最上峡の絶景である白糸の滝（高さ１２４ｍ。「日本の滝百選」の一つ）が右手に見えるとほどなく草薙《くさなぎ》温泉で終わりとなる。（芭蕉はさらに下流の庄内町清川で上陸し羽黒山に向かった。「芭蕉上陸の地」清川には本合海とは対照的に、知性的な芭蕉像が建っている。）草薙温泉「滝沢屋」の玄関前には、大正六年八月、やはり芭蕉の足跡を訪ねて最上川を旅し、この宿に泊まった若山牧水の歌二首を刻んだ歌碑が建っている。

　最上川岸の山群むきむきに雲籠《こも》るなかを濁り流るる

中高にうねり流るる出水河最上の空は秋曇りせり　牧水

最後に、最上峡で詠んだ歌一首と東日本大震災の歌二首を書かせていただき第九回目の筆を擱きたい。

最上川ゆきふり乱れまたたくま我が故郷は墨絵となれり

津波来て万余のいのち逝きし夜の月むごきまで被災地照らせり

まんさくの花咲きており間をおきて余震の襲う暗がりの中　修

平成二十三年五月四日

第十回　最上川ビューポイント（山形県）

山形県の母なる川である最上川には、源流（米沢市）から河口（酒田市）に至るまで眺望のすぐれた所が多数ある。これまで、猿羽根峠、酒田市日和山、新庄市本合海、最上峡を取り上げてきた。

今回は、もっと上流のビューポイントで茂吉の歌碑がある西村山郡大江町左沢《あてらざわ》と、北村山郡大石田町虹ヶ丘について触れてみたい。

左沢の楯山公園（通称「日本一公園」）は、朝日連峰や蔵王の山脈を背景にして滔々と流れる最上川を一望できる代表的なビューポイントである。ここには茂吉の以下の歌を書いた木製の歌碑が建っている。（歌集『たかはら』、平成十年十月建立。同じ歌を刻んだ石の歌碑が左沢最上川畔に一基ある。）

　最上川のさかまくみづを今日は見て心の充つるさ夜ふけにけり　茂吉

五月十四日、仙台から仙山線、左沢線を乗り継いで左沢を訪ねた。楯山公園に向かう山道にはいかり草が春の光を浴びながら可憐な花を咲かせ、八重桜の花びらが舞っていた。私は、冬が厳しいから美しい北国の春を実感しながら、歌碑の傍らに立って最上川の絶景をみた。

左沢は、山形県の代表的な民謡「最上川舟唄」の発祥の地である。鉄道が開通するまでは大石田、本合海と同様に最上川舟運の要所だった。今も往時の面影が残っている。終着駅の左沢駅で下りて五分ほど歩くと古い町並みの中に以下の歌碑が建っている。（『たかはら』、平成十六年五月建立）

　われいまだ十四歳にて庄内へ旅せし時に一夜やどりき　茂吉

茂吉は、浅草区三筋町の浅草医院（斎藤方）に寄寓して開成中学に入学する二年前の明治二十七年、上山尋常高等小学校の訓導に引率され庄内へ徒歩旅行した。途中、左沢の最上川畔の百目木《どめき》で初めて最上川を見て一泊した。後年（昭和十三年）、茂吉はこの時の旅を懐かしんで、随筆「最上川」に以下の文を書いている。

「こんな広い川を見るのは生れて初てである。また向うの断崖に沿うた僅ばかりの平地をば舟を曳いてのぼるのが見える。人が二、三人前こごみにのめるようにして綱を引いてのぼっている。こういう光景もまた生れて初てである。〈中略〉その時『みんな知ってんべ、最上川は日本三急流の一だぞ』と先生がいった。その日の夕食には鮎の焼いたのが三つもついたし、翌朝はまた鮠の焼いたのが五つもついた。何も彼も少年等にとっては珍しい。〈中略〉『鮎旨かったなえ』『旨かったなえ、おれ頭も皆食《く》た』『おまえ腹わたも食《く》たか』『うん腹わたも食《く》たす、骨も食《く》た』」

二年後に上京し環境が激変した茂吉にとって、この旅は生涯忘れられない思い出として心に強く残ったのだろう。

昭和四年九月十三日、茂吉（四十七歳）は、夜汽車で上野をたち、十四日、大石田を初めて訪ねて芭蕉直筆の歌仙「さみだれ」を見た。そして同日、左沢に再訪して知人宅に泊まった。このとき詠んだ歌の歌碑が、右記二首の他にも最上川沿いの遊歩道に建っている。（『たかはら』、平成十五年十月建立）

　さ夜なかとなりたるころに目をあきて最上川の波の音をこそ聞け

左沢の百目木たぎちて最上川ながるるさまも今日見つるかも　茂吉

かつて舟運で栄えた左沢には遊郭があった。その跡地に茂吉の以下の歌の歌碑（自筆）が建っている。（『ともしび』大正十四年作、平成十五年十月建立）

　南より音たてて来し疾《はや》きあめ大門外《だいもんぐわい》の砂を流せり　茂吉

新緑の左沢で最上川の風に吹かれながらの茂吉歌碑めぐりは楽しかった。

六月十八日、私は妻と車で大石田町立歴史民俗資料館（茂吉が疎開中に寄寓していた聴禽書屋と建物がつながっている）で開催中の「特別展　斎藤茂吉最上川短歌展」を見に行った。途中、大石田町虹ヶ丘にある茂吉の歌碑を訪ねた。虹ヶ丘は、眼下に最上川を見渡し、好天の日には南に蔵王、正面に月山と葉山、北に鳥海山を一望できる。この日、山は葉山しか見えなかったが、それでも眺望はすばらしかった。

歌碑には以下の歌が刻まれている。(『白き山』、昭和三十一年二月建立)

最上川の上空にして残れるはいまだうつくしき虹の断片　茂吉

『斎藤茂吉歌集白き山研究　斎藤茂吉記念館編』(短歌新聞社)によれば、この歌は昭和二十一年七月三十日に最上川大橋の橋上で詠んだ歌で、虹は最上川の上流の空に立っていたとのことである。

細川謙三氏は以下のとおり評している。(『斎藤茂吉二百首』短歌新聞社)

「消えかかった虹の様子を『虹の断片』と言い切った語調に注目すべきであろう。同時に初句から一気に直線的に詠みおろした声調には力がある。」

この歌は、昭和五十五年に大石田町町民歌(古関裕而作曲)になり、町民に愛唱されている。

おおらかな町民歌を声に出して歌ってみると、茂吉が大石田を去る時に、「しづかなる秋の光となりにけりわれの起臥《おきふ》せる大石田の恩」と詠んだ大石田の人々の優しさ、自然の豊かさが浮かんで来る。

資料館の特別展では、茂吉直筆の色紙や短冊、疎開中に茂吉が愛用した帽子やネクタイ、当時の写真など多数展示されていた。私たちの他には誰もおらず、展示室と聴禽書屋は節電のために消灯していた。

若い職員の方が親切に説明してくれたので茂吉をより身近に感じることができた。とくに、昭和二十二年八月十六日、茂吉が東北巡幸の昭和天皇に、上山温泉の旅館で拝謁時に言上した以下の歌の直筆を見て茂吉の歌心に触れる思いがした。(『白き山』)

最上川ながれさやけみ時のまもとどこほることなかりけるかも　茂吉

茂吉が住んだ聴禽書屋は当時のまま大切に保存されている。居間の額に「千慮必有一得」と書かれている。拙い歌詠みの私だが、千首に一首くらいは『白き山』にあるような格調高い歌が詠めるようになりたいものだと思った。最後に一首書かせていただき、第十回目の筆を擱きたい。

最上川のみなぎる水に魅せられし十四の茂吉慕い旅ゆく　修

平成二十三年六月二十五日

第十一回　出羽三山（山形県）

震災から五ヶ月近く経ち生活も落ち着いてきた。震災の厄落としをと思い立ち、七月二十三日、私は妻を誘って旅行会社の日帰りバスツアーで「出羽三山参拝の旅」に出かけた。

出羽三山は羽黒山、月山、湯殿山の総称で、六世紀に崇峻天皇の皇子蜂子皇子《はちこのみこ》が開いたといわれる修験道の聖地である。

元禄二年夏、この地を訪れた芭蕉は『おくのほそ道』に名句を残し、茂吉も秀歌を詠んだ。山形県出身の私には子供の頃からなじみ深い所である。マイカーで行くことも考えたが、湯殿山本宮、月山八合目のお花畑ハイキング、羽黒山三神合祭殿をコンパクトに回り「いなり寿司弁当」付で一名六九八〇円は安い。便利と思いバスツアーの方を選んだ。

好天に恵まれ、朝七時三十分に仙台駅東口を出発したバスは東北道、山形道を走って約二時間で最初の目的地である湯殿山に着いた。

湯殿山の大鳥居の傍らに高さ2m超の堂々とした茂吉歌碑が建ち、以下の歌が刻まれている。（歌集『ともしび』、昭和五十七年十月建立）

わが父も母もいまさぬ頃よりぞ湯殿のやまに湯はわき給ふ　茂吉

佐藤佐太郎は、『茂吉秀歌上巻』（岩波書店）の中でこの歌を以下のとおり評している。

「茂吉は近代科学を学んだ医家であるが、仏とか神とかいうものを本気で拝むこともした人である。『湯は湧きたまふ』には茂吉の地金のままの語気がこもっている。」

明治二十九年七月、茂吉（十四歳）は郷里の風習に従って父に連れられ湯殿山に参拝した。医師になることを決意して上京する前月のことで、茂吉にとって生涯忘れえぬ思い出になった。右の歌は、昭和三年七月三十日、茂吉（四十六歳）が再び出羽三山に参拝して詠んだ歌で、湯殿山を神聖視し荘重な響がある。私は立派な歌碑をなでながら、茂吉は信仰心が強かった亡父を偲んでこの歌を詠んだことだろうと感慨にふけった。

『ともしび』には、三山参拝の歌が七十七首収められている。茂吉の出羽三山に対する思い入れの深さがわかる。

バスツアーの参加者は約四十人いたが、茂吉の歌碑に関心を示している人は見当たらず寂しい気がした。

本宮行きのバスに乗換え、バスから降りて渓谷の山道を歩いて下っていくと、霊山の荘厳な雰囲気が身に迫ってきた。社殿のない本宮に着くと裸足になってお祓いを受けた。東日本大震災の犠牲者と去年亡くなった父の冥福を祈った。

本宮の脇に、茂吉自筆の以下の歌を刻んだ歌碑が草木に隠れて建っている。（『ともしび』、昭和四十三年十月建立）

いつしかも月の光はさし居りてこの谷まよりたつ雲もなし　茂吉

三年前に訪れたとき、私はこの歌碑を見逃してしまった。今回は本宮の人に聞き、繁る夏草をかきわけて見つけだすことができた。芭蕉は『おくのほそ道』に以下のとおり記している。

「惣じてこの山中の微細、行者の法式として他言することを禁ず。よつて筆をとどめてしるさず。」

茂吉の歌碑から梵字川を少し上がった所に、芭蕉の「語られぬ湯殿にぬらす袂《たもと》かな」の句碑と、曾良の「湯殿山銭ふむみちのなみだかな」の句碑が並んで建っている。

茂吉の念頭には、芭蕉の句があったことだろう。出羽三山を崇拝する茂吉は芭蕉に挑んで秀歌を詠んだと思えてならない。

『ともしび』には、歌碑の歌以外にも秀歌が収められている。

腰すでにまがりし父とこの里にひと夜宿《やど》りしことしおもほゆ
やうやくに年老いむとして吾は来ぬ湯殿やま羽黒やま月読のやま
みちのくの出羽《いでは》のくにに三山《みつやま》はふるさとの山恋《こほ》しくもあるか　茂吉

昭和五年七月、茂吉（四十八歳）は、今度は十五歳になった長男茂太を連れて出羽三山に参拝した。この時の歌は『たかはら』に収められている。

ほほの木《き》の実《み》はじめて見たる少年《せうねん》に暫《しば》しは足をとどめて見しむ
あまつ日はやうやく低《ひく》く疲れたるわが子励《はげ》まし湯殿《ゆどの》へくだる　茂吉

亡父との思い出を息子に受け継がせた茂吉の親心と愛郷心、出羽三山への信仰心の篤さをあらためて実感した。

湯殿山を参拝した後、バスは月山（１９８４ｍ）のくねくねと曲がる車道を終点の八合目まで登った。震災の影響で客は少ないと思っていたが、狭い道で観光バス数台とすれ違うスリルを味わった。八合目は弥陀ヶ原とよばれる湿原で小さな湖沼が点在し、残雪が間近かに見えた。ニッコウキスゲが咲くお花畑にうぐいすが鳴いている。鳥海山、庄内平野、日本海の眺望がすばらしかった。

『おくのほそ道』の月山の章を口ずさんでいると、芭蕉の言霊を感じた。

「岩に腰かけてしばしやすらふほど、三尺ばかりなる桜の蕾半ばひらけるあり。ふりつむ雪の下にうづもれて、春を忘れぬ遅ざくらの花の心わりなし。〈中略〉雲の峰いくつ崩れて月の山」

月山は芭蕉が生涯で登った最も高い山である。「三尺ばかりなる桜」（ミネザクラ）を探したが見つけられなかった。弥陀ヶ原を一時間ほどハイキングした後、バスはツアー最後の目的地である羽黒山の三神合祭殿に向かった。杉並木（特別天然記念物）を歩くと心が浄められる思いがした。

私は鶴岡で勤務していた頃、たびたび羽黒山に登り、芭蕉や茂吉に思いを馳せて心なごむ時間を過ごした。当時、元気だった両親を連れて来て、五重塔（国宝）を一緒に見たことを思い出した。

涼しさやほの三日月の羽黒山　芭蕉

羽黒道《はぐろみち》まうでて来ればくれなゐの杉《すぎ》のあぶら落つ石のたたみに　茂吉（『たかはら』）

出羽三山参拝の後、バスは鶴岡に買い物に寄り、庄内名産の砂丘メロンのお土産が一人に一個付いた。無事に旅を終えて、仙台には夜七時半頃に到着した。

最後に二首書かせていただき、第十一回目の筆を擱きたい。

早苗田の広がるかなた雪しろき月山ひかるわが生まれ国

湯殿山に「祓いたまえ」の声ひびき茂吉の歌碑は神ちかく建つ　修

平成二十三年七月三十一日

第十二回　斎藤茂吉記念館（山形県）

残暑が続く八月下旬、上山市の斎藤茂吉記念館を訪ねた。仙台駅発八時十五分の仙山線の電車に乗り、山形駅で奥羽本線に乗換えて二駅目が無人の「茂吉記念館前」駅である。仙台から約一時間半で着いた。

記念館前の少し手前で左の車窓から茂吉が生まれた金瓶《かなかめ》の集落と茂吉のお墓がある宝泉寺が見えた。

ＪＲの駅名に個人の名前がついているのは珍しい。降りた客は私ひとりで、線路沿いの桜並木にはミンミンゼミが鳴いていた。記念館には駅から徒歩約三分で着く。

ここは茂吉が生前たびたび訪れた所で、明治十四年秋、明治天皇が東北巡幸の際に休憩したことを記念して「みゆき公園」とよばれている。

昭和四十三年にこの公園の中に記念館が開館してから四十年以上経っている。いつもはすぐに館内に入るのだが、今回は緑豊かな敷地内にある四つの茂吉歌碑をゆっくり巡ってみた。記念館の一番手前にある歌碑には以下の歌が刻まれている。（歌集『あらたま』、昭和五十七年五月建立）

あしびきの山《やま》こがらしの行《ゆ》く寒《さむ》さ鴉《からす》のこゑはいよよ遠《とほ》しも　茂吉

『あらたま』には、大正四年十一月、祖母が逝去して茂吉が故郷に帰ったときに詠んだ歌が「祖母」と題して四十八首収められている。この歌はその中の一首である。

佐藤佐太郎は『茂吉秀歌上巻』（岩波書店）で以下のように評している。

「それにしても上句でこがらしをいって、突如として『鴉のこゑは』と越こし、『いよよ遠しも』と結ぶというのは常識をこえた手際である。厳しいなかに遠ざかるものの寂しさが交わっている。しかもそれは滲透する言葉のひびきによって、手もとにひきもどされたもののようにありありと現わされている。」

山形に五年間勤務した私は、この歌を読むと晩秋から初冬にかけての上山の情景と空気が、特産の干し柿とセットになって鮮明に浮かんでくる。

十一月下旬の上山は冬支度の季節で、農家の軒先に干し柿がカーテンのように吊り下げられて風物詩になる。蔵王おろしと陽にさらされ白い粉をふく上山の干し柿は、甘くて絶品である。茂吉は、「稚《をさな》くてありし日のごと吊柿《つりがき》に陽はあはあはと差しゐたるかも」の歌を詠んでいる。（『あらたま』）

記念館の玄関前に、禿頭でメガネをかけた穏やかな顔の茂吉像が建っている。この像の前に立つと、いつも茂吉が自身を詠んだ以下の歌が思い浮かぶ。（『小園』）

あかがねの色になりたるはげあたまかくの如くに生きのこりけり　茂吉

残生を詠嘆した深刻な歌なのにユーモラスな響きがある。私は茂吉像を写真に撮り、すぐに待ち受け画面にした。

茂吉像から左手20mくらい歩いた所に、以下の歌碑が建っている。（『あらたま』、昭和四十九年十一月建立）

ゆふされば大根の葉にふるしぐれいたく寂しく降りにけるかも　茂吉

大正三年秋、茂吉（三十二歳）が秩父山中で詠んだ歌である。秋葉四郎氏は、『新論歌人茂吉』（角川書店）の中で究極の茂吉秀歌を列挙し、この歌を三十代秀歌の一つとして以下のとおり評している。

『いたく寂しく』は主観的な感傷をずばり表現していて快くひびいております。余情としてその雨音が聞こえるようでもありますし、そぞろ寒さも感じさせます。」

本林勝夫氏は以下のとおり評している。（『現代短歌』学燈文庫）

『いたく寂しく』は主観的だが、この場合、景と情とがとけあって少しもいやみがなく、まるで一幅の水墨画をみる趣がある。しかし、目だたない大根の葉をクローズアップし、そこに時雨を配した手法は、傾倒した印象派の画の影響を日本的な形で示したものといえよう。」

館内に入ると、受付からすぐの記念スタンプ台のそばに、スイッチを押すと茂吉自身の肉声による自作九首の朗詠が聞けるコーナーがある。この朗詠は、昭和十三年九月二十九日に録音されたもので、右記の歌も茂吉（五十六歳）の声で聴くことができる。

とくに、「いたく寂しく」のところにしみじみとした山形訛りがこもっていて、茂吉が愛した故郷の風土を詠んでいるような印象を受ける。私の他に朗詠を聞いている来館者はいなかったので、目をつぶりながら三回、茂吉の朗詠を傾聴した。少し高い声の節回しが独特で、故郷のイントネーションが生涯ぬけなかった茂吉に親しみを感じた。

記念館の敷地には、他に二つのユニークな茂吉歌碑がある。蔵王連峰の眺望が利く場所に山脈をわかりやすく図解した「蔵王連峰案内板」があり、以下の歌が刻まれている。（『小園』、昭和五十七年三月建立）

夏されば雪消《け》わたりて高高《たかだか》とあかがねいろの蔵王《ざうわう》の山　茂吉

この日、東に蔵王が悠然とそびえている姿を目の当たりにすることができてゆたかな気持ちになった。傍らに直方体の石柱のような「明治天皇行在所」記念碑が建っている。側面に以下の歌が刻まれている。（『小園』、昭和三十七年七月建立）

蔵王山その全けきを大君は明治十四年あふぎたまひき　茂吉

明治天皇がこの地を訪れた翌年の明治十五年五月十四日、金瓶の農家の三男として生まれた茂吉は、深い感慨をもってこの歌を詠んだことだろう。

山形で勤務していた頃、山形駅前の山形交通のバス停の柱に斎藤茂吉記念館の案内板があり、以下の歌が書かれていた。

辛うじて吾乗せくれし乗合のバスの中にて旅をぞ思ふ　茂吉（『霜』）

この案内板に誘われて山形駅で駅弁を買い、バスで約二十分の小さな旅で茂吉記念館に出かけたことを思い出した。（現在、この案内板はない。）

茂吉記念館の歌碑めぐりを終えた後、ひと駅となりの上山温泉に行った。茂吉の歌に思いを馳せながら名物の玉こんにゃくを食べ、足湯をしてくつろいだ。

最後に一首書かせていただき、第十二回目の筆を擱きたい。

夏の雲まとう蔵王を仰ぎ見て茂吉の歌碑のかたわらに和《な》ぐ　修

平成二十三年九月十日

第十三回　金瓶（山形県）

秋晴れに恵まれた十月八日、私は妻と仙台から車で上山市金瓶《かなかめ》を訪ねた。

茂吉は、明治十五年五月十四日、この金瓶に生まれた。山形方面から金瓶の集落に入ると「茂吉生家」の案内板がある。

右折すると杉やヒバの生垣があるやや下り坂の道の右側に、戦争中に茂吉が疎開した妹なをの嫁ぎ先（斎藤十右衛門家）、茂吉生家、旧金瓶尋常小学校、宝泉寺が並んでいる。

旧小学校の向かいには少年茂吉の遊び場だった金谷堂神社がある。境内の左手に湯殿山と刻んだ古い石碑がある。私は四季折々に金瓶周辺を訪ねては、茂吉が故郷で詠んだ歌を口ずさむことを小さな旅として楽しんでいる。

茂吉生家は建替えられているが、門にはかつてのまま「守谷傳右衛門」の表札がある。守谷家のご子孫が住んでおられる。この日、ご自宅の方の許可を得て、門の中に入らせていただいた。

金瓶には茂吉の歌碑が六基ある。歌碑とは別に茂吉の歌が書かれた立て看板（江戸時代の立札のイメージ）がいくつも立っている。茂吉生家の門の内側には、以下の歌の二つの立て看板がある。

ふるさとの蔵の白かべに鳴きそめし蟬も身に沁む晩夏のひかり　茂吉（歌集『あらたま』大正五年）

死に近き母に添寝《そひね》のしんしんと遠田《とほだ》のかはづ天に聞《きこ》ゆる　茂吉（『赤光』大正二年）

生家の右側に白壁の土蔵がある。生家の前の道を一、二分下りてゆくと須川べりに刈田が広がっていた。

茂吉の故郷に来て実際に歌が詠まれた空間に身をおいてみると茂吉の残り香を感じる。

茂吉の墓がある宝泉寺の山門をくぐると右手に以下の歌の立て看板がある。

白萩は宝泉寺の庭に咲きみだれ餓鬼にほどこすけふはやも過ぐ　茂吉（『小園』昭和二十年）

この日、境内には白萩の花が咲いていて、疎開時代の茂吉が散歩をしながら詠んだ歌の雰囲気そのままだった。本堂の左手には背丈より高く表面が鏡のように黒光りする立派な歌碑がある。以下の歌の自筆が刻まれている。（『赤光』、昭和四十八年五月建立）

のど赤き玄鳥《つばくらめ》ふたつ屋梁《はり》にゐて足乳根《たらちね》の母は死にたまふなり　茂吉

茂吉は、「作歌四十年」の中でこの歌を以下のように自注している。

「もう玄鳥が来る春になり、屋梁に巣を構えて雌雄の玄鳥が並んでいたのをその儘あらわした。これもありの儘に素直に直線的にあらわした。〈中略〉世尊が涅槃に入る時にも有象がこぞって歎くところがある。私の悲母が現世を去ろうという時、のどの赤い玄鳥のつがいが来ていたのも、何となく仏教的に感銘が深かった。」

茂吉の母いくは、大正二年五月二十三日、金瓶が新緑に輝く季節に五十九歳で脳溢血で亡くなった。三十一歳の茂吉は、母の享年に合わせて五十九首の連作「死にたまふ母」を詠んだ。同年十月、第一歌集『赤光』を刊行し、一躍注目される歌人となった。

茂吉の墓は、その生涯に多大な影響を与えた佐原窿応和尚の墓と並んで建っている。脇には茂吉が生前に自ら植えたアララギの木がある。（現在、木は枯れて植え替えられている。）

自筆で「茂吉之墓」と刻まれた墓には、生花が飾られており今も人々に大切にされている様子がうかがえた。（墓の背面には、生前自ら選んだ戒名である「赤光院仁誉遊阿暁寂清居士」の文字が刻まれている。）

宝泉寺の山門を出て右手に歩くと須川の川音がすこしずつ大きくなってきた。

須川べりの道端には以下の歌の立て看板がある。

　桜桃の花しらじらと咲き群るる川べをゆけば母をしぞ思ふ　茂吉（『霜』昭和十六年）

「金瓶案内板」のある三叉路を右折し、脇にコスモスが咲いている農道を二分ほど歩くと火葬場跡がある。そこには以下の歌を刻んだ小ぶりの歌碑が建っている。（『赤光』、昭和五十七年五月建立）

　灰のなかに母をひろへり朝日子《あさひこ》ののぼるがなかに母をひろへり　茂吉

茂吉は後年、この歌に出てくる火葬の様子を以下のとおり書いている。

「火葬場は稲田のあいだの凹処を石垣を以て囲い、棺を薪と藁で蔽うてそうして焼くのである。火は終夜燃え、夜の明け放つころにすっかり燃えてしまうのである。」（「作歌四十年」）

火葬場跡に以下の歌の立て看板がある。そばには、曼珠沙華が咲いていた。

　わが母を焼かねばならぬ火を持てり天《あま》つ空《そら》には見るものもなし　茂吉（『赤光』）

火葬場跡から田んぼ越しに茂吉生家の方向を見ると、東に蔵王連峰がそびえ、南に茂吉が幼少の頃から眺めて親しんだ三吉山《さんきちやま》の特徴のある稜線が見える。農道を戻り西に曲がって歩くと須川にかかる金瓶橋がある。中ほどの欄干に以下の歌を書いた立て看板がある。

　をさなくて見しごと峯のとがりをる三吉山は見れども飽かず　茂吉（『霜』昭和十七年）

私は須川の川音を聞きながらひとけのない金瓶橋の上に佇み、歌のとおり形のよい三吉山を眺めた。茂吉の歌心を育んだ故郷の景観がそのまま残っていることがうれしかった。

金瓶には、茂吉歌碑のある個人宅が三軒ある。お住まいの方のご了解を得られれば以下の歌碑を見せていただける。

大《おほ》きみもほめたまひたる伯父の君はいのちながくてくにの宝ぞ　茂吉（『寒雲』）

幽かなるもののごとくに此処に果てし三瓶與十松《よそまつ》君を弔ふ　茂吉（『連山』）

わきいづる音の聞こゆる弘法水雪あゆみ来て我心なごむ　茂吉（『小園』）

金瓶橋を渡り奥羽本線下のトンネルを潜って南に坂道を上っていくと、金瓶の集落を見おろす金瓶神明神社にたどり着く。ここには、以下の歌を刻んだ歌碑が建っている。（『小園』昭和二十年、平成十六年五月建立）

すでにして蔵王の山の真白きを心だらひにふりさけむとす　茂吉

初雪はまだ先だが、神明神社から蔵王の中腹の雄大な紅葉を見渡せて心が和んだ。

最後に、昨夏、金瓶で詠んだ歌を一首書かせていただき第十三回目の筆を擱きたい。

金瓶に晩夏の光やわらぎて言霊のごとみんみん鳴けり　修

平成二十三年十一月十三日

第十四回　茂吉植物園（山形県）

山形市立蔵王第二小学校の校庭に、昭和三十八年十一月に建立された茂吉の歌碑があり、次の歌が刻まれている。（歌集『寒雲』昭和十二年）

あかねさす日のまともなる高岡に心ゆたけく子らは学ばむ　茂吉

蔵王第二小学校は蔵王山の麓にあり、山形市内や上山市内を見下ろせる眺望のよいところである。学校の前の道を上っていくと蔵王温泉に行ける。（蔵王温泉は茂吉の生きた時代、高湯と呼ばれていた。）

十月八日、私と妻は上山市金瓶の歌碑めぐりをした後、この歌碑を訪ねた。小学校の校門には、「斎藤茂吉の母校」と刻まれている。

茂吉の年譜によれば、明治二十三年四月、七歳のときに合併により金瓶尋常小学校が統合されて、堀田村半郷尋常小学校に移っている。これが今日の山形市立蔵王第二小学校になる。明治二十五年九月、十歳のときに上山尋常高等小学校に転校しているので、茂吉は二年半、金瓶からこの小学校に通った。

この日、私たちは金瓶から４㎞ほど離れた蔵王第二小学校まで車で上がってきたが、茂吉ほか金瓶の児童たちは雪の深い日などさぞかし難儀しながら通学したことだろうと容易に想像できた。

茂吉は、後年、父の回想と少年期の思い出を書いた随筆「念珠集」を残している。その中に半郷尋常小学校に通った頃のことを以下のとおり書いている。

「けれどもそこを辛抱《しんぼう》すれば、柳に銀色の花が咲くころから早春《そうしゅん》が来て、雪の降るのがだんだん少くなって来る。それから一月も立てば、麗《うらら》かな天気が幾日も続いて、雪がおのずと解けてくる。道は『雪解《ゆきどけ》みち』になって、朝のうちは氷っても午過ぎからは全くの泥道で、歩くのにまた難儀《なんぎ》なのが幾日も続く。そういう時には草鞋《わらじ》は毎日一足ぐらいずつ切れた。八つか九つになった僕はこうして毎日学校へ通った。」

蔵王山麓より雪深いところで育った私には、茂吉少年の早春の通学風景が自分の小学校時代の体験と重なって情景が目に浮かぶ。

蔵王第二小学校の校門脇に、高さ2m、幅60㎝ほどの緑色の目立つ案内板が立っていて以下の字が大書されている。

「斎藤茂吉の母校　茂吉植物園　茂吉の短歌に出てくる植物が植栽されています
山形市立蔵王第二小学校」

たしかに校庭を囲むようにたくさんの種類の植物が植えられている。そしてその植物を詠んだ茂吉の歌が、小学校の低学年でも読めるようにはっきり大きく読みやすい文字（白色）で木の板に書かれている。そして、その植物の枝につり下げられている。

私たちが訪ねた日は、歌碑の近くにヤマボウシの木が秋の光を浴びて赤い実をいっぱいつけていた。その木には以下の歌を書いた板が下がっていた。

ゆくりなく霧島山にあひ見つる四照花《やまぼうし》の実をいくつか食ひぬ　（『のぼり路』）

周囲に誰もいなかったので歌を声に出して読み、少年に戻った気分でヤマボウシの実を口に含んでみた。少し苺に似た味がした。

近くにアララギの木があり、「平成三年度入学記念植樹」と木柱に説明書きがある。アララギには以下の歌を書いた板がつり下がっていた。

あららぎのくれなゐの実の結ぶとき浄《さや》けき秋のこころにぞ入る　（『小園』）

あららぎのくれなゐの実を食むときはちちはは恋し信濃路にして　（『つゆじも』）

このアララギの木にも実がなっていたので口に含み、茂吉の歌を実とともに味わってみた。茂吉は自然ゆたかな土地で育ったので、植物の実なら小鳥のようになんでも食べてみる癖があったのだろうか。

茂吉植物園の中を歩いていると実に様々な植物とともに茂吉の歌があって興味がつきない。歌が書かれた板は雪や雨に長年晒されているので判読できないものも一部あるが、ほとんどの歌の文字を読むことができた。

歌の意味がすぐにわからなくても暗唱するまで口にすることで、子供たちの心に茂吉の歌がしっかりと根付くことだろう。私は、茂吉が詠んだ歌を、実物の植物を見ながら一つ一つ手帳にメモしていった。

藤の枝には以下の歌の板が下げてある。

ふるさとのわぎへの里にかへりきて白ふぢの花ひでて食ひけり　（『赤光』）

茂吉は実にたくさんの種類の花を詠んでいることがここに来るとよくわかる。それぞれの花が咲く枝には、以下の歌の板がつり下げてある。

たかむらに椿ふたもと立ちにけり紅《あけ》きはまりし花おちむとす　（『霜』）
わが庭にひかりのさせる一ところひひらぎの花あまたこぼれつ　（『暁紅』）
合歓《ねむ》の花《はな》ひくく匂ひてありたるを手折《たを》らむとする心利《こころど》もなし　（『つゆじも』）
ゆく春の雨ふりそそぎかたむける馬酔木《あしび》の花のまへを帰るも　（『寒雲』）
山のあらし一夜《ひとよ》ふきつつ砂のへに白く落ちたる沙羅双樹のはな　（『白桃』）
木蓮《もくれん》の白き花びら散りしける木《こ》の下《した》かげをとほりて行ける　（『寒雲』）
くれなゐの椿の花の落ちたまるこのあはれさも見ずて久しも　（『寒雲』）
夕やみに風たちぬればほのぼのと躑躅《つつじ》の花は散りにけるかも　（『赤光』）

秋の澄んだ日のさす午後、ひとけのない茂吉植物園で茂吉が詠んだ植物の歌を夢中になって鑑賞しながら巡っていたら、いつのまにか日が陰ってきた。

私と妻は蔵王第二小学校から車で二十分ほど山道を走って蔵王温泉に日帰り入浴に行った。紅葉してきた木々を眺めながら源泉かけ流しの露天の温泉に浸かって歌碑めぐりの疲れを癒した。

白く濁った強酸性の温泉はピリピリと気持ちよく身体に沁みこんでくる。私は、硫黄の匂いがする湯舟に足をのばして目をつぶりながら、茂吉植物園で見てきた歌を心の中で反芻した。

最後に、この日、茂吉植物園で詠んだ歌を二首書かせていただき第十四回目の筆を擱きたい。


校庭の山ぼうしの実ほの甘く少年の日のこころ満ち来る

茂吉歌碑めぐる小さき旅にいてあらぎの実を食めば楽しも　修

平成二十三年十月二十三日

第十五回　田沢湖（秋田県）

平成二十三年十月二十一日、私は、仙台駅発八時三十八分の秋田新幹線こまちに乗って、田沢湖（秋田県仙北市）の湖畔にある茂吉の歌碑を訪ねた。

田沢湖は、岩手県と秋田県の県境にある駒ヶ岳の西麓に位置する。ほぼ円形のカルデラ湖で、周囲約20㎞、水深431ｍの日本一深い湖である。昭和十年代の経済政策（電力供給を目的に田沢湖に強酸性の玉川の水を流入させた）が原因で、固有種のクニマスが絶滅した。

かつて放流された記録のある山梨県西湖で、平成二十二年十二月に再発見されたのはうれしいニュースだった。

秋田新幹線を利用すると、仙台から田沢湖駅まで約一時間二十分で着く。田沢湖駅からバスで十二分ほどで田沢湖畔に着いた。秋晴れに恵まれ、紅葉の山々に囲まれた湖は瑠璃色に澄んでいた。

湖の美景に魅かれてひとけのない渚まで行き、湖水に指を浸した。そして湖をながめながら砂浜や湖岸の遊歩道を歩いて茂吉の歌碑に向かった。

茂吉歌碑は田沢湖畔の旧田沢湖町親水広場にある。昭和二十二年六月十八日、茂吉（六十五歳）が詠んだ以下の歌十一首が一つの歌碑に刻まれている。（歌集『白き山』、平成十三年十月二十六日建立、建立者旧田沢湖町）

行々子《ぎやうぎやうし》むらがりて住む小谷《をだに》をも吾等は過ぎて湖《うみ》へちかづく
白浜のなぎさを踏めば亡き友のもはらごころの蘇《よみが》へりくる
うつせみは願《ねがひ》をもてばあはれなりけり田澤の湖に伝説ひとつ
とどろきて水湧きいでし時といふひとり来《きた》りてをとめ龍《りゆう》となる
われもまた現身《うつせみ》なれば悲しかり山にたたふるこの湖《うみ》に来て
おほどかに春は逝かむと田澤湖の大森山ゆ蟬のこゑする
山々は細部没してけふ一日梅雨《ばいう》の降らぬ田澤湖に居り
田澤湖にわれは来りて午《ひる》の飯《いひ》はみたりしかばこのふと蕨
健かに君しいまさば二たびも三たびもわれを導きけむか

常なしと吾もおもへど見ていたり田澤湖の水のきはまれるいろ
年老いて苦しかりとも相ともに仙巌峠も越えにけむもの　茂吉

歌碑には茂吉自筆の『白き山』の歌稿の字が刻まれている。高さ約１・３ｍ、幅約20㎝で上辺が周囲の山並をイメージしたような緩やかな曲線を描きモダンな印象である。歌碑の側には山栗の毬や団栗がいっぱい落ちていた。湖から吹く涼風が心地よかった。

歌碑の裏面には「斎藤茂吉と田沢湖」と題して以下の内容が書かれている。

昭和二十二年六月、大石田に疎開していた茂吉は、秋田魁《さきがけ》新報社主催の全県短歌会の講師として秋田に招かれた。（結城哀草果、板垣家子夫同行）秋田で講演を終えた帰りにアララギの盟友で高名な日本画家だった平福百穂《ひらふくひゃくすい》（角館出身・昭和八年五十五歳で逝去）が愛し推奨していた田沢湖を角館経由で訪れた。田沢湖畔で百穂の歌碑を見、田沢湖を周遊した後、汽車で角館に引き返し念願だった百穂の墓参りを果たした……。

茂吉が訪れた百穂の歌碑は茂吉の歌碑より７００ｍ位バス停に近いところに建っている。歌碑には以下の歌が刻まれている。（『寒竹集』、昭和九年九月建立）

いにしへゆ国をさかひす嶺のうへ岩手秋田の国を境す　百穂

茂吉と五歳年上の百穂との交友は、明治三十九年に伊藤左千夫のところで知り合ったことから始まる。百穂は茂吉の最初の歌集『赤光』の口絵を描いている。『斎藤茂吉歌集白き山研究』（斎藤茂吉記念館編、短歌新聞社）に、二人の親交につき以下の記載がある。

「茂吉の実弟、山城屋四郎兵衛の談によれば、茂吉は娘に、百穂の一字をとって「百子」と名づけ百穂はおなじく娘に茂吉の一字をとって「茂子」と命名している由である。二人の友情の深さを示すエピソードである。」

こうした事実を踏まえて茂吉の歌碑の歌をあらためて鑑賞してみると、「君」とは百穂のことであり、友情の深さがつよく心に響いてくる。

二首目の歌で茂吉は、田沢湖の白浜の砂を踏みながら亡き友を偲び「もはらごころの蘇りくる」と百穂を懐かしんでいる。『広辞苑』に「もはらごころ」は出ていないが、漢字で書くと「専心」である。日本画の巨匠として絵の道に、そしてアララギの歌人として歌の道に励んだ百穂への思慕の気持ちが現われている。

九首目、「君しいまさば」の歌は、もし百穂が元気でいたら二度も三度も自分を導く力になってくれたことだろうと、百穂の早死にを惜しんでいる。

十首目、「相ともに仙巌峠を越えにけむもの」は、明治二十七年、百穂（十七歳）が東京遊学のために岩手秋田の県境で唯一の道が通じていた仙巌峠を越えたことと、百穂が歌集『寒竹』に仙巌峠と題する歌二十一首とスケッチ多数を残していることを踏まえているのだろう。もし百穂が生きていたらお互い年老いて一緒に百穂が愛した峠を越えることもできたろうに……、との感慨が響いてくる。

秋葉四郎氏著『歌人茂吉人間茂吉』（NHK出版）によれば、晩年の茂吉は百穂の出世作「アイヌ」（明治四十二年文展入選）を臥床している部屋に常に飾っていたとのことである。

平成二十二年三月、斎藤家は、茂吉が愛蔵していた百穂の「アイヌ」の絵画ほか、手帳や書簡など多数を斎藤茂吉記念館に寄贈している。

私は、茂吉と百穂の強い絆を感じながら茂吉の歌碑の前に佇んだ。そして歌碑の近くに落ちていた山栗を拾ってポケットに入れ、歌碑めぐりの土産にした。

湖岸の葦原が秋風になびく音を聞いていると、昭和五十年夏、レンタサイクルで田沢湖を一周した学生時代の思い出が蘇った。

最後に、田沢湖で詠んだ歌を二首書かせていただき第十五回目の筆を擱きたい。

見つめれば眼《まなこ》をそらす秋田犬　この国びとの純朴に似て
蒼く澄む湖《うみ》の吐息を聞きたくて秋のなぎさに指をひたせり　修

平成二十四年一月十五日

第十六回　角館（秋田県）

田沢湖岬の茂吉の歌碑を訪ねた後、田沢湖駅から新幹線こまちに乗って角館に向かった。

角館は、江戸時代の武家屋敷が残る城下町で「みちのくの小京都」と呼ばれている。この日は快晴で紅葉が美しかった。角館駅で観光マップを入手し歴史ある町並みを歩いた。

茂吉歌集『白き山』には、昭和二十二年六月十九日（田沢湖を周遊した翌日）に角館で詠んだ歌が以下の二首を含めて五首収められている。

たかだかと空しのぐ葉廣《はびろかしはぎ》槲木を武士町とほりしばし見て居る
武士町の家のつくりのなごりをもめづらしくして人に物いふ　茂吉

地元の人々が町並みを大切に保存しているので茂吉が詠んだ当時の雰囲気が今も色濃く残っている。土産物屋に入ったら武家屋敷の絵とともに茂吉の以下の歌（『白き山』）が書かれた手拭が売られていた。

　春ごとにしだり桜を咲かしめて京しのびしとふ女《をみな》ものがたり　茂吉

角館は武家屋敷の枝垂桜や町を流れる桧木《ひのき》内川《ないがわ》ぞいの桜並木が美しい。四月下旬にはたくさんの観光客が訪れる。茂吉は、アララギの盟友だった画家の平福百穂の墓参をして以下の歌を詠んだ。（『白き山』）

　おのづから心平らになりゐたり学法寺なるおくつきに来て　茂吉

私は学法寺で百穂の墓に合掌し、亡き友を偲んだ茂吉の心に思いを馳せた。

北杜夫著『茂吉晩年』（岩波書店）に以下の記載がある。六十五歳だった茂吉は自ら死後の準備をしていたことがわかる。

「五月八日（茂吉）日記『石塔ノ文字ト四半折ニ歌ヲ五枚バカリカイタ』

板垣さんは、『『石塔ノ文字』とは何であるか分からないが、今思うに、山城屋の四郎兵衛さんと予てから相談していて、没後分骨し郷里金瓶宝泉寺に墓を立てる計画が出来ていて、その墓の文字だったのではなかろうか』と記している。〈中略〉六月には秋田へ行き、平福百穂の墓を詣でた。」

茂吉は、小田野直武（平賀源内から洋画法を習い『解体新書』解剖図を描いた画家。角館出身）の顕彰碑がある松庵寺を訪ねて以下の歌を詠んでいる。（『白き山』）

　松庵寺に高木となりし玄圃梨《げんぽなし》白き小花の散りそむるころ　茂吉

私は、この歌に詠まれた玄圃梨が見たくて松庵寺の境内を探したが、それらしき高木が見つからない。ご住職の奥様と思われるご婦人がおられたので思い切って尋ねてみた。

「それはケンポ梨という大木で昔たしかにあったが、本堂を改築するときに断腸の思いで伐りました。ほんとうはその木は梨ではなくて、実のところが３㎝ぐらいひょろ長く黒くて梨のように甘くなる大木でした。」とおっしゃった。

境内に二代目の若木を植えているとのお話を伺い、落葉する緑色の広葉をつけた細いケンポ梨の木を見た。茂吉が感動して詠んだ当時の大樹を想像した。

青柳家、岩橋家など武家屋敷をいくつか見た後、平福記念美術館を訪ねた。美術館の敷地は広大な武家屋敷跡で、大正十四年四月、百穂らの尽力によって建てられた旧制角館中学校（現角館高校）の校舎があった場所である。前庭の欅の大樹の側に、島木赤彦作詞、斎藤茂吉補作の角館中学校校歌歌稿碑が建っている。（平成三年九月建立、建立者秋田県立角館高等学校第一三期（昭和三十六年）卒業生一同）

角館中学校校歌

（一）
北日本の脊梁の千秋万古ゆるぎなき
山の間にたたえたる田澤の湖の水落ちて
鰍瀬川と流れたり

（二）
高きによれば空遠し仙北平野のはてもなく
翼ひろげし雛鷲の山脈つひにきはまりて
鳥海山とぞそびえたる

（三）

この山河をたのしめるひとつ心の健児らよ
思慕おのづから高くして淵源ふかき弘道の
額の文字をあふぎ見む

（四）

朔雪しのぐ若杉の校旗をつねに護りつつ
新日本の御代を負ふ男児の意気はここにあり
競ひて起たむもろともに

歌稿碑に刻まれた文字は、茂吉が百穂に書き送った書簡（大正十五年四月二十二日付）の自筆が刻まれている。添削修正が赤文字になっていて茂吉の苦心の跡がうかがえる。歌稿碑の裏面には以下の説明書がある。

「校歌の作詞は百穂が島木赤彦に依頼していた。赤彦は病床で一節と二節の一部を吟じるがその死によって未完に終わってしまう。落成式を目前にして百穂は急遽茂吉に三、四節の補作と全体のまとめを頼み込む。茂吉は一夜で試案をつくり、中村憲吉と岡麓に応援を求める。書簡の往復による歌稿の修正が再三にわたって繰り返され四月二十四日に成案となった。」

この解説文から校歌が主要なアララギ歌人の総力を結集してつくられたことがわかる。今も角館高校のOBや在校生に愛され続けている。（歌稿の原稿は角館高校に大切に保管されている。）

この日の午前中、田沢湖畔の茂吉歌碑と百穂歌碑を訪ねてきた私は、二人の友情を思った。

昭和五十年夏、私は友人のY君（角館高校出身）に角館を一日案内してもらい一晩泊めてもらった。Y君のお祖母《ばあ》様が上品な秋田美人で親切にもてなしていただいたことを懐かしく思い出した。

帰りの秋田新幹線こまちを待つ間、角館駅前の食堂で名物のきりたんぽ鍋を味わった。地酒の熱燗で身体を温めながら、日帰りの茂吉歌碑めぐりを振り返った。

最後に、角館など秋田県内で詠んだ歌を二首書かせていただき第十六回目の筆を擱きたい。

やわらかき秋の陽のさす武士町にしだれ桜の紅葉かがやく

みちのくの溪谷のみず瑠璃に澄みみじかき秋の彩りを見す　（抱き返り溪谷）　修

平成二十四年三月四日

第十七回　上山温泉（山形県）

昨夜からの雨があがった五月五日の朝、仙台から仙山線の電車に乗って上山温泉（上山市）に向かった。県境に近づくにつれて一斉に芽吹きだした山の若葉と遅咲きの桜が車窓に迫ってきた。茂吉の以下の歌が思い浮かんだ。（歌集『白き山』）

ひとときに春のかがやくみちのくの葉廣柏《はびろがしは》は見とも飽かめや　茂吉

山形駅で奥羽本線に乗換え、三駅目のかみのやま温泉駅（山形新幹線開業前は「上ノ山駅」）で降りた。この駅に着くといつも以下の歌を思い出す。（『赤光』）

上《かみ》の山《やま》の停車場に下り若《わか》くしていまは鰥夫《やもを》のおとうとを見たり　茂吉

この歌は大正二年五月、茂吉（三十一歳）が詠んだ「死にたまふ母」の連作の一つである。危篤の母いく

（五十九歳）を見舞う帰郷の折に詠んだ歌で、「みちのくの母のいのちを一目見ん一目みんとぞただにいそげる」と同じ章に入っている。

十四歳の夏、郷里出身の医師斎藤紀一を頼って上京した茂吉は生涯において三十回ほど帰郷している。その都度、様々な感慨を持って駅に降り立ったことだろう。郷里を愛した茂吉は帰郷のたびにたくさんの歌を詠んだ。上山市内には二十基を越える茂吉歌碑があり、今も地元の人々に敬愛されている。

駅前には以下の歌を刻んだ歌碑がある。（『石泉』）

朝ゆふはやうやく寒し上山《かみのやま》の旅のやどりに山の夢《いめ》みつ　茂吉

昭和六年九月、茂吉（四十九歳）が八歳上の長兄広吉《ひろきち》の病気見舞いに帰郷した折に詠んだ歌である。「やどり」は弟直吉（高橋四郎兵衛）が営む山城屋である。パンフレット「かみのやま歴史と文学の小みち」（斎藤茂吉記念館制作）によれば、夢《いめ》は「い寝の目」に由来する夢《ゆめ》の古形である。『石泉』には、長兄を詠んだ以下の歌がある。茂吉の兄弟愛の深さが感じられる。

裏戸《うらと》いでてわれ畑中《はたなか》になげくなり人のいのちは薤《かい》のうへのつゆ

よろこびて我《われ》をむかふる兄みつつ涙いでむとすはらから我《われ》は　茂吉

葉桜の下で茂吉を偲びながら歌碑を見ていると、花びらが頬をかすめて落ちてきた。

駅から西に十五分ほど歩き、春雨庵《はるさめあん》（山形県史跡・復元）にある歌碑を訪ねた。歌碑には以下の歌が刻まれている。（『白き山』昭和二十二年、昭和三十九年十月建立、建立者春雨庵保存会）

上ノ山に籠居したりし沢庵を大切にせる人しおもほゆ　茂吉

春雨庵の敷地内には、「沢庵漬名称発祥の地」の記念碑がある。春雨庵のパンフレットに以下の内容が書かれている。

寛永六（一六二九）年、紫衣事件に抗議した京都大徳寺の沢庵禅師は、江戸幕府から上山に配流された。当時の上山藩主土岐頼行は草庵を寄進して手厚く遇した。沢庵はここを春雨庵と命名した。将軍家光に赦免されて江戸に行くまでの三年間、沢庵は禅道のほか詩歌、茶道を伝え、水利や築城の設計など城下町の発展に貢献した……。

『白き山』のこの歌の前には、戦後の混乱の中で老身を嘆く以下の歌がある。

人皆のなげく時代に生きのこり我が眉の毛も白くなりにき

雪の面《おも》のみ見てゐたり悲しみを遣らはむとしてわが出で来しが　茂吉

簡素な春雨庵でこうした背景を踏まえて歌を鑑賞していると、大石田に疎開中のわが身を沢庵に重ね、大石田の人々の温情に感謝している茂吉の心が感じられた。

春雨庵から小高い丘陵を歩いて月岡公園を訪ねた。ここには昭和五十七年に復元された上山城（月岡城）がそびえている。月岡公園内には茂吉歌碑が二つある。旧本丸跡にある月岡神社の参道脇に以下の歌を刻んだ歌碑がある。（『あらたま』大正三年、昭和三十六年二月建立）

垂乳根《たらちね》の母に連れられ川越えし田越えしこともありにけむもの　茂吉

この歌碑は縦2m、幅3mほどのモダンなデザインでひときわ目立っている。

茂吉生家のある金瓶から北に四十分ほど歩いたところに、やん目（目の病）だった幼い茂吉が母に連れられて行った松原不動尊（山形市）がある。そこにも同じ歌を刻んだ歌碑が建っている。昨秋、金瓶から松原不動尊まで歩いたとき、歌のとおり川を越え田を越えて行く道が今も残っていて、やまかがしが私の足元を逃げていった。

月岡公園内の見晴しのよい場所に以下の歌碑がある。（『霜』昭和十七年、昭和四十七年六月建立）

蔵王《ざわう》よりおほになだれし高原《たかはら》も青みわたりて春ゆかむとす　茂吉

月岡公園は山形県内有数の桜の名所である。葉桜だったが、まだ花びらの残る枝垂桜越しに新緑がまぶしい蔵王の高原がのぞめた。

この歌碑の傍らに、明治十一年（茂吉が生まれる四年前）に上山を訪れたイギリス人の女性旅行家イザベラ・バード（当時四十七歳）の顕彰碑がある。彼女の書いた『日本奥地紀行』（平凡社、高梨健吉訳）の以下の文が刻まれている。

「上山の町は楽しげな家々に庭園があり美しい風景のある温泉場である。日本で最も空気がからりとしており町が心地よく横たわっているところである。」

外国人女性として初めて東北地方を歩いた旅行家の文を読みながら茂吉が生まれた時代の上山の様子を想像すると楽しい。

月岡公園から北西側の坂道を下りていくと武家屋敷通りがある。現在も四軒残っていて趣がある。武家屋敷通りの坂を下りて古くからの旅館街である湯町に行き、茂吉の定宿だった山城屋を訪ねた。残念ながら廃業したが、木造建物と庭園は往時のまま残されている。

十年程前、山城屋を訪ねて女将さんに茂吉のファンであることを話すと、ご親切に併設していた斎藤茂吉書籍展示室に案内して下さった。茂吉関連の写真や書簡などを丁寧に説明していただいた。茂吉が愛した山城屋の内湯に浸かってくつろいだことを思い出した。

この日は、山城屋に近い共同浴場「下大湯」に入って茂吉歌碑めぐりの旅の疲れを癒した。下大湯は配流時代の沢庵も浸かって身を温めた記録が残る歴史ある温泉である。

最後に、一首書かせていただき第十七回目の筆を擱きたい。

上山のいで湯に憩う新緑の木洩れ日光る歌碑めぐり来て　修

平成二十四年六月三日

第十八回　塩釜（宮城県）

宮城県塩釜市の本塩釜駅（仙石線）から、日本三景の松島を巡る遊覧船乗り場まで、歩いて約十分で着く。その途中、塩釜港の海岸道路に並行して「シオーモの小径」という塩釜ゆかりの文学碑が並ぶ散策路がある。（「シオーモ」は宮沢賢治が童話「ポラーノの広場」で塩釜をイメージしてつけた架空の町の名）

この小径は、平成二十二年三月、塩釜市が歴史と文化を活かしたまちづくりを進める事業として塩釜を訪れた文人の文学碑九基を統一したデザインで建立、整備したものである。

しかし、海のすぐ側に造ったため、昨年の東日本大震災の津波により多数の文学碑が倒壊してしまった。

五月十二日の朝、電車に乗って塩釜を訪ねた。仙台駅から約二十五分で本塩釜駅着。徒歩五分でシオーモの小径に着いた。

赤レンガを敷いた小径は所々はがれており、崩れたり波打ったりしたままだった。さいわい、斎藤茂吉、北原白秋、田山花袋、正岡子規の文学碑は津波に耐えてしっかりと建っていた。しかし、宮沢賢治、若山牧水、与謝野晶子・寛夫妻の文学碑は倒れたままで、大震災の爪痕の深さを実感した。

茂吉の歌碑には以下の歌が活字で刻まれている。（歌集『石泉』）

松島の海を過ぐれば鹽釜の低空《ひくぞら》かけてゆふ焼けそめつ　茂吉

茂吉の年譜によれば、昭和六年十一月十三日（茂吉四十九歳）、長兄守谷広吉が上山金瓶で没し帰郷。次いで鳴子、平泉、石巻、松島、塩釜、仙台等を輝子夫人と巡遊した。歌碑の歌はこの旅の途中に詠んだもので、風光明媚なシオーモの小径にふさわしい。

茂吉記念館のホームページによれば全国に茂吉の歌碑は百四十ほどあるが、この歌碑はもっとも新しい。津波に襲われながらも無事な姿をこの目で見て安心した。『石泉』の塩釜の章には他に以下の歌がある。

塩釜の浦にうつろふくれなゐの夕棚雲《ゆふたなぐも》を妻と見て居り

塩釜に一夜あくればおもほえず船の太笛がしきりに鳴れり　茂吉

爽やかな五月の海風に吹かれながらシオーモの小径を歩いていると、右の歌と同様に船の汽笛が響いて旅情を感じた。

無事だった正岡子規の句碑には以下の句が刻まれている。（『はて知らずの記』明治二十六年）

涼しさのここを扇のかなめかな　子規

倒れているそれぞれの歌碑には以下の歌他が刻まれている。

塩釜の入り江の氷はりはりと裂きて出づれば松島の見ゆ　牧水（『朝の歌』大正五年）

雁皮紙《がんぴし》をいと美しく折り上げて松をさしたる千賀の浦島　晶子

文学碑ごとに明暗が分かれたのは強度や地盤の違いによるものなのだろうか。私はシオーモの小径の一日も早い復旧復興を祈りながら、塩竈神社へ向かった。

塩竈神社は、陸奥国一之宮として千二百年以上の歴史がある。最近はパワースポットとして注目されている。一森山《いちもりやま》の上にあり津波から免れた。参道の二百二段の石の階段を登りきると、境内から塩釜の浦が一望できた。

冬が長かったせいか塩釜桜（天然記念物）が見頃で、しずかに花びらが舞い落ちていた。遅咲きの濃いピンクの花にみとれていると、散策中の年輩の方が、「めしべの一つか二つ、薄緑色の小さい葉に変化している花がありますよ。」と親切に教えてくれた。観察すると確かにそのような花が多数確認できた。

茂吉は塩竈神社で以下の歌を詠んだ（『石泉』）

塩釜の神《かみ》の社《やしろ》にまうで来て妻とあらそふことさへもなし

塩釜の社《やしろ》に生《お》ふる異国《ことぐに》の木《こ》の実《み》をひろふ蒔《ま》かむと思《も》ひて　茂吉

前の歌は、妻と仲良く参拝している安堵感を詠んだのであろう。ふだんはけんかばかりしていることを告白しているようで茂吉の正直さが出ている。小池光氏は、「この無防備さに茂吉という人の愛嬌がある」と評している。（『茂吉を読む　五十代五歌集』五柳書院）

神社の左手には樹齢五百年、樹高22ｍの多羅葉の大樹（天然記念物）が聳えているが、後の歌に出てくる異国の木の実がどれなのかわからなかった。

関西弁のご夫妻が、神前の丸みを帯びた珍しい形の灯篭に興味深そうに見入って説明書きを読んでいた。芭蕉は『おくのほそ道』の中で以下のとおり書いている。

「神前に古き宝燈あり。かねの戸びらの面に『文治三年和泉三郎寄進』とあり。五百年来のおもかげ、今目の前にうかびてそぞろに珍し。かれは勇義忠孝の士なり。佳名今に至りてしたはずといふことなし。まことに、『人よく道を勤め義を守るべし。名もまたこれに従ふ』といへり。」

「文治神燈」は、八百年以上前に平泉の藤原秀衡の三男、和泉三郎忠衡が寄進した宝燈である。忠衡は父との約束を守って最後まで義経への忠義を尽くした。塩釜に訪れる数日前に平泉を旅してきた茂吉は、平泉で以下の歌を詠んでいる。(『石泉』、「中尊寺行」)

義経《よしつね》のことを悲しみ妻とふたり日《ひ》に乾《かわ》きたる落葉をありく　茂吉

芭蕉に心酔していた茂吉は、塩竈神社で感慨を持って「文治神燈」を見たことであろう。

斎藤茂太氏は『茂吉の体臭』(岩波現代文庫)の中で、両親の性格の相違について以下のとおり書いている。「ものおじ一つしない母の性格は、祖父紀一からうけた本質的なものと、後天的な環境教育とによって形づくられたものである。〈中略〉朴とつ極まる父とは当然のことながら同じ線路の上を走っていくようなわけにはゆかなかった。しかも両方が、個性の強い生一本なたちであるから尚更そうである。」

しかし、このときの歌を鑑賞すると茂吉は輝子夫人と睦まじく旅をしていることがわかる。

二十代の頃、長男が生まれる前に妻と塩竈神社にお参りに来て「安産狗《うみやすく》」のお守りをいただいたことを思い出した。塩竈さまは安産の神様でもある。

最後に、当時詠んだ歌を一首書かせていただき第十八回目の筆を擱きたい。

海の香を恋い詣で来て塩竈の社にしろき安産狗買う　修

平成二十四年五月二十日

第十九回　浅草（東京都）

私は、学士会短歌会に出席するため、二ヶ月に一度、仙台から日帰りで上京している。五月二十六日、早めに東京駅に着き、午後開催の学士会短歌会までの時間を利用して浅草三筋《みすじ》町にある茂吉歌碑を訪ねた。

歌碑は、台東区三筋町二丁目の区立三筋保育園にある。御徒町駅から地図を頼りに東に歩いて約十五分で着いた。仙台より気温が高いせいか汗をかいた。歌碑は狭い園庭の隅に建っていて道路からフェンス越しの至近距離に見える。不審者に疑われないように保育園におられた方に許しを得て見せていただいた。

今年は茂吉生誕百三十年にあたる。茂吉が注目されているが、都内にありながら三筋町の茂吉歌碑を訪れる人は少ないようだ。歌碑には以下の歌が刻まれている。（歌集『つゆじも』）

浅草の三筋町なるおもひでもうたかたの如や過ぎゆく光の如や　茂吉

歌碑の歌は茂吉自筆の字を拡大して刻まれている。裏面には山形市の石工、松田駒蔵制作と記されている。傍らの案内板には、以下の説明文が記載されている。

「因みにこの三筋町は茂吉が第二の故郷として夢多き少年時代を過ごし生涯懐かしんだところで、短歌は長崎在住のときに当時を回想して詠んだものである。昭和五十年十二月建立　台東区教育委員会」

私は、仙台から東京まで約一時間四十分の新幹線の中で、茂吉の随筆「三筋町界隈」を読んできた。（『作家の自伝29　斎藤茂吉』）日本図書センター）

明治二十九年八月、医師になることを決意した茂吉（十四歳）は、父伝右衛門に伴われて金瓶から関山峠を越えて仙台まで歩き、汽車で上京した。「三筋町界隈」は、東京市浅草区三筋町の浅草医院斎藤紀一方に寄宿して過ごした四、五年間の青少年期を追憶した随筆である。茂吉は随筆の中で、初めて東京に着いた日のことを以下のとおり書いている。

「朝仙台を発し、夜になって東京の上野駅に著いた。そして、世の中にこんな明るい夜が実際にあるものだろうかとおもった。」

科学技術が進歩して都会と地方の情報格差を感じにくくなった現代と違い、金瓶村で素朴に育った茂吉少年にとって、東京での生活は大変なカルチャーショックだったことがわかる。

茂吉は随筆の中で、初めて鉄道馬車を見たとき、「郷里で見た開化絵を目のあたり見るような気持」になったことや、浅草観世音境内で日清戦争平壌戦のパノラマを見て、「東北の山間などにいてはこういうものは決して見ることは出来ないと私は子供心にも沁々《しみじみ》とおもった」ことをいきいきと描写している。

私は、大正七年、茂吉（三十六歳）が長崎医専の教授時代に詠んだ歌碑の前に立ち、随筆を思い浮かべながらこの歌を声に出して読んでみた。五句目が十一字という長い字余りの詠嘆的な破調で詠んだ茂吉の真情が胸に響いてきた。

御徒町から三筋町まで歩いて来る途中、四日前に開業したばかりの東京スカイツリーがよく見えた。現在の三筋町に明治時代の面影は当然何もない。茂吉が生きて歌を詠んだ時代も同様に遠い過去になったが、三筋町の歌碑の前に立つと茂吉の歌心が時空を超えて親しいものに感じられた。

三筋町の歌碑から雷門まで歩いて約二十分で着いた。仲見世通りは修学旅行の中学生や外国人観光客で賑わっていた。浅草寺の境内にいると、上山の斎藤茂吉記念館で常時上映しているスライド映像「斎藤茂吉の世界とその時代」に出てくる晩年の茂吉の写真を思い出した。

亡くなる前年の昭和二十七年三月、茂吉（六十九歳）は浅草観音に詣でた。長男茂太氏に抱えられながら手袋をした左手だけで拝んでいる写真である。館内の映像では茂吉の以下の歌（『つきかげ』）がナレーションで紹介されている。

浅草の観音堂にたどり来てをがむことありわれ自身のため　茂吉

茂吉は、浅草の観音様を生涯信仰し何度となく参拝した。佐藤佐太郎は、『茂吉秀歌下巻』（岩波書店）の中でこの歌を以下のとおり評している。

「作者は歌人として現実此岸に立つ態度に徹した人であったが、同時に宗教的感情の豊かな人でもあった。そういう矛盾をはらんだような生身の人としての歎きがこの一首にもこもっている。『われ自身のため』に祈るのは宗教の原始的な形態だが、宗教感情の根源でもあるという肯定も底の方に微かに動いていたのではなかろうか。」

いま浅草寺に来ているたくさんの観光客も自分のしあわせや健康を祈っているのだろうと想像しながら、「われ自身のため」と詠んだ人間茂吉に思いを馳せた。そして、観音様に歌の上達を祈願した。

浅草寺の宝蔵門の両脇には、境内をお守りしている仁王様が履くようにと大草鞋が掲げられている。この大草鞋は、茂吉が戦争直後に疎開した大石田の隣町である村山市荒町の町内会が、地域ぐるみで制作し十年間隔で浅草寺に奉納している。

現在の大草鞋は平成二十年に奉納（七回目）されたものである。昭和十六年に村山出身の代議士が護国の象徴として奉納したのが始まりで、茂吉が参拝したときにも大草鞋はあったかもしれない。

宝蔵門の仁王像は村山市出身の彫刻家村岡久作氏が制作した。浅草寺と村山市は縁が深い。村山市の道の駅では、浅草寺の境内を守ってきた大草鞋の藁を埋め込んだ「大草鞋木札」（健脚、交通安全祈願）を販売している。この日、私も身に着けていた。

茂吉は、村山市の甑岳《こしきだけ》を詠んだ歌を『白き山』に残している。（昭和二十一年二月）

今しがた空をかぎれる甑嶽《こしきだけ》の山のつづきは光をうけぬ　茂吉

昨年の十一月二十日、紅葉の浅草寺を訪ねたとき、たまたま境内で村山市物産市が開催され賑わっていた。村山市観光協会の方々が山形名物いも煮をふるまっていたのでおいしくいただいた。その日はふだん非公開の伝法院が公開されていた。建設中のスカイツリーが池泉回遊式庭園の借景になっていた。最後に、一首書かせていただき第十九回目の筆を擱きたい。

スカイツリー間近に仰ぐ浅草にうたかたのごと茂吉歌碑たつ　修

平成二十四年七月一日

第二十回　大石田（山形県）

六月二日、マイカーで山形県北村山郡大石田町の茂吉歌碑を訪ねた。茂吉は、昭和二十一年一月三十日、金瓶から大石田に移り、翌年十一月三日まで大石田に疎開した。大石田は歌集『白き山』の舞台である。

仙台から大石田まで約一時間三十分で着く。国道48号線を通り関山峠を越えて山形県側に入ると雪の残る月山のまどかな姿が見えてきた。途中、フルーツラインと呼ばれる東根市の果樹地帯を走ると、まだ収穫には早いサクランボが鈴なりになっていた。

国道13号線バイパスを北上すると、村山市楯岡に江戸末期の北方探検家、最上徳内《もがみとくない》（一七五五〜一八三六）の記念館がある。すぐ近くには早苗田が広がって気持ちがいい。記念館の前庭に茂吉の以下の歌を刻んだ歌碑がある。（『小園』）

最上川流るるくににすぐれ人あまた居れどもこの君我は　茂吉

この歌碑は、茂吉が七十歳で亡くなった四年後の昭和三十二年十一月に建立された。山形県内の茂吉歌碑の中でも四番目くらい古い。歌意は明快で、茂吉が同郷人の中で最上徳内を最も尊敬していたことがストレートに伝わってくる。

司馬遼太郎は『街道をゆく37　本郷界隈』（朝日新聞出版）の中で次のように書いている。

「徳内の科学的測定や説をもっとも高く評価して引用したのは、シーボルトである。〈中略〉日本の北方に関する知識においては『まれなる学者』とたたえている。とくに徳内が製作した蝦夷地（北海道・千島）や樺太の地図をみて、準尺技術の高さや、かつ日本において天文学や陸地測量術が意外に進んでいることを知った。」

楯岡の小農に生まれた徳内は苦学を重ね、二十七歳で江戸に上った。働きながら天文、算術の学問を学んだ。徳内の墓は、本郷界隈の蓮光寺にある。（享年八十二歳）

金瓶で育ち医師になるため十四歳で上京した茂吉は、同郷の偉人に親しみを持ったことだろう。毎年八月下旬、むらやま徳内まつりが開催され地元の若者たちが勇壮な踊りをして祭りを盛り上げている。最上徳内の歌碑を見たあと大石田に向った。まもなく左手に最上川が見えてきた。眼前に茂吉が『白き山』に残した光景が広がる。

おほどかに流れてぞゆく大川《おほかは》がデルタに添ひて川瀬はやしも　茂吉

大石田の中心部から最上川大橋を渡ると旧横山村地区で、横山、来迎寺、田沢などの集落がある。茂吉は、大橋を渡ってしばしば農村を散策し秀歌を残した。来迎寺は古くから蕎麦の栽培がさかんで、環境省からかおり風景100選「大石田町そばの里」に認定されている。夏の終わりから秋にかけて蕎麦の白花が咲く風景は実にいい。

蕎麦の花の季節に詠んだ歌一首。

いつしかに蕎麦の白花かおりきてふるさとははや秋の風ふく　修

この日、最上川から涼風が吹いていた。来迎寺地区には農家がそのまま蕎麦屋になったような蕎麦屋が数軒ある。板蕎麦（蕎麦が板にのっている）がポピュラーだが、きよそばという店で「かいもず（かいもち）」を注文した。かいもちは蕎麦の粉を煮てかきまぜたあと練り上げたふわふわした食べ物で、辛い大根おろしと納豆につけていただく。

大石田で生まれ育った祖母が、子供の頃によく作ってくれた。蕎麦好きだった茂吉は、『白き山』に以下の歌を残している。

われひとり食はむとおもひて夕暮の六時を過ぎて蕎麦の粉を煮る　茂吉

きよそばの床の間に、茂吉の以下の歌を書いた色紙が無造作に置かれていた。

大石田の橋をわたれば汀までくだりて行きぬ水したしみて　茂吉

来迎寺から蛙が鳴く早苗田の中を車で数分走り、田沢沼のほとりにある茂吉の歌碑を訪ねた。（『白き山』、昭和五十七年五月建立・茂吉生誕百周年記念）

高原《たかはら》の沼におりたつ鸊《こふ》ひとつ山のかげより白雲わきて　茂吉

昭和二十二年八月二十二日に詠んだ歌で、歌碑は茂吉の自筆を拡大して刻んでいる。田沢沼は約10 haの面積がある灌漑用の大堤で、大きな岩の歌碑は周囲の景観に溶け込んでいた。人影はなく歌碑の近くにはシャガの花が咲いていた。

以前、私はこの歌に出てくる「鸊」は「鶴」の旧字体だと誤解していた。『斎藤茂吉歌集白き山研究　斎藤茂吉記念館編』（短歌新聞社）では、「こふ」とフリガナがある。『広辞苑』で調べて特別天然記念物に指定されているこうのとりであることを知った。『白き山』には、たくさんの種類の鳥が登場するが、茂吉が疎開していた時代はこうのとりもいたのだろうか。野鳥を取巻く環境が大きく変化したことを実感した。

『白き山』には「田沢村の沼」と題して五首入っており以下の歌もある。

今しがた羽ばたき大きくおりし鸊《こふ》この沼の魚を幾つ食はむか　茂吉

田沢沼の歌碑を見たあと大石田の中心部にもどり、十六世紀からの古刹、乗船寺《じょうせんじ》を訪ねた。乗船寺の境内に入ると右手に茂吉の墓がある。（昭和四十八年二月建立）墓碑銘は長男茂太書で、裏面の法名は茂吉の自筆が刻まれている。

乗船寺のパンフレットには以下のとおり記載されている。「茂吉の墓は、東京青山墓地の他に、分骨により生地金瓶宝泉寺、そしてここ乗船寺と三基存することになります。」

乗船寺には、有名な以下の歌を刻んだ歌碑がある。(『白き山』、昭和四十八年二月建立)

最上川逆白波《さかしらなみ》のたつまでにふぶくゆふべとなりにけるかも　茂吉

隣には、明治二十六年八月、楯岡より歩いて大石田を訪れた正岡子規の句碑がある。

ずんずんと夏を流すや最上川　子規

正岡子規が大石田に訪れた頃は、芭蕉が『おくのほそ道』の旅で大石田から最上川を舟で下ったと信じられていた。後に「曾良旅日記」が発見されるまで、大石田から陸路猿羽根峠《さばねとうげ》を通って新庄へ向かったことが知られていなかった。大石田は豪雪地帯なので、歌碑も句碑も冬のあいだ根雪に埋もれてしまう。

最後に、一首書かせていただき第二十回目の筆を擱きたい。

初夏《しょか》のかぜ最上川より届き来て逆白波の歌碑をなでゆく　修

平成二十四年六月十七日

第二十一回　箱根強羅(神奈川県)

梅雨明け後の七月二十一日、学士会短歌会出席のため上京した私は学士会館に宿泊し、翌朝、箱根強羅《ごうら》の茂吉歌碑を訪ねた。

六月上旬、会社の先輩のIさん(横浜在住)が、神奈川近代文学館開催の「生誕130年　斎藤茂吉展」を訪れた折に私が茂吉ファンであることを思い出し、茂吉展で購入した資料集「茂吉再生」を送って下さった。

Iさんのお心遣いに感謝しつつ資料集を開いた私は、強羅の別荘で湯上り後に上半身裸でくつろぐ茂吉の写真や多数の書簡の写真にくぎ付けになった。強羅にある茂吉歌碑を訪ねたいと思う気持が強くなり、上京の機会をうかがっていた。

七月二十二日、Iさんからいただいた資料集を持って東京駅発八時十五分の東海道線に乗り、小田原、箱根湯本を経由し登山鉄道に乗り換え十時五十分頃、強羅駅に着いた。急坂をスイッチバックで喘ぎながら登る登山電車の窓の外はあいにくの濃霧で海や山の眺望は全く利かない。線路沿いの紫陽花や山百合の花が車窓に迫り、車内に歓声が上がった。

強羅駅から土産物屋や飲食店の並ぶ上り坂を五分ほど歩いたところに強羅公園がある。園内は大きく立派な岩が木立の中に巧みに配置されている。四季折々の花が咲くことからたくさんの観光客が訪れるようでこの日も賑わっていた。いろんな種類の薔薇が咲いている優雅なローズガーデンの奥に、大きな岩の茂吉歌碑が聳えるように建っていた。

歌碑には以下の歌が刻まれている。（歌集『ともしび』）

おのづから寂しくもあるかゆふぐれて雲は大きく谿に沈みぬ　茂吉

歌碑に刻まれた文字は茂吉の自筆を拡大したもので一文字が10㎝四方くらいの大きさがある。今まで見てきた茂吉歌碑の中で最も文字が大きいように思えた。近くの案内板には以下の記載があったので、その場で手帳にメモした。

「現代短歌の最高峰でありアララギ派の棟梁として知られた故斎藤茂吉氏はこよなく箱根の山を愛し、約三十年の長きに亘って暑を強羅の山荘に避けられました。箱根吟詠として公にされるもので千二百首余にのぼると言われています。昭和三十年五月、神奈川県歌人協会は氏にゆかりの深い此の地に一碑を建て、箱根作品中の秀歌の一を抽いて刻みました。大正十四年の作で書は氏の直筆であります。一首は明神岳、明星岳を包んだ夕べの雲が足下の早川渓谷に沈み入らんとする情景を詠んだもので荘重にして雄渾のこの歌調は氏の全作品に見られる特色であります。」

私は、右記の歌が納められている茂吉の第六歌集『ともしび』の文庫本（短歌新聞社）も持って強羅を訪れた。「箱根漫吟」中の以下の歌も同様に秀歌である。

しづかなる峠をのぼり来《こ》しときに月のひかりは八谷《やたに》を照らす

さやかなる月の光に照らされて動《うご》ける雲は峰をはなれず　茂吉

この日は濃霧のため、歌碑が見おろしている茂吉の愛した箱根の山々は見えなかった。都心との気温差を肌で感じた。茂吉が強羅で毎夏滞在したのは避暑だけが目的ではない。箱根で詠んだ膨大な歌の数が示すとおり、病院経営に追われる日々から逃れて作歌や執筆活動に専念することも大きな理由だったと思われる。

資料集に以下の記載がある。

「（茂吉は）蔵王温泉と似た泉質の強羅の湯を愛し、一日二回ほど入浴した。汗かきの茂吉は、裸のままベランダの籐椅子に座り、山を眺めながら長時間涼んだ。」

強羅公園の歌碑を見た後、強羅温泉に入りたくなった。公園に隣接する宿に日帰り入浴可の幟が立っていたのでこの宿を訪ねた。「展望の湯」は強羅公園を見下ろしながら湯に浸かれるようになっていた。

蔵王温泉と同じく硫黄の匂いが強くて濁った湯を想像して入浴したら、無色透明かつ無臭のナトリウム塩化物泉だった。予想外だったが「展望の湯」は風情があって癒された。湯船には私の他に誰もおらず、贅沢な時間を過ごした。茂吉が毎夏過ごした山荘に引いていた温泉は泉質が違うものだったのだろうか。

この宿と強羅公園は繋がっていて公園に無料で入れるシステムになっている。茂吉歌碑をもう一度見たくなって公園に戻り、再度茂吉歌碑の写真を撮った。公園周辺を歩いてみたが、茂吉の山荘跡がどのあたりなのかはわからなかった。資料集には、茂吉が知人に宛てた絵はがき（昭和十四年八月二十六日付、茂吉五十七歳）の写真が載っていて以下の説明文がある。

「幸田露伴から（茂吉に）強羅ホテル滞在中との連絡が入り、2日にわたり面会した。敬愛する露伴と親密な時間を過ごすことができたことを『夢のやうなる幸福』と伝える。」

茂吉は開成中学に入学後の明治三十年頃、中学生向け雑誌に載っていた幸田露伴の以下の文をノートに書き写して実世間的な教訓として若い心に沁み込ませていた。

「鶏の若きが闘いては勝ち闘いては勝つときには、勝つということを知りて負くるということを知らざるまま、堪えがたきほどの痛きめにあいても猶よく忍びて、終《つい》に強敵にも勝つものなり。また若きより屡々《しばしば》闘いてしばしば負けたるものは、負けぐせつきて、痛を忍び勇みをなすということを知らず、まことはおのが力より劣れるほどの敵にあいても勝つことを得ざるものなり。」（茂吉随筆「三筋町界隈」より）

東北の農村から医師になる決意をして上京した茂吉少年が、右記の露伴の文に感動した事実をふまえて資料集に載っている絵はがきの説明文を読み直してみた。強羅で幸田露伴に会ったことが茂吉にとっていかに大きな喜びだったかが想像できる。

強羅の小さな旅を満喫した後、登山電車で箱根湯本に戻った。小田急ロマンスカー新宿行に乗り帰路についた。

なお、茂吉が別荘敷地内に自分専用に建てた離れ（勉強部屋）は、昭和五十四年に斎藤茂吉記念館（上山市）のあるみゆき公園に移築されている。実に簡素な建物で、茂吉の強羅での生活を偲ぶことができる。

最後に、この日、私が強羅で詠んだ歌を一首書かせていただき第二十一回目の筆を擱きたい。


箱根路の客に見しむとあじさいは登山電車の窓迫り咲く　修

平成二十四年八月五日

第二十二回　瀬見温泉（山形県）

八月四日、仙台から山形県新庄市に行き高校同窓会に出席した。翌朝、新庄駅午前六時発の陸羽東線の列車に乗って瀬見《せみ》温泉（最上郡最上町）の茂吉歌碑を訪ねた。

早朝の乗客は数人しかいなかった。昨夜、同級生たちと再会し酒を飲み過ぎたが、朝日に光る小国川を見て爽やかな気持になった。

瀬見温泉には小国川の左岸に沿って十五軒ほどの旅館がある。山間のしずかな佇まいの温泉場で、付近は渓谷美に富んでいる。源義経一行が頼朝の追っ手を逃れて平泉を目指していたとき、この地で義経の子、亀若丸が誕生。産湯を探して谷川をくだった弁慶が小国川辺に湯けむりを見つけ、薙刀で岩を砕いて湧き出たのが瀬見温泉だとの伝説が残っている。瀬見温泉には新庄から約二十分で着いた。無人駅でひっそりとしている。

昭和二十一年三月、大石田に疎開中の茂吉は肋膜炎により重体に陥った。大石田の人々の看病により夏頃から病が癒え、十月三日から六日、瀬見温泉で湯治をした。(当時六十四歳)

茂吉の歌碑は、義経通りを通って小国川にかかる義経大橋を渡ったところにある。湯治場の中心である湯前神社の境内に建っている。駅から徒歩十分ほどで着いた。山峡の自然が豊かで鮎釣人が見える。小国川の瀬音と鶯の鳴き声が聞こえてきた。

歌碑には以下の歌が刻まれている。(歌集『白き山』)

みちのくの瀬見《せみ》のいで湯のあさあけに熊茸《くまたけ》といふきのこ売りけり　茂吉

歌碑に刻まれた文字は茂吉の自筆で、茂吉特有の味わいがある。歌碑の高さは170cmくらいで鏡のように黒光りしている。前に立つと自分の姿が映った。歌碑の裏には以下の説明書きがある。

「昭和二十一年の秋斎藤茂吉が瀬見温泉に湯治された折十一首を詠み『白き山』に残されている。この歌はその中の一首である　昭和六十三年三月十五日建立　瀬見温泉観光協会」

歌にある熊茸とはどんなきのこか。気になっていた私は、仙台に帰ってから瀬見温泉観光案内所に電話で聞いてみた。「熊茸は真っ黒なきのこで、今では珍しいきのこです。」と親切に教えていただいた。

湯前神社の前に飲泉所と足湯があり、気軽に温泉を楽しむことができる。飲泉所の湯を口に含むとしょっぱい味がした。案内板には、「ナトリウム・カルシウム・塩化物　硫酸塩温泉」との泉質表示がある。共同浴場がすぐ近くにあるが、暑くなってきたので入浴せず足湯でくつろいだ。

湯前神社の隣にある旅館は、茂吉が三泊した「喜至楼《きしろう》」で明治元年建築の老舗旅館の風格をとどめている。足湯をしながら眼前の喜至楼を眺めていると茂吉が泊まった時代にタイムスリップした気がした。

にごり酒のみし者らのうたふ声われの枕をゆるがしきこゆ　茂吉

まわりに誰もいなかったので足湯をしながら右のうたを口ずさんでみた。酔客の歌声に寝付けなかった茂吉の困惑ぶりが浮かんだ。

茂吉が歌に詠んだ朝市は今も瀬見温泉の名物である。

朝市《あさいち》はせまきところに終りけり売れのこりたる蝮《まむし》ひとつ居て　茂吉

朝市では、湯治客用の食料や山菜、漬物など当地ならではの食材を売っていたが蝮はいなかった。茂吉が湯治に来た頃、蝮は身近な食材だったのだろうか。「売れ残った蝮」の存在感が迫ってくる秀歌である。

私は朝市で朝食用に、熊茸ではなくしめじを炊き込んだ作り立てのおこわを一パック買った。茂吉が瀬見温泉で詠んだ歌に思いを馳せつつ、小国川の川風に吹かれ瀬音を聞きながらベンチに腰掛けて食べたおこわは格別おいしかった。

最上川の大き支流の一つなる小国川の浪におもてをあらふ　茂吉

茂吉は大石田に疎開している間に最上川の歌をたくさん詠んだが、その支流の秀歌もたくさん詠み『白き山』に残している。瀬見温泉に湯治した翌月の昭和二十一年十一月、茂吉は、「支流」（一）〜（四）と題して自ら徒歩で訪ねた最上川の支流について考察した随筆を書いている。五十沢《いさざわ》川、朧気《おぼろげ》川、丹生《にう》川、銀山川、小国川などの支流に愛着を持って詠んだことがわかる。

朝食後、茂吉をまねて小国川の岸に下りて行き顔を洗った。瀬見から八キロほど下流の小国川沿いで生まれ育った私は少年時代、夏になると小国川で泳ぎ、ヤスで鰍《かじか》突きをして過ごした。久しぶりに小国川の水で顔を洗ったら、少年の頃がよみがえった。

たひらなる命《いのち》生きむとこひねがひ朝まだきより山こゆるなり　茂吉
『斎藤茂吉歌集白き山研究　斎藤茂吉記念館編』（短歌新聞社）によると推敲前は、「たひらなる命《いのち》いきむをこひねがひ峡《かひ》のいでゆに旅きぬわれは」となっている。私には、推敲前の歌の方が、山峡のいで湯である瀬見温泉の旅情がよく出ているように思える。

山の木々《きぎ》さわだつとおもひしばかりにしぐれの雨は峡《かひ》こえて来つ　茂吉

瀬見温泉は山峡にあるので山や川の気配を間近に感じられる。自然の動きを時間の推移の中で捉えて言霊に変えてしまう茂吉の力量が発揮されている。

この鮎はわれに食はれぬ小国川の蒼《あを》ぎる水に大きくなりて　茂吉

小国川は夏から秋にかけて美味な天然鮎が採れる川として知られている。今は稚魚を大量に放流して育てているが、茂吉が瀬見温泉に湯治した戦争直後は、国破れて山河ありの時代で天然鮎が豊富だったのだろうか。茂吉は鰻や納豆をはじめたくさんの食べ物の歌を詠んでいるが、瀬見温泉に来て自然の恵みに感謝しながら鮎を味わっている茂吉の姿を想像すると親しみが湧く。小国川の上流にダムをつくることがすでに決まっていて、名物の天然鮎が採れなくなるのではないかと地元では心配されている。

小国川宮城《みやぎ》ざかひゆ流れきて川瀬川瀬に河鹿鳴かしむ　茂吉

私は、故郷を流れる小国川をいつくしむ心で詠んでくれた茂吉に感謝している。
最後に、一首書かせていただき第二十二回目の筆を擱きたい。

ダムつくる計画決まりふるさとの鮎もやがては滅びてゆくか　修

平成二十四年八月十二日

第二十三回　山辺町（山形県）

山形県西村山郡山辺町《やまのべまち》の高台に、茂吉の歌碑が最上川を一望して建っている。（歌集『白き山』、昭和四十五年十一月建立）

最上川ながれさやけみ時のまもとどこほることなかりけるかも　茂吉

この歌は、昭和二十二年八月十六日、大石田に疎開中の茂吉（六十五歳）が弟子の結城哀草果を伴い、東北巡幸中の昭和天皇に上山の村尾旅館でご進講した折、言上した最上川詠として知られている。

八月七日、斎藤茂吉記念館（上山市）で開催中の「斎藤茂吉生誕一三〇年記念特別展」を見た後、山形駅で左沢《あてらざわ》線に乗換えて山辺町の右記の歌碑を訪ねた。

歌碑は、羽前山辺駅から正面の山に向かって徒歩約三十分のところにある。山道でわかりにくかったが草刈り中の方に聞いてたどり着いた。

歌碑は茂吉の自筆の文字が刻まれている。側の建立由来に以下の内容が書かれている。

「大石田に疎開中の斎藤茂吉先生は昭和二十二年十月六日、山辺町に来訪した。昭和四十五年、この地に上下水道配水施設が建設された。水に苦労してきた山辺一万町民は最上川の流れによる上水道の恩恵を受けた。

ここに茂吉先生が山辺に来訪の折書き残された色紙の歌意が山辺町として甚だ剴切《がいせつ》なものであることを思い、先生ご来辺の記念をかねてこの歌碑を建立した。なお、昭和五十五年十一月、輝子夫人、斎藤茂太氏はこの地に至り碑を訪ねられた。　山辺町観光協会」

私は歌碑に刻まれた文字を手でなぞってみた。そして、茂吉が昭和天皇にご進講の折に、百首を越える最上川詠の中から何故この歌を選んで言上したのか、理由を考えてみた。最上川の本質をとらえた実相観入の歌として自信作だったからだろうか。

茂吉からご進講の様子を直接聞いた北杜夫氏は、『茂吉晩年』（岩波書店）に以下のとおり書いている。

「茂吉は次のように述べた。陛下が摂政宮時代に作られた『広き野を流れゆけども最上川海に入るまで濁らざりけり』につき、このお歌は、最上川は常にきれいに流れているようにお詠みになっておられるが、実際はそういうものではなく、降雨が続いたりするとそれは物凄い流れに変り、あたかも濁流滔々として天より来るの趣があると申しあげた。その時、陛下はお歌に非を言われたとでも思召されたらしく、ちょっとお顔を引きしめられたようにお見受けしたので、すぐ、お歌は山形県民が最上川のきれいに澄んだ水のように、常に変ることなく清くお仕え申上げる心をお詠み下されたものと拝察申上げております、と言葉を添えたところ、陛下は二、三度大きくうなずかれたと言って茂吉は笑った。

『どうだ、こういうところはなかなかうまいだろう、君』

そのあと自作の『最上川ながれさやけみ時のまもとどこほることなかりけるかも』が写生歌であることをつけ加えた。」

ご進講に同行した結城哀草果は以下のように評している。

「寸分の隙なく最上川と呼吸を合しての名吟と称えざるを得ない。かくもおおどかに、快適にゆるみなく最上川を格調高く詠んだ歌は、他に類を見ないほどだ。」（『斎藤茂吉歌集白き山研究　斎藤茂吉記念館編』

短歌新聞社）

他方、高橋宗伸氏は、以下のように評していて興味深い。

「ただ調子に乗り過ぎているようで、茂吉的な心の屈折・たかまりを欠くような感じがしないでもない。」（同）

午前中に訪れた茂吉記念館には、ご進講の当日、上山温泉で撮影された茂吉の写真が展示されていた。私は、ご進講時の茂吉の胸中を推察しながら茂吉の写真を鑑賞した。

昭和天皇の最上川詠の歌碑は酒田市の日和山公園にあり、山形県民歌になっている。山形に勤務していた頃、宴席で地元の方が音頭をとって合唱した経験が幾度かある。

羽前山辺駅から山形駅に戻ると山形市内は花笠まつりの最中で賑わっていた。山形駅から十五分ほど歩き、市内木の実町のさくら木公園を訪ねた。ここには、茂吉が作詞した山形第二高等女学校（現山形県立山形北高校）校歌歌碑がある。（平成十年八月建立）

昭和十年、同校に校歌制定委員会が作られ、アララギ派の歌人であった同委員会の委員が、東京青山の茂吉を訪ねて作詞を依頼した。（堀内敬三作曲）現在、校歌の歌詞は一、二のみで三はない。

校歌歌碑には茂吉の自筆の文字が刻まれている。私はその場で校歌を手帳にメモした。

一　天そそる蔵王の山の　ただ潔き花のこまくさ　わがどちの徽章となして　みおしえのたらへるには
　に　もろともにいざや学ばむ

二　ゆたかなる最上の川の　をやみなき流のごとく　わがどちようまずたゆまず　豊栄とさかゆる国に
　ほがらかにいざや励まむ

三　み雪降るしろがねのくに　濁りなきその清けきを　あさゆふに心にしめて　天皇のみ言のまにま
　　すこやかにいざや勤めむ

山形市第二高等女学校々歌歌稿　斎藤茂吉

校歌は短歌と趣が異なるが、蔵王、最上川といった郷里の固有名詞が散りばめられ、格調高い調べの中に茂吉の郷土愛があふれている。三の歌詞は茂吉の忠君愛国の思いが素直に表れている。茂吉が天皇にご進講した折の言上に通底するものがある。

山形勤務の頃、山形北高出身の女性職員が数人いたが、全員が母校の校歌に誇りを持っていたことを思い出した。

仙台出身の土井晩翠は地元でたくさんの校歌を作っているが、斎藤茂吉記念館のホームページによれば茂吉が作った校歌は旧角館中学校と旧山形第二高等女学校の二つだけのようである。

いずれの学校も、卒業生、在校生から愛され歌い継がれている。

さくら木公園から五分ほど歩き、山形美術館の前庭にある茂吉歌碑（昭和六十一年十月建立）を見てその日の茂吉歌碑めぐりを締めくくり、仙台に帰った。

山のべに匂へる葛の花房は藤なみよりもあはれなりけり　茂吉（『つゆじも』）

最後に、山辺町で詠んだ歌を一首書かせていただき第二十三回目の筆を擱きたい。

茂吉歌碑めぐる楽しみやみがたく汗ながしゆく山辺の町　修

平成二十四年十一月四日

第二十四回　鳴子（宮城県）

宮城県大崎市の鳴子《なるこ》温泉（旧鳴子町）から山道を２・５㎞ほど上ったところに潟沼《かたぬま》という湖がある。（海抜３０８ｍ、周囲１・３㎞と小規模だが世界的に珍しい強酸性の火山湖。熱線ガスや水蒸気が湖底から湧き出ており魚は棲んでいない。）

小春日和の十月七日、私は妻と仙台駅発九時二十五分のリゾートみのり（東北本線、陸羽東線経由新庄行）に乗った。鳴子温泉駅（十一時着）で降り、潟沼を訪ねた。潟沼は栗駒国定公園内にある名所だが、紅葉シーズン前なので人は少なく静かだった。樹林の中の湖は神秘的で瑠璃色に輝いていた。

茂吉の歌碑は湖畔にあり潟沼を見渡すようにして建っている。（歌集『石泉』）

みづうみの岸にせまりて硫黄ふくけむりの立つは一《ひと》ところならず　茂吉

文字は活字だが、「茂吉」の署名は自筆が拡大されている。歌碑の表面は鏡のように潟沼を映している。歌碑の裏面には以下の説明書きがある。

「現代の歌聖斎藤茂吉翁（上山市出身、一八八二―一九五三）の歌集『石泉』のうち「鳴子途上」（昭和六年）にある作品である。潟沼湖畔で十一首詠んでいるが、この作品は当時の潟沼の光景が目のあたりに浮かんでくる歌である。平成五年十二月二十日建立　鳴子町長　高橋周一郎」

眼前の潟沼の光景を客観的にとらえ、結句で「一ところならず」とその場の感動を端的に表現したところに茂吉の自然詠の力量を感じた。

茂吉の年譜によると、昭和六年十一月十三日、上山金瓶の長兄守谷広吉が没し帰省。葬儀を済ませた後の十一月十八日、茂吉（四十九歳）と輝子夫人は上山を発ち、新庄で奥羽本線から陸羽東線に乗り換え旅に出た。鳴子、平泉、石巻、松島、塩釜、仙台等を巡遊し十一月二十二日帰京している。この時の旅は、兄の死を弔う旅だったことが、「鳴子途上」の以下の歌からわかる。（『石泉』）

　みまかれる兄をさびしみ湯のいづる鳴子《なるこ》の山にこの夜寝むとす　茂吉

茂吉が潟沼を訪れた日はすでに高い山に雪が降っていた。

　はれ透《とほ》る天《あめ》のかなたにたけなはに雪ふる山や見え来《き》るかも　茂吉

潟沼の周りを散策していると歌碑の歌のとおりすぐ近くで硫黄が噴出していて匂いが漂っていた。「毒ガス注意」の立て看板に大きな文字で「熊出没」と追記してある。最近、各地で熊が出てニュースになっているので護身用に持参してきたドア用カウベルを熊避けの鈴替わりに着けて歩いた。

蚊がたくさんいたが人を刺さない人畜無害の珍しいユスリカ（揺すり蚊）という種類だと案内板に書かれている。茂吉が感動した潟沼の光景が今も変わらず残っており、来てよかったと思った。

潟沼から鳴子温泉まで山道を徒歩で下りて帰る途中、山栗の木を見つけた。妻と毬を剝いて栗拾いをした。久しぶりに童心にかえった。

　妻と来て深山《みやま》に栗の毬むけば山の童となりて楽しも　修

鳴子小学校まで下りてくると近くに延喜式内社、温泉神社の境内が見えてきたのでお参りをした。鳴子温泉は『続日本後記』にも記されている古い歴史を持つ温泉である。仁明天皇の承和四（八三七）年、爆発によって潟山がふきとばされ轟音をたてて熱湯が川になって噴き出した旨、説明書きがある。

温泉神社の裏の道を右に行くと鳴子ホテルがある。玄関前に源泉が噴出していて、側に以下の歌碑がある。

おのづから硫黄の香するこの里に一夜《ひとよ》のねむり覚めておもへる　茂吉

（『石泉』）

歌碑はボックス型の低い石造りで源泉の湯けむりに包まれて建っている。歌碑には以下の説明文が刻まれている。

「昭和六年十一月十九日当ホテルにて歌人斎藤茂吉詠めり」（昭和六十三年九月一日建立）

鳴子温泉は泉質が豊富で、鳴子温泉郷全体（鬼頭《おにこうべ》、中山平《なかやまだいら》、鳴子御殿湯、川渡《かわたび》を含む）では源泉が四百近くある。硫黄泉、硫酸塩泉、重曹泉など九種類の温泉が湧き出ている。私と妻は、鳴子温泉駅の観光案内所で買った「湯めぐりチケット」を取り出して、茂吉が入浴した鳴子ホテルの湯を手始めにはしご湯をした。

鳴子ホテルの泉質は、「含芒硝重曹食塩－硫黄泉（弱アルカリ性）ｐＨ８・０」である。白く濁った湯は滑らかで一日の疲れがとれた。私は湯に素足をのばした。温泉好きの茂吉はきっと、ふだん大病院の院長として激務に耐えている心身を鳴子で癒したことだろうと想像した。茂吉が詠んだとおり湯上りの身体は硫黄の匂いがした。

次に温泉街の突き当りで温泉神社の入り口にある共同浴場の「滝の湯」に入った。滝の湯は、温泉神社の御神湯として千年の歴史があり、地元の人たちに愛されている。丸太の木橋からドバドバ流れ落ちてくる打たせ湯を浴びると幸せな気持ちになった。

鳴子温泉から西に二キロほどのところにある鳴子峡は東北有数の紅葉の名所である。

茂吉は鳴子峡に輝子夫人と訪れ、以下の歌を詠んでいる。（『石泉』）

あまぎらし雪は降るらむみちのくの大きはざまに妻と入り居り

ころもでに水《みづ》のしぶきのかかりつつ鳴子《なるこ》の沢に日《ひ》は暮《く》れにけり　茂吉

鳴子温泉駅を発車して山形県境に向かうリゾートみのりは、トンネルを抜けて鳴子峡にかかる鉄橋を渡るとき徐行して、乗客サービスしてくれる。鳴子峡には渓谷沿いに見晴らし台まで二キロほどの遊歩道があり絶景を間近で楽しめるのだが、数年前に崩落して以来、不通になっているのは残念である。滝の湯の後、斜め向かいの「ますや」の湯に入浴した。ホテルや旅館ごとに泉質の違いを楽しめるのは鳴子温泉ならではの贅沢である。

温泉三昧の後、陸羽東線の終点新庄駅から折り返して来る帰りの仙台行リゾートみのりの発車時間まで間があったので、温泉街の和菓子屋で鳴子名物の栗だんごを食べてくつろいだ。

最後に、この日潟沼で詠んだ歌を一首書かせていただき第二十四回目の筆を擱きたい。

みちのくの潟沼のみず瑠璃に澄み秋の雲ゆく天《あめ》を映せり　修

平成二十四年十月八日

第二十五回　酒田（山形県）

仙台にも雪が降った十二月十日、私は山形県庄内地方を訪ねた。

途中、列車（奥羽本線）が大石田付近を通った時、すでに60㎝ほど積雪があった。私は車窓から故郷の雪

景色をながめながら茂吉の以下の歌を思い浮かべた。（歌集『白き山』昭和二十一年）

蔵王より離《さか》りてくれば平らけき国の真中《もなか》に雪の降る見ゆ

短距離の汽車に乗れれど吾よりも老いたる人は稀になりたり　茂吉

その夜、酒田市本町の若葉旅館（ＮＨＫテレビ「おしん」ゆかりの宿）に泊まった。翌朝、早起きしてまだ暗い雪道を十五分ほど歩き、酒田市浜田にある茂吉の歌碑を訪ねた。

この歌碑の存在は、茂吉記念館ホームページで知っていたが、市内のどこにあるかわからなかった。酒田市観光物産協会に電話で問い合わせて所在地を教えていただいた。

歌碑は道路脇の池泉回遊式庭園の中にあり、以下の歌を彫った銅板プレートが岩にはめ込んである。（歌集『白き山』）

魚くひて安らかなりし朝めざめ藤井康夫《やすを》の庭に下りたつ　茂吉

歌碑は、昭和五十三年五月、歌の中に登場する藤井康夫（一九〇三～一九八三）が自ら建立したものである。茂吉の歌碑は一四〇基ほどあるが、個人名が出てくる歌碑は珍しい。

昭和二十二年十月二十日～二十二日、大石田に疎開中の茂吉（六十五歳）は、芭蕉の『おくのほそ道』の足跡を尋ねて酒田に訪れた。アララギの歌人であった藤井康夫（四十四歳）宅に二泊して世話になった。

歌碑の文字は茂吉の自筆で独特のやわらかい味がある。日本海の新鮮な魚をごちそうになった感謝の気持ちがにじんでいる。藤井康夫は尊敬する茂吉に名入りの歌を詠んでもらいさぞかし嬉しかったことだろう。

傍らに藤井康夫の歌碑があり以下の歌が刻まれている。

虎耳草《ゆきのした》どくだみも咲き梅雨ふけし草いちめんの草房に坐す　康夫

そばに以下の説明書きのある石碑があり、手で雪を払って濡れている文字を読んだ。

「藤井康夫　少年の頃より短歌にしたしみ、一九三二年酒田短歌会を創設し終生その代表者となる。酒田市功労表彰、高山樗牛賞受賞
平成八年五月建立　酒田短歌会」

『斎藤茂吉歌集白き山研究　斎藤茂吉記念館編』（短歌新聞社）に以下の記述がある。

「（藤井康夫と）茂吉との関係は、昭和十五年、茂吉の随筆にある「巨人文五郎」についての考証を試み、茂吉の誤解を訂正した時にはじまっている。」

藤井康夫の茂吉に寄せる探究心の強さがあらわれたエピソードである。

昭和二十二年四月一日〜四日、茂吉は芭蕉のあとをまわる目的で酒田に訪れ、藤井康夫と初めて会った。最上川の対岸に渡って河口を尋ねようとしたが、強風のため果たせなかった。その折に以下の歌を詠んでいる。（『白き山』）

残雪《ざんせつ》は砂丘のそばに見えをりて酒田の海に強風《きやうふう》ふけり
はるかなる源《みなもと》をもつ最上川波《なみ》たかぶりていま海に入る　茂吉

同年十月二十日、茂吉が酒田に再訪したときは秋晴れに恵まれ、藤井康夫の案内で無事河口を尋ね芭蕉のあとをまわることができた。

翌々日、藤井康夫は『おくのほそ道』の北限である象潟へも茂吉に随行している。

『白き山』には酒田再訪の折に詠んだ以下の歌が収められている。


安種亭のことをおもひて現《うつつ》なる港に近き道のぼりけり

下《した》の山《やま》は今の本町三丁目不玉《ふぎょく》のあとといへば恋《こほ》しも　茂吉
藤井康夫は、後年、茂吉の酒田再訪について以下のとおり述べている。

「その目的の第一は年少にして親しまれた最上川の源流が海に交わる不断の有様を直接探検なさろうとしたことは疑う余地のないことであります。〈中略〉

次に先生来訪の目的の第二は、元禄の芭蕉の遺跡調査でありました。芭蕉の『暑き日を海に入れたり最上川』と詠まれた寺島安種亭の所在地でありました。

又淵庵不玉の宅跡でもありました。そして図らずも元禄の芭蕉と昭和の茂吉が、時間と空間を超え、わが酒田にそそぐ最上川に互の詩魂が鏘然《しょうぜん》と触れ合ったすさまじさは、まことに壮大な意義を持つものと感ずる次第であります。」（斎藤邦明著『斎藤茂吉と庄内』）

茂吉が詠んだ旧藤井康夫庭は当時のまま大切に保存されている。雪があって静かだった。

私は、藤井康夫と茂吉の交流に思いを馳せながら、すっかり明るくなった道を歩いて旅館の朝食へと急いだ。

途中、不玉亭跡の前を通り『おくのほそ道』の一節を口ずさんだ。

「川舟に乗りて酒田の湊に下る。淵安不玉といふ医師《くすし》のもとを宿とす。」

白鳥が数羽、最上川河口の方角へ飛んでゆくのが見えた。最上川河口は、日本一の白鳥の飛来地である。

酒田には、茂吉の歌碑が旧藤井康夫庭の歌碑を含めて三つある。以下の二つの歌碑が日和山公園内にある。

おほきなる流となればためらはず酒田のうみにそそがむとする　茂吉（『白き山』昭和二十二年四月一日、昭和三十七年十月建立、建立者酒田市短歌会）

ゆたかなる最上川口ふりさけて光が丘にたてるけふかも　茂吉（同日詠、「短歌拾遺」、昭和六十年一月
建立、建立者酒田市）

私は九歳のときに修学旅行で酒田に来た。内陸部の小学四年生だった私は芭蕉も茂吉も知らなかったが、日和山から最上川河口と海を見て感動した記憶がある。

日和山公園には江戸時代から昭和にかけて酒田に訪れた文人墨客の文学碑が二十九基建っており、「文学の散歩道」として整備されている。

毛見の衆舟さし下せ最上川　与謝蕪村

鳥海にかたまる雲や秋日和　正岡子規

砂山の陰に早やなりぬ何やらむ別れの惜しき酒田の港　若山牧水

最後に、酒田の歌を二首書かせていただき、第二十五回目の筆を擱きたい。

雪の降る酒田の夜に鰰《はたはた》の湯上げ食わんと思う楽しさ

北前船のなごりの雅《みやび》香りたつ湊《みなと》酒田のふるき雛たち　修

平成二十四年十二月十六日

第二十六回　世田谷（東京都）

二月二十三日、上京の機会を利用して世田谷区内にある茂吉歌碑めぐりをした。最初に、世田谷区上北沢

の都立松沢病院の敷地内にある歌碑を訪ねた。

新宿から京王線の電車に乗って上北沢駅で降り、徒歩約十分で西門に着いた。守衛さんに茂吉歌碑の場所を聞いたら、私に興味を示し以下の返事がかえってきた。

「私も短歌が好きで牧水系の結社に所属しているよ。『幾山河』の牧水の歌に比べると茂吉の歌は難しいね。茂吉の歌碑が目的で訪ねて来た人は珍しいよ。あなたで二人目だ。」

守衛さんは親切にボールペンで病院・病棟案内のパンフレットに歌碑の所在地の印をつけてくれた。

松沢病院は敷地が広大である。守衛さんの助言に従って正門から入り直し歌碑に対面できた。正しくは、「石橋ハヤ女史ナイチンゲール記章受賞記念碑」という名称で、ベージュ色の石碑に同女史の上半身像を立体的に刻んだ青銅のレリーフがはめ込まれている。

歌碑には茂吉の以下の歌が刻まれている。（「短歌拾遺」、昭和三十一年五月二十七日建立、建立者都立松沢病院）

　うつつなる狂者の慈母の額よりひかり放たむごとき尊さ　茂吉

文字は風化して読みにくいが茂吉の自筆を刻んだように見えた。歌碑の側の案内板に「由来」が書かれている。浅春の光をコートの背中に感じながら歌碑の前に立って読んでみた。要約すると以下の内容が書かれている。

石橋ハヤ女史は、明治十三年四月、佐賀県佐賀郡川上村に生まれ、東京帝国大学看護法講習所を卒業。東京府巣鴨病院呉秀三院長の所望により同院に奉職した。昭和十八年三月、女史の永年勤続に対する表彰式があり、元巣鴨病院医局員の斎藤茂吉（六十歳）から短歌が贈られた。昭和三十年五月、ナイチンゲール記章受賞者に選ばれ皇后陛下から授与された……。

レリーフの石橋女史は温顔で、額のあたりが陽を浴びて輝いていた。今日において「狂者」は不適切な表現だが、当時は一般的に精神障がい者をこのように呼んでいたのだろうか。

人影がないことを幸いに石碑の前で歌を声に出して読んでみた。茂吉がかつての同僚だった石橋女史の仕事に捧げた情熱と功績を讃える気持が伝わってきた。茂吉は高名な歌人として歌に打ち込んだが、歌は「業余のすさび」であり、本業である医師として懸命に仕事をしていたことがこの歌から感じられた。

守衛さんに訪問の目的が叶ったことのお礼を言って松沢病院を出た後、次の目的地である梅ヶ丘病院跡地（二〇〇二年三月、都立小児総合医療センターに統合されて閉鎖）に向かった。京王線明大前と小田急線下北沢で乗換え、小田急線梅ヶ丘駅から徒歩約五分で着いた。

旧正門前は白い横断幕のようなバリアに覆われていて、５㎝ほどの隙間から広い更地しか見えない。目を凝らすと、左方向４ｍくらい先に五円玉を半分に切って割ったような石の歌碑が辛うじて見える。なんとか歌を判読できた。（歌集『石泉』、昭和六十二年三月建立、建立者東京都）

茂吉われ院長となりいそしむを世のもろびとよ知りてくだされよ　茂吉

歌は活字で刻まれている。歌碑には説明書があるが、遠くて読めなかった。

茂吉の年譜によると、大正十三年十二月三十日（四十二歳）、三年余のヨーロッパ留学を終えて帰国の途につく船中（東シナ海航行中）、前日に火事で青山脳病院が全焼したことの知らせを受けた。二十数名が死亡する大惨事だった。留学先から送った蔵書、研究資料等も焼けてしまった。帰国後、焼跡の一隅に起居し、義父紀一を助けて病院再建の資金調達など苦難の日々を送った。火災保険は期限切れだった。

うつそみの吾を救ひてあはれあはれ十万円を貸すひとなきか　茂吉

大正十五年四月、東京府松原村（現世田谷区松原）に青山脳病院を開業した。（以後、ここを本院、青山の診療所を分院と称した。）昭和二年四月、茂吉（四十四歳）は義父のあとを受けて青山脳病院院長に就任した。

昭和四年一月、茂吉は慢性腎臓炎の診断を受けている。茂吉は院長として「艱難暗澹たる生」の日々にいて、自身の病気治療をする時間的余裕もなかったのだろう。斎藤茂太氏は、『茂吉の体臭』（岩波書店）の中で以下のとおり書いている。

「父は病院経営があまり上手でないなと大それた批判を私は持ったが、その直観は、あとで、経理の内容を知るに及んでまちがっていないことを知った。」

このような背景を踏まえて歌碑の歌を鑑賞してみると、娘婿の院長として自らの運命を受入れて懸命に生き、自己を愛惜している茂吉の心情が胸に響いてきた。『ともしび』に以下の歌があり、茂吉の心境が察せられる。

娑婆苦《しゃばく》より彼岸《ひがん》をねがふうつしみは山の中にも居りにけむもの　茂吉

この後、近くの羽根木公園（根津山）を歩いた。昭和二十二年十一月三日、茂吉（六十五歳）は、疎開先の大石田を去り、翌日、世田谷区代田の家族のいる家に落ち着いた。茂吉は、初孫の茂一氏を連れて近所の根津山を散歩したことを随筆「孫」に書いている。

茂吉記念館（上山市）に、大石田から満一歳の茂一氏宛に送った葉書（昭和二十二年四月二十八日付）を拡大したパネルが展示されている。葉書には「茂一の誕生日を祝ふ」と書かれている。最上川の上空に雲雀が舞い飛び、残雪の葉山をバックに鯉のぼりが春風にそよぐ愛らしい絵も描かれている。『白き山』に以下の歌があり、茂吉が疎開先から上京するとき孫に会うことを何より楽しみにしていたことがわかる。

この春に生《うま》れいでたるわが孫よはしけやしはしけやし未だ見ねども　茂吉

この日、羽根木公園内はたくさんの梅の花が咲いていた。私は梅の香に包まれながら、波瀾万丈の人生を生きた茂吉が孫を連れて散歩している晩年の光景を想像し、ほのぼのとした気持ちになった。最後に、私の母が孫を想う姿を詠んだ歌を一首書かせていただき第二十六回目の筆を擱きたい。

遠く住む孫にちまきを送らんと母は腰まげ笹の葉を採る　修

平成二十五年三月三日

第二十七回　仙台市野草園（宮城県）

仙台駅から南西にバスで約十五分のところに仙台市野草園がある。（仙台市太白区茂ヶ崎）

第二次世界大戦前後の混乱期に仙台の雑木林がたくさん伐採されて荒廃したことから、山野草の保護を目的に造成された。

野草園は、昭和二十九年七月に開園した市民憩いの植物園である。（面積九万五千㎡、植物種類数・草本約五百種、木本約三七〇種、コケ約一二〇種、シダ約六十種）

四月六日、春の山野草が見たくなり、野草園にある茂吉歌碑を訪ねた。園内は野鳥の鳴き声が聞こえ入園者もまばらだった。

園内は広々として気持ちがいい。赤四手《あかしで》の木には赤い新芽が出ていた。カタクリの花が群生し、水芭蕉の花が夢見るように咲いていた。

入口から五分ほど傾斜地を下りたところに「郷土文芸苑」と呼ばれるエリアがある。ここには、芭蕉の『おくのほそ道』に詠まれた俳句や仙台ゆかりの歌人の短歌の碑があり、作品中に登場する植物が植えられている。

茂吉の歌碑（茂吉記念館HPでは「記念碑その他」）には以下の歌が刻まれている。（歌集『ともしび』昭和三年五月、平成五年四月建立、仙台エコーライオンズクラブ）

朝がれひ君とむかひてみちのくの山の蕨《わらび》を食へばたのしも　茂吉

歌碑には以下の説明が刻まれている。

「君とは阿部次郎のこと。茂吉が東北大での講義のため来仙。阿部次郎宅で一泊の朝の歌である。」

歌碑は小ぶりの石製でちょうど碁盤を斜めに立てかけたように建っている。（縦約20cm、横約40cm、他筆）、今まで見てきた茂吉歌碑の中でいちばん小さく思えた。斬新なデザインだが周囲の自然に溶け込んでいる。

歌碑の歌を声に出して読んでみると、茂吉（四十六歳）と阿部次郎（四十四歳、東北帝国大学教授・哲学者）が蕨を食べながら談笑している情景が思い浮かんだ。

帰宅後、『広辞苑』で「朝がれい」を調べてみると、「天皇の食事」の意とのこと。茂吉は阿部次郎と一緒に蕨を食することを天皇の食事のように貴いものに感じてこの言葉を用いたのだろうか。同郷の二人にとって蕨は幼少期を思い出させる懐かしい食べ物だったに違いない。

山形県出身の私は、少年時代、雪が解けて春になると祖父母に連れられて山に山菜採りに行った。母が作ってくれた蕨たたきは故郷の味として忘れられない。

この日、私は早朝ウォーキングをして、東北大学川内キャンパス（旧仙台城二の丸跡）の「三太郎の小径」にある茂吉歌碑と、仙台市博物館の庭にある阿部次郎の文学碑の二つを見てきた。

この茂吉歌碑には、野草園の歌碑の歌と同じく阿部次郎宅に泊まったときに詠まれた以下の歌が刻まれている。（本連載第三回に先述）

わがこころ和ぎつつゐたり川の瀬の音たえまなき君が家居に　茂吉

茂吉と阿部次郎は、互いに旧制一高の学生だった明治三十六年に知り合い、交友は晩年まで続いた。

先週、斎藤茂吉記念館（上山市）を訪ねたとき、茂吉が阿部次郎に送った葉書が展示されていた。几帳面で丁寧な文面からお互い尊敬しあう親友だったことを実感した。

茂吉が阿部次郎宅で詠んだ歌碑の歌を前にして、あらためて二人の交友の深さを感じた。

斎藤茂太氏は、昭和二十八年五月二十四日、上山市金瓶の宝泉寺での父茂吉（同年二月二十五日心臓喘息のため死去。享年七十歳）の埋骨式に参列した。その折、仙台の阿部次郎（昭和三十四年十月二十日脳軟化症のため死去。享年七十六歳）を訪ねた。

当時の様子を『茂吉の体臭』（岩波書店）の中で以下のように書いている。

「私達夫婦はそれから仙台へまわり、五月二十八日に阿部次郎先生にお目にかかった。あらかじめお知らせしないでの失礼な訪問であったが、先生は一瞬の後、両手で顔をおおって大きな声で泣かれた。もうすでにお目も不自由であるらしく思えた。父の晩年をおもわせる御様子であった。」

以前、阿部次郎記念館（仙台市青葉区米ヶ袋）の企画展に行ったとき、阿部次郎の日記が展示されていた。晩年の阿部次郎は目が悪くなり日記をつけることは稀になった。

しかし、茂吉の死去する直前に茂吉の容態を気遣う記述が多々書かれていた。私は茂吉と阿部次郎の友情に触れて感動した。

仙台市博物館の庭にある阿部次郎の文学碑に、以下の俳句が刻まれている。（昭和六十年十月建立）

白雲の行方を問はむ秋の空　次郎

文学碑の裏面に、阿部次郎の『三太郎の日記』の一文が刻まれている。

「與へられたる素質と與へられたる力の一切を挙げて、専心に、謙遜に、純一に、無邪気に、その内部的衝動の推進力に従ふ。真正に生きる者の道は唯この沈潜の一路である。」

『三太郎の日記』は、学生時代に読みかけたものの難解でよく理解できなかった。現在、「内部的衝動の推進力」に従って茂吉歌碑めぐりをしている自分に気づき、この一文に共感した。

野草園には、前述の他にもう一つ歌碑（板製）があり、以下の歌が書かれている。（『赤光』）

秋のかぜ吹きてゐたれば遠《をち》かたの薄《すすき》のなかに曼珠沙華赤し　茂吉

自然ゆたかな野草園には四季折々の風情がある。茂吉のこの歌碑を読んで曼珠沙華の咲く時期にまた来てみたくなった。子供たちが二、三歳の頃、家族で野草園に来て宮城野萩の花のトンネルをくぐり抜け、芝生広場でおにぎりを食べたことを思い出した。

茂吉が仙台に来て詠んだ歌はたくさんある。中でも以下の歌が好きである。

みちのくに来《こ》しとおもへば楽《たぬ》しかりこよひしづかに吾はねむらむ　阿部次郎教授宅（『ともしび』）

いとまなき吾なりしかどみちのくの仙台に来て友にあへるはや　（『ともしび』）
われいまだいとけなくして仙台の街こほしみしことしおもほゆ　（『石泉』）
最後に、一首書かせていただき第二十七回目の筆を擱きたい。
かたくりの群がりて咲くみちのくに雪解の水のひびく音する　修

平成二十五年四月十日

第二十八回　上山（山形県）

冬の間、山形県内の茂吉歌碑はどこも雪に埋もれてしまう。雪が解けて花だよりが届くようになった四月十二日、私は妻と上山温泉（上山市）へ一泊二日の小旅行をした。

かみのやま温泉駅のホームに降り立つと、「上山温泉開湯五百五十五周年記念」（二〇一三年）の垂れ幕（縦約3m、横約6m）が描かれていた。（制作上山市立北中学校二学年一同。制作協力上山市観光物産協会）

上山出身の茂吉が、名物の玉こんにゃくを右手に持ち温泉に浸かりながら歌を詠むような風情で「来てけらっしゃい」と方言で呼びかけている。歌人斎藤茂吉が上山温泉への観光客誘致を担うスターになっている絵がユーモラスで楽しかった。

茂吉の歌碑は全国に一四〇基ほどあり、山形県内だけで半数近くを占めている。中でも上山市内には二十基を超える歌碑がある。上山温泉の西側に経塚山《きょうづかやま》（標高402m）と白禿山《しらはげやま》（標高304m）があり、それぞれの山頂に茂吉の歌碑が建っている。どちらの山も駅から歩くには遠いので経塚山中腹の駐車場までタクシーを利用した。（約十五分）

女性の運転手さんに目的地を告げたら、山登りや高山植物の好きな方で「山頂は雪も消えており、今なら一番早く咲く『まるばまんさく』の花が見られると思いますよ。」とアドバイスしてくれた。

駐車場は、一般道からカーブの多い山道を車で五分ほど登った所にあり、茂吉の以下の歌を書いた木製の歌碑が石の上に建っていた。（歌集『小園』、昭和五十三年六月建立、建立者上山ロータリークラブ）

たましひを育《はぐく》みますと聳えたつ蔵王のやまの朝雪《あさゆき》げむり　茂吉

歌碑は他筆で、上山市長鈴木啓蔵と署名がある。駅の観光案内所でもらったパンフレット「かみのやま歴史と文学の小みち　斎藤茂吉の歌碑めぐり」（斎藤茂吉記念館制作）には、この歌の解説が以下のとおり記載されている。

「歌は、昭和十九年の新年にあたり読売新聞山形版『郷土の青少年に寄す』のために作られ、当時、戦下で殺伐とした東京に住む茂吉が、ふるさとを懐かしく思いながら詠んだもの」

茂吉（六十一歳）が東京に居て詠んだ歌で経塚山での作ではない。蔵王の眺望がよいことから歌碑を建てるのにふさわしい場所としてここが選ばれたのだろうか。

蔵王を朝夕ながめて育った茂吉にとって蔵王はまさに自身の幼い魂を育んだ故郷そのものだったことだろう。

歌碑の前で音読してみた。単なる自然詠の域にとどまらない。蔵王を代表とする故郷の風土によって自身が形成されたことへの茂吉の感謝の気持ちが心に響いてきた。

今にも冷たい時雨が来そうな空模様になってきたが、予定通り山頂まで登ることにした。経塚山は市街地から見るとお椀をふせたようなかたちのよい山で、登山道も丸太を敷いて整備してあり歩きやすい。

タクシーの運転手さんが教えてくれたとおり、まるばまんさくの鮮やかな黄花が目に入ってきた。花弁は四枚の長い紐状でねじれている。山桜の蕾や朴の新芽を見ながら二十分ほどで山頂に着いた。

山頂の歌碑には以下の歌が刻まれている。（『石泉』、昭和五十一年十一月建立、建立者上山市）

ひむがしの蔵王の山は見つれどもきのふもけふも雲さだめなき　茂吉

歌碑は、東に聳える蔵王を向いて建っている。文字は茂吉の自筆原稿を拡大したもので、少年時代に書家になろうかと思って書に勤しんだ茂吉独特の品格がある。前述のパンフレットには以下のように記載されている。

「歌は、茂吉（四十九歳）が昭和六年九月に長兄の病気見舞いのため帰郷し、春雨庵、滝不動（末広滝）、経塚山などを連日散策したときに詠んだもの」

先日、茂吉記念館で見た、茂吉の経塚山に登った時の写真は下駄ばきで浴衣姿だった。茂吉が健脚だったことがわかる。

経塚山の山頂は眺望がすばらしい。雪が残る蔵王の山なみから雪解の雲がたちのぼるのが見えた。千変万化する蔵王の光景を「雲さだめなき」と表現した茂吉の力量を実感した。

前述のパンフレットに「*私邸その他　旧亀屋旅館」と記載されている歌碑がある。経塚山から徒歩約五十分で温泉街に下りてきた後、個人宅ゆえ見学不可を覚悟のうえで訪ねてみた。たまたま所有者がご在宅だったので思い切って歌碑の見学をお願いしたところ、ご親切に見せて下さった。歌碑は2mほどある立派な石碑で、茂吉の以下の歌の自筆が刻まれている。(『霜』昭和十七年、昭和四十七年八月建立)

ゆき降りし山のはだへは夕ぐれの光となりてむらさきに見ゆ　茂吉

歌碑を前にして口ずさんでみると、雪が降った蔵王の山肌の一瞬の荘厳な光景が格調高い調べで心に迫ってきた。

所有者のお祖父《じい》様のご実家が金瓶の茂吉生家の隣家(茂吉の妹なをの婚家である斎藤十右衛門家。昭和二十年四月から二十一年一月まで茂吉が寄寓した)だったことから、お祖父様が茂吉本人から短冊をもらわれた。お祖父様が斎藤茂太氏の許可をえて金婚式の記念に短冊の歌の歌碑を庭に建立されたとのことである。紹介もなく失礼な訪問だったが、歌碑を大切に保存しておられる所有者にお話を伺うことができてありがたかった。

翌朝、経塚山と尾根続きの白禿山に登って、山頂の歌碑を見た。

白禿山は経塚山より勾配が急だったが標高が低く麓から約二十分で山頂に着いた。

歌碑には、茂吉(六十三歳)が疎開中の終戦直後に詠んだ以下の歌が刻まれている。(『小園』、昭和五十一年三月建立、建立者上山市)

松風《まつかぜ》のつたふる音を聞きしかどその源《みなもと》はいづこなるべき　茂吉

白禿山は赤松の木が多い。山頂は春の陽があたって明るく清々しかった。誰もいない山頂で耳を研ぎ澄まし「松風のつたふる音」を聞いた。茂吉の言霊のように思えた。

最後に、一首書かせていただき第二十八回目の筆を擱きたい。

春おそき白禿山のいただきに吹く松かぜの音のさやけさ　修

平成二十五年四月二十日

第二十九回　三吉山（山形県）

四月二十四日、上山市の三吉山《さんきちやま》参道入口にある茂吉歌碑を訪ねた。三吉山は、かみのやま温泉駅の東側に位置し標高約５４０ｍの山である。駅から参道入口まで途中から山道を登りながら徒歩約四十五分で着いた。参道口は山の中腹にあり西側の経塚山、白禿山などを背景にして上山の町並みが見渡せる。三吉山は手近に登山が楽しめるので上山市民に愛されている。

茂吉歌碑は石鳥居の脇にあり、石に活字で以下の歌が刻まれている。（歌集『霜』）

をさなくて見しごと峯のとがりをる三吉山は見れども飽かず　茂吉

石の歌碑の裏面には以下の文字が刻まれている。

「茂吉没後五十年を記念して　平成十五年四月吉日建立

金生地区連合会　三吉神社鳥居移設工事並びに茂吉歌碑建立建設委員会」

この歌は、昭和十七年二月二十五日、茂吉が帰省中、経塚山などを散策したとき、対面する三吉山を望んで詠んだ歌である。還暦の年を迎えた茂吉が戦時下の故郷に帰って幼年時代を回想している心情が胸に迫ってくる。

信仰心の篤かった茂吉の父守谷伝右衛門は、日露戦争当時（明治三十七年）、三吉山に何度も登って、応召した長男広吉《ひろきち》、次男富太郎の無事を祈ったと言われている。茂吉の胸中には、亡き父や兄の面影があったことだろう。

歌碑のそばに辛夷の木があり白い花が咲き匂っていた。やっと訪れた春がうれしくて一首詠んだ。

茂吉歌碑おおうが如くあふれ咲く三吉山の辛夷の花は　修
三吉山から駅まで歩き、奥羽本線の下り電車で山形に行った。途中、金瓶付近を通過するとき右側の車窓に茂吉の墓がある宝泉寺が見えた。見る角度が変わると三吉山も形が変わる。茂吉が詠んだとおり尖った山頂から右にきれいな稜線を描いて聳え立つ姿が見えた。

久しぶりに最上川の春景色が見たくなった私は、山形駅で乗り換えて大石田に向った。北上するにつれて左側の車窓に残雪が光る月山のまどかな姿が見えてきた。

大石田は、昭和二十一年一月末から二十二年十一月まで茂吉（六十三〜六十五歳）が疎開生活を送った町で、歌集『白き山』の故郷である。

大石田はまだ桜が咲いておらず、日陰には雪が岩のように残っていた。私は茂吉の以下の歌を実感した。

一冬《ひとふゆ》を降りつみし雪わが傍《そば》に白きいはほのごとく消《け》のこる　茂吉
（『白き山』）

大石田町立歴史民俗資料館で企画展「大石田の四季　春展」を開催中なので、駅から約十五分歩いて訪ねた。大石田の春の情景を詠んだ茂吉の自筆の短歌や金山平三（大石田に疎開）、小松均（大石田出身）の絵画作品が展示されていた。『白き山』の歌の短冊、色紙、掛け軸は計八点あった。展示室では作品がガラスケースで隔離されていないので、間近で鑑賞できてうれしかった。

つつましきものにもあるかけむるごと最上川に降る三月のあめ　茂吉

昭和二十二年三月作。大石田は一冬に四、五回屋根の雪おろしをするほど冬が長く厳しい。昭和二十一年に肋膜炎の大病を患い大石田で二度目の冬を過した茂吉（六十四歳）は、春を待ちわびたことだろう。短冊の歌を読んでいると、最上川に降る雨に春の気配を感じた茂吉の喜びが伝わってくる。

鷽《うそ》ひとつ啼きしばかりとおもひしに春のめざめは空をわたりぬ　茂吉

色紙の側に説明書きがあり、茂吉自身の注釈が以下のとおり書かれていた。

「この歌の『春のめざめ』という言葉は、〈中略〉自然推移の意味で、人間的の意味ではなかった。つまり、そういう擬人的ではなかった。」

早春の空の情景を捉えた茂吉の観察眼と表現技法の力量を感じた。

ひとときに春のかがやくみちのくの葉広柏《はびろがしは》は見とも飽かめや　茂吉

展示品は掛け軸で、説明書きに茂吉自画賛「紅牡丹」とある。茂吉が疎開した二藤部兵右衛門家の庭に咲いた牡丹が描かれ、賛の歌は中央上に四行で小さく書かれている。歌は牡丹を詠んだものではないが、春を迎えた喜びが絵と一体となって胸に迫ってきた。『白き山』には、この歌の二首後に「近よりてわれは目守《まも》らむ白玉の牡丹の花のその自在心《じざいしん》」がある。

桂樹《かつらぎ》の秀枝《ほつえ》に来り啼きそめし椋鳥《むくどり》ふたつ春呼ぶらしも　茂吉

茂吉が住んだ聴禽書屋（二藤部兵右衛門家の離れ）は、現在、資料館と廊下でつながっており、庭に桂の大樹が三本ある。茂吉が住んでいた当時、屋敷林はもっと広く今以上に多くの鳥が来ていたようで、『白き山』に登場する鳥は椋鳥、梟など二十種類以上ある。この歌を読みながら、茂吉が大石田から東京に引き上げた後に詠んだ以下の歌を思った。

みちのくの山より来たり椋鳥が一こゑ鳴きていざかへりなむ　（『つきかげ』）

茂吉の胸中には大石田で詠んだ椋鳥の歌があったことだろう。晩年の茂吉は、波瀾に満ちた生涯を椋鳥に重ね合わせて詠んだのではないだろうか。

資料館を出た後、ひとけのない最上川沿いを歩いた。雪解けで増水した最上川のさみどり色の水面をわたる風が心地よい。大石田では、度重なる最上川の洪水から町を守るため昭和四十年代に高く長い特殊堤防を築いた。町並みと最上川は堤防によって切り離されたので茂吉がいた頃のように川とのふれあいはできなくなった。

平成七～八年、町と川とのつながりを再生する目的で堤防を白壁の塀蔵風に修景工事を行った。現在は舟運華やかなりし頃が偲べる落ち着いた景観になっている。

ながらへてあれば涙のいづるまで最上《もがみ》の川《かは》の春をしまむ　茂吉

老境に入った茂吉が最上川の春を詠んだ歌を口ずさみ、私は堤防の階段に腰をかけた。そして川風に吹かれながら持参した握り飯を食べた。

最後に、一首書かせていただき第二十九回目の筆を擱きたい。

最上川水ぬるむ岸あたたかく雲雀鳴くこえ空に聞こゆる　修

平成二十五年五月十二日

第三十回　南陽市（山形県）

五月十八日、山形県南陽市の茂吉歌碑を訪ねようと仙山線の電車に乗った。宮城、山形県境の山は新緑にかがやいていた。

山寺（立石寺）の根本中堂のご本尊薬師如来が、五十年に一度のご開帳だったので、いつになく山寺駅（山形市）の乗降客が多かった。

山寺駅を過ぎて間もなく村山盆地がひらけて来た。右の車窓から朝日連峰、月山が現われ、遥か北に残雪の鳥海山が恩寵のように小さく見えてきた。山形、秋田県境にある鳥海山は仙山線から遠いので滅多に見ることはできない。この日は五月晴れで朝の空気が澄んでいたことがさいわいしたのだろう。うれしくなって茂吉の以下の歌が思い浮かんだ。

　ここにして天《あめ》の遠《とほ》くにふりさくる鳥海山は氷糖《ひようたう》のごとし　茂吉（歌集『白き山』）

昭和二十一年三月作。茂吉が疎開した大石田（山形市から北へ約四十キロ）の聴禽書屋から鳥海山は見えないが、茂吉は鳥海山の見えるところまで散策し、秀歌をたくさん詠んでいる。『白き山』に以下の歌がある。

　線路越えてをりをり吾は来《きた》るなり白くなりたる鳥海山を見に　茂吉

山形駅で奥羽本線の上り電車に乗換えて南陽市に向かった。（山形駅から赤湯駅まで約三十分）上山を過ぎると電車は山に挟まれて細くなった地帯を走る。置賜盆地に入ると視界が開けて、左の車窓に山形、福島県境の吾妻山《あづまやま》と白竜湖（東西300m、南北350mの小さな湖）が見えてきた。

私は持参した『赤光』（短歌新聞社文庫）の以下の歌のページを広げた。

吾妻《あづま》やまに雪かがやけばみちのくの我が母の国に汽車入りにけり

沼の上にかぎろふ青き光よりわれの愁《うれへ》の来《こ》むと云ふかや（白龍湖）　茂吉

大正二年五月十六日、東大附属病院（巣鴨病院）に勤務していた茂吉（三十一歳）は、母いく（五十九歳）危篤の電報を受け取り夜行の汽車で上山に帰郷した。右記の歌は、翌朝、奥羽本線の車中で詠んだ歌で「死にたまふ母　其の一」の連作として時系列に歌われている。「みちのくの母のいのちを一目見ん一目みんとぞただにいそげる」と合わせて鑑賞すると、いよいよ汽車が故郷に入り、母に会いたいと願う茂吉の切迫した気持が伝わってくる。

歌碑の所在地である鳥上坂《とりあげざか》は、赤湯駅から四キロほど北にあるので、行きはタクシーを利用し帰りは歩くことにした。鳥上坂は山形県の主要幹線道路である国道13号線にある。山形市側から来ると置賜盆地に入る手前の坂道で白竜湖より北にある。周囲の山肌には葡萄畑が広がり若葉が陽光に輝いていた。

歌碑は国道沿いの雑草が茂る中にあり、以下の歌が刻まれている。

をとめ等が唇《くちびる》をもてつつましく押しつつ食はむ葡萄《ぶだう》ぞこれは　茂吉

歌碑の側に説明書はないが、訪問前に調べた茂吉記念館のホームページによれば、昭和五十四年三月建立、『寒雲』昭和十三年作（五十六歳）、建立者南陽市となっている。

茂吉の歌碑の側には、釈迢空の歌碑があり、以下の歌が刻まれている。

やま縣の赤湯のやどのをさなごのおもかげたち来ふたうをはめば

南陽市観光協会に電話で照会してみると、「歌碑の歌は、昭和二十二年五月、茂吉が赤湯温泉の旅館御殿守に泊まったときに色紙に書いた歌だと聞いています。」とのことだった。

歌作した時と茂吉が赤湯温泉に来た時が異なる理由が気になった私は、仙台に帰ってから茂吉記念館に電話で経緯を問い合わせてみた。

「歌碑の歌は茂吉が赤湯温泉で詠んだ歌ではないが、宿泊したとき葡萄を詠んだ歌を希望されてこの歌を書いたのでしょう。鳥上坂にある歌碑の文字は茂吉の自筆を拡大して刻んだものです。」と丁寧に教えていただいた。

南陽市は葡萄の産地であり、歌碑の歌は周辺の葡萄畑の景観にふさわしい。歌碑を見た後、私は残雪の光る吾妻山を望んで白竜湖を見下ろす眺めの良い場所を見つけて、持参した握り飯をほおばった。

茂吉が泊まった赤湯温泉の御殿守の湯に入りたくなった私は、鳥上坂から三十分ほど歩き、御殿守を訪ねて日帰り入浴した。

御殿守は、米沢藩主上杉家の別荘として創業三百八十余年の歴史がある。中興の祖として名高い上杉鷹山公が終生愛した湯だとパンフレットに書かれている。

昼時のせいか湯に浸かっている人はだれもいなかった。重さ百トンの蔵王目透き石をくりぬいた石風呂（露天）など様々な湯船を独り占めして贅沢な時間を過ごした。

御殿守には、南陽市出身の結城豊太郎（日銀総裁、大蔵大臣など歴任。御殿守は夫人の実家）など宿泊した著名人の色紙がたくさん掲示されていた。しかし、茂吉の書いた色紙は別の場所に保管中とのことで見られなかった。

御殿守から赤湯駅までは徒歩三十分ほどで着いた。赤湯駅の売店で地元特産ワインのカップ酒を販売していた。飲みたい気持ちを我慢して山形行きの下り電車に乗った。

山形駅から三十分ほど歩き、山形市七日町の円満寺にある茂吉歌碑を訪ねた。大きな石の歌碑に万葉仮名で以下の歌が刻まれている。

意乃豆加良善乎積太留代々遠経而白玉之波奈仁宝布加如し　茂吉

側に歌の読み方（「おのづからぜんをつみたるよよをへてしらたまのはなにほふがごとし」）を書いた板が建っていたが、歌碑作成の経緯は書かれていない。石に彫られている文字は茂吉の自筆を刻んだように思えた。茂吉記念館のホームページには、昭和五十二年十二月建立、建立者横山静信、「短歌拾遺」（昭和二十二年）、と記載されている。円満寺の方に歌碑について話をお伺いできればと思い、玄関のチャイムを押してみたが、ご不在だった。

円満寺の境内には、おきな草の可憐な花が咲いており、以下の歌を思い出した。

おきなぐさここに残りてにほへるをひとり掘りつつ涙ぐむなり　茂吉（『白き山』）

おきな草は白頭翁とも書き、茂吉が少年時代から愛した花と言われている。

最後に、一首書かせていただき第三十回目の筆を擱きたい。

口紅くおきな草咲き吾《わ》を待てり茂吉歌碑たつ円満寺の庭　修

平成二十五年六月二日

第三十一回　蔵王半郷（山形県）

梅雨入り前の六月初旬、山形駅から蔵王温泉行のバスに乗り山形市蔵王半郷《はんごう》の中山氏庭にある茂吉歌碑を訪ねた。（正しくは「中山翁寿碑」という記念碑）

個人所有で紹介もない失礼な訪問だったが、所有者である中山氏（建立者のお孫様）がご在宅で親切に記念碑を見せてくださった。詳しいお話を伺うことができて感激した。

斎藤茂吉記念館のホームページを検索すると、「斎藤茂吉歌碑一覧（建立順）」が記載されており1から139まである。（平成二十五年六月時点）ナンバーのある「歌碑」とは別項目で「記念碑その他」の欄がある。その最初に中山氏庭にある記念碑の以下の歌の記載がある。

　もろともに教の親のみいのちのさきくいませと建つる石ぶみ　茂吉

場所　山形県山形市蔵王半郷　中山五右衛門庭、建立日　昭和五年四月、建立者　中山五右衛門、出典『たかはら』（昭和四年）

「歌碑の歌」のNo.1として以下の歌が記載されている。

陸奥《みちのく》をふたわけざまに聳えたまふ蔵王の山の雲の中にたつ　茂吉

場所　山形県上山市蔵王熊野岳山頂、建立日　昭和九年八月二十九日、建立者　高橋四郎兵衛（茂吉の実弟）、出典『白桃』（昭和九年）

『茂吉の体臭』（斎藤茂太著、岩波書店）の「斎藤茂吉年譜」に以下の記載がある。

「昭和九年（一九三四）五十三歳　この年自ら戒名をつくった。〈中略〉八月、高橋四郎兵衛の計画により蔵王山熊野岳山頂に歌碑が建立された。茂吉が生存中建立を許した唯一の歌碑である。」（第二刷あとがきに、「厳密に云えば父の郷里にほど近い山形市半郷にある『中山翁寿碑』というのも父の生前に出来た歌碑の一つである。」と追記している。）

中山氏庭の記念碑は、蔵王山頂にある歌碑第一号よりも四年早く建立されている。私は以前から経緯を知りたいと思っていた。中山氏のご説明によれば、建立者の中山五右衛門と茂吉は小学校の同級生で幼なじみの関係だった。当時、小学校（堀田村半郷尋常高等小学校）は中山氏宅の向かいにあった。

中山五右衛門は謡曲の師匠として活躍された方で、記念碑は弟子たちが五右衛門の功績を讃え長寿を祈って建てたものとのことである。中山氏のご好意で、茂吉が中山五右衛門あてに書いた葉書の実物を見せていただいた。葉書には、「諸共に教の親（即ち師匠様）の御命の幸く在せと建つる石碑（即ち寿碑の事也）」とあり記念碑に刻む歌の解説が書かれている。

茂吉は幹事役の人に送った葉書に、「歌は寿碑の裏面に彫るべきものにて、あれでは失敗に御座候。今更仕方なけれどもあれでは石碑の態をなさず」と書いている。（前述の『茂吉の体臭』）

これらの茂吉の葉書から、幼なじみの記念碑建立を心から祝福するとともに、自分の歌は脇役として扱ってほしかったとの茂吉の心境が感じられた。

中山五右衛門や弟子たちは郷里出身の偉大な歌人である茂吉を敬愛する気持から、歌を記念碑の裏面にではなく題字に並べて表面に刻んだものと推察する。

大きな石でつくった記念碑は、由緒正しく立派なもので現在もご子孫に大切に保存されている。厳密な意味で歌碑とは異なるが、茂吉の歌を最初に刻んだ碑として貴重な存在に思われた。

中山氏庭の記念碑を見せていただいた後、坂道を下りてゆく途中、右前方に白銀に光る月山が見えた。明治二十五年九月、上山尋常高等小学校高等科に転校するまで半郷尋常高等小学校に通った茂吉少年（八、九歳）が、金瓶への帰宅途中に見た光景である。

中山五右衛門と遊び、習字や絵が得意だった茂吉は、歌人になると思っていなかったであろう。しかし、蔵王山麓の自然や風土が幼い茂吉の感性を育んだことは間違いないだろう。茂吉が月山と蔵王を一首の中に詠み込んだ以下の歌が思い浮かんだ。

月山《ぐわつさん》は白くかがやき蔵王山《ざわうさん》はなまり色なす雪山ぞこれ　茂吉（『小園』）

蔵王半郷から戻った後、市内緑町にある「遊学館」を訪ねた。遊学館は、山形県立図書館と生涯学習センターが一体となっている。

遊学館の中に「縣人文庫」という展示室がある。斎藤茂吉はじめ明治以降に活躍した山形県出身の文化人二十二名の著作、写真など資料が飾られている。茂吉コーナーには、生涯にわたって著作した歌集、歌論等膨大な本、原稿、歌の掛け軸などが展示されている。掛け軸には茂吉自筆の以下の歌が、牡丹の絵とともに書かれていて目立っていた。

白牡丹つぎつぎひらきにほひしが最後の花がけふ過ぎむとす　茂吉（『白き山』）

北杜夫氏は『壮年茂吉』（岩波書店）の中で、遊学館に訪れたときのことを以下のとおり書いている。

「私は茂吉コーナーの縣軸の歌を見たところ、どうも私の知っている父の文字とはかすかに異なっている。これは贋作だと思い、こういう催しには皆勤する兄を呼んで尋ねたところ、これは確かに本物で、ごく初期

の書体だといった。〈中略〉

それは私の誤解であったろう。しかし、兄のところに茂吉の短冊を持ってきて箱書を頼む人がかなりいる由だが、実に多くの偽物があるという。茂吉記念館の韮沢栄一氏から聞いた話では、『山形県だけでも茂吉の書の偽造者が四名います』とのことであった。」

茂吉が有名人であるがゆえのエピソードである。「縣人文庫」には茂吉の他、阿部次郎（『三太郎の日記』を書いた哲学者。旧松山町出身）、結城豊太郎（日銀総裁、大蔵大臣を歴任した財政家。南陽市出身）、我妻栄（「我妻民法」で知られる民法学者。米沢市出身）、相良守峯（独和、和独辞典の編集をしたドイツ文学者。鶴岡市出身）等のコーナーがある。

山形県の県民性として勤勉、実直、粘り強さが上げられる。県民すべてがあてはまるわけではないが、茂吉をはじめとして縣人文庫に展示されている人々は、代表的な山形県人と言える。

最後に、一首書かせていただき、第三十一回目の筆を擱きたい。

昨夜《よべ》の雨やみし蔵王の朝あけに雲海紅く染まりゆく見ゆ　修

平成二十五年六月八日

第三十二回　上山皆沢（山形県）

斎藤茂吉が昭和二十八年二月に亡くなってから今年で六十年になる。生前の茂吉を直接知る方は山形県内でも稀になった。

高校時代の恩師であるT先生（南陽市出身）に依頼して、茂吉が大石田に疎開していた頃（昭和二十一年一月末〜二十二年十一月）、茂吉（当時六十三〜五歳）の近くにおられた石岡ヒロさん（当時十五、六歳）を紹介していただいた。

六月上旬、南陽市の石岡さんを訪ねてお会いできたのは幸いだった。（石岡さんは南陽市赤湯温泉「御殿守」女将。御殿守は、茂吉が昭和二十二年五月十九日に宿泊し、「をとめらが唇をもてつつましく押しつつ食む葡萄ぞこれは」（南陽市鳥上坂の歌碑）の歌を揮毫した旅館。本連載第三十回にて先述。）

石岡さんのご実家は、茂吉が寄寓した大石田の聴禽書屋（二藤部兵右衛門家の離れ）の近所だった。石岡さんの父上（庄司精一郎）は酒造業（屋号ヤマニ）を営んでおられた。茂吉が、アララギの弟子である板垣家子夫はじめ大石田の人々の勧めで郷里の上山金瓶から大石田に移ってからすぐに近所づきあいが始まったとのことである。

茂吉が疎開した当時は戦後の混乱期で物資不足の時代だったが、ヤマニは家業の関係で比較的恵まれていた。ヤマニでは、茂吉が大好きなうなぎが手に入ったときなどは茂吉を自宅に招いて親しいお付き合いをした。几帳面な性格だった茂吉は、疎開中も日記を克明に書いている。ヤマニで、当時大石田に疎開していた画家の金山平三とともにごちそうになったり歓談した記述がたびたび出てくる。昭和二十一年六月二十八日付の日記には以下の記載がある。

「○宗吉ノ荷トドキ、十一時半頃宗吉来ツタ。〈中略〉○ヤマニ氏ヨリ桜桃トドク、ソレカラソレヲ写生シタ、コレハ色彩ムツカシク成功シナカツタ」

ヤマニの父上のお使いで茂吉に桜桃を届けたのが石岡さんだった。茂吉は石岡さんを「じょっこ」（お嬢さんの意）と呼んでかわいがっていた。

黄になりて桜桃の葉のおつる音午後の日ざしに聞こゆるものを　茂吉（『白き山』）

昭和二十一年八月下旬の作で、視覚と聴覚が渾然一体となった秀歌である。

山形県特産の桜桃を大石田で食べたり絵に描いたりしたことが下地になってできた歌だと思われる。歌の色彩感が豊かなのは、茂吉が大石田で、少年時代から好きだった絵に再び取り組んだことも影響しているように思われる。

茂吉は、大石田に疎開して一ヶ月後の昭和二十一年三月、左湿性肋膜炎の診断を受け一時重態に陥った。五月上旬まで臥床し夏頃になって病気が快復している。石岡さんが届けた桜桃を茂吉が食べたのは、ちょうど大病が癒えた時期と重なる。

昭和二十一年十二月八日付の日記には以下の記載がある。

「○最上川ノ月ヲ賞ス、ヤマニ氏ヨリ釜祝ノ餅、カス漬頂戴ス。」

石岡さんのお話によれば、この日はヤマニの酒造始めの釜祝《かまいわい》の行事があった。餅をついてお祝いをし、石岡さんがヤマニのお使いで茂吉に重箱に入れた餡餅を届けた。届け物に喜んだ茂吉は、お礼の気持を以下の返歌にしたためて石岡さんに渡した。

ひさかたの天より非ずあしびきの∧ニ《ヤマニ》の大人《うし》のたまものぞこれ　茂吉

この歌は『白き山』に入っていないが、枕詞をならべ機智に富んだ即興の歌で、人間茂吉の喜びようが素直に出ていておもしろい。

石岡さんは当時の茂吉の風貌を今も鮮明に記憶しておられる。お話を伺っていると会ったこともない茂吉が面影に立つ思いがした。

「茂吉先生はバケツとたらばす（米俵の頭の部分）を持っており、バケツは山中のはばかり用に、たらばすは座布団替わりに使うもので、若い私の目には風采のあがらない老人に見えました。飄々とした中にも、敗戦の苦しみがあったからかもしれません。」

「茂吉先生はうなぎとそばが大好物で、よく家でつくって差し上げました。先生は、『うなぎってなっす、ビタミンがあってすぐに活力になるからいいもんだなっす』とおっしゃっていました。」

茂吉は、昭和二十二年十一月三日、新庄から汽車に乗って東京の家族のもとへ戻った。茂吉は大石田を去る日が近づくと、ヤマニはじめ懇意にしていた人々に短冊や色紙を持参してお別れの挨拶をした。十一月一日の日記には以下の記述がある。

「〇ヤマニ庄司氏宅ニテ新蕎麦ノ午食」

茂吉の門人である板垣家子夫（十一月三日茂吉の帰京に同行）は、『斎藤茂吉随行記』の中で、茂吉は大石田の人々に次のように別れの挨拶をしたと書いている。

「決して見送りに来《こ》ねでけらしゃいっす、別れは嫌《や》んだもんだからなっす。ほんたい来《こ》ねでけらっしゃいなっす。」

しづかなる秋の光となりにけりわれの起臥《おきふ》せる大石田の恩　茂吉（『白き山』）

茂吉は『白き山』の後記に、大石田でお世話になった板垣家子夫、ヤマニ庄司精一郎など二十名余の個人名を列挙して厚情に感謝している。

茂吉にとって大石田は、最上川など豊かな自然の中、多くの人々の情に支えられたことで敗戦、大病、孤独の悲嘆を癒され、幸福な気持ちで過ごした第二の故郷と言えるだろう。

私は、南陽市の石岡さんに当時の大石田や茂吉の話をお聞きした後、奥羽本線赤湯駅から電車に乗った。かみのやま温泉駅で降り、桜桃の産地である上山市皆沢《みなさわ》フルーツラインの茂吉歌碑を訪ねた。かみのやま温泉駅から８㎞ほど離れているので行きはタクシーをつかい帰りはバスを利用した。歌碑には以下の歌が活字で刻まれている。（『霜』昭和十六年作、昭和五十六年九月十六日建立）

桜桃の花しらじらと咲き群るる川べをゆけば母をしぞおもふ　茂吉

歌碑の近くに桜桃畑が広がり、収穫近い佐藤錦が鈴なりになっていた。茂吉にとって桜桃の花は亡き母を想起させる故郷の花だったのだろう。

最後に、一首書かせていただき第三十二回目の筆を擱きたい。

ふるさとの桜桃食めばほのぼのと幼き日日の思い出ずるも　修

平成二十五年七月六日

第三十三回　志文内①（北海道）

七月九日、北海道志文内《しぶんない》（現中川郡中川町）にある茂吉の歌碑を訪ねた。今回の訪問では、中川町教育委員会のTさんに現地を案内していただき大変お世話になった。

宗谷本線天塩中川駅《てしおなかがわ》（旭川から特急で約二時間十分）から約20kmの距離にある志文内の「茂吉小公園」（志文内診療所跡地）に、茂吉自筆の以下の歌を刻んだ歌碑がある。（歌集『石泉』、昭和五十三年十月二十二日建立、建立者中川町）

さ夜なかと夜は過ぎつつ志文内の山のうへ照らす月のかげのさやけさ　茂吉

歌碑の前で口ずさむと、五句の字余りが余韻となって茂吉の心境が煌々と照る月光のように胸に迫ってきた。石製の歌碑は背丈より高い直方体で、傍らにアララギの木が茂り周囲の大自然に調和して建っている。

志文内の歌碑に感動し、以下の歌を詠んだ。

天塩川流るる国の霧ふかく茂吉の歌碑を濡らしていたり　修

茂吉の年譜によれば、昭和七年八月十日、茂吉（五十歳）は東京を発ち、上山で弟高橋四郎兵衛（上山温泉山城屋主人、四十五歳）と合流。志文内の拓殖医をしていた次兄守谷富太郎（五十五歳）を訪ねて約一ヶ月にわたる長旅に出た。

茂吉は、同年八月十四日、志文内で十六、七年ぶりに兄弟三人で再会し、志文内で五日間を過ごした。茂吉と四郎兵衛は、旭川から汽車で約六時間かけて佐久駅（天塩中川駅の一つ前）に着き、志文内診療所（兼富太郎住宅）まで約四時間歩いた。

茂吉は日記に、「豪雨ノナカヲ草鞋ハキ徒歩ニテ志文内ニ向フ。」と記している。

うつせみのはらから三人《みたり》ここに会ひて涙のいづるごとき話す

過去帳を繰るがごとくにつぎつぎに血すぢを語りあふぞさびしき　茂吉

茂吉たちの父母はすでになく前年に上山の長兄守谷広吉が死去している。（享年五十八歳）右の二首は、郷里から遠く離れた志文内で兄弟三人が、久しぶりに会って酒を酌み交わし、しみじみと肉親のことを語り合っている情景が目に浮かぶ秀歌である。

茂吉は、この間、北海道から樺太まで旅行し、志文内詠五十七首を含む三百数十首を『石泉』に収めている。そして、「作歌四十年」の中でこの北海道旅行を「幸福な旅行であった」と述懐している。

山なかにくすしいとなみゐる兄はゴムの長靴を幾つも持てり　茂吉

茂吉は、「作歌四十年」の中でこの歌を以下のように自注している。

「村医の兄は、雪の中でも泥の中でも往診せねばならぬので、ゴムの長靴を幾つも持っていた。また、自転車で往診することもあるが、雪の深いときには自転車は役にたたぬ。」

二里奥へ往診をしてかへり来《こ》し兄の額より汗ながれけり

かすかなるもののごとくにわが兄は北ぐにに老いぬ尊《たふと》かりけり　茂吉

当時、茂吉は義父斎藤紀一のあとを継ぎ、大正十三年の全焼後に再建した青山脳病院院長として大病院の経営に多忙な日々を送っていた。

茂吉と富太郎は、紀一が経営する浅草医院で同時期に寄寓していたこともある。境遇は異なるものの、開拓地で奮闘する兄を同じ医師として心から尊敬していたことが右記の歌から伝わってくる。

富太郎が当時使用していた医療器具が中川町エコミュージアムセンター（旧佐久中学校校舎をリニューアル）に大切に保存されている。Tさんのご案内で見学させていただいた。

懐かしい弟二人が遥々訪ねて来ている間も、真夜中に起きて患者のために二里奥まで往診に出かけていった富太郎の仕事ぶりに思いを馳せた。

小学のをさなごどもは朝な朝なこの一峠《ひとたうげ》走りつつ越ゆ　茂吉

茂吉小公園の近くに志文内峠口がある。右記の歌を書いた案内板が設置してあり、峠路が整備されている。志文内峠は富太郎が往診で歩き、姪の富子（富太郎の娘、十三歳）が通学で歩いた道である。

茂吉は八月十七日の日記に「午後四郎兵衛。富子ト三人ニテ峠ニ行ク。原始林ナリ。」と書いている。

笹むらのしげりなだれしこの沢《さは》を熊《くま》は立ちざまに走り越ゆとふ　茂吉

この歌には原始林の峠を走って通学する志文内の子供たちに寄せる茂吉の慈愛が滲んでいる。

志文内峠の入り口付近には傘がわりに使えそうな太蕗が群生している。沢にかかる古い木橋を渡るとギシギシと音がした。足音に驚いたのか、突然、やまべがバシャッと飛沫をあげて猛スピードで逃げていった。

先述のエコミュージアムセンターは、志文内から８㎞ほど戻ったところにある。中川町で採掘された学術的に貴重なアンモナイトや茂吉自筆の短冊、色紙等が展示されている。

建物入口の手前に茂吉自筆の以下の歌を刻んだ歌碑がある。（『石泉』、昭和五十三年十月二十二日建立、建立者中川町教育文化協会）

あをあをとおどろくばかり太き蕗が沢をうづめて生ひしげりたる　茂吉

Tさんのご説明によれば、この歌碑は天塩川を望む山上の見晴公園に建てられたが、木が大きくなって展望が利かなくなった。近年、今の場所に移設したとのことである。先ほど志文内峠で太蕗を見てきたばかりなので歌碑の歌に共感した。

かはかみの小畑《をばたけ》にまで薄荷《はつか》うゑてかすかに人は住みつきにけり　茂吉

歌碑の近くに薄荷畑があり、紫の茎から出ている葉が青々としていた。現在、薄荷栽培は細々となったが、茂吉が訪れた当時は「薄荷の中川か、中川の薄荷か」と言われるほど全国有数の薄荷の生産地だった。Tさんが、「薄荷の葉を指でもんで匂いをかいでみて下さい。」と仰ったので、実際やってみた。清涼な香りが鼻孔を刺激した。茂吉の幸福な旅行の香りに思えた。
最後に、二首書かせていただき第三十三回目の筆を擱きたい。
志文内に太ふきの茎にぎるとき瑠璃鳥鳴けり原始の森に
北海道の薄荷畑に葉をもめば五十の茂吉の旅の香のする　修

平成二十五年七月二十七日

第三十四回　志文内②（北海道）

七月九日、北海道中川郡中川町にある二つの茂吉歌碑を見た後、中川町教育委員会のTさんに中川町エコミュージアムセンターを案内していただいた。

館内には、中川町で採掘された日本最大のクビナガリュウや菊花のような美しい紋様のある貴重なアンモナイト化石などが展示されている。実際に研磨中の職員の方からアンモナイトについてのご説明をお聞きした。

志文内の拓殖医だった茂吉の次兄守谷富太郎は、地元の人たちが拾ってきたアンモナイトを購入し、研磨師に磨かせて自宅にたくさん陳列していた化石マニアだった。

この谷の奥より掘りしアンモナイト貝《がひ》の化石《くわせき》を兄は呉れたり　茂吉（歌集『石泉』）

富太郎から貴重なものをプレゼントされ、感謝の気持が素直に詠まれている。

中川町ホームページによれば、富太郎が茂吉と弟四郎兵衛にあげたアンモナイトは直径50㎝、高さ30㎝の大きな物だったとのこと。弟たちが遥々と志文内まで訪ねて来てくれたことを富太郎がいかに喜んだかがわかる。

館内には、茂吉関連資料の展示コーナーがあり、茂吉自筆の短冊、色紙、写真などが展示されている。中でも茂吉が、富太郎の一人娘で姪の富子の女学校入学祝に贈呈した短冊帖は装丁が美麗で目を奪われた。

をさなごの富子はめぐしはやもはやも大きくなれよ乳をのみつつ　茂吉

茂吉は、志文内の富太郎を訪ねたとき十三歳の富子と初めて会った。故に、この歌は富子が生まれてまもない頃に健やかな成長を祈って詠んだ歌と思われる。短冊帖には右の歌の短冊を含めて六枚（六首）収められている。

短冊帖の表には茂吉の自筆で、「昭和七年夏　童馬山房主人謹書」と書かれている。茂吉が志文内の富太郎を訪ねたときに持参したのか、志文内滞在中に書いたのかは不明。（あるいは、東京から志文内に送り届けたのかもしれない。）

教育委員会のTさんのご説明によれば、短冊帖は北見市の守谷記念整形外科の院長守谷俊一氏から中川町に寄贈されたものとのことである。

富子は、茂吉が志文内を訪れてから九年後の昭和十六年に北見の大橋喜義氏と結婚したが、惜しくも二か月後に急性肺炎により亡くなった。（享年二十二歳）

昭和十七年、富太郎は喜義氏と養子縁組をした。守谷俊一氏は喜義氏が再婚後に次男として生まれた方である。富太郎は、俊一氏ら孫に囲まれて北見で穏やかな晩年を過ごした。（昭和二十五年死去、享年七十四歳）

短冊帖は、数年前に守谷家の神棚から偶然見つかったとのことである。私は、Tさんのお話をお聞きしながら短冊帖を鑑賞し、茂吉の兄弟愛の深さをあらためて思った。

わが兄のひとりごをとめ北ぐにの言《こと》になまりつつ五日《いつか》したしむ　茂吉（『石泉』）

右の歌には姪の富子を可愛がる気持ちがあふれている。志文内での五日間は、茂吉の人生の中でも特に濃密な時間だったのだろう。

短冊帖の側には、志文内で再会した兄弟三人の寄せ書きの色紙が展示されており、各自の以下の歌が書かれている。

しづかなる山の我が家に三人して過ぎし昔を語らひにけり　一塊（富太郎）

うつせみのはらから三人《みたり》澤に生ふる蕗の太きをひでてくひけり　茂吉（「短歌拾遺」）

うつしみのかしらのはげをはなしあふ二人の兄をなつかしみけり　直吉（四郎兵衛）

いずれの歌からも兄弟水入らずの再会の喜びが感じられる。茂吉は、志文内で以下の歌を詠んでいる。

妻運《つまうん》のうすきはらからとおもへども北ぐにして老《おい》に入りけり　茂吉（『石泉』）

茂吉が訪れたとき、富太郎は富子にとって継母である後妻と暮らしていた。また、弟四郎兵衛は若くして先妻に先立たれており、『赤光』に以下の歌がある。（大正二年）

上《かみ》の山《やま》の停車場に下り若《わか》くしていまは鰥夫《やもを》のおとうとを見たり　茂吉

昭和七年八月十日（志文内に着く四日前）の茂吉の日記に以下の記述がある。十三歳年下の輝子夫人と娘婿である茂吉は、すれ違い夫婦だった様子が伺える。

「北海道ノ旅立ツ〈中略〉輝子芝居。午後九時五十五分上野駅ヲ発ス。」

このような兄弟三人の家庭事情を踏まえて志文内で詠んだ歌を鑑賞すると、茂吉が兄に寄せる深い同情が出ているように思われる。

中川町では、茂吉と志文内のつながりを大切にしている。短歌の発展向上を狙いとして短歌作品を募集し、毎年、斎藤茂吉記念短歌フェスティバルを実施している。今年度は二十回目の節目の年とのことである。

私は、中川町内の茂吉スポットをご多忙の中親切に案内してくださったTさんに心から感謝し、短歌フェスティバルに作品を応募することを約束した。

その後、天塩中川駅から各駅停車の列車に乗り旭川に向かった。中川町「道の駅」で買った特産のハスカップジュースを飲み、車窓から天塩川の流れる道北の雄大な景色を堪能した。そして、茂吉の以下の歌を黙読した。

つかれつつ汽車の長旅《ながたび》することもわれの一生《ひとよ》のこころとぞおもふ　茂吉（『石泉』）

旭川のホテルに泊まった翌日、札幌で函館行特急列車に乗り換え函館に向かった。途中、私は左の車窓に広がる風光明媚な噴火湾の海を眺めながら、幾つものトンネルを潜って通過する豊浦町にある二つの茂吉歌碑に想いを馳せた。

白浪のとどろく磯にひとりしてメノコ居たるを見おろして過ぐ　茂吉

（『石泉』、豊浦町文学碑公園、昭和六十二年七月建立）

鷗らが驚くばかり数《かず》むれて海のなぎさに居るところあり　茂吉

いずれの歌も、茂吉が函館に向かう汽車の車窓から眺めて詠んだ旅行詠である。
（『石泉』、豊浦町豊浦港、平成十三年度建立）

私は、茂吉が北海道の旅の最後に訪れた函館の湯の川温泉に泊まって旅の疲れを癒した。

しほはゆき湯《ゆ》のたぎり湧く音ききて海まぢかしとおもほえなくに　茂吉（『石泉』）

最後に、二首書かせていただき第三十四回目の筆を擱きたい。

志文内に茂吉の詠みし蕗のうた口ずさみつつ妻と旅ゆく
湯の川のしおはゆき湯に身をひたし茂吉の心の旅を思えり　修

平成二十五年七月二十八日

第三十五回　青山（東京都）

七月十九日、学士会短歌会で上京した機会を利用し、港区南青山（青山脳病院跡）にある茂吉歌碑を訪ねた。東京駅で乗換えた電車は混んでいて座れず立ったまま渋谷駅に着いた。週末の渋谷駅は若者であふれ、茂吉が生きた時代とは別世界に変貌している。以下の歌が思い浮かんだ。

忠犬の銅像の前に腰かけてみづから命終《みやうじゆう》のことをおもふや　茂吉（歌集『つきかげ』）

茂吉が亡くなる三年前の昭和二十五年（六十七歳）の作。渋谷駅前の忠犬ハチ公像の近くに座って自身の死に思いを巡らせている茂吉の姿が浮かんで来る。平均寿命が伸びた現代において六十代はまだ若いが、当時、戦争や大病の悲嘆を生きてきた茂吉にとって死はごく身近なものだったのだろう。

　わが色欲いまだ微かに残るころ渋谷の駅にさしかかりけり　茂吉（『つきかげ』）

昭和二十六年（六十八歳）の作。最晩年近くなっても色欲に拘る自身の姿を正直に詠んだ歌である。人間茂吉の真実が出ている。渋谷駅は茂吉が長年住んだ青山から近い駅であり生涯で最も多く利用した駅であろう。

　この歌は、『つきかげ』の中では「無題」となっている。茂吉は老衰がすすんで自身が編集できなくなったので、弟子の柴生田稔等の関係者が題を仮につけたと言われている。

渋谷駅で乗換えた私は、表参道駅で降りて目的地まで歩いた。仙台は梅雨明け前だが、東京は猛暑で外を歩くと汗が噴き出てきた。青南小学校を左に見て交差点を左折し、突き当たったところに落ち着いたマンションが建っている。

　駐車場の出入り口に茂吉自筆の以下の歌を刻んだ横長の歌碑が建っている。（『あらたま』大正二年、昭和五十二年十一月建立、建立者青木義作）

　あかあかと一本の道通りたり霊剋《たまきは》る我が命なりけり　茂吉

歌碑の脇に案内板があり、以下の内容が記されている。

「斎藤茂吉翁（一八八二～一九五三）は、日本の近代短歌史上に偉大な足跡を残しました。この地『港区南青山四ノ十七ノ四三』は茂吉翁が明治四十年から昭和二十年四月までの約四十年間居住し、病院経営にあたるかたわら、童馬山房と称し短歌の創作に専念されたところです。〈中略〉

この短歌は、大正二年、茂吉翁三十歳の自筆の歌で、当時の青山の景観と自身の境涯とを重ね合わせて詠んだものです。王子製紙株式会社」

三十代の茂吉の人生観が力強く詠まれていて、私の愛誦する歌の一つである。

佐藤佐太郎は、『茂吉秀歌上巻』（岩波書店）の中で以下のとおり述べている。

「瞬間に燃えたつような感動をたくましく定着した点に注目すべき歌である。この直観の背後につながるゴッホの絵画をおもうこともできるし、『あかあかと』に芭蕉の句を、『命なりけり』に西行の影をおもうこともできる。そういう影響は、消化されて血肉となって新しく生きている。一首はあらあらしく直線的に、単純で力づよい。」

昨年、仙台で開催された日本画家の東山魁夷展で代表作の「道」を見た。前方へまっすぐ伸びる太い一本道の単純化された抽象性の高い構成に感動し、茂吉のこの歌が浮かんだことを思いだした。

茂吉は、「作歌四十年」の中でこの歌を以下のとおり自注している。

「秋の国土を一本の道が貫通し、日に照らされているのを『あかあかと』と表現した。これも『しんしんと』流のものに過ぎぬが、骨折ってあらわれたものである。貫通せる一本の道が所詮自分の『生命』そのものである、というような主観的なもので、伊藤左千夫先生没後であったので、おのずからこういう主観句になったものと見える。『たまきはる』などという枕詞を用いたのも、単純に一気に押してゆこうという意図に本づいたものであった。この一首は、私の信念のように、格言のように取扱われたことがあるが、そういう概念的な歌ではなかった。」

歌碑の近くに大樹が一本あって木陰をつくっていた。歌碑の前でメモしているとマンションの駐車場に出入りする車が通って慌ただしい。当時の青山の景観は想像もつかないが、この大樹が唯一、童馬山房の生き証人のように思えた。

童馬山房跡の歌碑を見たあと、青山霊園の茂吉の墓を訪ね歩いた。


けふもまた向ひの岡に人あまた群れゐて人を葬《はふ》りたるかな　茂吉（『赤光』）

大正元年（三十歳）の作。茂吉は自分が住む青山脳病院から谷一つへだてた青山墓地の歌をたくさん詠んでいる。青山墓地で日常的に繰り返される人の死の弔いを今日も見た、という客観的事実を述べている歌だが、「人あまた群れゐて人を葬りたるかな」に人の命終への深い詠嘆が滲んでいて胸に響く。

明治四十四年、茂吉（二十八歳）は東京帝国大学付属病院（巣鴨病院）の医員になっている。歌碑の歌の核心である「たまきはる命」の力強い輝きの中にどことなく寂しさが感じられるのは、茂吉が人の死に常に身近に接していたからだろうか。


墓原に来て夜空《よぞら》見つ目のきはみ澄み透りたるこの夜空《よぞら》かな　茂吉（『赤光』大正元年）

青山墓地に来て夏の夜空を詠んだ歌である。人が葬られている墓地と夜空の美しさとの対比が際立っている。茂吉の鋭い感覚が心に沁みる歌である。

青山霊園案内図には墓の種別、番号しか書かれていない。わかりにくかったが、墓地内のメインストリートである桜並木沿いに近い区画に斎藤家の墓があった。昭和二十八年二月二十五日、七十歳で亡くなった茂吉の遺骨は分骨されている。墓は青山霊園、生地の上山市金瓶の宝泉寺、疎開した大石田の乗船寺の三か所にある。

青山霊園には大久保利通墓など歴史的著名人の立派な墓がたくさんあるが、茂吉の墓は、他の二つと同様に「茂吉ノ墓」と自筆が刻まれている。さほど大きくもなく簡素な印象だった。近くの赤松の木には油蟬が鳴き、都心の異空間のように思えた。
最後に、一首書かせていただき第三十五回目の筆を擱きたい。
茂吉生きし遠き日のごと沁みわたる青山墓地に鳴く蝉のこえ　修

平成二十五年八月三日

第三十六回　新宿（東京都）

七月十九日、青山霊園の茂吉の墓を訪ねた後、地下鉄を乗継いで新宿区大京町の斎藤家旧居跡（茂吉終焉の地）にある茂吉の記念碑を訪ねた。（銀座線「青山一丁目」↓「赤坂見附」↓丸ノ内線「新宿三丁目」下車後徒歩約五分）

四谷四丁目交差点から左折して数十メートルのところに「ＰＪビルディング」というビルがある。通りから見えにくいが入口の壁面にプレートの記念碑がはめ込まれていて、以下の文言が金文字で刻まれている。私はその場で手帳にメモした。（平成元年十一月設置、設置者斎藤茂太）

「新宿の大京町といふとほりわが足よわり住みつかむとす　茂吉
父斎藤茂吉は、空襲で南青山の自宅を喪ったあと昭和二十五年十一月十四日この場所の新居に住み、昭和二十八年二月二十五日に没した。
右の歌は最後の歌集『つきかげ』に収められている。

平成元年十一月　斎藤茂太」

記念碑は交通量の多い大通りに面したビル街の中にあるので、茂吉が最晩年を過ごした頃の景観は全く想像できない。

代田から大京町に転居する直前の十月十九日、茂吉（六十八歳）は脳出血を起し左側不全麻痺の状態になった。記念碑の前に立って黙読していると、老衰の日々の中でいよいよこの地が自分の終の棲家になるのだという茂吉の諦念が寂しさを伴って心に響いてきた。

佐藤佐太郎著『斎藤茂吉言行』に、昭和二十五年十一月一日の茂吉の言行として以下のとおり書かれている。

「歌はもうボケてしまってだめだが、それでもかまわない作っておこうとおもうんだ。麻痺があるとボケるもんだからね。これは佐藤君承知していてくれたまえ。〈中略〉

僕は歌はこれで終止符をうったつもりで、これからは意味が通ろうが通るまいがかまわない、でたらめな歌を作るよ。これは君だけ承知していてくれたまえ」

この一文から、医師であった茂吉は自身の病状の進行を客観視して歌を詠んでいたことがわかる。

同年十月十八日、北海道の次兄守谷富太郎が死去（享年七十四歳）したことも茂吉に非常なショックを与えたことだろう。

　茫々としたるこころの中にゐてゆくへも知らぬ遠《とほ》のこがらし　茂吉（『つきかげ』）

健康が衰え意識も朦朧とする病床にあって、木枯らしを聞きながら心境を調べよく歌い上げている。この歌は晩年の茂吉の絶唱といえるだろう。

ＰＪビルディングの入り口前に、今年できた新しい案内板が設置されており以下のとおり記載されている。

「新宿区指定史跡　斎藤茂吉終焉の地　所在地　新宿区大京町二十二番二号
この地は、歌人斎藤茂吉（一八八二～一九五三）が昭和二十五年から亡くなるまでの約二年間を過ごした場所である。〈中略〉
この地は長男茂太（精神科医、随筆家）が開業するための医院兼住居を新築したもので、妻輝子や次男宗吉（小説家北杜夫）ら文学に縁の深い一家がともに過ごした場所であった。茂吉はすでに最晩年であり体調が優れなかったが、歌集『石泉』、『霜』を刊行し文化勲章も受章した。
当時の家屋は昭和六十三年に解体されたが、書斎は上山市の斎藤茂吉記念館に復元展示されている。
平成二十五年三月　新宿区教育委員会」

昨年訪れたときにはなかった立派な案内板である。案内板の記載内容をメモしている最中、たくさんの人が忙しなく通っていったが案内板を気に留める人はいなかった。

当時の家屋が残存していた昭和の終わり頃、私は新宿西口で勤務していたが仕事に忙しく見逃してしまったことが悔やまれた。

私は上山の斎藤茂吉記念館内に復元されている茂吉の書斎を思い浮かべた。その床の間には、明治二十九年八月、浅草の斎藤紀一を頼り、医師を目指して上京する茂吉（十四歳）のために、菩提寺宝泉寺の和尚佐原窿応が贈った書家中林《なかばやし》梧竹《ごちく》の直筆掛け軸が飾られている。

掛け軸には、「為茂吉生　大聖文殊菩薩　梧竹居士拝書」と書かれている。茂吉の臨終のときにも飾られていたという。

この掛け軸は何度も火災から免れたもので、心の糧として茂吉の生涯を支えた大切なものである。

弟子の佐藤佐太郎が残した『茂吉随聞』によれば、茂吉は、中林梧竹が中風になった八十六歳の頃に書いた書を岡麓から戦時中に形見として譲り受け大切にしていた。

茂吉は、少年時代から崇敬し続けた中林梧竹が手が利かなくなってから書いた書を病床で見ていた。老境の自分を鼓舞し、最後まで歌作に苦闘したのであろう。

茂吉記念館内に復元されている書斎の側でスイッチを押すと、最晩年の茂吉の様子を伝える映像を画面で視聴することができる。

茂吉最晩年の病臥する写真の場面では、以下の歌がナレーションされている。

　いつしかも日がしづみゆきうつせみのわれもおのづからきはまるらしも　茂吉（『つきかげ』）

『つきかげ』の掉尾《とうび》の歌である。茂吉記念館で映像を見ながらこの歌の朗詠を聞いていると、意識が朦朧となった老境の中でこのような秀歌が詠まれたことに驚かされる。

茂吉は生涯、いかなる場合の作歌においても全身全霊で取り組んだのだろう。

茂吉終焉の地を訪ねた後、私は茂吉が晩年に散策した新宿御苑を歩いた。都心とは思えないほど樹木が茂り広々としていて気持ちがいい。

　風の吹くまともにむかひわがあゆみ御園の橋をわたりかねたる　茂吉（『つきかげ』）

昭和二十五年十二月二日、茂吉が佐藤佐太郎と一緒に新宿御苑を散策中に詠んだ歌である。強風に吹かれ橋を渡るのを断念して引き返す茂吉の老衰した姿が目に浮かんで来る。

私はたくさんの人が芝生で楽しげにくつろいでいる新宿御苑の中を歩きながら茂吉の晩年の心境に思いを馳せた。

最後に、一首書かせていただき第三十六回目の筆を擱きたい。

年老いて茂吉も見しか苑《その》に咲く泰山木の大き白花　修

平成二十五年八月十一日

第三十七回　吾妻山（福島県）

八月十日、吾妻山（標高２０３５ｍ、磐梯朝日国立公園）の桶沼《おけぬま》畔にある茂吉の歌碑を訪ねた。

吾妻山は山形、福島の県境に位置し日本百名山の一つである。福島駅東口から吾妻スカイライン観光路線バス（福島交通）に乗った。同バスは、五月上旬～九月末の土・日・祝日のみ運行し、冬期間は積雪のため運休している。（ただし紅葉シーズン中運行あり）

私は四十代の頃、単身赴任で福島市に二年間住んだ。借上げ社宅のマンション八階から吾妻山が望めたが仕事に追われる日々だったため、訪れるのは今回が初めてだった。

茂吉は東京と郷里金瓶を行き来するとき幾度となく吾妻山を見ただけでなく、実際訪れてたくさんの歌を詠んでいる。

吾妻《あづま》やまに雪かがやけばみちのくの我が母の国に汽車入りにけり　茂吉（歌集『赤光』）

大正二年五月（三十一歳）の作で、「死にたまふ母」の連作の一つ。茂吉にとって吾妻山は郷里へと続く懐かしい山だった。

東日本大震災による原発事故から二年半以上経つが福島県内の観光地への客は回復途上である。バスの乗客は十数人で、ほとんどが吾妻小富士（標高１７００ｍ）や安達太良山（標高１７０７ｍ）への登山客だった。バスは土湯温泉、野地温泉を経由し、一時間五十分ほどで目的地の浄土平に着いた。

この日、福島市内は最高気温36度の猛暑日だったが、標高１６００ｍの浄土平は広々として空気が澄み気持ちよかった。バス停から湿原の木道を歩いていると濃い紫色のエゾリンドウの花が咲いていた。浄土平は高山植物の宝庫である。

茂吉の歌碑がある桶沼（五〜六千年前の爆裂火口に水がたまった火口湖。水深13ｍ）には約二十分で着いた。先ほどバスで通ったスカイラインを挟んだ樹海の中にある。濃紺の水を湛えて眠るように静まりかえっていた。

丸みのある石でできた茂吉の歌碑は桶沼を見おろして佇んでいる。歌碑には、茂吉自筆の以下の歌が刻まれている。（『あらたま』、大正五年夏作、建立者　地元有志）

五日《いつか》ふりし雨《あめ》はるるらし山腹《やまはら》の吾妻《あづま》のさぎり天のぼりみゆ　茂吉

茂吉、三十四歳の作。雄大な吾妻山の気象の変化を鋭い観察眼で捉えた自然詠である。歌碑の側の案内板には以下の記載がある。

「ここにある歌碑は歌人斎藤茂吉の歌を刻んだもので、昭和二十八年に茂吉の長男である斎藤茂太氏夫妻らにより除幕式が行われました。この歌は茂吉が大正五年に吾妻山を訪れた際、宿をとった高湯温泉の旅館主人へ残したものです。また歌碑に使われた石は、麓を流れる荒川の市内荒井付近から運んだものです。」

周囲に人影はなく、桶沼の水面はときおり吹き渡る風に夏の陽をはね返していた。

昭和二十八年五月三十一日の歌碑の除幕式に夫妻で参列した斎藤茂太氏は、「蔵王と吾妻」と題して、以下の文章を『茂吉と吾妻』（高湯温泉観光協会発行）に寄せている。

「蔵王の麓の郷里に父の分骨式をすませ、仙台をまわって福島に出た。高湯へ向う車中で歌碑の建っているところから蔵王が見えますよと宗像喜代次氏からきかされたとき、私はほっとした気持であった。

父は歌碑を建てることについてはなかなか首をたてにふらなかったし、またその場所についてもかなりうるさい方であったが、この蔵王が見えるということだけで、すべてが解決したと私は思った。」

私が訪れた日は霧がかかって歌碑の場所から蔵王は見えなかったが、噴煙を上げ続けている一切経山（標高1949m）が間近に見える。歌碑の好立地であることを実感した。桶沼の歌碑はこれまで訪ねた茂吉歌碑の中で、最も風光明媚な環境に建っているものの一つに思われた。

山上の別天地のような桶沼、浄土平で一時間十分ほど過ごした後、私は福島駅行のバス（往路と同じバス）に乗った。中腹の高湯温泉で途中下車し、大正五年八月に茂吉が宿泊した吾妻屋を訪ねて茂吉が揮毫した扇子を見せていただいた。

　山がはの水のいきほひ大岩にせまりきはまり音とどろくも　茂吉

『赤光』の「塩原行　明治四十一年作」の一首。吾妻山で詠んだ歌ではないが、バスの車窓から見た吾妻山の麓の荒川の光景が歌そのままだった。

大正五年七月十八日、茂吉は上山金瓶の父守谷伝右衛門の病気見舞のため帰郷し、その帰途の七月二十四日、福島瀬上《せのうえ》のアララギの歌人門間春雄（二十七歳、大正八年二月三十歳で病死）宅を訪ねた。門間春雄は、茂吉を吾妻山と高湯温泉に案内し、親身に世話をした。高湯温泉滞在七日間を含めて、茂吉は十六日間福島に滞在している。

霧《きり》こむる吾妻《あづま》やまはらの硫黄湯《いわうゆ》に門間春雄《もんまはる》をとこもりゐにけり　茂吉（『あらたま』）

高湯温泉で長雨に降りこめられながらも弟子と愉快に過ごした様子が伝わってくる歌である。茂吉は、門間春雄が亡くなったとき遺族（門間春雄の妹・丹治千恵）に以下の手紙を送って追悼している。

「御葉書今朝病院でみました御兄上ついに死んでしまい悲しさかぎりなし。〈中略〉あれは大正五年の夏一しょに吾妻山に登って高湯の宿屋の一室で親身以上の生活をして一緒に暮らした事も目の前に浮かんでくる。それから御病気になって小生は一ぺんもあわない。小生のことをいろいろ思ってくれ好意をもってくれた春雄兄ゆえすまない気がしてならない。」（出典・『茂吉と吾妻』高湯温泉観光協会発行）

茂吉と門間春雄が宿泊した吾妻屋は日帰り入浴不可だった。私は向かいの共同浴場「あったか湯」の露天風呂に入浴した。白く濁った源泉かけ流しの硫黄湯は心地よく歌碑めぐりの疲れを癒してくれた。『あらたま』に入っていないが、茂吉は高湯温泉の湯を讃えて次の歌を詠んだ。（出典・同右）

山の峡わきいづる湯に人通ふ山とことはにたぎち霊し湯　茂吉

私は極上の温泉に浸かりながら目を閉じ、茂吉と門間春雄との吾妻山での親交を偲んだ。

最後に、吾妻山の春の風物詩になっている「雪形」を詠んだ歌を書かせていただき、第三十七回目の筆を擱きたい。

桃の花あふれ咲くころ吾妻嶺《あづまね》に雪の兎は白くかがやく　修

平成二十五年九月七日

第三十八回　平泉・北上（岩手県）

残暑の厳しい八月下旬の朝、私は岩手県北上市の茂吉歌碑を訪ねるため仙台駅からＪＲ東北本線（在来線）に乗った。一ノ関駅で途中下車し、バスに乗り換えて平泉を訪ねた。

平安時代の末期、奥州藤原氏が築いた中尊寺をはじめとする平泉の文化遺産は、平成二十三年六月（東日本大震災の三ヶ月後）に世界遺産に登録決定された。現在、観光客が増えて震災復興に寄与している。中尊寺に向かう月見坂は大きな杉の並木道で蟬しぐれが頭上から降っていた。

妻とふたりつまさきあがりにのぼりゆく中尊寺道《ちゆうそんじみち》寒さ身に沁む　茂吉

昭和六年十一月二十日、茂吉（四十九歳）は輝子夫人と中尊寺を訪ねた。歌集『石泉』に「中尊寺行」二十首を収めており、右の歌はその中の一首である。

汗をかきながら月見坂を登っていると、季節は異なるものの「つまさきあがりにのぼりゆく」茂吉夫妻の旅を自分が追体験している気分になった。

茂吉の年譜によれば、昭和六年十一月十三日、茂吉の長兄守谷広吉が郷里の上山金瓶で死去した。（享年五十八歳）茂吉は輝子夫人と葬儀に参列した後、十一月二十二日まで夫婦で旅をした。兄の弔を兼ねて芭蕉の『おくのほそ道』をなぞるように宮城県、岩手県を巡遊する旅だった。

茂吉は、「作歌四十年」（石泉抄）に以下のとおり書いている。

「兄の葬儀を済ませて、それから、鳴子、中尊寺、石巻、松島、塩釜、仙台に旅して帰った。鳴子近くの芭蕉の遺跡、しとまえの関なども見、大谷谿を見、感動が深かった。中尊寺、北上川もはじめての旅だから、これも感動が深かった。私はキタカミガワという音に久しいあいだ憬れていたが、今度その心を満たすことが出来た。」

当時の茂吉の日記を読むと、旅の前後は病院での診察に追われて多忙な日々を過ごしていた。右記の文章から、茂吉にとってこの旅は、日常から離れ長年の憧れを叶えた心安らぐ旅だったことがわかる。

うねりつつ水のひびきの聞《き》こえくる北上川《きたかみがは》を見おろすわれは　茂吉

茂吉が詠んだ北上川の歌には、自然詠の域に留まらず安らいだ心情が滲んでいる。

旅遠《たびとほ》きおもひこそすれ金堂《こんだう》のくらがりに来て触《さは》りて居れば　茂吉

茂吉が訪れた当時、金色堂は木造の旧鞘堂内にあった。中は暗く、直接、金色堂の柱等に触ることができたのだろうか。「旅遠きおもひこそすれ」の感慨には、元禄二年夏、松尾芭蕉が平泉を訪れて『おくのほそ道』に記した感動への共感もあったことだろう。

現在の金色堂は鉄筋コンクリート造りの鞘堂内にあり復元修理されて光り輝いている。国宝第一号の世界遺産でありガラスケースに隔離されているので、当然のことながら手に触れることはできない。

茂吉が訪れた旧鞘堂は金色堂の近くに建っている。五十歳前後の女性のガイドさんが修学旅行で来ている中学生の団体に説明している最中だった。旧鞘堂の入り口近くに芭蕉像と奥の細道文学碑が建っている。ガイドさんは、修学旅行生を前にして芭蕉の『おくのほそ道』の名高い一節を朗々と諳んじたので私も後ろに立って聞いた。

「光堂は三代の棺を納め、三尊の仏を安置す。七宝散りうせて、珠《たま》の扉《とぼそ》風にやぶれ、金《こがね》の柱霜雪《さうせつ》に朽て、既に退廃空虚のくさむらとなるべきを四面あらたに囲《かこみ》て、甍を覆《おほひ》て風雨を凌ぐ。暫時千歳《しばらくせんざい》の記念《かたみ》とはなれり。

五月雨の降りのこしてや光堂」

ガイドさんの説明の中に茂吉は全く登場しなかったが、茂吉の胸中にも『おくのほそ道』の文章があったことだろう。

茂吉は、中尊寺を見た後、芭蕉が訪ねた義経ゆかりの高館《たかだち》まで歩き義経や芭蕉に思いを馳せながら歌を詠んだ。

　義経のことを悲しみ妻とふたり日に乾きたる落葉をありく

　ここに来てわがこころ悲し人の世のものはうつろふ山河より悲し　茂吉

私は、中尊寺の広い境内を見た後、３㎞ほど歩いて毛越寺《もうつうじ》を訪ねた。平安時代（九世紀）に慈覚大師円仁が開山した東北の古刹四寺（松島・瑞巌寺、山形・立石寺、平泉・中尊寺、毛越寺）を巡る「四寺廻廊」の旅が、今日、ブームである。

だが、四寺の中で唯一、毛越寺だけは芭蕉も茂吉も訪れた形跡がない。毛越寺は浄土庭園と平安時代の伽藍遺構がほぼ完全な状態で保存されている。大泉が池を中心とする庭園は優雅で広々として気持ちがいい。

芭蕉は来ていないものの古色蒼然とした句碑が建っている。

　夏草やつはものどもが夢の跡　芭蕉

句碑は江戸時代に建てられたもので風雨にさらされて文字は摩滅しほとんど判読できなかった。今更仕方ないものの、もし芭蕉と茂吉が毛越寺にも足を伸ばしていたらどんな句や歌を詠んだのだろうと想像した。

毛越寺から約十分歩いて平泉駅に着き、盛岡行き普通列車に乗って北上市に向かった。

平泉駅から北上駅までは約三十分で着いた。北上駅から徒歩五分ほどで茂吉歌碑のある青柳児童公園に着いた。半円型の大きな石の歌碑に以下の歌が刻まれている。(『石泉』昭和六年作、平成四年三月建立、建立者北上市)

日は晴れて落ち葉のうへを照らしたる光寂《しづ》けし北国にして　茂吉

歌碑の前で声に出して読んでいると、北国の晩秋の光景が目に浮かんできた。歌碑の側の案内板には以下の記載がある。

「碑の歌はこれ(『石泉』)に含まれる「中尊寺行」十一首の一首で、北上市は茂吉未踏の地ながら、当地の風土環境にふさわしい作であることから採用された。碑文は活字だが、署名は茂吉の筆跡を刻んでいる。」

「中尊寺行十一首」とあるのは、二十首の誤りだろうか。これまで茂吉歌碑巡りをして、茂吉未踏の地の歌碑訪問は初めてだった。

青柳児童公園はよく手入れされており、様様の樹木が茂りサルビアの赤い花が咲いていた。歌碑が地元で大切にされている様子がうかがえた。

最後に、一首書かせていただき第三十八回目の筆を擱きたい。

風立ちてうす紅《くれない》の萩の花さやかに匂う毛越寺の庭　修

平成二十五年十月二十六日

第三十九回　塩原温泉（栃木県）

八月末、栃木県塩原温泉にある茂吉歌碑を訪ねた。格安で中高年にも人気のある青春18きっぷを活用し、仙台駅～西那須野駅間を普通列車（郡山駅、黒磯駅乗換え）で往復した。片道約四時間かかったが、鈍行で文庫本を読みながらのんびり一人旅をするのが好きなので苦にならない。

西那須野駅から塩原温泉方面行きのＪＲバスに乗った。途中、緑ゆたかな山坂道を走るバスの車窓から箒《ほうき》川《がわ》の深い渓谷が見下ろせた。

三千尺《みちさか》の目下《ました》の極《きは》みかがよへる紅葉《もみぢ》のそこに水たぎち見ゆ　茂吉

私は、バスの中で歌集『赤光』（短歌新聞社文庫）の「塩原行　明治四十一年作」のページを開いた。季節は異なるものの青年茂吉（二十六歳）が感動して詠んだ光景を目のあたりにした。

バスに四十五分ほど乗り塩原小学校前のバス停で降りた。バス通りに面する臨済宗の古刹、妙雲寺の山門をくぐり本堂の左の小道を少し登ったところに茂吉の歌碑がある。丸みのある縦型の石に以下の歌が刻まれている。（『赤光』、他筆）

とうとうと喇叭《らつぱ》を吹けば塩はらの深染《こぞめ》の山に馬車入りにけり　茂吉

歌碑を前にして読んでみると喇叭の音が錦秋の塩原の山々に高々と響く光景が目に浮かんだ。私は、青年茂吉に想いを馳せた。

歌碑の裏面に以下の文言が刻まれている。

「斎藤茂吉先生歌碑

明治十五年上山市に生まる　同四十一年十月十六日二十七歳（数え歳）の時　東京帝大医科大学の秋の遠足で来塩福渡升屋に二泊　塩原行四十四首を作る　後にアララギの総帥となる

昭和五十九年春　為春香童女菩薩　福渡　石下キミ建立」　注・（　）内は筆者補記

今まで見てきた歌碑の中で茂吉のもっとも若い頃の歌の一つである。歌碑の歌から、当時、乗合馬車が交通手段として使われていたことがわかる。馭者が喇叭を吹いたのだろうか。『赤光』には、他にも馬車を詠んだ歌がある。

馬車とどろ角《くだ》を吹き吹き塩はらのもみづる山に分け入りにけり　茂吉

近くの塩原温泉観光協会に立寄ると、現在の観光馬車のポスターが貼ってあった。ポスターに、かつて乗合馬車は「トテ馬車」と呼ばれて親しまれていたと書かれていた。

明治四十二年一月十八日、茂吉が青山の自宅から長野県下諏訪町の久保田俊彦（島木赤彦）宛に送った手紙に、塩原で詠んだ歌に関して以下の記述がある。

「小生の塩原の歌について精細なるご意見承りいかにも嬉しくてならず。大兄の批評尽く当れりと存じ候。〈中略〉あの歌は先生も初より振はぬとの事に候、古泉君も然り、長塚君も然り〈中略〉小生今の処大に残念に候へども軽い薄ぺらなものしか出来申さず。大に残念に候。

諸同人の佳作を見て羨しくて泣きたくなる事有之候、シカシ小生は最初より左千夫先生より『君がいろは君が色にて似なくともよし』といふ歌を戴いて居るゆゑ、他の佳作を模する事は叱られる様な気がしてなるべく我慢して致し申さず候。今の処この点さへ見て下されば小生は大満足に候。貴書をえて大に満足いたし候」

文面から、茂吉が医学生として学業に勤しむかたわら新たな歌風を作ろうと悩み工夫していたことや、六歳年上の島木赤彦が若い茂吉のよき理解者だったことがわかる。

他方、同じ手紙に「古泉君の進歩おどろくべく候。今年一年で到底追ひつく事の出来ざるべくと存じ居り候」、「只、今の処マネ時代にてモー一歩進まざるべからずとは長塚氏の評に候、古泉君は小生よりもズット性《たち》がよろしく候」等の記述がある。茂吉はアララギの同人で四歳若い古泉千樫を評価し、ライバル視していたことがわかる。

「塩原行」は、「阿羅々木」(明治四十二年一月号)に、伊藤左千夫の選歌により発表された。「塩原行」の歌について、後年、茂吉は「実際に作る方法について、幾らかずつ悟るところがあった」と述べている。

塩原の風物に接して詠んだ歌は、茂吉がこれまで理想的に作っていた歌風から写実的な歌風に取り掛かった転機だったことがわかる。

妙雲寺の境内には杉がうっそうと茂り、森林浴のような清々しい気分になった。妙雲寺は、茂吉歌碑の他にも塩原温泉ゆかりの文人の歌碑、句碑などが多数あって「文学の森」と称されている。

茂吉の歌碑近くに滝があって涼しい音を響かせていた。傍らに夏目漱石が妙雲寺に参詣して詠んだ漢詩の碑がある。

「妙雲寺に瀑を観る　大正元年九月

蕭條《しょうじょう》たる古刹《こさつ》　崔嵬《さいかい》に倚《よ》る　渓口《けいこう》　僧の石苔《せきたい》に坐《ざ》する無《な》し　山上《さんじょう》の白雲《はくうん》　名月《めいげつ》の夜《よる》　直《ただ》ちに銀蟒《ぎんぽう》と為《な》りて

仏前《ぶつぜん》に来《き》たる」

茂吉の歌碑と漱石の詩碑が間近にある光景を見ていると、茂吉記念館（上山市）で上映している映像「斎藤茂吉の世界とその時代」を思い出した。

そこには茂吉と漱石が一緒に写っている第一高等学校卒業写真（明治三十八年五月撮影）が出てくる。

茂吉は、漱石から英語を学んだ師弟関係にある。後世に両者の碑が塩原温泉に建てられるとは思わなかったことだろう。

妙雲寺から箒川に沿った遊歩道を二十分ほど上流に向かって歩くと源三窟《げんさんくつ》と呼ばれる鍾乳洞への登り口がある。その山麓に茂吉歌碑が夏草に埋もれて建っていた。

歌碑には以下の歌が刻まれている。（『赤光』明治四十一年、昭和六十年七月建立、建立者太田正孝、他筆）

　しほ原の湯の出でどころとめ来ればもみぢの赤き処なりけり　茂吉

茂吉は、上述の島木赤彦宛手紙の中でこの歌を取り上げ、「新らしいと存じ候。御笑ひ願候。」と書いている。謙遜な中にも塩原温泉で工夫して詠んだ歌への自負が現われている。

私は塩原温泉で日帰り入浴し、茂吉歌碑めぐりの旅の疲れを癒した。

最後に、二首書かせていただき第三十九回目の筆を擱きたい。

　蟬しぐれふる塩原の湯に和む青年茂吉の旅想いつつ

　塩原の茂吉の歌碑の旅に和ぎ湯気たちのぼるまんじゅうを食む　修

平成二十五年十月二十七日

第四十回　勿来の関（福島県）

八月中旬の猛暑の日、福島市内の信夫山《しのぶやま》にある茂吉歌碑を訪ねた。仙台から在来線（東北本線）に乗り、約一時間半で福島に着いた。

歌碑のある信夫山第二展望台に行くには約3㎞ほど坂道を上ることになるので、行きはタクシーを利用することにした。タクシーの運転手さんは、「信夫山は市民の憩いの山です。麓の公園は子供の遊具があるから除染作業は早く済んでますよ。」と話していた。除染作業は住宅地優先で山中はまだのようだった。

第二展望台は福島市内を見下ろす眺望のよい場所にある。雄大な吾妻山や陽に光る阿武隈川が見えた。茂吉の歌碑は背の高い石に以下の歌の自筆が刻まれている。（歌集『白桃』昭和九年、昭和六十一年五月建立、建立者えんじゅ会、福島市制八十周年記念）

まどかにも照りくるものか歩みとどめて吾の見てゐる冬の夜の月　茂吉

茂吉が信夫山で詠んだものか不明。歌碑の前で声に出して読んでみた。茂吉の具体的行動である「歩みとどめて」の字余りが心に響き、月を愛でる感興が伝わってきた。

茂吉は、「作歌四十年」で以下のとおり自注している。

「内容は極めて単純で、中味が何もないような歌であるが、それがやがて此歌の特徴をなしているようである。」

佐藤佐太郎は、『茂吉秀歌下巻』（岩波新書）の中で以下のとおり評している。

「おそらく『あかあかやあかあかあかやあかあかやあかあかあかやあかあかや月』という明恵上人の歌を作者も想起していただろう。」

茂吉記念館（上山市）に、茂吉がこの歌を自書した短冊が展示されている。茂吉が最晩年に書いた短冊の一つで文字が震えているが、自信作だったのだろう。

信夫山の展望台に立って福島市の街並みを見下ろすと原発事故以前と変わらない景色に見えた。私は四十代に二年間、福島市に単身赴任した。信夫山の公園で開いた職場の花見会で酒に酔って眺めた満月が、歌碑の歌のように美しかったことを思い出した。

残暑きびしい九月上旬、いわき市勿来《なこそ》の関址にある茂吉歌碑を訪ねた。いわき市は、原発事故の影響で避難してきた被災者が多く人口が増加している。いわき駅から常磐線の電車に乗って勿来駅で降りた。勿来の関址まで山道を四十分ほど歩いた。

勿来の関は古来より文人墨客が訪れた景勝地である。太平洋は霧で見えなかったが、松の木に囲まれた関址は古道の面影が残り油蟬が鳴いていた。

源義家の騎馬像の近くに背の高い石の茂吉歌碑がある。歌碑には以下の歌が大きな文字で刻まれている。

（『あらたま』大正四年、昭和四十二年十一月二十六日建立、建立者斎藤茂吉歌碑建設委員会、他筆）

　　みちのくの勿来へ入らむ山かひに梅干ふふむあれとあがつま　茂吉

歌碑の側に石製の解説があり以下のとおり書かれている。

「冒頭の歌は一九一五年八月十三日、三十三歳の茂吉が新婚間もない輝子夫人（十九歳）と共に故長塚節を偲ぶ旅の途中に勿来関で詠んだものである。」

歌碑の前に立つと、「梅干ふふむ」の即物的な描写が効果的で、茂吉夫妻が仲むつまじく旅をしている光景が目に浮かんできた。

しかし、茂吉は勿来の関を訪れた後、中村憲吉宛ての葉書に、「勿来はいい処である。笑わない女がいる。さびしい相をしている。」と書いている。新婚間もない旅にあって「さびしい相」と感じているのは、前年四月、輝子と結婚して斎藤紀一の養子から娘婿になったことが、茂吉にとって本意ではなく運命として甘受した心の現われなのだろうか。

わくらはに生《あ》れこしわれと思《おも》へども妻《つま》なればとてあひ寝《ぬ》るらむか　茂吉

『あらたま』のこの歌には諦念のような哀調がある。

長塚節は、明治三十九年六月末から三週間ほど茨城県平潟に滞在している間、勿来の関を訪れている。茂吉が長塚節を偲んで勿来の関を訪れたのは、長塚節が九州帝国大学附属病院で喉頭結核により大正四年二月八日、三十五歳で亡くなってから半年後だった。

後日、茂吉記念館の『赤光』発刊百年記念展を見に行ったとき、茂吉が転地療養中だった長塚節宛に書いた手紙が展示されていた。

「小生は医者の方の研究の結果は未だ一つも発表しません、これはいつも心ぐるしく思っています。何とかしたいとおもいます。〈中略〉赤光の御評いつも待っています。これが又何よりの楽みです。どうか、この小生の頼る心をあわれんで、下さい、そして、書いて下さい。いつまででも待っていますから。」

『赤光』の批評をしつこく催促する内容である。文面から、大正二年七月三十日に恩師の伊藤左千夫が四十八歳で死去した後、根岸短歌会の正統をつぐ先輩として長塚節を敬っていたことがわかる。

勿来の関の文学館に立ち寄ったが、茂吉関係の展示が皆無なのが残念だった。

福島県内の茂吉歌碑は、南相馬市桜平山公園（旧鹿島町）にもう一基ある。平成二十四年七月下旬に訪ねたとき、福島第一原発事故後の復旧はまだまだだった。歌碑のある公園は、夏草が伸び放題で人影がなかった。楕円を斜めにたてたような石の歌碑に以下の歌が活字で刻まれている。（『つきかげ』昭和二十六年、平成三年三月二十二日建立、建立者斎藤茂吉歌碑建立委員会）

　みちのくの相馬郡の馬のむれあかときの雲に浮けるがごとし　茂吉

茂吉晩年（六十九歳）の作。当時は新宿大京町に住み心臓喘息で自宅療養中だったため現地で詠んだものではない。歌に臨場感があるのは、かつて見た光景の回想詠なのだろうか。歌碑の歌から馬の群れの躍動する光景が目に浮かんだ。

当地の伝統的な夏祭りである相馬野馬追いは、東日本大震災と原発事故が襲った平成二十三年に開催を危ぶまれたが、地元の人々の誇りと熱意で中止しなかった。

最後に、一首を書かせていただき第四十回目の筆を擱きたい。

　ひとけなき勿来の関の葛の花　夏惜しむがに匂いたちたり　修

平成二十五年十一月二十三日

第四十一回　金瓶続編（山形県）

平成二十五年十一月下旬、茂吉生誕の地である上山市金瓶を再訪した。無人駅の茂吉記念館前駅（ＪＲ奥羽本線）で降りると、下りホームの側に黒い実をつけた豆柿の木が目についた。上山市は干し柿の産地として有名だが、豆柿は珍しい。歌集『赤光』の以下の歌が浮かんだ。

くろぐろと円《つぶ》らに熟《う》るる豆柿《まめがき》に小鳥はゆきぬつゆじもはふり　茂吉

大正元年十二月作で、「折にふれて」八首中の冒頭歌。茂吉（三十歳）は、同年十一月、東京帝国大学医科大学助手となり附属病院に勤務した。一連の歌からこの歌は茂吉が病院での宿直の夜に故郷を想って詠んだ歌と思われる。

私は歌そのものの光景を目にして、茂吉の胸中にあった故郷の原風景が『赤光』発行後百年経った今日も変わらず残っていることに感動した。

駅から茂吉記念館の敷地をぬけて須川沿いの舗装されていない近道を歩くと約二十分で金瓶の集落につく。以前この近道で羚羊《かもしか》に出くわしたときは驚いた。「山から下りてきた羚羊が奥羽本線の線路沿いを歩くことが稀にあります。」と、茂吉記念館の村尾さんにお聞きした。

金瓶には、私邸内に茂吉歌碑を建てておられる個人宅が三軒ある。茂吉の父、守谷伝右衛門の生家である金沢治右衛門家に伺ったところ、現在のご当主がおられた。金沢家は金瓶の旧家で、金沢さんは上山市内で医院経営をしておられる。

アポもなく失礼な訪問だったが、訪問の目的を伝えると金沢さんは親切に歌碑を見せてくださった。大きな石に黒い石板をはめ込んだ歌碑で、茂吉自筆の以下の歌が刻まれている。（『寒雲』昭和十四年、昭和四十七年十月十五日建立、建立者金沢治右衛門）

　大きみもほめたまひたる伯父の君はいのちながくて国の宝ぞ　茂吉

金沢さんのご説明によれば、茂吉の伯父である十二代治右衛門九十二歳の賀寿の歌で、斎藤茂太氏の協力を得て建立されたものとのことである。

『寒雲』には、歌碑の歌の直後に以下の歌がある。茂吉が伯父の長寿をいかに喜んで作歌したかがわかる。

　甥茂吉五十八歳にしてよろこびぬ九十二歳の伯父治右衛門を

　餅あまたくひ飽かぬてふ伯父のきみを今寿老人《いまじゆらうじん》とわれ申しける　茂吉

茂吉は東京から金瓶に帰郷すると、度々伯父の家を訪ねた。金沢さんは子供のころ茂吉に頭をなでられたとのこと。茂吉が七十歳で亡くなる二年前の昭和二十六年、医学部進学をめざして勉学中の金沢さんは茂吉宅（新宿大京町）を訪れた。茂吉に励まされ北杜夫氏（茂吉の次男宗吉）と同じ東北大学医学部に入学されたとのことである。

金沢さんから茂吉のエピソードをお聞きし、茂吉が故郷の人々との関わりを大切にしていたことをあらためて感じた。

ご近所の鈴木家のお庭に以下の歌を刻んだ歌碑がある。（『小園』昭和二十年、平成十七年五月十四日建立、建立者鈴木隆一氏、他筆）

　わきいづる音のきこゆる弘法水雪あゆみ来て我心なごむ　茂吉

運よくご当主の鈴木さんがご在宅で歌碑を見せていただいた。この歌は『小園』の「上ノ山・金瓶雑詠」五十二首中の一首で、以下の詞書がある。

「昭和二十年二月十六日夜、上野駅を立ち、十七日上ノ山著、上ノ山の裏山あたりを歩きて作歌、金瓶村に移る。」

戦局の急迫で東京空襲が激しくなり、茂吉が金瓶に疎開打ち合わせのため帰郷した折、裏山を散策して詠んだ歌である。

鈴木さんの敷地内には、明治四十三年に曾祖父が四国から弘法大師を勧請して建てた祠堂がある。鈴木さんのお話によれば、曾祖父は茂吉の少年時代の師である佐原窿応和尚と親交があった。祠堂の額は窿応和尚に書いてもらったとのことである。

祠堂の裏に清水《すず》と呼ばれている湧水がある。茂吉は、少年時代も疎開時代もここを訪ねて湧水を口にしたと言われている。鈴木さんの親切なご説明に感謝して辞去した後、祠堂の裏の林に行って清水を見、故郷の風土を愛した茂吉に思いを馳せた。

近くの三瓶《さんぺい》氏邸には、以下の弔歌を刻んだ歌碑がある。（『連山』昭和五年、平成十七年五月十四日建立、建立者三瓶泰氏、他筆）

幽かなるもののごとくに此処に果てし三瓶與十松《よそまつ》君を弔ふ　茂吉

前述の鈴木さんからいただいた『斎藤茂吉のふるさと金瓶』（金瓶学校保存会）に、この歌の解説が以下のとおり書かれている。

「茂吉が昭和五年十月から約二か月間満州の各地を巡遊した。少年の頃遊んだ友、三瓶與十松の亡くなった地、ハルピンを訪ねて詠んだ歌である。」

歌碑には、明治二十九年七月、ガキ大将だった茂吉（十四歳）が、「金瓶軍本部守谷茂吉」名で三瓶與十松に与えた證書（「軍略ニ長ケタル全軍ノ総督ニ任ズ」の記載あり）の茂吉自筆が刻まれている。

茂吉生家の隣に、茂吉が学んだ金瓶学校がある。今も地元の人々に大切に保存されている。私は、校庭の白樫の大樹に手をあてながら茂吉を偲んだ。


少年の茂吉も手あて仰ぎしか樫の大樹の学び舎にたつ　修

金瓶の歌碑を巡った後、茂吉記念館まで歩いて戻り、第一回定例歌会に参加した。茂吉記念館には、全国の結社から送付されてくる定期刊行誌が壁面いっぱいに並べられている。これまで何度も訪れているが、『楡ELM』も展示されていることに初めて気づいた。

定例歌会の席上、秋葉四郎館長から歌会参加者約五十名全員に、茂吉の以下の歌を書いたプリントがプレゼントされた。


あつまりて歌をかたらふ楽しさはとほく差しくる光のごとし　茂吉（『つきかげ』）

茂吉晩年の歌で茂吉記念館第一回定例歌会にふさわしい内容に思えた。

最後に、二首書かせていただき四十一回目の筆を擱きたい。

あかあかと灯ともるごとく柿熟れて茂吉の里にしぐれ降り来る
耳すませば須川の瀬音聞こえきて茂吉の生《あ》れし里のゆたけき　修

平成二十五年十二月二十二日

第四十二回　我孫子（千葉県、東京都）

一月十八日、千葉県我孫子市内の手賀沼公園にある茂吉歌碑を訪ねた。仙台から朝九時台の新幹線に乗り、上野で常磐線に乗換えて昼頃に我孫子駅に着いた。仙台は小雪が降っていたが我孫子は穏やかな冬晴れだった。

手賀沼公園には、我孫子駅南口から公園坂通りを歩き十分ほどで着いた。周辺は住宅地だが、公園は広くて子供たちが凧揚げやサッカーを楽しんでいる。手賀沼は想像以上に大きく、冬日が水面に光っていた。

昭和八年三月、茂吉（五十歳）が我孫子を訪れた頃は、今よりはるかに自然が豊かだったことだろう。手賀沼を右に見ながら整備された遊歩道を行くと、「文学の広場」というエリアがあり茂吉歌碑がある。

茂吉歌碑は大きな三角おむすび型の石製で手賀沼を望むように建っている。歌碑には四角形の黒石板がはめ込まれ、茂吉自筆の以下の歌が刻まれている。（歌集『白桃』）

　春の雲かたよりゆきし昼つかたとほき真菰《まこも》に雁《がん》しづまりぬ　茂吉

周囲に誰もいなかったので歌碑の文字をなぞりながら歌を音読した。雁の飛来する風景が格調高い調べとなって心に迫ってきた。現代の新聞歌壇等にこのようなおおらかな自然詠はほとんど見られない。

茂吉が、「春の雲かたよりゆきし」や「雁しづまりぬ」と眼前の事実を的確につかみ、古来日本人が愛してきた自然の美しさを円熟した描写力で表現したことを再認識した。

昭和三十年代以降、経済発展や開発と引き換えに茂吉が詠んだ雁の姿は、すっかり見られなくなってしまった。

歌碑の裏面に、建設の由来が以下のとおり書かれている。

「昭和八年三月斎藤茂吉が我孫子の柴崎沼を訪れ次の名歌を詠んだ。〈前述〉この歌を縁の深い我孫子市に碑として遺すべく地元有志相図り全国の協賛を仰ぎ建設の運びとなった。建設場所は現在柴崎沼が埋め立てられたので手賀沼遊歩道に定めた。

平成六年三月　斎藤茂吉歌碑建設の会」

茂吉は日記に以下のとおり書いている。

「三月十九日日曜。晴、夜、雨降ル。午前五時十分ニ起床ス。山口茂吉、佐藤佐太郎ニ君ト、我孫子、柴崎沼、利根川アタリヲ散歩シ、富勢村ニテ雁ノ群ガリテオツルヲ見ル。」

前日（三月十八日）の日記に、「午前中心臓ノアタリ苦シクテ臥床ス。」と書いている。

当時の茂吉は病院経営と短歌の両立で忙しく体調が悪かった。雁行をみたい願望が強く、早起きして弟子たちと我孫子を訪ねたことがわかる。

茂吉にとって、歌碑の歌は自信作だった。「短歌四十年」の「白桃抄」の中で以下のとおり自注している。

「こういう声調はのびのびとしているから、平賀元義の万葉調とは違うが、宗武とか良寛とかいう万葉調歌人のにはこういうのがあるように思う。

残雁の趣味などは一時歌人の意識から消えかかったものだが、天然を丁寧に見さえすれば決して陳腐に陥らないことを此等の歌が証明している。また、このあたりで自分の歌が小さく一進歩をしているのではないかとおもわれる。」

手賀沼の岸辺にはメタセコイアなどの木々が多い。群生する葦が冬枯れしていたが、歌に登場する真菰は見当たらない。茂吉が我孫子を訪ねた頃は真菰があったのだろうかと疑問に思った。

仙台に帰り『茂吉秀歌下巻』（佐藤佐太郎著、岩波書店）を再読したところ以下の記載がある。茂吉の作歌態度の一面が知られて興味深い。

「三月十九日、山口茂吉氏と私が同行したから知っているが、『真菰』は実際には一面の枯葦の原であった。しかしそこにあるべき真菰を否定しがたいし、またおしはかって真菰といってもよいので、これも現実を見る働きの一つである。」

『白桃』の「残雁行」と題した八首中にある以下の歌も、おおらかな声調のある自然詠の秀歌である。

あまのはら見る見るうちにかりがねの一つら低くなり行きにけり

下総をあゆみ居《を》るときあはれあはれおどろくばかり低く雁《かり》なきわたる　茂吉

茂吉は、戦争の惨禍から逃れて金瓶と大石田に疎開したとき、代表作ともいうべき以下の雁の秀歌を詠んでいる。我孫子での歌を思い出しながら詠んだのではないだろうか。

このくにの空を飛ぶとき悲しめよ南へむかふ雨夜《あまよ》かりがね　（『小園』）

かりがねも既にわたらずあまの原かぎりも知らに雪ふりみだる　（『白き山』）

茂吉の歌碑の間近に、「手賀沼ゆかりの文人」を記した陶板レリーフがある。大正時代に白樺派の柳宗悦《やなぎむねよし》（思想家）、志賀直哉（作家）、武者小路実篤（作家）などが手賀沼のほとりに住んで名作を生み出したと説明書きにある。

我孫子に住んだ著名な文化人たちは、夕日が沈むころ沼に映る影富士を見たり、雁が哀韻をひびかせて啼き渡る様を見聞きしては心を潤したことだろう。

その日、神田に宿泊。翌日午前中、千代田区富士見の暁星学園にある茂吉歌碑を訪ねた。靖国神社の大鳥居に近い。校門の脇に守衛室があり、来訪の目的を告げると守衛さんは笑顔で構内に入れてくれた。

立派な時計台の下に石製歌碑があり、活字で以下の歌が刻まれている。（『赤光』、平成十年三月建立、建立者暁星学園中学・高等学校平成九年度卒業生父兄）

　　はしきやし暁星学校《げうせいがくかう》の少年の頬《ほほ》は赤羅《あから》ひきて冬さりにけり　茂吉

大正元年十一月、茂吉（三十歳）が東京帝国大学医科大学助手となり、附属病院勤務となった頃の作と思われる。しかし、歌碑には暁星学校と茂吉の関係や作歌の経緯の説明書きがないのでわからなかった。「はしきやし」は、古語の「愛しきやし」で「いとおしい」の意。サッカーのさかんな学校らしく、歌碑の間近にあるグランドでは冬晴れの空の下、少年たちがきびきびとプレーしていた。歌碑の歌は周囲の環境に溶け込んでいる。

最後に、一首書かせていただき第四十二回目の筆を擱きたい。

　　手賀沼の水面に冬の光さし胸ふくらます小鴨まばゆき　修

平成二十六年二月二日

第四十三回　左沢（山形県）

山形県内の茂吉歌碑は冬の間雪に埋もれてしまう。大雪も峠を越えた三月中旬、山形県西村山郡大江町左沢《あてらざわ》の茂吉歌碑を訪ねた。

奥羽本線の北山形駅から左沢線に乗換えると、約四十分で終点の左沢駅に着いた。トンネルを抜けると、大きく蛇行する最上川が車窓に迫って見えた。雨のなか雪解けで増水している光景を目の当たりにして、茂吉が大石田に疎開中に詠んだ以下の歌を思い浮かべた。

四方《しはう》の山皚々《がいがい》として居りながら最上川に降る三月のあめ　茂吉（歌集『白き山』）

左沢駅で降りて傘をさし、50㎝ほど雪が積もっている町を歩いた。左沢は、最上川舟運の中継地として繁栄した町である。駅から徒歩五分ほどの原町通りには蔵屋敷など旧商家の古い町並みが残り、国指定の「文化的景観の町」になっている。

左沢には茂吉歌碑が合計七基ある。平成二十三年五月の左沢訪問時に六基見た。（第十回最上川ビューポイント編参照）

今回は未訪問の称念寺の歌碑を訪ねた。寺門をくぐると左手に高さ2ｍほどの石柱のような歌碑がある。左沢にある茂吉歌碑の中で一番古く、以下の歌が刻まれている。（「短歌拾遺」、昭和五十八年五月十五日建立、建立者　菊地知二郎、山口よし）

オホキミノタメミクニノタメニササゲタルキミノイノチハトハニカガヤク　サイトウモキチ

歌碑の前に立ち声に出して読んでいると、親しかった戦死者を弔う茂吉（五十六歳）の悲嘆が胸に響いた。カタカナの文字を刻んだ茂吉の歌碑は珍しい。

歌碑の右側面に解説が刻まれている。何度も試みたが摩滅と積雪で読めない。あきらめきれず、大江町役場まで歩き尋ねてみた。政策推進課の若い職員の方が対応して下さり、以下の記載内容を親切に教えていただいた。

「碑の歌は斎藤茂吉が山口隆一の戦死公葬に寄せた弔電（昭和十三年十二月二十七日）である。片仮名の書は梧竹が隆応に書き与えたアイウエ帳を茂吉が少年の頃双鉤鎮墨したものによった。なお茂吉が隆一を詠んだ歌には、『山西のあたりにてか戦死せる中尉をおもひ一夜ねむれず』、など二十首ある。また次兄隆爾の戦死を悼み昭和十九年同じく茂吉が詠んだ以下のような挽歌がある。

　君が兄のことをしのべば山西のはらから二人いのちをはりき」

役場から称念寺に戻って再び歌碑を鑑賞していると、ご住職夫人が声をかけて下さった。以下につき詳しくお聞きすることができて幸いだった。

①歌碑の側面に書かれている「梧竹」は書家の中林梧竹《なかばやしごちく》で、「隆応」は上山金瓶の宝泉寺（茂吉の菩提寺）の和尚佐原隆応《さはらりゅうおう》であること。

②歌碑に刻んだ文字は中林梧竹の書いたアイウエ帳（茂吉少年が習字の手本にしたもの）から集字したこと。

明治二十九年八月、茂吉（十四歳）は、医師になることを目指し東京浅草の斎藤喜一郎を頼って上京した。茂吉の才能を見出し上京を後押しした佐原隆応は、親交のあった中林梧竹（「明治の三筆」と称される大書家）に頼んで茂吉のために真筆を書いてもらい餞に贈った。

「為茂吉生大聖文殊菩薩　梧竹居士拝書」と書かれた中林梧竹の書（斎藤茂吉記念館蔵）は、三度の火災から免れ茂吉の心の糧としてその生涯を支え、臨終の床にも掛けられていたと言われている。

私はご住職夫人のお話を伺いながら、梧竹、隆応が茂吉の一生に与えた加護の大きさをあらためて思った。

北杜夫氏（茂吉の次男宗吉）は、『茂吉彷徨「たかはら」〜「小園」時代』（岩波書店）に以下のとおり書いている。

「山口隆一。私が小学校へ入る頃書生をしていた。真面目な人で、百から数を引く問題を十ばかり作り、ストップ・ウォッチを持って姉百子と私に競争してやらせた。国学院大学高等師範部を卒業したあと、山形県金瓶宝泉寺住職、上山国民学校（実科中学）教諭をしていたが、日中戦争のときに召集、北支各地を転戦、山西省絳県薫封村の戦いで戦死をした。次の歌はそのときに詠まれたものである。

　漢口陥ちてとどろきし日に山西《さんせい》の小さき村に戦死《せんし》をしたり

上の句を『とどろきし日に』とたたみかける声調で、下の句を平明にさり気なく収めている。可愛がっていた山口さんへの情感が込められている。」

歌碑に詠まれた山口隆一が、斎藤家の人々と深く交わり茂吉に可愛がられていたことがわかる。

茂吉は、昭和十三年十二月二十四日の日記に、山口隆一の遺骨と対面した様子を以下の通り書いて追悼している。

「午前八時半、芝浦ニ一千二百七十五基ノ英霊ヲ迎エタ。海風寒。丁度山口隆一大尉ノ遺骨ノソバニ平福等蔵中尉ガ立ッテ居ラレタ。因縁ト云ウモノハ実ニ不思議ナモノダ。」

日記中の「平福等蔵中尉」と茂吉の関係は不明だが、歌集『寒雲』の「山房折々」（昭和十三年）にある歌碑側面記載の山口隆一への追悼歌（『寒雲』に「十一月六日電報来」の詞書がある。）の直前に以下の詞書と歌がある。

十月三十日の忌日を過ぎつつ

わがよはひ百穂画伯のみまかりしよはひを過ぎておほく昼寝《ひるい》す　茂吉

このことから、平福等蔵中尉は茂吉と親交の深かった平福百穂（アララギ派歌人、日本画家、昭和八年十月三十日逝去、享年五十五歳）ゆかりの方と思われる。

日記中の「因縁ト云ウモノハ実ニ不思議ナモノダ」という表現から、青山脳病院の書生だった山口隆一と平福百穂は茂吉を通じて面識があったものと推察する。

歌碑を見せていただいた後、称念寺の建物にお伺いするとご住職が帰っておられた。アポもない失礼な訪問にもかかわらず、親切に説明して下さったご住職夫妻に感謝して左沢駅に向かった。

最後に、左沢訪問の翌週に大石田で詠んだ最上川の歌一首を書かせていただき、第四十三回目の筆を擱きたい。

最上川まばゆき光照り返し雪解の水は渦を巻きゆく　修

平成二十六年三月三十日

第四十四回　長岡（新潟県）

四月初旬、新潟県長岡市渡里町の本願寺派西福寺にある茂吉歌碑を訪ねた。

仙台から長岡までJRの青春18きっぷを活用し、ローカル線を乗り継いで日帰り往復した。往路は、東北本線（仙台〜郡山）、磐越西線（郡山〜会津若松〜新津）、信越本線（新津〜長岡）を利用した。

復路は、羽越本線（新津〜坂町）、米坂線（坂町〜米沢）、奥羽本線（米沢〜山形）、仙山線（山形〜仙台）を利用した。

ローカル線の車窓から蔵王山（１８４１ｍ）、吾妻山（２０３５ｍ）、安達太良山（１７００ｍ）、磐梯山（１８１６ｍ）、飯豊山（２１０５ｍ）など、日本百名山の名峰が望めた。いずれの山も残雪が春光を浴びて純白に輝いていた。

私は持参した文庫本の歌集『白き山』（短歌新聞社）にある以下の歌を車窓の山に重ねて黙読した。

山脈《さんみやく》が波動《はどう》をなせるうつくしさ直《ただ》に白しと歌ひけるかも　茂吉

昭和二十二年三月十四日、茂吉（六十四歳）が大石田に疎開中に詠んだ歌である。車窓から見ている光景と場所は異なるが、みちのくの山々の残雪のうつくしさが臨場感を伴って胸に迫ってくる。

茂吉の歌に触発された私は、高村光太郎の詩集『智恵子抄』で知られる安達太良山を二本松付近（東北本線）の車窓から眺めながら一首詠んだ。

むごきまで安達太良《あだたら》の雪うつくしき　ほんとの空を汚すなかれと　修

原発事故から三年が経ち、風化させるなと安達太良山が訴えているように見えた。

磐越西線では、会津若松から喜多方を過ぎ新潟県境近くまで飯豊山をずっと望めて心なごんだ。

吾妻嶺《あづまね》に雪《ゆき》みえなくに国境《くにさか》ふ飯豊《いひで》の山は雪はだらなり　茂吉

『石泉』の「帰路」中の一首。昭和六年九月、茂吉（四十九歳）は長兄守谷広吉の病気見舞いのため上山金瓶に帰郷したが、その帰路、奥羽本線の車窓（置賜盆地）から見た飯豊山を詠んだ歌である。飯豊山は山形、福島、新潟の三県に跨《また》がる山で万年雪がある。

飯豊山を車窓に見つつ、持参したおにぎりを頬張りながら以下の歌を詠んだ。

ながながと飯豊の山の残雪のひかり愛でつつひとり旅ゆく　修

朝七時頃仙台駅を出発し、午後二時過ぎに長岡駅で降りた。駅から歩いて十分ほどで西福寺に着いた。境内に入ると右手に、茂吉の歌碑があり以下の歌が刻まれている。（『つきかげ』昭和二十三年、昭和四十六年十一月建立、建立者西福寺住職藤井慧真）

みほとけの大きなげきのきはまりをとはにつたへてひびきわたらむ　茂吉

正確には、茂吉の歌と高浜虚子の俳句をそれぞれ刻んだプレート二つが、一つの大きな石にはめ込まれて合同文学碑になっている。

高浜虚子の俳句は以下のとおり。

我が心或る時かるし芥子の花　虚子

文学碑の近くに立派な鐘楼があって、これにも文学碑と同じ茂吉の歌が刻まれている。平和を願い祈りを込めて歌を詠んだ茂吉（六十五歳）の心情が胸に響いてきた。

茂吉最後の歌集である『つきかげ』は、大石田疎開から東京に帰った翌年以降の昭和二十三年から二十五年頃の歌が中心で、老境の歌が多い。この歌のように地方から頼まれて東京に居ながら詠んだものも散見されるが、歌に切迫した感動があるところに茂吉の力量を感じた。

文学碑の近くに建立の経緯等を記した案内はない。仙台から七時間かけて来てこのまま帰るのも忍びない。勇気を出してご住職宅に伺った。アポもない失礼な訪問だったが、お住まいの方が出てこられ境内の歌碑についての説明文のコピーを下さった。ご親切にご対応していただき幸いだった。

説明文には以下の記載がある。

「昭和十八年戦局多難となり、全国的に金属の回収が始まった。当寺も喚金仏具を供出す。二十三年六月弊屋にて蓮如上人四百五十回忌を営むに当り多数檀家の戦死者及び錬成に来た右商業学校の戦死者を弔う為の朝夕打ち鳴らす喚鐘を新に鋳造する事にした。

そして此に彫り込む為め斎藤博士に和歌を御願致した所、世田谷代田より送って戴いたもので『弥陀大悲の誓願』を歌われたものである。

扨て前項の俳句とこの和歌は発願に於いて両者密接な関係があるので終戦二十七回忌に当り故人になられた両氏（筆者注・斎藤茂吉、高浜虚子）の御諒解を得たものとして此処に合同の碑を建立し長く追悼と両氏に対する感謝の意を表したい。これを文学碑とす。」

鐘楼の側に、「維新の暁鐘」という表題の案内板がある。

「西福寺の梵鐘は、明和三（一七六六）年に長岡藩お抱え鋳物師田中多左衛門尉重定が造ったもの。〈中略〉北越戊辰戦争では、長岡藩が落城した慶応四（一八六八）年五月十九日の早朝、西軍来襲の際この鐘が乱打された。長岡の歴史にとって、近代の夜明けを告げたことから『維新の暁鐘』と呼ばれるようになった。長岡市教育委員会」

文学碑の近くに、越後生まれの相馬御風の歌碑があり、以下の歌が刻まれている。

　夜は明けぬ覚めよ起きよとつく鐘のひびきとともに散りし花はや

なお、司馬遼太郎は、長岡藩家老河合継之助を書いた小説『峠』の中で西福寺の梵鐘を紹介している。

長岡での滞在時間は二時間足らずだったが、茂吉歌碑をじっくり見ることができて、来た甲斐があった。

帰路、米坂線の車窓から暮色に染まる荒川の峡谷美を見た。『霜』に、昭和十六年四月二十九日、茂吉（五十八歳）が米坂線の車中で詠んだ以下の歌がある。

　越後《えちご》より羽前《うぜん》に入りて小峡《をかひ》なる雪解《ゆきげ》のみづのさかまきながる　茂吉

歌のとおりの情景に感動した。そして、長岡駅で買ったワンカップの地酒に酔いながら丸一日の列車の旅を振り返った。

最後に、二首書かせていただき第四十四回目の筆を擱きたい。

　茂吉歌集ひと日友としみちのくのローカル線をひとり旅ゆく

　熊避《よ》けの警笛鳴らし山走る米坂線に万緑芽吹く　修

平成二十六年四月十三日

第四十五回　蔵王温泉（山形県）

四月中旬、結婚記念日祝と茂吉歌碑めぐりを兼ねて妻と蔵王温泉（山形市）に一泊した。
国道286号線を車で山形に向かう途中、春光に輝く蔵王の残雪が見えてきた。笹谷峠（旧道）に茂吉の以下の歌を刻んだ歌碑が建っている。（積雪期間通行止）

ふた国の生きのたづきのあひかよふこの峠路《たうげぢ》を愛《かな》しむわれは　茂吉

昭和十七年五月一日、茂吉は還暦を記念し徒歩で初めて笹谷峠越えをした。「笹谷越」六十首を歌集『霜』に収めている。茂吉の健脚ぶりと、短時間に目にするものを次々に歌に詠む力量に驚く。還暦にちなんで年の数だけ詠んだのだろうか。

山形自動車道の笹谷トンネルをくぐると山形市に入る。市街地に向かって下り坂を行くと朝日岳（1870m、日本百名山）の連峰が見えてきた。

朝日嶽《あさひだけ》のまだ真白《ましろ》きが連《つら》なりつはざまの門《と》にてかへりみしとき　茂吉

『霜』（「笹谷越」）中の一首。私は歌に詠まれた情景を目の当たりにして感動を新たにした。茂吉が自然に接して即詠できるのは常に歌心を磨いていたからなのだろう。

市街地の手前から左折し、西蔵王高原ラインを通って標高約900mの蔵王温泉に向かった。蔵王連峰の一つである瀧山《りゅうざん》（1363m）の麓の蕎麦屋で昼食にした。集落の中の民家がそのまま蕎麦屋になったような店で、ひきたて打ちたての蕎麦は美味だった。

山の峰かたみに低くなりゆきて笹谷峠は其処にあるはや　茂吉

『霜』（昭和十六年）の一首。雄大な自然詠でありながら、蔵王の山々を生涯愛した茂吉の心情が表れている。瀧山山頂にこの歌を刻んだ木製歌碑がある。（平成十四年九月建立）

蔵王温泉街の南に鴫《しぎ》の谷地沼《やちぬま》がある。（周囲1・2km、最大水深6・8ｍ）茂吉歌碑は、沼を一周できる遊歩道脇の雑木林にある。沼辺に水芭蕉の群落があるが、雑木林も沼も雪に覆われていて花はまだ咲いていない。雪に足をとられながら銀ドロの木の側の歌碑まで歩いた。

大きな安山岩でつくった歌碑に、以下の歌の自筆を刻んだ黒御影石がはめ込まれている。（『小園』昭和二十年、昭和四十四年十月建立、建立者山形新聞、山形放送）

ひむがしに直にい向ふ岡にのぼり蔵王の山を目守《まも》りてくだる　茂吉

誰もいないので歌碑の文字を指でさすりながら声に出して読んでみた。茂吉が蔵王と対話している光景が目に浮かんだ。野鳥のさえずりを聴きながら歌碑の前に立つと、鴫の谷地沼と蔵王を背景にして趣がある。

歌碑の側に案内板があり、以下の記載がある。

「昭和二十年、茂吉は郷里の金瓶村（上山）に疎開生活中にこの歌を詠みました。蔵王は茂吉にとって単なる精神の支柱というだけでなく、蔵王を愛する茂吉そのものの姿と言えるでしょう。」

パンフレットの「上山市内の史跡・斎藤茂吉の歌碑めぐり」（制作・発行斎藤茂吉記念館、上山城管理公社）によれば、茂吉が金瓶に疎開中に山形市黒沢の福田神社周辺を散策したときに詠んだ歌で、鴫の谷地沼で詠んだものではない。

最初は蔵王温泉のホテル前庭に建立されたが、平成七年九月、今の場所に移転している。歌の内容と周囲の自然環境が調和しており一体感を感じた。

温泉街の奥の石段を登ると酢川温泉神社がある。神社の上は蔵王温泉スキー場の「上の台ゲレンデ」で、スカイケーブル駅近くのゲレンデの中に茂吉歌碑がある。

スキー場はまだ営業中で、上から滑り降りてくるスノーボーダーの姿が見えた。スキー場で作業をしている方に場所を聞き、雪上を歩いて歌碑にたどり着いた。

三角型の大きな石の歌碑の表面に長方形の黒石板が二枚はめ込まれていて、以下の歌がそれぞれに活字で刻まれている。（『つきかげ』昭和二十五年）

万国の人来り見よ雲はるる蔵王の山のその全けきを
とどろける火はをさまりてみちのくの蔵王の山はさやに聳ゆる　茂吉

歌碑近くの石柱に以下の説明文が刻まれている。

「蔵王山麓に生まれ日夜この山に親しみ育った父茂吉は、昭和二十五年六月毎日新聞社主催日本観光地百選で蔵王が第一位に当選したよろこびをこの二首に詠んだ
昭和四十六年七月二十七日　斎藤茂太　蔵王温泉観光協会」

作歌当時の茂吉（六十八歳）は、東京に居て胸部苦悶を自覚するなど病気を患っていた。歌は現地で詠んだものではないが、茂吉の素直な喜びと郷土愛が溢れている。この場所にふさわしい歌碑に思えた。

蔵王温泉からロープウェイ山麓線とユートピアリフトを乗継いで上ると、たくさんの名松や沼の点在する観松平《かんしょうだいら》という観光スポットがある。そこに茂吉自筆の以下の歌を刻んだ歌碑が建っている。（『霜』昭和十七年、昭和四十三年十一月建立、建立者蔵王ロープウェイ㈱）

みちのくの蔵王山なみにゐる雲のひねもす動き春たつらしも　茂吉

雲の変化を鋭くとらえて蔵王の春の訪れを喜ぶ感動が格調高く詠まれている。平成二十年初夏に地元のボランティア活動「蔵王クリーン作戦」（観光スポットのごみ拾い）に参加したとき訪れたことがある。その時、雲が山上の小さな沼の水面に移りゆく様子や、遅咲きで背の低いミネザクラの花を見た。爽やかな気持になって歌碑の歌を鑑賞したことを思い出した。

蔵王温泉周辺の歌碑めぐりをした後、茂吉と縁戚関係にあるわかまつやに泊まった。茂吉はわかまつやに度々宿泊している。

わかまつやのロビーに以下の歌を書いた額が飾られている。（他筆）

雪消えしのちに蔵王の太陽がはぐくみたりし駒草のはな　茂吉（『寒雲』昭和十四年）

茂吉が愛した強酸性の温泉に何度も浸かって心身ともにリラックスした。

最後に、一首書かせていただき第四十五回目の筆を擱きたい。

ぶな若葉萌える蔵王の朝あけに雲海ひくく湧きたつる見ゆ　修

平成二十六年四月二十九日

第四十六回　肘折温泉（山形県）

新緑がまぶしい五月中旬、山形県最上郡大蔵村の肘折《ひじおり》温泉にある茂吉歌碑を訪ねた。

肘折温泉は月山の山腹に位置し開湯千二百年の歴史を持つ鄙びた温泉である。豪雪地帯で冬は積雪３ｍを越す。

朝市が名物で自炊客も多い。この時期の朝市は、コゴミ、ミズなどたくさんの新鮮な山菜が揃う。昭和二十二年九月十七日、肘折温泉に湯治に来た茂吉（六十五歳）は朝市を楽しみ、歌集『白き山』に以下の歌を残している。

朝市《あさいち》に山のぶだうの酸《す》ゆきを食《は》みたりけりその真黒《まくろ》きを
あかつきのいまだくらきに物負ひて山越えきたる女《をみな》ら好《よ》しも　茂吉（『白き山』）

新庄駅から肘折温泉まで約30㎞ありバスで一時間近くかかった。大蔵村の隣町出身の私は、小さい頃肘折温泉に湯治に連れて来られた。

昭和三十年代半ばの農村に保育園や幼稚園はなかった。田植え後の農閑期をさなぶりと呼び、一週間ほど家族で骨休めに湯治に行くことが農村では一般的だった。

当時、新庄から肘折行きのバスはボンネットバスで、未舗装の山道を走っていた。車酔いに苦しんだ幼少期を思い出した。現在は道路が整備されて快適である。車窓に、雪解けで増水した最上川や残雪光る鳥海山、月山が見えてきて懐かしさがこみ上げてきた。

終点の山形交通待合所で下車し、山中の遊歩道を歩いて茂吉歌碑に向かった。ブナの原生林に雪が残っている。葉桜になった山桜が花びらを谿に散らしていた。

茂吉の歌碑は、肘折温泉開湯伝説のある地蔵倉と呼ばれる景勝地に行く途中にある。四角い石に黒石板がはめ込まれ、茂吉自筆の以下の歌が刻まれている。（「短歌拾遺」昭和二十二年、昭和四十八年十一月二日建

立、建立者大蔵村観光協会）
肘折のいでゆ浴みむと秋彼岸のはざま路とほくのぼる楽しさ　茂吉
歌碑の文字を指でなぞりながら歌を声に出して読んでいると、茂吉の弾む心が伝わって来た。
温泉好きの茂吉にとって肘折行きは楽しいピクニックだったのだろう。以下の歌にも同様の気分が出ている。
峡のうへの高原《たかはら》にして湧きいづる湯を楽しめば何かも言はむ　茂吉（『白き山』）
ひとけのない山中で歌碑の傍らに立ち、眼下の温泉街を見ていると、ハルゼミの鳴き声に包まれた。私は以下の歌を詠んだ。
半年を雪に埋もるる肘折の茂吉の歌碑に蟬鳴きやまず　修
戦後の混乱から逃れて昭和二十一年一月末から大石田に疎開した茂吉は、大病の治癒後、翌年十一月三日に帰京するまでの間、小旅行に出かけた。肘折行きもその一つだった。
茂吉に同行した板垣家子夫《いたがきかねお》は、以下の通り書いている。（出典・『斎藤茂吉「白き山」と最上川』小平博之著、短歌新聞社）
「不図《ふと》気付いて後を振り返ると、茂吉の姿が見えない。先の二人（同行した茂吉の縁戚・斎藤豊太郎、表具師加藤某）に声をかけて小走りに宿まで戻ってみると、手摺《てすり》に凭《もた》れ浴場を覗きながらニコニコしている。浴場からは新庄節が聞こえている。一つ唄い終わると、『婆ちゃんもうひとつどうか頼むっす』と促し、唄うと『上手《うま》い、上手いっす』と賞めてはまた促している。
老女たちのストリップを見ながら、大好きな新庄節を聞けるのだから堪ったものではない。何時まででもこうしているはずだ。入浴しているのは五十をとうに越えた女たちばかりだ。皆最上郡の土地のものばかりだから白髯の品の好い老翁の乞いを面白がり、代わる代わる唄ってくれる。皆最上郡の土地のものばかりだから唄も上手である。」

今日においては茂吉の行為も表現も不適切な一文だが、奔放に山形訛りで地元の人々と交わっている人間茂吉の一面がわかる。

同年九月十七日付の茂吉の日記には以下の記載がある。

「夜食ニハ御馳走アリ酒アリ、女中ノ新庄ぶし等アッテ夜十一時ニ臥」

北杜夫氏は、『茂吉晩年』（岩波書店）の中で以下のとおり書いている。

「茂吉は大石田での集会で、新庄節を好んで聞いた。天来の大音痴ゆえ、新庄節しか知らなかったとも思われる。

金山画伯（筆者注・画家金山平三。当時大石田に疎開していた）があきれて言った。

『斎藤さん、あんたは新庄節しか知らんから叶わんよ。もう沢山だよ。本当に困ったお爺さんだよ。あんたは――一晩同じ唄を聞いても飽かんのだから――滅茶滅茶だよ』」

一つの事に徹底的にこだわる茂吉の粘着質な性格が発揮されたエピソードである。

私は、歌碑の場所から温泉街に下りて温泉に浸かった。そして以下の歌を詠んだ。

　酒に酔い新庄節に興じたる肘折の夜の茂吉したしも　修

温泉街を流れる銅山川の溪谷になっている小松淵《こまつぶち》を見た。小松淵は肘折を代表する景観である。ちょうど月山から流れてくる雪解け水の激流が岩山に遮られ、深々とした淵が神秘的だった。

茂吉はここで以下の歌を詠んでいる。

川のおと山にひびきてきこえをるその川のおと吾は見下ろす　茂吉（『白き山』）

茂吉が視覚と聴覚を駆使して詠んだ歌の光景を追体験した後、小松淵橋を渡った。支流の苦水川に沿って二十分ほど歩き、炭酸泉が珍しい黄金温泉・カルデラ温泉館（平成六年開業）の前庭に建つ茂吉歌碑を訪ねた。歌碑には以下の歌が刻まれている。（「短歌拾遺」昭和二十二年、平成六年七月建立、建立者・カルデラ温泉館建設業者沼田建設㈱、他筆）

泡だちて湧きくる泉の香を好しと幾むすびしつけふの日和に　茂吉

前述の出典に板垣家子夫の以下の記述がある。作歌当時の経緯がわかって参考になる。

「道側に炭酸水の湧出しているところがあり、備え付けてある茶碗で二杯も茂吉が飲んだ。私も一口飲んでみたが大して甘味いものでもない。飲んで子供のように喜んでいる茂吉の方が可笑しいくらいだ。」

最後に、一首書かせていただき第四十六回目の筆を擱きたい。

肘折の若葉かがやく山路来て遅れて群れるカタクリを見つ　修

平成二十六年六月一日

第四十七回　蔵王坊平（山形県）

好天に恵まれた六月初旬、蔵王高原坊平《ぼうだいら》にある茂吉歌碑を訪ねた。坊平は蔵王連峰の中腹（標高１０００

m）にある。冬はスキー、春夏秋は、クロスカントリー、トレッキング等アウトドアスポーツや高地トレーニングの好適地である。

四月下旬から十一月初旬の観光シーズン限定で、上山市内から刈田《かった》駐車場（火口湖のお釜行きリフトあり）の間を無料バスが一日二往復している。JRかみのやま温泉駅前発九時二十分のバスに三十分ほど乗り、「ZAOたいらぐら」（蔵王高原総合案内所）のバス停で降りた。

坊平は高原の涼風が吹きわたり広々として気持ちがいい。ハルゼミが鳴き、レンゲツツジの花が見頃だった。蔵王の山頂を左に見ながら天然芝のクロスカントリーコースを数分歩くと、松の大樹の下に丸味をおびた大きな石の茂吉歌碑が建っている。

歌碑には以下の歌が刻まれている。（歌集『寒雲』の「歌碑行」二十二首中の一首、昭和十四年七月、昭和四十九年四月二十日建立、建立者上山市）

平《たひら》ぐらの高牧《たかまき》に来てあかときの水飲み居れば雲はしづみぬ　茂吉

茂吉五十七歳の作。この地にふさわしい自然詠で、声に出して読むと格調高い調べが心に沁みて来た。茂吉の自筆ではなく活字で刻まれているのが残念だが、歌碑は景観に溶け込んで茂吉の分身のようだ。

歌碑の側に解説を刻んだ石碑がある。茂った草木に隠れて文字が読みにくかったが、屈んでなんとか判読し手帳にメモした。

「蔵王坊平高原（平倉）

この歌碑は上山市が生んだ歌人斎藤茂吉が生前に建てられたのでは唯一の蔵王山上歌碑を初めて見るために昭和十四年七月暁登山をした折太陽の照りはじめた朝露のすがすがしい高原の当地において作られた短歌

を刻んだものです。」

昭和九年八月、実弟高橋四郎兵衛（上山温泉山城屋主人）の勧めにより、生前の茂吉（五十二歳）が建立を許した歌碑が、蔵王熊野岳の山頂に建てられた。

陸奥《みちのく》をふたわけざまに聳えたまふ蔵王の山の雲の中にたつ　茂吉

茂吉は東京にいて歌碑のための歌を詠み、高さ2m超の原石に合わせて原寸大の大きな文字で紙に自書した。当時の日記に以下の記載がある。

「昭和九年六月四日　月曜　午前中部屋掃除等ヲナス　午睡、午後ヨリ夜ニカケテ、蔵王山ノ歌碑〈中略〉等ヲカク。ヘトヘトニツカル。」

地元の人々の支援でやっとできた歌碑だが、茂吉は多忙だったこともあり足を運ばなかった。茂吉が山上の歌碑に初めて対面したのは建立から五年後の昭和十四年七月八日だった。

茂吉は同日の日記に、「歌碑ハ大キク且ツ孤独ニテ大ニヨイ」と書いている。

『寒雲』の「歌碑行」には、以下の詞書と歌がある。

「七月八日歌碑を見むとて蔵王山に登る同行岡本信二郎、河野与一、河野多麻、結城哀草果、高橋四郎兵衛の諸氏

歌碑のまへにわれは来たりて時のまは言ぞ絶えたるあはれ高山や

わが歌碑のたてる蔵王につひにのぼりけふの一日をながく思はむ

この山に寂しくたてるわが歌碑よ月あかき夜をわれはおもはむ」

これらの歌から、初めて自身の歌碑を見た茂吉の感動が伝わってくる。

坊平の歌碑の歌は側にある解説の通り茂吉が蔵王に登る途中に詠んだもので、以下の歌からも登山の動機がわかる。

いただきに寂しくたてる歌碑《かひ》見むと蔵王《ざわう》の山《やま》を息《いき》あへぎのぼる　茂吉（『寒雲』）

茂吉は幼少期から蔵王を仰ぎ見て育った。七十年の生涯の中で、この時を含めて三度山頂に登っている。私は坊平の歌碑近くのベンチに座り、持参したおにぎりを食べた。そして、蔵王を生涯愛した茂吉に思いを馳せながら以下の歌を詠んだ。

群がりて谷空木《たにうつぎ》咲く高原《たかはら》に茂吉歌碑見る初夏のすがしさ

松風のさやけき中に口ずさむ斎藤茂吉の蔵王の讃歌　修

ZAOたいらぐらの施設入口に記念モニュメント型の茂吉歌碑があり、以下の歌が活字で刻まれている。

雪消えしのちの蔵王の太陽がはぐくみたりし駒草の花　茂吉

（『寒雲』昭和十四年七月、平成十四年九月建立、建立者上山市、簡易保険融資）

歌碑の歌の下に、蔵王のシンボルであるお釜と駒草の花を描いた七宝焼きのレリーフがはめ込まれている。今まで見てきた茂吉歌碑の中で、最もカラフルで斬新なデザインだ。

バス停の側に、標高１２００ｍの御田の神水源の湧水が引かれている。蛇口をひねって飲んだら気分爽快になった。茂吉の歌碑の歌を追体験する思いがした。

坊平で二時間半ほど過ごした後、バスで上山市内に戻り茂吉記念館に立ち寄った。常設展示室に、茂吉が蔵王山上の歌碑を見るために登った時の写真パネルが展示されていた。

写真パネルは歌の説明書きとともに約十秒間隔で別の写真に自動的にチェンジする。新しい展示方法により来館者の鑑賞に役立つように工夫されている。

蔵王山頂の茂吉の写真は、背広にネクタイ着用で登山とは思えないあらたまった格好をしている。この日、茂吉記念館では「特別展　所蔵資料展　大正時代の斎藤茂吉を見る」が開催されていた。

大正二年五月、茂吉（三十一歳）が短冊に書いた以下の歌の自筆には、若々しい筆勢があって目を奪われた。

笹原をただかき分けて行き行けど母を尋ねんわれならなくに　茂吉（『赤光』、「死にたまふ母　其の四」）

母いく（五十九歳）の葬儀後に高湯（現蔵王温泉）に行った時に詠まれた歌である。茂吉の母を悼む哀切な想いが胸に迫ってきた。

茂吉が人生の折々に愛する蔵王に癒されて生きたことを実感した。

最後に、一首書かせていただき第四十七回目の筆を擱きたい。

高原《たかはら》にレンゲツツジの花ゆれて蔵王の峰は雲ひとつなし　修

平成二十六年六月十四日

第四十八回　富士見町（長野県）

六月二十七日、長野県諏訪郡富士見町の富士見公園にある茂吉歌碑を訪ねた。

早起きして仙台駅六時三十六分発の新幹線に乗った。新宿駅から中央本線の特急あずさ9号に乗換え、十一時十四分に富士見駅に着いた。

降り立ったホームの壁面に、富士見公園に歌碑のある伊藤左千夫、島木赤彦、斎藤茂吉等の歌の拓本が展示されている。八ヶ岳南麓の豊かな自然に包まれたこの地がアララギ派の歌人たちに愛されたことを実感した。

駅前の観光案内所で周辺地図をもらった。初めての土地で方向感、距離感がつかめない。行きはタクシーを利用し、帰りは歩くことにした。

富士見公園には約十分で着いた。ひとけのない夏木立の中に芝生の公園が広がっていて気持ちがいい。爽やかな梅雨の晴れ間でカッコウの鳴き声が間近に聞こえた。

富士山の方角は木々に隠れて見えないが、背の高い石の歌碑は見晴しのよい場所にある。

歌碑には茂吉が万葉仮名で書いた以下の歌の自筆が刻まれている。（歌集『つゆじも』大正十年、昭和四十年十月十七日建立、建立者斎藤茂吉歌碑建立委員会）

　高原尓足乎留而目守良無加飛騨乃左加比乃雲比曽武山　茂吉

『つゆじも』の中では、「高原《たかはら》に足をとどめてまもらんか飛騨《ひだ》のさかひの雲ひそむ山」と表記されている。

歌碑の背後の山々が飛騨との境なのか不明だが、歌碑の前に立つと初夏の白雲と山並とのコントラストの美しさに心が洗われた。清涼な風に吹かれながら、富士見の自然と対峙して歌を詠んだ茂吉を想像した。

歌碑近くに案内が設置されており、その場でメモした。

「大正十年夏渡欧を前に一ヶ月間富士見に静養した茂吉は、のちに赤彦とともに『アララギ』の編集や発展につくした。昭和四十年十月、茂吉十三回忌を期して富士見町が中心となり歌集『つゆじも』の中の富士見での作品で自ら書き残された歌を刻んだ。

富士見町教育委員会」

「斎藤茂吉年譜」（『茂吉の体臭』斎藤茂太著・岩波書店）によれば、大正十年二月二十八日、ヨーロッパへの留学（文部省在外研究員）を命ぜられた茂吉（三十八歳）は三月長崎医学専門学校教授を退任し、長崎を去った。八月五日から一ケ月間信濃富士見高原、原の茶屋にて養生した。十月二十七日、日本郵船熱田丸にて横浜を出帆している。

茂吉は、「作歌四十年」の中で、当時の心境を以下のとおり書いている。

「体格検査のおり、友人の神保孝太郎博士は私の蛋白尿を認めて注意するところがあった。『なあんだ斎藤！　Ｅｉｗｅｉｓｓが出るじゃないか！』といった調子である。兎も角遠い旅に出るのであり、異境へ果てるようなことがあっては悲しいとおもって、少しく煩悶したのであった。〈中略〉大正九年流感後のこともあり、今回のこともあるから、兎に角私は一夏信濃富士見に転地して能うかぎり養生してみることにした。

その時出来たのが此等の歌である。感傷的な哀韻のあるのは恐らくそういう身体的背景のあるためであっただろう。」

歌碑の歌は『つゆじも』の「山水人間虫魚」中の一首で、他にも沁み入るような秀歌が多い。

高はらのしづかに暮るるよひごとにともしびに来て縋《すが》る蟲あり

わがいのちをくやしまむとは思はねど月の光は身にしみにけり

あららぎのくれなゐの実を食むときはちちはは恋し信濃路にして　茂吉

前述の「作歌四十年」の中で、茂吉は以下のとおり書いている。

「こういう歌を沢山作って、雑誌中央公論に発表した。富士見の私の宿には島木赤彦、平福百穂、中村憲吉、土屋文明らが入りかわり立かわり遊びに来てくれた。そしてしまいに上諏訪で私の洋行送別歌会をも開催した。この信濃富士見の歌は私が稍専心になって作歌したためずらしいものであった。」

茂吉は生涯に一万八千首の歌を詠み秀歌も数えきれないが、代表作といわれるものは肉親や知己の死、精神的負傷、闘病、戦後の苦悩など逆境の時期に詠まれた歌が多い。富士見での歌の数々もそうで、人生の一つの転機だったのだろう。

茂吉の歌碑の近くに、伊藤左千夫の以下の歌を刻んだ歌碑がある。(万葉仮名、島木赤彦書、大正十一年建立)

寂志左乃極尓堪弖天地丹寄寸留命乎都久都久止思布　　左千夫

「さびしさのきはみにたえてあめつちによするいのちをつくづくおもふ」の歌。この歌には心を揺さぶる酩酊感がある。大阪で営業社員として忙殺されていた三十代の頃、酒に酔うと愛誦していたことを思いだした。

茂吉の師である伊藤左千夫は、諏訪の島木赤彦との交友により、明治四十一年富士見での歌会に出席して以来度々訪れて秀歌を残している。富士見公園内の案内板によれば、この公園は伊藤左千夫がこの地の自然景観を讃えて公園の設計を推奨したことに地元が応えて完成したとのことである。

私は富士見公園内のベンチに座って、アララギ派の歌人たちと富士見との関わりの深さに思いを馳せた。そして、仙台から持参したおにぎりを食べた。

富士見町にはもう一つ茂吉歌碑がある。富士見公園近くの白林荘と呼ばれる犬飼毅の旧別荘の敷地内の歌碑に、茂吉自筆の以下の歌が刻まれている。(歌集『つゆじも』大正十年、昭和三十九年八月二十二日建立、

建立者山県勝見）

八千ぐさの朝なゆふなに咲きにほふ富士見が原に我は来にけり　茂吉

大正十年八月二十二日、上諏訪地蔵寺での諏訪アララギ会で詠んだ歌である。見学の許可をもらおうと、富士見公園から思い切って富士見町商工観光係に電話した。茂吉ファンで仙台から来ていま近くにいるから是非見せてほしいと粘ってみた。しかし、「私邸内の歌碑であり、管理者が不在なので見学はできません。」との回答に断念した。

最後に、一首書かせていただき第四十八回目の筆を擱きたい。

信州の富士見にいのち養いし茂吉の歌は哀韻に満つ　修

平成二十六年七月十二日

第四十九回　諏訪湖（長野県）

六月二十七日訪れた富士見町の富士見公園の最奥に、茂吉筆（万葉仮名）の島木赤彦歌碑が建っている。

水海之冰者等計而尚寒志三日月乃影波爾映呂布　赤彦

「みずうみのこほりはとけてなおさむしみかづきのかげなみにうつろふ」の歌。近くの案内に以下の説明書きがある。

「昭和十二年十月赤彦の十三回忌を期して諏訪教育会の久保田俊彦先生追悼謝恩会と富士見村が一体とな

り、全国の賛同者の協力を得て歌碑を建てた。この歌は赤彦短歌の完成期を代表する傑作で『太虚集《たいきょ》』に収められている。書は茂吉の専心の書と伝えられる。」

歌碑の前に立って読んでみると、文字は一字一字大きく立派で、茂吉が赤彦を追悼する渾身の想いが伝わってきた。

富士見公園から富士見駅まで四十分ほど歩き電車に乗った。二十分ほどで上諏訪駅着。上諏訪駅諏訪湖口から「諏訪湖周スワンバス」に乗車。約八分の「高木下《たかきした》」で降車し、下諏訪町高木津島神社にある茂吉歌碑を訪ねた。

バス停から湖側と逆方向に坂道を上って右折すると赤彦が晩年居住し永眠した柿陰山房《しいんさんぼう》がある。江戸時代（文化文政）に建てられた茅葺屋根の旧家で、地元では「赤彦の家」と言われている。

津島神社は柿陰山房から細い坂道を少し上ったところにある。茂吉の自筆を刻んだ歌碑は、境内の右側に諏訪湖を望むように建っている。（歌集『赤光』大正二年、昭和六十三年十一月建立、建立者下諏訪観光協会）

諏訪のうみに遠白く立つ流波《ながれなみ》つばらつばらに見んと思へや　茂吉

歌碑の場所から諏訪湖を見ると、ちょうど対岸方面が初夏の陽を受けて白く光っていた。上句の自然現象の描写力を実感した。

「つばらつばら」（副詞）は聞きなれない言葉で下句の意味は難解だが、古語辞典を調べると、「委曲委曲」で「しみじみ」の意とある。「思へや」の「や」は反語で、下句には「しみじみ見てなどおられない」という強い気持が出ている。

茂吉（三十一歳）が伊藤左千夫の急逝（享年四十八歳）を知って動転し、赤彦の家に向かって諏訪湖の湖岸を走る姿が目に浮かぶようだ。

歌碑の歌は、『赤光』末尾の「悲報来」十首中の九首目に収められている。「悲報来」の冒頭には以下の詞書がある。

「七月三十日夜、信濃国上諏訪に居りて、伊藤左千夫先生逝去の悲報に接す。すなはち予は高木村なる島木赤彦宅へ走る。時すでに夜半を過ぎゐたり。」

この詞書は初版本になく口語体の文章だったが、茂吉は改選版で切迫感のある内容に直している。「悲報来」は以下の歌から始まる。

ひた走るわが道暗ししんしんと怺《こら》へかねたるわが道くらし　茂吉

佐藤佐太郎は、『茂吉秀歌上巻』（岩波書店）の中でこの歌を以下の通り評している。

「いても立ってもいられないような、焦躁の気持をあらあらしく強く歌っている。こういうひたむきな強烈さは、やはり『赤光』の歌境の特色のひとつである。

『わが道暗し』は作者の行く夜半の道であるが、おのずから人間的な感慨が参加しているだろう。歌は、単にせっぱつまったという気持以上の混乱をふくんでいる。」

以下の歌からも、茂吉の同様の心情が伝わってくる。

すべなきか蛍《ほたる》をころす手のひらに光つぶれてせんすべはなし　茂吉

北杜夫氏（次男宗吉）は、『青年茂吉「赤光」「あらたま」時代』（岩波書店）の中で「悲報来」の歌を以下のとおり解説している。

「この十首の連作の初めのほうの歌は、まさしく茂吉が、生来豊富に持っていたＤＲＡＮＧ（衝迫）を如実に現わしている。その心情の背景には、ずっと続いていた師との対立が複雑にからみあっていたことだろう。〈中略〉実際には、年齢的にも感性の異なるこの師弟のあいだは、感情的にはもっとこじれていたのだろう。茂吉が『おひろ』の余作をアララギに発表しなかったのは、その後の自信作を含めた『赤光』をともかく完成させ、そのうえで改めて、左千夫の評を仰ごうという意図が第一であった。それなのに処女歌集のできる前に、師に死なれてしまった。

従って、これらの歌の激情の中には、後悔や哀惜の念、悲嘆や苦痛、或いは自分でもよくわからぬ憤りなどが、狂おしいまでに渦を巻いている。塚本（邦雄）氏が、『『わが道暗し』の畳句《リフレーン》は、その心理を如実に反映してゐる』と、書いているとおりである。」

津島神社の茂吉の歌碑の隣には伊藤左千夫の歌碑があり、以下の歌が刻まれている。（平成四年十二月五日建立）

　夕日さし虹も立ちぬと舟出せばまた時雨くる諏訪の湖　左千夫

茂吉の歌碑と左千夫の歌碑は並んで建ち、仲良く諏訪湖を一緒に見ているように思えた。

津島神社には、島木赤彦の歌碑もあり、以下の歌が刻まれている。

　高槻のこずゑにありて頰白のさへづる春となりにけるかも　赤彦

声調の整った秀歌である。信州の長い冬が終わってやっと春を迎えた喜びが一首全体に溢れている。地元だけに赤彦歌碑は茂吉歌碑、左千夫歌碑よりも大きく立派で、脇の石には赤彦の略歴が記されている。

柿陰山房は下諏訪町指定文化財で、老松や胡桃の大樹越しに諏訪湖を望むことができる。休館中で建物の中に入れなかったが、庭に立つとカーテンの隙間から室内の一部が見えた。

大正十五年三月二十七日、赤彦は胃がんにより柿陰山房で没した。（享年四十九歳）

茂吉は、随筆「島木赤彦臨終記」に赤彦の最後を以下のとおり書いている。

「友島木赤彦君はついに没した。痩《や》せて黄色になった顔には、もとの面影がもはや無いと謂っても、白きを交えて疎《まば》らに延びた鬚髯《しゅぜん》のあたりを見ていると、柿《かき》の村人《むらびと》時代の顔容《がんよう》をおもい起させるものがあった。」

私は、赤彦の枕元でその死を心から悼んだ茂吉（四十四歳）に思いを馳せた。

最後に、一首書かせていただき第四十九回目の筆を擱きたい。

臨終の赤彦の口うるおしし茂吉を想う諏訪のうみべに　修

平成二十六年七月十三日

第五十回　山ノ内町（長野県）

六月二十七日、上諏訪温泉に宿泊。翌二十八日、塩尻、長野で電車を乗り継ぎ長野県下高井郡山ノ内町穂波温泉にある茂吉歌碑を訪ねた。

お昼前に長野電鉄湯田中駅に着くと、K君が出迎えてくれた。K君は大学時代の友人で地元の山ノ内町に住んでいる。昭和五十三年三月、社会人になる直前に長野県を旅したときK君のご両親が経営していた湯田中温泉の旅館に泊めてもらいお世話になった。当時、山ノ内町に茂吉歌碑はまだなかった。

K君は車で茂吉ゆかりの場所や名所に案内してくれると言う。私はK君の好意に甘えて一日案内していただいた。

信州名物の打ちたてのそば屋で昼食後、山ノ内町の中心を流れる夜間瀬川《よませがわ》に架かる栄橋を渡った。穂波温泉入口に着くと左脇に茂吉歌碑が建っている。三角形の石に四角い黒石板がはめ込まれ、茂吉自筆の以下の歌が刻まれている。（歌集『ともしび』昭和二年）

湯田中の川原に立てば北側ははつかに白し妙高の山　茂吉

茂吉四十五歳の歌。妙高山は厚い雲に隠れて見えなかったが、側を流れる夜間瀬川のせせらぎの音が心地よい。歌碑の前に立って読んでいると、格調高い自然詠の調べが周囲の自然と一体となって心に響く。四、五句が簡潔かつ雄大で茂吉の感動が伝わってきた。

歌碑の側に案内板があり、以下の記載がある。

「斎藤茂吉先生が下高井教育会の講演に招聘され、昭和二年十月十八日上林温泉、十九日湯田中温泉に宿泊、翌二十日午前、湯田中の川原を散策し、飯綱、戸隠、黒姫の連山の北に聳え、雪僅かに白き妙高山を遠望して詠まれた短歌である。この短歌は上林温泉、地獄谷、湯田中温泉等で詠まれた他の短歌二十四首と共に、歌集『ともしび』に収められている。

茂吉先生は著書『作歌四十年』に、この短歌について『湯田中の川原で作った。結句のひびきがよい。こういう字音名詞ですわりのよいのは萬葉にもない。』と記述されている如く非常な傑作である。また、きわめて重要な作品である。歌碑の書は、茂吉先生が書かれたものである。　昭和五十九年五月二日

穂波温泉旅館組合」

歌碑の裏面には建立に関わった穂波温泉旅館組合員の旅館十三軒の名が刻まれている。文字を指でなぞっ

ていると、茂吉との関わりを大切にした先人達の熱い思いが伝わってきた。

K君の車に乗せてもらって歌碑のある場所から夜間瀬川沿いを行くと、車窓から川原近くに鯉の養殖所が見えてきた。茂吉は、温泉に飼われて冬を越し育っていく鯉の稚魚に注目し以下の歌を詠んだ。


石原《いしはら》の湧きいでし湯に鯉飼へり小さき鯉はここに育たむ　茂吉

茂吉は、「作歌四十年」の中でこの歌を以下のとおり注釈している。

「湯田中の川原に湧く湯に小さい鯉を沢山に飼育している。自分はそれを不思議におもうし、深い感動を以て作った。」

佐藤佐太郎は、『茂吉秀歌上巻』（岩波書店）の中で以下のとおり評している。

「『ここに』がまた確かで、神経が徹っている。『ここに育たむ』という結句は、推量だが、そういって、小さい鯉の群れによせる作者の同情というものが出ている。〈中略〉心のあたたかさのにじみ出ている作である。」

K君は、山之内町の名所史跡である平和観音、みろく石仏などを車で案内してくれた。北信の山々に囲まれた町並が一望できてさわやかな気持ちになった。

その後、地獄谷野猿公苑までの山道を徒歩で約一時間往復した。三十六年前、山ノ内町に訪れたときもK君の案内で杉の木立に囲まれたこの山道を歩いた。谷から上ってくる渓流の音に心洗われたことや、野猿が露天風呂に入る姿を見て感動したことが蘇ってきた。

地獄谷への道を歩いた茂吉は、日記に以下のとおり書いている。

「十月十九日水曜日。天気吉。上林温泉→地獄谷→湯田中温泉、〈中略〉ソレカラ菅沼君ト道ヲ歩イテ行クト深イ谿ガ見エルシ、鳴ル滝ノ音ガキコエル。ソレカラ砂原ガアリ、ソノ間ヲ水ガ流レ、山クズレヲバ直シテイルトコロガアル。ソレカラ地獄谷ノ方ニ行ッタ。」

この道中で茂吉は以下の秀歌を詠んだ。

はざまより空《そら》にひびかふ日すがらにわれは寂しゑ鳴沢《なるさは》のおと　茂吉

佐藤佐太郎は、以下のとおり評している。（『茂吉秀歌上巻』岩波書店）

「山間の深いところに、人の聞く聞かぬに関係なく、ひたすら間断なくとどろく水音に作者の感動があったたろう。なぜ『空にひびかふ』といい『日すがらに』といったか、その必然性がわかる。私はいまだ初学の頃この歌を読んで声調のひびきにひきつけられたが、その感銘は今も変わらない。」

私は心地よく森林浴をしながら地獄谷に向かう山道で、茂吉の自然に対する鋭敏な観察力と描写力をあらためて思った。

茂吉の日記には、続けて以下のとおり書かれている。

「ソコニ湯ガ噴出シテイルトコロガアル。ソコニ一軒家ガアッタ。コノゴロ旅舎モアル。ソコデ茅巻ヲモ買《ママ》ッテイル。ふき漬ナドモ売ッテイル。ソコヲカヘリテ途中ヨリ自動車ニテ湯田中温泉ノ湯本ニトマル。」

地獄谷は、温泉に入る猿のいる場所として世界的に有名になり、たくさんの外国人観光客が訪れる。しかし、茂吉が訪れた頃とさほど変わらない景観が残っていて素朴な趣がある。

地獄谷温泉の一軒宿「後楽館」では、今も名物のちまきを手作り販売している。糯米を熊笹の葉に包み温泉で煮たもので、おやつ用に購入した。後楽館のパンフレットには、茂吉の以下の歌が記載されている。

たどりこしこの奥谷《おくだに》に家ありて売れる粽《ちまき》はまだあたたかし　茂吉（『ともしび』）

私は、湯田中から長野に戻る電車の中で後楽館のちまきを味わった。そしてK君の友情に感謝しながら山ノ内町の豊かさを振り返った。
最後に、一首書かせていただき第五十回目の筆を擱きたい。

湯田中の歌碑訪ねれば河鹿鳴く声透きとおる夜間瀬川べに　修

平成二十六年七月十九日

第五十一回　番場蓮華寺（滋賀県）

六月二十七日に仙台を発ち、上諏訪と長野に宿泊。長野から滋賀県米原市番場蓮華寺《ばんばれんげじ》にある茂吉歌碑を訪ねるため、二十九日、長野駅八時十三分発のJR妙高1号に乗った。直江津、金沢で特急を乗り継ぐ。来年、北陸新幹線が開業すると時間短縮されることだろう。

長いトンネルをくぐり余呉湖、琵琶湖を車窓に見て十四時四十四分に米原駅に着いた。三泊四日の茂吉歌碑めぐりの最後の目的地である。米原駅に降り立つと梅雨の晴れ間で日差しが強い。蓮華寺まで約3㎞あるので行きのみタクシーを利用した。（約十分）

蓮華寺勅使門の左側から境内に入ると、本堂の手前左側に大きな石の歌碑があり、茂吉自筆の以下の歌が刻まれている。（歌集『たかはら』、昭和四十六年九月二十四日建立、建立者山形県黒江太郎、愛媛県山上次郎）

松風のおと聴くときはいにしへの聖《ひじり》のごとく我は寂《さび》しむ　茂吉

一字一字丁寧に彫られた大きな文字をさすりながら歌を読んでいると、清らかな響きを伴ってしみじみとした情感が伝わってきた。受付で檀家の方からもらったパンフレットには以下の記載がある。「歌聖とうたわれる斎藤茂吉は、当山第四十九世佐原窿應和尚の門弟である。茂吉は再三当蓮華寺を訪れて多くの歌を残している。」

年譜によれば、昭和五年八月、高野山におけるアララギ安居会に出席した茂吉（四十八歳）は、帰路、飛鳥、吉野、丹生川上など万葉の旧跡を経て、八月十三日蓮華寺を訪れている。

茂吉は、「作歌四十年」の中で以下のとおり書いている。

「それから、近江番場蓮華寺に、佐原窿應和尚を見舞った。中風のまま仰臥していますのであった。第一首。この松かぜの寂しさはいにしえの高僧たちも同じく聞かれたのであったというような歌で、いにしえの文章和歌などにその趣が残って居るので、『いにしへの聖のごとく』といった。この歌も書き馴れたので短冊などに書いたものである。」

「この蓮華寺吟の一聯は私としても骨を折り、また比較的出来のよいものである。それから場処がらでもあるが極めて仏教的で、仏教的の観相を盛ったものが多い。」

佐藤佐太郎は、『茂吉秀歌上巻』（岩波書店）の中でこの歌を以下のとおり評している。

「こういうものを第一等の短歌というのだろう。この作者一代の傑作のひとつである。『ときは』『われは』という『は』の重出が何ともいいし、『聖のごとく』から『われは寂しむ』と続けた四五句が甘滑でなくていい。」

受付におられた檀家の方のご説明によれば、歌碑の下に茂吉の遺髪が埋められているとのこと。古刹の閑寂さの中、秀歌を刻んだ歌碑が茂吉の分身のように思えた。

本堂の裏手に上ると、高さ30ｍ、幹回り５ｍ以上ある杉が周囲を圧するように立ち、幽遠な雰囲気を漂わせている。樹齢七百年の「一向杉」と呼ばれる巨木で、開山した一向上人が遷化され荼毘に付された跡に植えられたとパンフレットに書いてある。貝多羅樹という珍しいインドの香木も側にあって風情がある。

松かぜは裏のやまより音《おと》し来てここのみ寺にしばしきこゆる　茂吉

茂吉は、歌碑の歌より前の大正十年三月（三十八歳）、大正十四年五月（四十三歳）にも蓮華寺を訪れて歌を残している。幼少時の恩師である佐原窿應和尚を親しく見舞うとともに、蓮華寺の閑雅な風情に心癒されたことだろう。

ただ、檀家の方によれば、裏山の松は松くい虫にやられてしまい今日では杉の山になってしまったとのこと。また、蓮華寺の門前に高速道路ができたことで車の音がひっきりなしに聞こえてくる。時代の推移とはいえ環境変化の大きさに驚いた。

本堂の中は広々として静かだった。茂吉は本堂に灯っている蠟燭の火を見て歌を詠んだ。『たかはら』の「近江番場八葉山蓮華寺小吟」に、以下の詞書と歌がある。

「窿應上人は六十八歳になりていませり。久々にあひまつるに、右の偏癱にて御手足かい細り、常臥のまま八年を経たまふ

寺なかにあかくともりし蠟《らふ》の火《ひ》の蠟つきてゆくごとくしづけし」

茂吉は、「作歌四十年」の中で、この歌を以下のとおり自注している。

「蠟の火が刻々にともってゆく心で、窿應和尚の現在を象徴しているようにも取れるのである。和尚のしずかな仰臥が即ち蠟の火の蠟尽きてゆくしずかさであった。」

蠟の火を表現して和尚を直接詠んでいないが、結句の「しづけし」で対比する両者が一体となって心に響

いてくる。

本堂の裏手に庭園がある。檀家の方の話によれば樹齢千年という高野槙と池があって俗塵から離れた趣がある。「近江番場八葉山蓮華寺小吟」に茂吉の以下の詞書と歌がある。

「この寺に沢ありて亀住めり。亀畑に来りて卵を生む。縞蛇といふ蛇、首を深く土中にさし入れて亀の卵を食ふとぞ

石亀の生める卵をくちなはが待ちわびながら呑むとこそ聞け」


佐藤佐太郎はこの歌を以下のとおり評している。(『茂吉秀歌上巻』岩波書店)

「詞書と作品と不即不離に呼応する味わいは、明恵上人の『歌集』がそうだし、芭蕉の『奥の細道』がそうだし、長塚節の『鍼の如く』がそうだが、茂吉のこの場合も実に味わいが深い。〈中略〉詞書の文章も古朴でいいが、短歌も単純で哀韻がふかい。『待ちわびながら』は、蛇の行動だが、ここに作者の主観がこめられている。」

甲羅干しのために亀が池から上がってくるという庭園を眺めていると、この歌を朗詠する茂吉の声が胸中に浮かんできた。茂吉記念館(上山市)には、茂吉の肉声録音を聴けるコーナーがあり、この石亀の歌を山形訛りでしみじみと朗詠する茂吉自身の声を聞くことができる。

「くちなは」に感情移入して動物世界の実相を詠みあげた茂吉の人間性のゆたかさに思いを馳せた。

最後に、一首書かせていただき第五十一回目の筆を擱きたい。


時移り松枯れ果てて蓮華寺に松の音なきかぜを寂しむ　修

平成二十六年七月二十日

第五十二回　鴨山記念館①（島根県）

九月二十二日、島根県邑智郡《おおち》美郷町《みさと》湯抱《ゆがかい》の茂吉歌碑を訪ねた。前夜の二十二時、東京駅発のＪＲ寝台特急サンライズ出雲に乗車。出雲市駅まで約十二時間の長旅だが、個室寝台でシャワーもあり快適である。

茂吉は、万葉の歌聖と称される柿本人麻呂研究、とりわけ人麻呂終焉の地といわれる「鴨山」がどこなのか解明に執着した。昭和五年以降、七度石見に実地調査に訪れている。

私は仰向けに寝て寝台車の振動に身をまかせながら、安嶋彌氏（元宮内庁東宮大夫）が学士会短歌会で、平安歌人も万葉集を忘れていたわけでなく柿本人麻呂を神として祀っていた、と講話されたことを思い浮かべた。そして茂吉の以下の歌を連想した。

一とせを鴨山考にこだはりて悲しきこともあはれ忘れき　茂吉（歌集『白桃』）

昭和九年歳晩（五十二歳）の作。昭和八～九年は平福百穂、中村憲吉らアララギの盟友が相次いで亡くなった。同八年十一月、輝子夫人がいわゆる「ダンスホール事件」（上層階級の名流夫人たちが社交ダンスに興じて不良と遊興にふけっていると新聞に暴露記事が載った）に巻き込まれた。

衝撃を受けた茂吉は、以後、夫人と別居生活に入り青山脳病院長の職も辞そうとした。

もともと人麻呂を畏敬していた茂吉は、身辺に起こった精神的負傷を契機に人麻呂研究に没頭する。同九年十一月『柿本人麿総論篇』（岩波書店）を刊行後、膨大な『柿本人麿』全五冊を世に出し、昭和十五年五月、帝国学士院賞を受賞した。

茂吉は、『白桃』の後記に以下のとおり書いている。

「本歌集の私の歌には、『過ぎ来つる五十二年をうたかたの浮びしごとくおもふことあり』の如き寂しいものもあるが、人麿の歌に接しつつこの寂しさをまぎらわすことの出来た時もあった。」

茂吉の七十年の人生を俯瞰すると度々転機が訪れて作歌上に大きな影響を与えている。逆境や悲嘆に深く苦悩するたびに精神を研ぎ澄まし、名歌や業績を生んだことが茂吉の転機の共通点になっている。

九月二十二日九時五十八分出雲市駅着。駅には「運は一瞬、縁は一生」と書かれた観光ポスターが貼ってある。サンライズ出雲の降客は、出雲大社へ縁結びを祈願にきたと思われる若い女性のグループが目立った。

私は、山陰本線下り普通列車に乗換え大田市《おおだし》駅に向かった。列車は空いており、車窓から秋の陽にかがやく日本海が望めた。旅心を感じながら持参した万葉集の文庫本を取り出し、茂吉を「鴨山考」に駆り立てた人麻呂の一首をあらためて読んでみた。

「柿本人麻呂、石見国に在りて臨死《みまか》らむとせし時、自《みづか》ら傷《いた》みて作れる歌一首
鴨山の磐根《いわね》しまける吾をかも知らにと妹《いも》が待ちつつあらむ」

歌は、「鴨山の岩を枕として居る吾を知らずに、妹が待ち待って居ることであろう」の意。（土屋文明著『万葉集私注』）

人麻呂は謎の多い人物で、終焉の地「鴨山」がどこなのか、石見の中でも益田、江津、浜田など諸説あり確定していない。茂吉は、二十年に及ぶ情熱と執念を傾けた調査探求の結果、湯抱の鴨山を人麻呂臨終の地と定めた。

今回の旅の目的の一つは、茂吉を顕彰して同地に建てられた「斎藤茂吉鴨山記念館」（平成三年五月開館）を訪ねることである。

梅原猛氏は『水底の歌』（新潮社）で、茂吉の「鴨山考」を一つ一つ根拠を示して徹底的に批判、否定し、人麻呂は高津の沖合にある鴨島の海で流罪刑死したとの説をとなえた。

近年では、人麻呂の右記の臨終の歌も、「石見のや高角山《たかつのやま》の木の間《こま》よりわが振る袖を妹《いも》見つらむか」で知られる「石見相聞歌」も、持統天皇のサロンにいた教養と文化的好奇心のある女官たちのリクエストに応えるために男女の哀切な別れの物語歌を創作したフィクションではないか、との見方もある。（参照　佐佐木幸綱著『ＮＨＫテキスト　１００分ｄｅ名著　万葉集』ＮＨＫ出版）

私は謎に満ちた千三百年前の万葉ロマンに思いを馳せながら、大田市駅前から石見交通バスに乗って湯抱に向かった。

バスはしだいに細くなる道を通って峠を越え十二時頃湯抱温泉停留所に着いた。（所要時間約四十分）鴨山記念館はバス停の目の前にある。ミンミンゼミの鳴き声が聞こえる。記念館は瀟洒な木造平屋建で、山に囲まれ静かなたたずまいを見せている。玄関には斎藤茂太氏揮毫の立派な看板が掲げられている。

当日は月曜日で休館日なのだが、事前に手紙でお願いしていたこともあり、館員のＴさんがご好意で開館して下さった。Ｔさんは親切な方で、さらに記念館内と湯抱にある六基の茂吉歌碑を案内してくださり感激した。

記念館の前庭の自然石に以下の歌を刻んだ歌碑がある。（『寒雲』、平成六年十一月建立、建立者湯抱温泉有志）

年まねくわれの恋ひにし鴨山を夢《いめ》かとぞ思ふあひ対《むか》ひつる　茂吉

昭和十二年五月十五日、茂吉（五十五歳）が初めて湯抱に訪れ鴨山と対面したときに詠んだ歌である。

自筆を彫ったもので原本の色紙が記念館の中に展示されている。歌碑は、そこからは見えないが鴨山の方角を向いて建っている。歌碑の文字を指でなぞっていると鴨山に初めて対面した茂吉の喜びが伝わってきた。

記念館で購入した『斎藤茂吉が愛した湯抱「鴨山」歌碑巡り』（斎藤茂吉鴨山記念館発行）に、以下の記述がある。

「同年一月に湯抱に住む一青年・苦木虎雄氏から『鴨山』という名の山が存在する旨の情報を得ており、はやる心を押さえての来訪であった。〈中略〉夢にまで見た『鴨山』を目の前にしての深い感動を籠めた歌である。」

北杜夫氏著『茂吉彷徨』（岩波書店）によれば、湯抱出身の苦木虎雄は上京の折、新宿の紀伊国屋書店で『柿本人麿』を立ち読みしたが、人麻呂の没地「鴨山」がどこか不明確だった。郷里に鴨山という名の山があることを知っていた苦木虎雄が、その旨を茂吉宛てに手紙を出した旨、書かれている。

苦木虎雄の行動が茂吉の鴨山発見に繋がったことがわかる。

最後に、一首書かせていただき第五十二回目の筆を擱きたい。

老いてなお鴨山を恋うた詠みし茂吉を慕い石見路をゆく　修

平成二十六年十月十一日

第五十三回　鴨山記念館②（島根県）

九月二十二日に訪れた鴨山記念館の玄関前に、茂吉の以下の歌を刻んだ歌碑がある。（歌集『白桃』昭和九年、平成三年五月二十五日建立、建立者邑智《おおち》町、活字）

夢のごとき「鴨山」恋ひてわれは来ぬ誰も見しらぬその「鴨山」を　茂吉

茂吉五十二歳の作。一首の中に「鴨山」を二度用い、茂吉の「鴨山」に寄せる情熱が溢れている。『白桃』中、この歌から二首目に以下の歌がある。併せて鑑賞すると茂吉の思いの深さが胸に迫ってくる。

人麿の死《しに》をおもひて夜もすがら吾は居《ゐ》たりき現《うつつ》のごとく　茂吉

歌碑は湯抱《ゆがかい》を流れる女良谷川《めらだにがわ》産の自然石である。近くに、夏の名残りのさるすべりが花をつけていた。

『斎藤茂吉が愛した湯抱「鴨山」歌碑巡り』（鴨山記念館発行）に、以下の記述がある。

「昭和九年七月、斎藤茂吉博士は人麿終焉の地『鴨山』を求め、初めて邑智の地を踏んだ。この歌は、その折浜原に滞在したときに詠んだ歌である。

まだ見ぬ『鴨山』探求への情熱とままならない踏査への焦燥感、人麿終焉の地探求への想いは募るばかりである。

このころ博士は、鴨山は江《ごう》の川《かわ》に近い山峡にあると想定、石見地方各地を踏査している。」

茂吉が邑智郡浜原村を歩いてこの歌を詠んだ時期は、昭和十二年一月に波多野（旧姓苦木）虎雄からの手紙をきっかけに湯抱の鴨山を発見する前だった。

この頃、茂吉は浜原村大字亀《かめ》が古のカモ（鴨）から変化したものだと考えて、亀の近くにある津目山《つのめやま》が人麻呂の歌の「鴨山」だろうと見当をつけていた。（参照　斎藤茂吉著『柿本人麿』、「鴨山踏査余録」）

斎藤茂吉記念館（上山市）には、講演資料として茂吉がみずから描いた津目山「鴨山」図、石見図が展示されている。描写が細やかな味わい深い写生図で、斎藤茂吉記念館で絵ハガキを販売している。

鴨山記念館のTさんに館内を案内してもらい、展示資料につきご説明いただいた。壁面には、茂吉自筆の色紙、掛け軸や写真、新聞記事等が飾られている。

ガラスケースの中には、湯抱の鴨山を記載した土地台帳や、鴨山発見の端緒をつくった波多野虎雄宛に茂吉が送った多数の書簡、遺品等が見やすく展示されている。

柿本人麻呂関係の展示物では、右膝を立て斜に構えて思案気に坐っている古い木造の人麻呂像が目についた。あごひげが長く独特の風貌がある。鎌倉時代末期に頓阿上人が摂津国住吉大社に三百体奉納したものの一つで、今は数えるほどしかない珍品である。

記念館には立派な和室がある。Tさんのご説明によれば毎年四月にここで「鴨山短歌会」が開催され、百歳を越える方も参加しておられるとのこと。茂吉を通じた湯抱と短歌の縁の深さをあらためて実感した。

館内を見学後、Tさんに湯抱にある茂吉の歌碑を案内していただいた。記念館から湯抱温泉に向かう坂道の途中に二つの歌碑が並んで建っている。いずれも茂吉の自筆を刻んだように思えた。

右の横型の歌碑には以下の歌が刻まれている。（『つきかげ』昭和二十四年、平成五年十一月六日建立、建立者邑智町、中原次郎氏寄託基金）

いさぎよく霜ふるらむか鴨山がすでに紅葉《もみぢ》せるその色みれば　茂吉

六十六歳の作。歌碑の前に立って歌を読んでいると、夢にまで見た鴨山と三度目の対面を果たした茂吉の心の高鳴りが聞こえてくるようだ。

まだ紅葉には早いが、歌碑の背後を流れる女良谷川のせせらぎの音が清らかで心地よい。よく見ると歌碑のまわりの雑草が所々掘り起こされている。Tさんのご説明によれば、過疎化が進んだため近年よく出没する猪の仕業とのことである。

歌碑の裏面に以下の文が刻まれている。

「昭和二十三年十月末湯抱に来訪された斎藤茂吉先生はこのとき碑面の歌とは別に『十年へてついに来れりもみぢたる鴨山をつくづくと見れば楽しも』の歌をつくられた。『十年へて』と詠まれたのはその前当地に来られたのが昭和十四年だったからである。

この間先生はふるさと山形に疎開して大病をされた。戦後東京に帰られた先生は、もう一度鴨山が見たいと病後の体で湯抱を訪ね二泊された。『十年へて』の歌にはそのときの深い思いがこもっている。」

左の縦型の背の高い歌碑には以下の歌が刻まれている。(『つきかげ』昭和二十三年、平成五年十一月六日建立、建立者邑智町異業種交流会)

つきつめておもへば歌は寂しかり鴨山にふるつゆじものごと　茂吉

湯抱訪問のあと茂吉は備後《びんご》布野《ふの》に中村憲吉の墓参をした。歌碑の歌は帰京後の昭和二十三年暮に詠んだもの。生涯に一万八千首の歌を詠んだ茂吉にとって、歌は波瀾万丈の人生そのものだったのだろう。下句の『鴨山にふるつゆじものごと』に老境の寂寥感が滲んでおり、調べが余韻となって心に響いてきた。

前述の『斎藤茂吉が愛した湯抱「鴨山」歌碑巡り』に以下の解説がある。

「我が歌人としての道、そして人麿探求に情熱を燃やした半生を、鴨山の風情にだぶらせ、歩んできた人生をふり返っている。もはや湯抱『鴨山』は、博士の『心のふるさと』、大切なより所となった。」

さらに坂道を上っていくと湯抱温泉の旅館がある。現在開業している旅館は三軒ある。

昭和十二年五月十五日、湯抱温泉の青山旅館に泊まった茂吉（五十五歳）は、当時の湯抱温泉について日記に以下の通り書いている。

「湯抱温泉（炭酸塩類泉）ニ入浴シ、源ノ湯ヲ飲ミ、夜は牛（実ハ馬）ノ鋤焼ニテ酒宴ヲシテ寝タ。かじかシキリニ鳴ク。山鳩、フクロー鳴ク。」

湯抱温泉を気に入りくつろいでいる茂吉の様子がうかがえる。茂吉が浸かった温泉に入りたかったが、日帰り入浴できる旅館がないのは残念だった。

最後に、一首書かせていただき第五十三回目の筆を擱きたい。

鴨山より来る猪《いのしし》も居るらんか月照る夜の茂吉の歌碑に　修

平成二十六年十月十三日

第五十四回　鴨山記念館③（島根県）

九月二十二日、湯抱温泉は残暑で暑かった。女良谷川に架かる石橋のたもと（日の出旅館前庭）に、茂吉の以下の歌を刻んだ歌碑が建っている。（歌集『寒雲』昭和十四年、平成五年十一月六日建立、建立者波多野（旧

姓苦木）虎雄、幸子）

　鴨山を二たび見つつ我心もゆるが如しひとに言はなくに　茂吉

茂吉が湯抱の鴨山を人麻呂終焉の地と定めた二年後の昭和十四年五月六日（五十六歳）、湯抱を再訪したときに詠んだ歌である。

茂吉の自筆を刻んだ歌碑の前で声に出して読んでいると、「我心もゆるが如し」に、鴨山探求に取組んだ茂吉の激しい情熱が宿っているように思われた。歌碑間近の女良谷川沿いは桜並木になっており花の季節のうつくしさを想像した。

橋の手前の湯抱温泉入口に波多野虎雄の歌を刻んだ歌碑が建っている。

　童馬山房に起居を許されし四年間思ひ出づれば金のごとき日々　苦木虎雄

『斎藤茂吉が愛した湯抱「鴨山」歌碑巡り』（斎藤茂吉鴨山記念館発行）に以下の記述がある。

「昭和十一年上京した文学青年苦木虎雄は、偶然斎藤茂吉博士が、石見にある柿本人麿の没所を探求していることを知り、帰郷後書簡で『鴨山』はこの湯抱にあると報せた。

これが縁となり作者は茂吉博士の知遇を得て、翌年から斎藤家の書生として、邸内の童馬山房に寄寓を許され、働きながら学業を修めた。

この歌は、遥か過ぎ去った若き日の、黄金のように輝いていた日々を想起し、しみじみと博士への思慕と懐旧の思いを詠んでいる。」

北杜夫氏は、晩年の茂吉と波多野虎雄のエピソードを以下のとおり書いている。（『茂吉彷徨』岩波書店）

「これらの歌（筆者注・湯抱の茂吉歌碑に刻まれた歌）はいずれも胸を打つが、追いかけてもう一つの思い出がある。

茂吉が大石田から帰京して、一夏を箱根強羅の二間きりの勉強小屋でほとんど私と二人きりで過していた折、波多野さんが訪れた。そして前述の鴨山の歌の二つ、三つを朗吟した。

波多野さんの朗吟にも感情がこめられていたが、それを目をつむるようにして聞入っていた父の真剣な顔つきを、私は未だに忘れることができない。

それが長年にわたった『鴨山考』の総決算ともいえる、老いてそれだけ恍惚とした表情であった。」

昭和二十三年十一月三日付で茂吉が波多野虎雄宛に出した葉書に以下のとおり書かれている。二人の親交の深さがうかがえる。

「拝啓、貴兄の朗吟はヤハリ旨イヨ、ソコデアノ調子デモ少シ稽古シテクレ玉エ、ソウシテ僕ノホカノ歌ヲモ朗吟シテクレ玉エ」

鴨山記念館には、波多野虎雄の写真が飾られていた。後年地元の教育長をされたがすでに故人となられた。記念館で波多野虎雄著『斎藤茂吉博士と湯抱の「鴨山」について』を販売しているので購入した。

湯抱温泉から女良谷川に沿ってさらに坂道を上っていくと右側の小高いところに鴨山公園がある。Tさんの案内で整備されている山道を上ってゆくと平坦地になっており、杉木立の奥に鴨山を展望できた。

ここに茂吉自筆の以下の歌を刻んだ歌碑が建っている。(歌集『寒雲』昭和十二年、昭和二十八年四月二十九日建立、建立者・地元有志)

人麿がつひのいのちを終はりたる鴨山をしも此処《ここ》と定めむ　茂吉

昭和十二年五月十五日、茂吉(五十五歳)が湯抱の鴨山に初めて対面して詠んだ歌である。

茂吉は、昭和二十八年二月二十五日逝去した。（享年七十歳）歌碑は茂吉の死後間もなく建てられたものである。歌碑の側に大きなあららぎの木が二本ある。北杜夫著『茂吉彷徨』によれば、一本は茂吉の故郷である山形県上山市から、もう一本は信州富士見から移されたとのこと。

歌碑は建立後六十年以上たち、今まで見てきた歌碑の中でも古びた印象だった。しかし、茂吉晩年の立派な文字が刻まれており、摩滅は気にならず判読できた。

歌碑の歌を読んでいると、結句の「此処に定めむ」が力強く胸に響いてきた。

医業と短歌の二足のわらじで多忙な中、二十年間も人麻呂研究に執着し、終焉の地鴨山を探求し続けてきた茂吉の執念深さ、誰も知らない鴨山を発見した歓喜が溢れ出ているように思えた。

前述の北杜夫著『茂吉彷徨』に以下の記載がある。

「昭和二十五年に粕淵町（現邑智町）の町長が歌碑を建てることを発起し、波多野さんが上京して茂吉に揮毫を頼んだ。当時茂吉はすでに老衰していて断ったが、再度の波多野さんの申し出にこの歌を書いた。もう少し時期が遅れていたなら、この歌碑の文字は残らなかったことであろう。」

犬養孝は、『万葉の旅』（下巻）の中で、茂吉の「鴨山考」について以下のとおり書いている。

「茂吉の説にも難点はつけられ確定はしがたいとしても、人麻呂に寄せる茂吉のひとすじの執念はもう湯抱の山峡からはなれることはない。」

浅学な私に茂吉の「鴨山考」を論評する知識も資格もないが、湯抱の茂吉歌碑の歌はいずれも茂吉が人麻呂に寄せた言霊が宿っている。謎の多い人麻呂を介して現代人を万葉の旅へと誘う記念碑のように思われた。

湯抱の歌碑巡りをした後、Tさんと一緒に記念館に戻った。前庭に、茂吉の高弟である佐藤佐太郎の歌碑が建っている。

むらさきの藤の花ちる峡のみち女良谷川《めらだにがわ》にそひてわがゆく　佐藤佐太郎

側に鶏頭の花が咲いていた。歌碑を前にして歌を読んでいると、女良谷川の清らかさに和みながら恩師茂吉を追慕する作者の心境が胸に響いてきた。

最後に、二首書かせていただき第五十四回目の筆を擱きたい。

湯抱《ゆがかい》の茂吉の歌碑を目守《まも》るがにアララギの木は歳ふりてたつ

老いてなおいのちの限り揮毫せし晩年茂吉の字にちから満つ　修

平成二十六年十月十三日

第五十五回　三朝温泉（鳥取県）

九月二十二日、鴨山記念館のTさんに案内していただき湯抱にある茂吉歌碑六基を見た。その後、美郷町粕淵のタクシーを電話で呼び、三瓶《さんべ》温泉（大田市《おおだ》）にある茂吉歌碑に向かった。（湯抱から三瓶温泉への公共交通機関はない。）

途中、国立公園三瓶山（万葉時代の「佐比売山《さひめやま》」）の西麓にある浮布池《うきぬのいけ》に立ち寄った。

昭和十二年五月に湯抱の鴨山を実見して確信した茂吉（五十五歳）は、昭和十三年一月雑誌『文学』に「鴨山後考」を発表。人麻呂終焉の地を湯抱の鴨山と結論づけた。

なおも茂吉は昭和十四年五月に六度目の石見の旅をした。同年五月五日、安濃郡左比売村大字池田（現大田市）にある浮布池を見て山越えをし、再び湯抱を訪れている。

波多野虎雄は『斎藤茂吉博士と湯抱の「鴨山」について』（斎藤茂吉鴨山記念館）の中で以下のとおり書いている。

「浮布池を踏査したのは、万葉集巻七（一二四九）に人麿の歌として、『君がため浮沼の池の菱採むと我が染めし袖濡れにけるかも』があり、その『浮沼の池』がこの浮布池だろうと謂われているからであった。もしそうだとすれば、湯抱の鴨山とも関連があるのではないか、昭和十二年以来そのことを考えていたのである。」

文中の人麻呂の歌は、「あなたのために菱の実をつもうとして、みずから染めた着物の袖を濡らしてしまいました」の意の恋の歌である。

茂吉が踏査した山越えの道は車が通れないので、タクシーは山中の一般道を走り約二十五分で浮布池に着いた。浮布池は周囲三キロほどの山湖である。水面はしずかで、水の中に石鳥居があった。案内板に人麻呂に関する説明が書かれていたが、茂吉については何も触れていない。

茂吉は、浮布池に来て以下の歌を詠んでいる。（歌集『寒雲』の「浮沼池」五首中の一首）

　かつてわれ疑ひたりし山の沼《やまぬま》にけふは来りて心しづまる　茂吉

茂吉が浮布池を実見して、湯抱の鴨山が人麻呂終焉の地鴨山とした自説を補強する存在として意を強くしたことが、歌の響きから伝わってくる。

「浮沼の池」は、地名とされるが本来は泥沼の意味であり、万葉集のあらゆる注釈書に「浮沼の池」は所在未詳と書かれている。しかし、風光明媚な浮布池の畔に立っていると約一三〇〇年前の人麻呂の恋の歌の雰囲気が味わえる気がした。私はひと気のない浮布池を背景にして運転手さんに写真を撮ってもらった。

浮布池から西の原と呼ばれる広々とした高原を行くと、まもなく三瓶温泉のホテル「さひめ野」がある。以前は三瓶簡易保険センターがあった所で、その頃建てられた大きな石の茂吉歌碑がホテルの前庭にある。歌碑は中国山地を望むようにして建ち、以下の歌が刻まれている。(『寒雲』昭和十四年、平成三年九月建立、建立者簡易保険福祉事業団。歌碑の歌、裏面の解説文ともに斎藤茂太筆)

三瓶山の野にこもりたるこの沼を一たび見つつ二たびを見む　茂吉

右記の歌と同様に、浮布池で詠んだ歌。「二たびを見む」の助動詞「む」は意志を表し、「もう一度見てみよう」の意味であろう。歌碑の前に立ち声に出して読みながら、浮布池に対面して探求心を強くしている茂吉の姿を想像した。

三瓶温泉の茂吉歌碑の場所からバス通りに下り、路線バスに乗って大田市駅に向かった。途中、石見の国の一の宮といわれる物部神社の社殿が見えたので車窓から拝んだ。

大田市駅から山陰本線の普通列車に乗って宿泊予定地の松江に向かった。電車が松江に近づくにつれて大きな夕日が宍道湖をオレンジ色に染めていく。思いがけず遭遇した神々しい光景に感動して以下の歌を詠んだ。

秋彼岸の夕陽に染まる宍道湖にわが還暦の旅ごころ満つ　修

通学の高校生たちは見慣れているのか夕陽に目もくれずスマホに没頭していた。

翌日の九月二十三日、鳥取県倉吉市三朝《みささ》温泉にある茂吉歌碑を訪ねるため、松江駅発九時二十四分の特急列車（山陰本線）に乗った。秋晴れで左に日本海、右に大山《だいせん》を車窓から望むことができた。

くすしくも聳ゆる山の大山《だいせん》は車房《しやぼう》にありて見れども飽かず　茂吉（『白桃』）

昭和九年七月二十八日、茂吉（五十二歳）は石見の探索を終えて汽車に乗り三朝《みささ》温泉（当時は鳥取県東伯郡三朝村）に向かった。茂吉は汽車の中で右記の歌を詠んだ。私は文庫本の『白桃』（短歌新聞社）を黙読しながら茂吉に共感し、旅情をかみしめた。

約一時間で倉吉駅着。駅前から路線バスに乗り約二十分で三朝温泉に着いた。三朝温泉は開湯八五〇年の歴史がある。山に囲まれ清流の三徳川《みとくがわ》に沿って二十数軒の旅館、ホテルが建っている。三徳川のせせらぎと河鹿ガエルの鳴き声は夏の風物詩で、「残したい日本の音風景１００選」（環境省）に選ばれている。

季節外れで河鹿ガエルの鳴き声は聞こえなかったが、ミンミンゼミと山鳩が鳴いていた。三徳川に架かる恋谷橋を渡ると左手にみささ美術館と鳥取ヴァイオリン製作学校があり、前庭に茂吉の以下の歌を刻んだ歌碑がある。（『白桃』昭和九年、昭和五十六年三月建立、建立者三朝町）

したしきはうす紅《くれなゐ》の合歓《ねむ》の花むらがり匂ふ旅のやどりに　茂吉

視覚と嗅覚を駆使し、描写力の光る秀歌である。歌碑の前で読んでいると、石見の旅の疲れを癒して安らぐ茂吉の心情が合歓の花と一体になって胸に響いてきた。歌碑の文字は茂吉の自筆を刻んだもので味がある。歌の解説が歌碑の近くになく残念だった。

茂吉が宿泊した岩崎旅館（現依山楼岩崎）を訪ねてフロント係の方に、「仙台から来た茂吉ファンです。茂吉関係の展示品があれば見せていただけないでしょうか」と無理を承知でお願いしてみた。

たしかに旅館内に茂吉が揮毫した色紙を保管しているものの、展示はしていないとのことだった。

最後に、一首書かせていただき、第五十五回目の筆を擱きたい。

旅人となりて三朝《みささ》にバスを待つ茂吉の愛でし湯にひたりつつ　修

平成二十六年十月十三日

第五十六回　八王子（東京都）

九月二十三日の夕方、三朝《みささ》温泉から松江に戻った私は、地酒を飲み奥出雲そばを食べながら、二日間の山陰の茂吉歌碑巡りを振り返った。そして、往路と同じ寝台特急サンライズ出雲（松江駅十九時二十七分発）に乗って帰路についた。

あかり消して夜行列車にまどろみぬ茂吉への旅ふり返りつつ　修

二十四日朝七時八分、終点の東京駅着。仙台にすぐに帰らず、八王子市にある茂吉歌碑を訪ねた。ＪＲ中央線に乗って八王子駅下車。八王子南口に出るとシャトルバスを待つ大学生の列が長々と続いていた。バスに約十五分乗り「鑓水《やりみず》」で降車すると、右手に「まや霊園」（大法寺）が見えた。門をくぐると、大きな枝垂桜のある庭園に古い石板のような歌碑がある。

茂吉の以下の歌の自筆が刻まれている。（『ともしび』昭和二年、昭和二十七年四月二十九日建立、建立者八王子アララギ会）

うつし身の苦しみ歎《なげ》く心さへはや淡々《あはあは》し山のみ寺に　茂吉

昭和二年八月、福井県永平寺に五日間こもってアララギ安居会に出席した折の作。（四十五歳）『ともしび』中の「永平寺吟」三十三首中の一首で、八王子で詠んだものではない。

歌碑の前で声に出して読んでいると、この世に生きる苦しみを嘆く心が永平寺に来て癒されて居る作者の感動が胸に響いてきた。声調に荘厳な響きがあるのは、歌の背後に宗教的な安らぎがあるからだろうか。

斎藤茂太氏は、『茂吉の体臭』（岩波書店）の「第二刷あとがき」に以下のとおり書いている。

「『陸奥《みちのく》をふたわけざまに聳《そび》えたまふ』という蔵王の歌碑は茂吉が生存中建立を許した唯一の歌碑であると私は年譜に書いたが、厳密に云えば父の郷里にほど近い山形市半郷にある『中山翁寿碑』というものも父の生前に出来た歌碑の一つである。〈中略〉

さらにもう一つの歌碑は父の死ぬ前の年、即ち昭和二十七年四月に八王子市に建てられた『うつしみの苦しみ歎く心さへはや淡々し山のみ寺に』というので、母と茂一が除幕式に出席した。故鈴木一念氏等の努力で出来たものである。つまり茂吉の生前建てられた歌碑は、中山記念碑を入れれば三つあることになる。」

歌碑の側に由来や解説等を書いた案内板はない。歌碑から少し坂道を上がったところに大法寺の案内板があり、「昭和四十二年九月、八王子市上野町二十六番地より移転」と書かれている。お坊さんが近くに居られたので伺ってみた。先々代のご住職が生前にアララギ会員で茂吉と交流があり、茂吉自筆の色紙を持っておられたとの由。歌碑も寺と一緒に旧所在地から現在地に移転してきたのだろうか。

第六歌集『ともしび』（大正十四年～昭和三年の四年間の作九〇七首収録）の後記に、茂吉は以下のとおり書いている。

「この歌集に『ともしび』と命名したのは、艱難暗澹たる生に、辛うじて『ともしび』をとぼして歩くというような暗指でもあっただろうか。」

茂吉の年譜を読むと、大正十三年十二月二十八日青山脳病院が火災で全焼したことを、翌日、欧州留学から帰る船上にいて電報で知った。『ともしび』は、帰国して焼あとに立った苦難の日日から始まっている。病院の復興、金策に苦悩しながら昭和二年五月、青山脳病院長となり本業に精根を尽くした。

かへりこし家にあかつきのちやぶ台に火焰《ほのほ》の香《か》する沢庵《たくあん》を食《は》む
うつしみの吾《わ》がなかにあるくるしみは白《しら》ひげとなりてあらはるるなり
娑婆苦《しやばく》より彼岸《ひがん》をねがふうつしみは山のなかにも居りにけむもの　茂吉

その間、大正十五年三月二十七日、盟友の島木赤彦没。昭和二年七月、茂吉と親交のあった芥川龍之介が茂吉の処方した睡眠薬を使用して自殺。昭和三年十一月十七日、養父紀一が没するなど、茂吉が悲嘆する出来事が相次いで起こっている。

茂吉は、人生の転機ともいうべき艱難の日々にあっても作歌に精進し、「西洋で作ったもののような、日記の域から脱することが出来た。」と、『ともしび』後記に記している。

このような背景を踏まえて歌碑の歌を鑑賞してみると、後世に残るような秀歌は、平穏無事よりも艱難の苦悩の中で生まれるように思えてくる。

茂吉の歌碑は、交通量の多い幹線道路の側にあるので車の音が絶えない。私は、八王子駅行きの帰りのバスを待つ間、以下の歌を詠んだ。


自動車の音聞こえ来る霊園にうつし身嘆く茂吉歌碑あり　修

八王子の茂吉歌碑を見た後、世田谷区代田二丁目の北沢川緑道に建てられた茂吉歌碑を訪れた。（平成二

十五年三月建立）

京王八王子駅から京王線に乗り、新代田駅で下車し、環七通りに沿って二十分ほど歩き目的地に着いた。全国に一四〇基ほどある茂吉歌碑の中で最も新しい歌碑と思われる。緑道沿いは桜並木で整備され遊歩道になっており、歌碑の近くには「文学の小路」と刻まれた石柱がある。下水を浄化した水が小川のせせらぎになり、区民の憩いの場所になっている。歌碑は緑色に近い楕円型の大石で白い文字がくっきりと刻まれている。（『つきかげ』、建立者代田川緑道保存の会）

代田川のほとりにわれをいこはしむ柳の花もほほけそめつつ　茂吉

昭和二十三年の作。（六十五歳）前年十一月四日、疎開先の大石田から板垣家子夫《かねお》に伴われて二年半ぶりに帰京した茂吉は、世田谷区代田一丁目の家族が住む家に落ち着いた。昭和二十五年十一月十四日、新宿区大京町に移るまで二年間この地に住んだ。『つきかげ』は帰京後の老境の歌をまとめた遺歌集で、代田時代の歌が多く残されている。

われの住む代田《だいた》の家の二階より白糖《はくたう》のごとき富士山が見ゆ　茂吉

歌碑の周囲に柳の木は見当たらないが、孫を連れて散策する好々爺の茂吉が想像された。最後に、一首書かせていただき第五十六回目の筆を擱きたい。

浄化水ゆく現代の緑道に安らぐごとく茂吉歌碑たつ　修

平成二十六年十月十九日

第五十七回　世良田（群馬県）

十一月十五日、学士会短歌会に出席後、私は大学時代の友人M君に会い神田の居酒屋で旧交を温めた。M君は群馬県新田郡藪塚《やぶづか》（現太田《おおた》市）の出身である。二十歳の頃、実家に泊めてもらい近郊の岩宿《いわじゅく》遺跡等を訪ねた思い出がある。桑畑の新緑が五月の風に光っていたのを覚えている。地元で有名な「上毛かるた」に、「鶴舞うかたちの群馬県」という句がある。平成の大合併で市域が広くなった太田市は、「鶴の首」あたりに位置する。

M君と飲みながら太田市世良田《せらだ》（旧新田郡尾島町）の情報を仕入れた翌朝、神田から世良田の長楽寺《ちょうらくじ》にある茂吉歌碑を訪ねた。

東京駅発九時十六分の東北新幹線なすの号で小山に行き、両毛線に乗換え足利駅下車。足利市駅まで十五分ほど歩いて東武鉄道に乗換え、十一時三十分頃に世良田駅に着いた。

上毛かるたに、「すそ野は広し赤城山」という句もある。秋晴れの中、句どおりの景色を北に見ながら静かな田園地帯の道を四十分ほど歩いて目的地に着いた。

長楽寺は、国指定の新田荘遺跡にある古寺（臨済宗から天台宗に改宗）で、広い敷地は緑豊かな歴史公園になっている。敷地内はひっそりとして人影はないが、勅使門、蓮池（心字池）、渡月橋（石橋）などの史跡があり「徳川氏発祥の地」の案内板がある。

案内板によると、源氏の流れをくむ新田義重がこの地に荘園（新田の荘）を開き、その子義季《よしとき》は徳川を名乗った。承久三（一二二一）年、徳川義季は世良田に長楽寺を創建した。

この徳川義季を先祖とする家康の孫家光（三代将軍）は、日光東照宮を大改修し、奥社にあった拝殿と宝塔を天海大僧正に命じて世良田に移築した。世良田は将軍家の厚い庇護のもとに繁栄した。明治維新後、神仏分離政策により長楽寺と東照宮は分離した旨、書かれている。

三仏堂（過去、現在、未来をあらわす三世仏が安置されている）に向かって歩くと、左手に茂吉の以下の歌を刻んだ歌碑が建っている。（昭和五年作、未掲載歌）

おもふにし心親しももろ鳥のねぐらをとむるここのみ寺に　茂吉

茂吉四十八歳の作。歌碑の場所は木立の茂みに隠れてわかりにくかったが、小鳥の鳴き声が聞こえる。歌の内容も長楽寺の雰囲気に調和している。歌碑の前に立ち声に出して読んでいると、「もろ鳥」は鳥の種類だけでなく蓮池で泳いでいる鴨の群れなど沢山の鳥をさしているように思えた。

高橋光義著『茂吉歳時記』（短歌新聞社）によれば、茂吉は生涯で「鳥」の歌を七六〇首詠んでおり、その種類は五十九種類に及んでいる。（「鴉」六十一首、「雁」五十首、「鶏」四十一首、「杜鵑」三十九首、「山鳩」三十四首など）「もろ鳥」の類例として、「もも鳥」を詠んだ歌に以下がある。

もも鳥が峡《かひ》をいづらむ時とへど鳥海《てうかい》の山《やま》しろくかがやく　茂吉（『白き山』）

「時とへど」は、「時といえど」の意。茂吉が生涯自然を丁寧に観察して歌を詠み続けたのは、故郷金瓶の豊かな自然環境で育ったからだろう。ちなみに、上述の『茂吉歳時記』によれば、「花」の歌を六九八首（一三二種類）、「虫」の歌を六二五首（三十種類）詠んでいる。

長楽寺の歌碑は、茂吉と土屋文明の合同歌碑で、以下の歌が並んで刻まれている。（土屋文明四十歳の作）

夕暮るるみ寺に来たり浄土絵の青き山々灯してみつ　文明

歌碑の脇に以下の解説を刻んだ石碑が建っている。文字が少し摩耗しているが判読して手帳にメモした。

「昭和五年九月十四日　世良田八坂神社境内で行われた木崎節を見物のために当地を訪れた歌人斎藤茂吉、土屋文明両先生は長楽寺に立ち寄られ、下記の歌（筆者注・右記の二首）を画帳に揮毫された。〈中略〉尾島町の目指す文化のかおり高い町づくりと歴史公園整備計画に協賛し、かかる事跡を広く伝えるためその真筆を写し、創立十五周年記念事業としてここに建碑する。

昭和六十二年六月十四日　太田西ロータリークラブ」

茂吉の昭和五年九月十三日付の日記には以下の記載がある。（上記解説の日付と一日ずれている理由は不明）

「午前中イロイロ雑務ス。午後土屋文明君ト浅草駅ヨリ乗車シ群馬県新田郡世良田ニ八木節ヲキキニ行ク、雨降リテ半分位シカセズ。熊谷マデ自動車、ソコヨリ赤羽終点ソレヨリ上野自動車青山ニテ午前一時ゴロ。便利ナリ。群馬県新田郡世良田金子規矩雄　世良田長楽寺。徳川村。足利。」

午前中に仕事をし午後から土屋文明と一緒に出掛けた茂吉は、深夜に帰宅している。土屋文明（同年四月より「アララギ」編集発行人、群馬県出身）と同行したのは、地元を案内してもらうためだったのだろうか。

同年五月三十日付の日記に、以下の記載がある。

「午前中診察ニ従事ス。明治生命来リ、トウトウ一万円加入シタ。血圧ガ高イト云ウノデ一ヶ年ニ521円カケルコトニシタ。」

四十八歳の茂吉が高い割増保険料を払って生命保険に加入した理由として、以下の三点が考えられる。

①健康不安（昭和四年慢性腎臓炎の診断を受けた。）
②病院の経営責任（大正十四年以降、病院再建の資金調達に苦悩した。）
③身近な人の相次ぐ死亡（大正十五年島木赤彦、昭和二年芥川龍之介、古泉千樫、昭和三年養父斎藤紀一）

昭和五年の歳晩に詠まれた歌には死を身近に感じていた茂吉の悲傷性が表れている。

にごりなき西のかなたや冬至すぎむ日の余光《よくわう》こそかなしかりけれ　茂吉（『たかはら』）

本業多忙だった茂吉が、寸暇を惜しむようなハードスケジュールで世良田へ日帰りで出掛けたのは、例えば「存命のよろこび、日々に楽しまざらんや」（徒然草）の心境で生きていたからではないか、と勝手に想像した。

最後に、世良田からの帰途、足利市で鮭が遡上するのを見て詠んだ歌を一首書かせていただき、第五十七回目の筆を擱きたい。

群がりて鮭のぼり来る渡良瀬《わたらせ》の川の面《も》にさすひかり寂《しず》けき　修

平成二十六年十二月六日

第五十八回　長崎①（長崎県）

平成二十七年一月二十五日、長崎県、佐賀県の茂吉歌碑を訪ねる旅に出た。取材旅行はたいてい一人だが、今回は遠方なので妻と二人で出かけた。

仙台空港から福岡空港まで飛行機を利用。（所要時間二時間十分）ＪＲ博多駅発十二時五十五分の特急かもめ号に間に合い、十四時四十八分長崎駅に到着した。長崎に降り立つと外は冬曇りだが、仙台よりあたたかい。

大正六年十二月、長崎医学専門学校（現長崎大学医学部）教授として赴任した茂吉（三十五歳）は、第二歌集『あらたま』の連作「長崎へ」に、以下のとおり書いている。

「十七日午前八時五分東京を発し、十八日午後五時五分長崎に著す。」

前年三月に長男茂太が生まれており、茂吉は妻子を東京に残しての単身赴任だった。当時は下関で関門海峡を渡る連絡船に乗換えなければならない。東京から長崎まで三十三時間かかった。茂吉は以下の歌を詠んだ。

あはれあはれここは肥前《ひぜん》の長崎《ながさき》か唐寺《からでら》の甍《いらか》にふる寒き雨　茂吉（『あらたま』）

初句の「あはれあはれ」はセンチメンタルで演出的だが、下句の写生が印象的で心に迫ってくる。茂吉は、「作歌四十年」でこの歌を以下のとおり自注している。（昭和十九年七月）

「朝、東京駅を立ち翌日の夕方でなければ長崎に著かぬのである。長崎に著いて見れば、万物がめずらしい、謂わばエキゾチックである。『肥前の長崎か』という句も、『唐寺の甍』という語もそれに本づいている。」

長崎駅構内の観光案内所で入手したタウンマップを広げると港まで３００ｍほどだが、ビルが立ち並んで見えない。歌碑のある桜町公園（長崎市役所の向かい）まで徒歩約十五分で着いた。歌碑は堂々とした石に茂吉の自筆が刻まれている。（『あらたま』、昭和三十一年十月建立、昭和五十一年三月風化が激しかったため改修。建立者長崎アララギ会）

あさ明けて船より鳴れる太笛のこだまは長し並みよろふ山　茂吉

『あらたま』の掉尾を飾る秀歌である。歌碑はビルが密集して交通量の多い市街地の公園にあり、とりかこむ山や港は見えない。しかし、歌碑の前に立って文字を指でなぞりながら声に出して読んでいると、母音構成の「ア」音が十二あり、緊密に連なってこだまするような声調が心地よい。

茂吉は、長崎時代（大正九年）に、「短歌に於ける写生の説」を書き、「実相に観入して自然・自己一元の生を写す。これが短歌の写生である。」との自論を確立している。この歌が胸に響くのは、「太笛」の鳴る音と「並みよろふ山」の実相に、茂吉が自らのいのちを重ね合わせて表現しているからであろう。

自然と自己の共鳴する響きを感じながら歌碑を鑑賞した。

茂吉は、「作歌四十年」の中でこの歌を以下のとおり自注している。

「朝はやくから、港に泊てている汽船の鳴らす汽笛のおとは太くて長い特有なものである。それさえ旅人として珍らしいのに、その汽笛は港を囲む山々に反響する、のみならず、浦上の奥の方の丘陵小山まで伝わって、実に長い音になって聞こえる。自分は長崎に一夜寝た翌朝からこの汽笛の反響にひどく感動して、長崎を去るまで、それから去った後までも忘却することが出来ぬのである。」

長崎の街中を歩いていると汽笛の響く音が聞こえる。私は拙い歌を詠んだ。

　長崎の街を歩めば汽笛の音《ね》不意に聞こゆる船見えなくに　修

桜町公園から徒歩約五分の所に「斎藤茂吉寓居の跡」と刻んだ石柱の記念碑が建っている。（茂吉が住んだ家は昭和六十二年解体）記念碑の側面には以下の文が刻まれている。

「斎藤茂吉は大正六年十二月長崎医学専門学校精神科教授として着任。翌年四月より大正十年三月の帰京までここに住んだ。その間『童馬漫語』、歌集『あらたま』を中央より刊行したほか短歌における写生論を確立した。」

寓居跡は現在、法律事務所になっている。事務所の外壁に、額が後退しているものの黒髪で口髯をはやした壮年茂吉の写真付解説板が掲示されている。

茂吉が単なる旅人ではなく、長崎に三年三ヶ月生活して業績を残したことを実感した。輝子夫人とは反りが合わず、長崎で一緒に暮らしたのは茂吉在任中の半分に過ぎなかった。

日暮れまで間があるので、タウンマップを頼りに茂吉が歌に詠んだ場所を訪ね歩いた。港町で平地の狭い長崎は坂が多い。寓居跡から数分坂道を上って福済寺を訪ねた。

戦前は特別保護建造物だったが原爆で焼失。昭和五十四年に原爆被災者と戦没者の冥福と平和を祈念して建てられた大きな観音様（長崎観音）が市街地を見下ろしている。

のぼり来し福済禅寺《ふくさいぜんじ》の石だたみそよげる小草《をぐさ》とおのれ一人《ひとり》と　茂吉（『つゆじも』）

茂吉の年譜によれば、大正九年一月、流行性感冒（当時、世界的に流行したスペイン風邪）に罹った茂吉（三十七歳）は、業務多忙でなかなか回復せず、同年六月肺炎をこじらせて喀血した。

六月二十五日、勤務先である県立長崎病院に入院。七月二日、回復に至らぬも多忙な仕事を優先し無理に退院した。見舞いに来た島木赤彦の強い勧めで温泉嶽《うんぜんだけ》（雲仙温泉）に二十日間ほど転地療養し、八月十四日長崎に帰っている。

八月二十五日作のこの歌は茂吉の自信作らしく、「作歌四十年」で以下のとおり自注している。

「長崎は例によって暑かった。併し自分は稍《やや》元気《い》が出で、歯科医にかよって歯の療治をした。併し、どうも体が本復というわけには行かぬし、咽喉を使ってはわるいような気持がしたため、沈黙を守り、時には筆談で用を済ませたこともある。福済寺の庭に一人来て沈黙していたのもそういう理由に本づいていた。」

茂吉が芥川龍之介宛に長崎来訪のお礼として出した絵葉書には、福済寺の写真が印刷されている。（大正八年十二月二十日付、日本近代文学館蔵）私は福済寺の石畳で旅情を感じながら、異郷の地長崎で病気になり悲哀をかみしめて佇んでいる茂吉を想像した。

最後に、一首書かせていただき第五十八回目の筆を擱きたい。

茂吉詠みし鐘はいずこと訪ねゆく唐寺の鐘天主堂の鐘　修

平成二十七年二月七日

第五十九回　長崎②（長崎県）

一月二十五日、長崎の桜町公園の茂吉歌碑、福済寺を見た後、近くの聖福寺《しょうふくじ》（黄檗宗）を訪ねた。茂吉寓居跡から歩いて数分のところにある。風情のある石段を上ると中国様式の大雄宝殿や鐘鼓楼の側に大きな蘇鉄が茂り、異国情緒が感じられる。

聖福寺《しやうふくじ》の鐘の音ちかしかさなれる家の甍《いらか》を越えつつ聞こゆ　茂吉（歌集『つゆじも』）

大正七年（三十五歳）の作で、「長崎著任後折にふれたる」の詞書がある。上句の「カ」音がリズムとなり、まさに鐘の音のように心に響く歌である。鐘鼓楼に近づいて梵鐘を覗くとひときわ大きい。現在は、大晦日の除夜の鐘の時しか聞くことができない。長崎に赴任して日の浅い茂吉の心に沁み入るように響いたであろう音色を想像した。

大雄宝殿の前庭に「じゃがたらお春」の石碑がある。（昭和二十七年建立）案内板には、江戸時代、禁教政策で外国人との間に生まれた子と日本人の母親はジャカルタに追放された旨書かれている。追放されたお春（父はイタリア人航海士）は手紙をオランダ船に乗せて日本に送らせたとの逸話が残っている。茂吉の脳裏には、お春の悲話も去来していたことだろう。

「じゃがたらお春」の石碑には、吉井勇が詠んだ「長崎の鶯は鳴く今もなほじゃがたら文のお春あはれと」の歌が刻まれている。

大正八年、茂吉は吉井勇を長崎に迎えて歌会を開いている。


隠元《いんげん》の八十一歳の筆《ふで》といふ老いし聖《ひじり》の面《おも》しおもほゆ　茂吉（『つゆじも』）

大正八年作で、「十二月二十八日。渡邊與茂平と聖福寺を訪ふ」の詞書がある。歌には、茂吉が隠元禅師に寄せる尊敬の思いが溢れている。聖福寺の山門を見上げると開祖隠元禅師の書になる「聖福禅寺」の扁額が掲げられており、格式の高さが漂っていた。

茂吉寓居跡の近くにカトリック中町教会がある。白亜の建物が美しく市電通りからも目立っている。


中町の天主堂《てんしゆだう》の鐘ちかく聞き二たびの夏過ぎむとすらし　茂吉（『つゆじも』）

この歌には、「日ごろ独りゐを寂しむ」の詞書がある。茂吉は、「作歌四十年」の中で以下のとおり自注している。

「これも大正八年作で、直ぐ近くの天主堂の鐘のことを歌って居る。この鐘は仏教の寺の梵鐘のおととちがうので、長崎に旅するものは先ず心を牽かれるものの一つになって居る。自分はそれを朝夕聞きながら、

はやくも二度目の夏も過ぎようとしているというのである。〈中略〉
また、太陽の残光が東京よりももっと長くつづく、そういう点でエキゾチックのおもむきもあり、印象のふかいところである。長崎に旅する文人らは長崎をば、一つの詩的な町とはじめからきめてかかるので、出来るものが殆ど皆そうであるのに、自分のは必ずしもそうではなかった。これは大正六年まで練習を積んだ写生力のたまものである。」

右記の文から、長崎時代の茂吉が一旅行者の視点からではなく、長崎を実生活の根拠地として「実相観入」の歌づくりを進めた自信が読み取れる。

中町教会は明治三十年に建立された由緒ある教会だが、原爆により外壁と尖塔を残して焼失した。現在の中町教会は、茂吉も見たであろう外壁と尖塔をそのまま活かして再建された被爆遺産（長崎市指定）である。

茂吉寓居跡の周辺を見たあと、市内中心部を流れる中島川の石橋を渡って寺町の興福寺《こうふくじ》を訪ねた。日本で最初の黄檗宗の唐寺で、地元では南京寺と呼ばれている。

長崎でいちばん大きい朱色の山門（原爆の被害を受けて再建）をくぐると目の前に茂吉の歌碑が建っている。背の低い四角い石でつくった歌碑には以下の歌が活字で刻まれている。（『つゆじも』大正十年、昭和三十六年夏建立、建立者興福寺保存会）

長崎の昼しづかなる唐寺《たうでら》や思ひいづれば白《しろ》きさるすべりのはな　茂吉

下句の長い字余りによる破調が印象的である。歌碑の近くにさるすべりの木が二本ある。歌碑を前にして読んでいると、季節が異なるものの歌が放つ独特の雰囲気に包まれた。

この歌は、『つゆじも』中の「帰京」に収められている。「帰京」には、「大正六年十二月長崎に赴任してより満三年三ヶ月、足掛五年になりて大正十年三月帰京しぬ」の詞書がある。「白《しろ》きさるすべりのはな」の結句から茂吉の感傷的な心情が余韻となって響いてくる。帰京後に長崎を忘れがたく詠んだからだろう。

『つゆじも』中、前述の中町天主堂の歌の前に「さるすべり」を詠んだ別の歌がある。

白たへのさるすべりの花散りをりて仏《ほとけ》の寺《てら》の日の光はや　茂吉

この歌も茂吉の自信作だったらしく、「作歌四十年」の中で以下のとおり自注している。

「これは大正八年九月二日の作である。長崎は天主教の本場でもあるが、それと対立せしめるためか、仏教の寺もなかなか多い。支那寺（土地の人は唐寺《とうでら》などという）もあれば日本式の寺もある。また寺町という町名さえあるほど寺の並んでいるところもある。さるすべりは普通百日紅と書くごとく紅いのであるが、この寺のは白いので、暗指的におもって作ってみたのであった。」

文中の「この寺」がどこか不明だが、さるすべりは中国を原産地とすることから「四福寺」と呼ばれる唐寺（福済寺、聖福寺、興福寺、崇福寺《そうふくじ》）のいずれかと推測される。「白たへのさるすべり」の花が散るのを鋭く観察して生命の移ろいを捉えた写生力が光っている。

興福寺は坂を上った高台にあるがビルに隠れて港は見えない。寺にお勤めの女性にお聞きしたら、昔は船が興福寺で掲げている旗を目印にしていたとのこと。時代と共に景色は想像を超えて変化している。

興福寺を訪ねた後、中島川に架かる眼鏡橋《めがねばし》（日本初の石造りアーチ橋）に行った。興福寺のパンフレットには、興福寺第二代黙子如定《もくすにょじょう》がこの橋を架設した旨書かれている。

昭和五十七年の長崎大水害で半壊したが補修された。周辺に十年程前の工事でハートストーンが埋め込まれ、旅行者の人気スポットになっている。

最後に、一首書かせていただき第五十九回目の筆を擱きたい。

若者に交じりハートの石さがし眼鏡橋ゆくわれとわが妻　修

平成二十七年二月八日

第六十回　長崎③（長崎県）

一月二十五日、居留地時代の異国的な面影が色濃く残っている山手地区に近いホテルに宿泊した。翌朝、目を覚ますと雨が降っている。仙台より夜明けが遅いので早朝の散策は断念した。

朝食後、フロントで傘を借りて近くのオランダ坂を歩いた。私は、石畳の坂の上からどんどん流れ落ちて来る雨水に靴を濡らしながら茂吉の以下の歌を想った。

長崎は石だたみ道ヴエネチアの古《ふ》りし小路《こうぢ》のごととこそ聞け　茂吉（歌集『つゆじも』）

大正八年（三十六歳）の作である。北杜夫氏は、『壮年茂吉「つゆじも」～「ともしび」時代』（岩波書店）の中で以下のとおり書いている。

「長崎に来て寂しい心を抱きつつ暮している茂吉が、オランダ風の石畳道を歩き、また同様式の建物を見て、おのずとやがて留学するつもりのドイツ、そしてヨーロッパのことを考えたのは当然のことであろう。〈中略〉

ここにあげた歌もとりたてて記すべき歌ではないが、ヴェニスが出てくることが興味を誘う。異国情緒の長崎の風物から、茂吉はヨーロッパの中からまずヴェニスを脳裏に浮べたのである。」

茂吉は大正十年三月に長崎を去った後、同年十月横浜を出帆し、文部省の留学生（自費）としてヨーロッパに留学した。年譜によると、滞欧中の大正十二年六月と同十三年十月の二度ヴェニスを訪れている。茂吉はヴェニスで長崎の石畳道を想いだしたことだろうと想像した。

私は石畳道に旅情を感じ、歌を詠んだ。

　雨の降るオランダ坂を妻とゆく壮年茂吉に想い馳せつつ　修

丘の上のグラバー園に着く頃には雨があがった。園内で一番高い所に建つ旧三菱第2ドックハウスのベランダに立つと、明るんできた周囲の低山や長崎港、市街地が一望できた。対岸に三菱重工業長崎造船所が見える。

　対岸《たいがん》の造船所《ぞうせんじょ》より聞こえくる鉄《てつ》の響《ひびき》は遠《とほ》あらしのごとし　茂吉

『つゆじも』に、「（大正九年）二月某日。」との詞書がある。二首前に、「はやりかぜ一年《ひととせ》おそれ過ぎ来しが吾は臥《こや》りて現《うつつ》ともなし」の歌がある。スペイン風邪をこじらせて重い肺炎を患い自宅で安静にしていた頃の歌であることがわかる。

茂吉は、「作歌四十年」で以下の通り自注している。

「力強い近代的な音響を連日連夜聞いて、それをこういう風《ふう》にあらわしたのであった。この形容は今からふりかえってみても厭でないようである。」

茂吉は、この歌の「鉄の響」の写生を裏付ける一節を大正八年三月に、歌論「短歌に於ける主観の表現」に書いている。茂吉の長崎時代の歌境を知る上で重要なので、長いが以下のとおり引用する。

「もともと厳格な意味で短歌に主観的と客観的とを別けるなどというのは不徹底であって、抒情詩の体である短歌では生命の奈何、活きているか死んでいるか。魄力の奈何、だれているか張つめて心の底いを歌いあげているか。たましいに鳴りひびいて来るか来ないか。なまぬるいか峻厳の気が漲っているか。そういう事を先ずいうのが第一義の吟味というものである。

ところが此頃の批評家は、歌のうちの『意味あい』のみを軽く上辷りして行って、主観的だの客観的だのと云うことを極めることを好んでいるように見える。意味あいの事ばかりを気にしているからして、調べなどの事は分からない。動律も旋律も諧調も分からない。それらは最も深い主観に本づいていて、主観の最も直截な象徴だということが分からない。

それゆえ、怨めし、女こいし、なさけなし、ひもじ、金ほし、などと云わなければ主観的でないと思っている。『あそこで鉄を打っている』という事を、どんな調べで歌っても単なる記述だぐらいに思っている。」

私は、長崎での生活体験が茂吉の歌に与えた影響の大きさに思いを馳せながら、グラバー園から長崎の街を見下ろした。

グラバー園の坂道を下りて大浦天主堂を見た後、大光寺《だいこうじ》、崇福寺《そうふくじ》、晧台寺《こうたいじ》、諏訪神社など『つゆじも』に登場する所を訪ねた。歌が詠まれた場所に実際に立って鑑賞していると一首、一首が時を超えて胸に響いてきた。

山のみ寺のゆふぐれ見ればはつはつに水銀《みづがね》いろの港見えつも（大光寺）

「はつはつに」は、「わずかに」の古語。大光寺からの「水銀いろの港」の眺めを期待したが、ビルに阻まれて港は見えない。静かな寺で耳を澄ますと港町の気配が感じられた。

ここのみ寺より目《ま》したに見ゆる唐寺《たうでら》の門《もん》の甍《いらか》も暮れゆかむとす（崇福寺）

崇福寺の赤い三門は、「竜宮門」とも呼ばれている。堂々とした甍の反り返りの美しさに茂吉の感動を追体験する思いがした。

ヘンドリク・ドウフの妻は長崎の婦《をみな》にてすなはち道富《だうふ》丈吉《ぢやうきち》生みき（皓台寺）

大正八年九月十日作。ヘンドリク・ドウフは長崎出島に居留したオランダ医官で蘭和辞書を作った人物と言われている。皓台寺に来て、夭折した「道富丈吉」の墓参をした茂吉は、墓に触れず具体的事実を詠むことで長崎特有の史実に接した詠嘆を表現したのであろう。裏山の墓域は広大で、樟の大樹に旅情を感じた。

長崎の港見おろすこの岡に君も病めれば息《いき》づきのぼる（諏訪神社）

茂吉は、この歌を「作歌四十年」で以下のとおり自注している。

「中村（三郎）は若山牧水門下のすぐれた歌人だが、やはり病人であった。二人は諏訪社の裏の山まであえぎあえぎ登り、心ゆくまで海を見おろしたのであった。中村は私が長崎を去ってから間もなく没した。」

茂吉は、大正九年七月から各地で転地療養による闘病生活を続けていた。本復ではないもののやや回復した茂吉は、同年十月九日の諏訪神社祭礼中に中村三郎と丘に上った。結句の「息づきのぼる」には病気の友人に対する同情と自身の苦悩が滲んでいる。

諏訪神社は長崎の総氏神様で、「長崎くんち」の舞台である。私は本殿で手を合わせて、茂吉歌碑めぐりの旅の成就を祈った。

最後に、一首書かせていただき第六十回目の筆を擱きたい。

茂吉愛でしみずがね色の港見ゆ妻と旅来しグラバー園に　修

平成二十七年二月十一日

第六十一回　長崎④（長崎県）

まだ長崎にいる。一月二十六日、諏訪神社に参拝したあたりから弱い雨が降り出した。ＪＲ長崎駅行の市電はすぐに来そうにないので、長崎駅まで歩くことにした。見納めと思い、昨日見た桜町公園の茂吉歌碑に再度立ち寄った。

北杜夫氏は、この歌の批評を書いている。少し長いが茂吉の人間性を知る上で興味深いので以下の通り引用する。（『壮年茂吉「つゆじも」～「ともしび」時代』岩波書店）

「ここで『あらたま』最後の絶唱と多くの人から思われている『朝あけて船より鳴れる太笛のこだまはながし並みよろふ山』の歌について触れておこう。茂吉は『作歌四十年』に、『……そうして『並みよろふ山』は私の新造語だから、これも承知していてもらいたいのである。』と自負を示しているが、昭和五年に、土屋文明が『並みよろふ』は左千夫の歌に先例があると茂吉に報告している。それは次のような歌だ。

　赤根さす夕日の風にくれなゐの旗ひるかへり船なみよろふ

　風をいたみなみてよろへる八百船に白木綿花の泡うちをどる

ところが、『作歌四十年』は昭和十九年の出版である。昭和二十三年に小暮政次氏が左千夫の先例のことを話すと、茂吉は『茂吉小話』にこう書いた。

『私はおどろきもしたが、内心うれしくもあった。竹の里人選歌は私の初学のころ、難儀して読んだ歌集であるから、そのころ既に心中に沁み込んだものと見える』

それにしても、文明の指摘を茂吉は度忘れしていたのだろうか。茂吉にはこうした間抜けさ、またはとぼけ、場合によっては小ずるさもあったように私には思える。」

午後一時半頃長崎駅に着いた。おそい昼食にしようと近くの中華料理店で名物のチャンポンを食べた。前夜は新地中華街で皿うどんを食べたが、どちらも値段がリーズナブルな上に具だくさんで美味だった。

『つゆじも』に、チャンポンを詠んだ歌がある。

巡業に来ゐる出羽嶽《ではがたけ》わが家にチャンポン食ひぬ不足《ふそく》もいはず　茂吉

歌には以下の詞書がある。

「(大正八年) 十月。東京大相撲来る。釈迦嶽九州山長興山秀の山出羽嶽等に会ふ」

出羽ヶ嶽は茂吉と同郷である。(明治三十六年、現山形県上山市生まれ) 少年時代に飛び抜けて大きな怪童だったことを養父斎藤紀一が見込んで東京に連れて来て学校に通わせ世話をした。(世間も斎藤家関係者も紀一の養子と信じていたが、戸籍上は紀一と親戚筋かつ同郷で青山脳病院職員の斎藤貞次郎の養子だった。出典・『茂吉の体臭』斎藤茂太著、岩波書店)

青山脳病院の住宅の二階に茂吉、階下に出羽ヶ嶽が暮らしていた時期もある。大相撲の歴史上最大級の巨躯 (身長2m、体重200キロ) を活かし全盛期には関脇まで昇進している。長崎に巡業に来たのは、初土俵から二年後の十六歳。茂吉 (三十七歳) から見れば年の離れた弟のような存在だったので自宅に招いてチャンポンをご馳走したのだろう。

結句の「不足もいはず」には、地方巡業で長崎に来た出羽ヶ嶽に対する茂吉の愛情と、出羽ヶ嶽の少年らしい純朴さが滲み出ている。

昼食後、乗車予定の特急列車の出発時刻まで一時間近くある。外は雨脚が強くなってきた。妻を長崎駅に残し、徒歩約五分の西坂《にしざか》にある日本二十六聖人殉教地を一人で訪ねた。

西坂《にしざか》を伴天連不浄《ばてれんふじやう》の地といひて言継《いひつ》ぎにけり悲しくもあるか　茂吉（『つゆじも』）

「伴天連」はキリシタンのこと。西坂は、慶長二（一六〇二）年、豊臣秀吉の厳しいキリスト教禁止令により子供を含む二十六人の信者が殉教した地で、大浦天主堂と一緒に世界遺産の候補になっている。茂吉は、長く「伴天連不浄の地」と言い継がれてきた西坂に来て、厳しくも悲しい史実に心を動かされて詠んだのであろう。「悲しくもあるか」の詠嘆に茂吉の主観が強く表れている。

茂吉は、「作歌四十年」に以下のとおり自注している。

「大正九年五月二十五日ひとり西坂を行くといふ詞書を以て作っている。西坂は天主教徒処刑の地で、歴史家にとっては並々ならぬところである。自分は流感経過いまだ体が本当でなく、それでも病院学校を休むことなく勤務していたが、同僚との会合や宴会などを避けて、一人でこういう処を訪れなどしていたのであった。」

冷たい雨の降る中、二十六聖人のレリーフの前に立っていると、右記の歌を詠んだ茂吉の心境に触れる思いがした。

長崎駅発十四時五十三分の特急列車に乗って、次の目的地である小浜《おばま》温泉（長崎県雲仙市）に向かった。列車はまもなく浦上駅に停車した。茂吉が長崎時代に勤務した医学専門学校（現長崎大医学部）と県立長崎病院（現長崎大附属病院）は浦上にある。未練が残ったが、スケジュールの都合上訪問を割愛した。

私は、列車の窓から浦上方面を眺めながら、茂吉の以下の秀歌を思い浮かべた。

ゆふぐれの泰山木《たいざんぼく》の白花《しろはな》はわれのなげきをおほふがごとし　茂吉（『つゆじも』）

茂吉は、「作歌四十年」に以下のとおり自注している。

「流感が経過したが、おもわしくない證状が出たので、（大正九年）六月二十五日県立病院に入院した。〈中略〉病院の庭に泰山木があって白い豊かな花が咲いて居る。それを見ておると暫らく病の悲哀を忘れることが出来る。『おほふがごとし』であった。」

佐藤佐太郎は以下のとおり評している。「息の長く静かな語気は、純粋の日本語の美しさである。重大な境界に直面して新しい心境がはぐくまれることになったが、その諦念に通う静かさがこの一首にもある。」（『茂吉秀歌上巻』岩波書店）

列車は浦上川から離れて山の方へ進んでいく。私は、茂吉が敗戦直後の大石田で病臥しながら長崎を懐かしんで詠んだ歌を想った。（『白き山』、「吉井勇に酬ゆ」昭和二十一年三月詠、六十三歳）

おもかげに立つや長崎支那街の混血をとめ世にありやなし　茂吉

最後に、一首書かせていただき第六十一回目の筆を擱きたい。

殉教の悲話偲びつつのぼりゆく冬の雨ふる西坂のみち　修

平成二十七年二月十四日

第六十二回　小浜温泉（長崎県）

一月二十六日、十四時五十三分発の特急列車で長崎駅をあとにした私と妻は、諫早駅で降車。諫早駅前から十五時二十分発の島原鉄道バスに乗換えた。約一時間後、小浜《おばま》温泉（長崎県雲仙市）で降車した。

小浜温泉は島原半島の西側、雲仙岳の山裾にあって橘湾に面した温泉である。「肥前風土記」（七一三年）に記されており歴史は古い。海が目の前にあり湯量豊富で、温泉街のあちこちから湯けむりがさかんに立ち上っている。

茂吉の歌碑は、降車した島鉄バス小浜ターミナルと道路を挟んだ向かいの小公園（「夕日の広場」）にある。四角い石のブロックを積み上げたような横長の大きな歌碑は、橘湾の海を背景にして建っている。はめ込み式の長方形の黒石板に、大きな白文字（活字）で以下の歌が刻まれている。（歌集『つゆじも』）

ここに来て落日《いりひ》を見るを常《つね》とせり海の落日《いりひ》も忘れざるべし　茂吉

「忘れざるべし」の結句に茂吉の主観が強く込められている。歌碑の前で声に出して読んでいると、小浜に来て海の落日の美しさに見惚れた茂吉の感動が胸に響いてきた。

しかし、雨はあがったものの分厚い雲が水平線を暗く覆っている。海の落日は期待できそうになかった。

歌碑の裏面に以下の文が刻まれている。

「落日の歌の頃

大正六年十二月より長崎医専の教授であった斎藤茂吉先生は大正九年十月十五日小浜の柳川屋旅館に宿を

とり五日の間小春日和の小浜の秋をたのしまれた。

当時の小浜は田舎の温泉町で旅館の裏に出るとそこは海岸であった。

すこし北に行くと波止場があり秋の朝早く鰯船がひしめいていた大波止と小波止があり大波止の突堤から見る落日は荘厳美そのものであったという。

昭和五十二年十月二十三日　ライオンズ国際協会雲仙小浜ライオンズクラブ

「夕日の広場」の隣に小浜温泉観光協会があるので、パンフレットをもらいに立ち寄った。玄関前に、なぜかアメリカのオバマ大統領の人形がある。観光客の撮影スポットのようだ。観光協会の方に、茂吉が訪れた時代の古い写真を見せていただいた。

茂吉が詠んだ落日の歌と小浜の海を描いた版画の大きなポスターが貼ってあった。茂吉は今も小浜の人々に大切にされていることを実感した。

茂吉は、歌集『あらたま』の「あらたま編輯手記」に、以下のとおり書いている。

「僕は魚が食いたくなって、（十月）十五日に南高来郡小浜温泉に行った。そこで鯛などを食べて、西洋人にまじって砂浜で午後の日光を浴びながら少し英語を使ってみたりした。小浜は豊かな温泉である。」

年譜、日記によれば、大正九年一月九日流感に罹り、回復しないまま勤務を続けた茂吉（三十七歳）は肺炎を併発した。さらに、肺結核の症状を呈するようになった。

同年六月二日喀血。六月二十五日、長崎病院に入院したがじっとしておれず七月二日退院。七月下旬以後、見舞いに来た島木赤彦に強行されて温泉嶽（雲仙岳、長崎県）で療養した。

八月三十日から唐津海岸（佐賀県）、九月十一日から古湯温泉（佐賀県）に療養して効果が現われ、長い出血の苦悩が癒える。十月三日長崎に帰った。

しかし、まだ本復には至らず十月十一日から同二十五日までの間、長崎県内の六枚板、金湯、小浜温泉、佐賀県の嬉野《うれしの》温泉へと転地療養を続けた。茂吉はこの病を契機に禁煙した。同二十八日、長崎医学専門学校、病院の勤務に復帰している。

茂吉が小浜温泉に来たときは、体調が回復しつつあったゆえか、興味深いエピソードが残っている。汗かきだった茂吉は、あるとき浴衣を片肌脱いで歩いているのを警察官に注意された。警察署に自ら出向いた茂吉は恐縮する署長をよそに一円札を机の上に置き、外に出るやもろ肌脱いで宿に戻ったという。外国人の多かったこの地では当時、片肌五十銭、もろ肌脱ぎは一円の罰金。茂吉はそれを知っていて罰金の前払いをしたとのことである。(出典・合力栄著『茂吉と九州』葦書房)

　土手かげに二人来りて光浴《あ》む一人はわれの教ふる学生

　長崎の茂木の港にかよふ船ふとぶとと汽笛を吹きいだしたり　茂吉

茂吉は、「作歌四十年」に小浜の歌として右記二首を挙げ、以下のとおり自注している。「海浜の二首は其処で作ったのであった。私の教えた学生でやはり転地しているのが居り、二人はつれだって土手かげなどに日光浴をした。それから沙浜の方にゆき洋人が日本の少女と遊び戯れて居るのなどを見た。」

歌碑の場所から、「湯けむり通り」を五分ほど歩き、予約していた伊勢屋旅館(茂吉が泊まった旧柳川屋旅館)に着いた。四階に展望露天風呂「茂吉の湯」がある。源泉は百度前後あり全国有数の高温泉とのこと。

橘湾を見ながら入浴していると、水平線に近い雲間から夕日が突然あらわれた。目の前の海が、瞬時に神々しいばかりに紅く染まってゆく。裸の私は「茂吉の湯」で夕日に染まりながら、小浜の海の神様に感謝した。

小浜温泉を気に入った茂吉は、『つゆじも』に以下の歌を残している。

鹽《しほ》はゆき温泉《いでゆ》を浴みてこよひ寝《ね》む病癒《やまひい》えむとおもふたまゆら

温泉《うんぜん》の山のふもとの鹽《しほ》の湯《ゆ》のたゆることなく吾は讃《たた》へむ　茂吉

一首目の「たまゆら」は「暫時」の意味。病気が癒えてきた実感が歌柄を明るくしている。二首目には、病気回復を促進してくれた小浜温泉への感謝と称賛が素直に出ている。

伊勢屋旅館の夕食は、活きた伊勢海老、鯛のお造りなど魚づくしだった。元気を取り戻してきた茂吉もおいしい魚を食べたことだろうと想像しながら美味を堪能した。

最後に、二首書かせていただき第六十二回目の筆を擱きたい。

僥倖《ぎょうこう》とはかくのごときかあかあかと小浜の海に陽の落つる見ゆ

橘湾《たちばなわん》の海の落日《いりひ》に染まりつつ茂吉の湯に身ひたす楽しさ　修

平成二十七年二月十四日

第六十三回　祐徳稲荷神社（佐賀県）

一月二十七日朝、小浜温泉（雲仙市）の伊勢屋旅館をチェックアウト後、もう一度茂吉歌碑のある「夕日の広場」周辺を歩いた。冬晴れの下、海辺で鷗が鳴いて飛んでいる。

私は、茂吉が小浜滞在中に詠んだ以下の歌を思った。（歌集『つゆじも』）

鷗《かもめ》等《ら》はためらひもなく今ぞ飛ぶ嫉《ねた》くしおもふ現身《うつしみ》われは　茂吉

自由に空を飛んでいる鷗に、傷心の我が身を対比させて悲嘆した歌。四句の「嫉くしおもふ」は、単に病気療養の悲哀だけでない。異郷での孤独、養子として定められた運命、妻との不仲、懸命に努力しているものの不慣れで肌に合わない教授業等、この世に生きる苦悩に対する諦念が現われているように思われる。

小浜バスターミナルから九時二十四分発のバスに乗り諫早に向かった。車窓から左側に橘湾がきれいに見えた。雲仙岳は近すぎて見えない。茂吉は、小浜温泉に来る前の大正九年七月末から八月十四日まで、温泉《うんぜん》嶽《だけ》（雲仙温泉）のよろづ屋旅館で療養した。喀血が止まらず病気に苦しんでいる時期だった。

茂吉は、そこで以下の歌を詠んだ。（『つゆじも』）

湯いづる山の月の光は隈なくて枕べにおきししろがねの時計《とけい》を照らす　茂吉

長い字余りの歌だが、「月の光は隈なくて」の写生が絶妙で心に沁みる。茂吉は、「作歌四十年」で以下のとおり自注している。

「悲しい寂しい心境にいて作ったので、歌の優劣などは余り念頭に置きがたい時だとおもうが、ありの儘の写生であるだけ、今となって見れば捨てがたい味いのあるものである。『しろがねの時計』などもそのとき無造作に云ったのであろうが、やはりこれでよいようである。」

うつせみの命《いのち》を《を》愛しみ地響《ちひび》きて湯いづる山にわれは来にけり

谷底を日は照らしたり谷そこにふかき落葉の朽ちし色はや　茂吉

北杜夫氏は、茂吉が温泉嶽で詠んだ歌の中で、「私の胸に沁みる歌」として右記の歌を採り上げ、その理

由を以下の通り書いている。（『壮年茂吉　「つゆじも」「ともしび」時代』岩波書店）
「これらの歌はいかにも気弱く自らの生命を愛しみ、孤独に沈黙して生きる茂吉の、しみじみとした悲哀が色濃く流れているからだ。それとも、私がそう感ずるのは、やはり肉親の情からだろうか。」
小浜温泉から雲仙温泉までバスで十五分ほどの近さだが、スケジュールの都合で訪問を見合わせたのは心残りだった。
この日の目的地である祐徳稲荷《ゆうとくいなり》神社（佐賀県鹿島市）の茂吉歌碑に向かうため、JR諫早駅で十時三十八分発の博多行き特急列車に乗った。十一時十四分に肥前鹿島駅着。駅前のバスセンターに行くと、神社行きバスの発車時間まで約一時間ある。ベンチに腰を掛けて簡単な昼食をとりながら歌を詠んだ。

　祐徳稲荷訪ねる旅のバスを待つベンチに妻とパンを食みつつ　修

駅前から約十分で神社前のバスセンターに着いた。土産物屋が軒を並べる門前町を抜けると総漆塗りの壮大な社殿が見えてきた。伏見稲荷、豊川稲荷とともに日本三大稲荷の一つで、年間三百万人を超える参拝者が訪れる九州のパワースポットである。この日も団体客等で賑わっていた。社務所の方に歌碑の場所をお聞きすると、「つつじ公園になっている向かいの山（外苑）の中にあります。」とのこと。
山道は昨日の雨で足もとが悪い。不安を感じながらひとけのない山道を上ると、山頂近くに大きな石の歌碑が見えてきた。茂吉自筆の以下の歌が刻まれている。（『つゆじも』、「嬉野」大正九年、昭和三十二年二月二十九日建立、建立者斎藤茂吉翁歌碑建立委員会）

　祐徳院稲荷にも吾等まうでたり遠く旅来しことを語りて　茂吉

歌碑は向かいの山の赤い社殿に対峙するように建っている。歌碑の前に立って読んでいると、下句の「遠く旅来しことを語りて」が胸に響いてきた。

歌は、遠く祐徳稲荷神社まで参拝に訪れた、という意味に留まらない。みちのくの農村に生まれ様々な運命をくぐり抜けてこんなに遠くまで来たものだ、今まで生きてきたものだ、という茂吉の感慨が胸に迫ってくるように思えた。

茂吉は、『あらたま』最後の「あらたま編輯手記」に以下のとおり書いている。

「僕は（大正九年十月）二十日に小浜を去って、佐賀県藤津郡嬉野《うれしの》温泉に行った。山にも野にもすでに露じもが繁く降って、稲を苅ったあとの田を牛が鋤返していたり、むこうの峡間の道を小学児童の走るのが見えたりした。鹿島町を通って祐徳院稲荷神社に参拝した。二十六日は大安吉日だから、朝はやく嬉野を立って長崎に帰った。」

『つゆじも』には、歌碑の歌の後に以下の歌がある。

嬉野の旅のやどりに中林梧竹翁《なかばやしごちくおきな》の手ふるひし書《しょ》よ　茂吉
茂吉は、「作歌四十年」の中で、以下のとおり自注している。

「中林梧竹翁のことは忘れていたところが宿の額面に八十七歳最晩年の書が残っていた。後日嬉野に大火事があったから、多分あの文字も焼けたであろう。」

茂吉は少年時代、中林梧竹（佐賀県出身）の書いたアイウエ帳を手本に佐原隆応和尚から習字を学んだ。明治二十九年八月（十四歳）、郷里の金瓶から斎藤紀一を頼って上京した。このとき、隆応和尚から梧竹真筆の「為茂吉生　大聖文殊菩薩　梧竹居士拝書」（斎藤茂吉記念館蔵）を餞に贈られた。

梧竹の書は茂吉の生涯を支えた大切なものだった。嬉野で、偶然に梧竹の書に出会えた喜びが、結句の「手ふるひし書よ」に出ている。
今回は行けなかったが、嬉野温泉に茂吉の以下の歌を刻んだ歌碑がある。(『つゆじも』)
わが病やうやく癒えぬと思ふまで嬉野の山秋ふけむとす　茂吉
最後に、一首書かせていただき第六十三回目の筆を擱きたい。
祐徳院稲荷の山道《やまぢ》妻ときて遠く旅来し茂吉偲べり　修

平成二十七年二月十五日

第六十四回　古湯（佐賀県）

一月二十七日、祐徳稲荷神社から佐賀行バスに乗った。約一時間で佐賀駅前着。次の目的地の古湯《ふるゆ》温泉行バスに乗換え、午後四時三十分頃着いた。（所要時間約五十分）
古湯（佐賀市富士町）は山間を流れる嘉瀬川《かせがわ》沿いに旅館が散在する静かな温泉地で、初めてなのにどこか懐かしい。「茂吉通り」と書かれた木の案内板に導かれて歩いた。川と旅館の裏庭の間の土手道を行くとまもなく、苔むした大きな石の歌碑を見つけた。
歌碑には、以下の歌の茂吉自筆（集字）が刻まれている。（歌集『つゆじも』大正九年、昭和三十七年九月建立、建立者斎藤茂吉翁歌碑建立委員会）
うつせみの病《やまひ》やしなふ寂しさは川上川《かはかみがは》のみなもとどころ　茂吉

歌にある川上川は、歌碑のすぐ側を流れる嘉瀬川のこと。川音が絶え間なく聞こえて来る。誰もいないので声に出して読んでいると、結句の「みなもとどころ」の母音「オ」の連なりが諧調となって川音と重なるように心に響いてきた。異郷で病気になり転地療養している茂吉の寂しさが一首全体から溢れ出るようだ。

北杜夫氏は、『壮年茂吉「つゆじも」〜「ともしび」時代』（岩波書店）の中で以下のとおり評している。

「この歌も、下の句が川上川という偶然の音律のあとに、『みなもとどころ』と重く結んだところがよい。」

歌碑の脇に案内板があり、以下のとおり書かれている。

「茂吉は大正九年九月十一日から十月三日までここ古湯温泉に滞在し静養。（当時三十八歳）その間ここの山川を歌った作品三十七首は茂吉第三歌集『つゆじも』に集録されました。その後山紫水明、風光明媚な古湯の地は温泉とともに広く世に知られるようになりました。」

茂吉は、後年に書いた「作歌四十年」中の「つゆじも抄」に古湯で詠んだ歌として二首をあげ、以下のとおり自注している。

　みづからの生愛《いのちを》しまむ日を経つつ川上《かはかみ》がはに月照りにけり
　早稲《わせ》の香はみぎりひだりにほのかにて小城《おぎ》のこほりの道をわれゆく　茂吉

「唐津を去り、佐賀駅で高谷（内科医局助手）と別れ、佐賀県小城郡古湯温泉（扇屋）に行った。ここは川上川の上流にある微温湯で、持続浴式に長く浴室にいるところであった。自分は多くの労働者らに交って忍耐してここに滞在した。〈中略〉そうして、自分の体は海浜より山中が適していると見え、ここに来てから健康が不思議に回復して行った。そうして十月三日長崎に帰って来た。」

スペイン風邪から肺炎をこじらせ喀血に苦しんでいた茂吉は、古湯で療養している間に徐々に快方に向かった。

『斎藤茂吉全集』(岩波書店)中、「手帳二」に「十月二日　吉、全ク出デズ」と記載がある。医師である茂吉は、毎日、自身の血痰の分量、色を観察して記録を克明に手帳に記していた。

茂吉が古湯で詠んだ以下の歌には、病気回復を実感したうれしさが滲んでいる。

胡桃《くるみ》の実《み》まだやはらかき頃《ころ》にしてわれの病《やまひ》は癒《い》えゆくらむか　茂吉（『つゆじも』）

茂吉の歌碑が立つ小公園の隣は、茂吉が約三週間逗留した扇屋である。宿泊を予約していたのでチェックインした。

古湯には、もう一つ茂吉歌碑がある。外はまだ明るいので、女将さんに場所をお聞きして訪ねた。嘉瀬川に沿った土手の道（「かじか通り」）を下流に向かって三分ほど歩くと赤い宮ノ淵橋がある。橋のたもとにノートを一二〇度の角度に開いて立てたような歌碑があり、茂吉の以下の歌が活字で刻まれている。（『つゆじも』大正九年、平成五年三月四日建立、建立者斎藤茂吉翁歌碑建立委員会、「茂吉」の落款のみ自筆）

ほとほとにぬるき温泉《いでゆ》を浴《あ》むるまも君が情《なさけ》を忘れておもへや　茂吉

副詞の「ほとほと」は、「非常に」の意。古湯はぬる湯なので、ゆっくり時間をかけて入浴することにより療養効果が高まると言われている。

「君」とは誰か。古湯に来るまでずっと身近で茂吉の世話をした高谷寛のことか。あるいは、遥遥長崎まで見舞いに来て転地療養を強く勧めてくれた島木赤彦だろうか、などと歌碑の前で想像した。

扇屋に戻って、女将さんに「茂吉療養の間」という離れを案内していただいた。女将さんは親切で気さくな方だった。茂吉の歌を佐賀北高校書道部の生徒たちが沢山書いてくれたので館内に展示してあることなどお聞きした。「茂吉療養の間」は扇屋を改築するとき、茂吉が逗留した当時の部屋の材料をそのまま活かして移築したとのことである。

茂吉は、『あらたま』の編輯手記に以下のとおり書いている。

「(大正九年九月)二十三日にはじめて『あらたま』の草稿の入っている風呂敷をあけて、心しずかに少しずつ歌を整理して行った。その間に数日風を引いて寝たが、それでもやめずに到頭九月三十日にどうにか編輯を了えた。山中のこの浴場も僅かの間にひっそりとして行き、流れる如き月光が峡間を照らしたり、細く冷い雨が終日降ったりした。簇がり立って咲いていた曼珠沙華も凋んで、赭く金《かね》づいた栗が僕のいる部屋の前にも落ちたりした。〈中略〉以上十月一日古湯にて記。」

「十月三日に、すべてに感謝したき心持で、古湯を立った。」

私は「茂吉療養の間」に座りながら、多忙な勤務や病気等で延び延びになっていた第二歌集『あらたま』が、この古湯で纏められたことに感動した。そして、病身孤独の茂吉を心身ともに癒した古湯の環境の素晴らしさと、肺結核の症状を克服した茂吉の生命力の強さをあらためて思った。

扇屋の夕食は、鮎の塩焼き、鯉のあらい、鯉こく、ツガニ等が美味だった。地元の有田焼のぐい飲みで地酒に酔いながら、遠く佐賀まで来た茂吉歌碑めぐりの旅情をかみしめた。

最後に、二首書かせていただき第六十四回目の筆を擱きたい。

妻と来てやすらぎ居たり嘉瀬川の音のぼり来る古湯の宿に

ややながく古湯のぬるき湯に浸かる還暦のわが身を愛《お》しみつつ　修

平成二十七年二月十五日

第六十五回　唐津（佐賀県）

一月二十八日朝九時半頃、古湯温泉の停留所から佐賀行のバスに乗った。ＪＲ佐賀駅発十一時頃の電車に乗換えて、唐津（佐賀県）に向かった。一月二十五日に仙台を発ち、長崎、小浜、祐徳稲荷、古湯と茂吉歌碑めぐりをしてきたが、唐津は最後の目的地である。お昼頃、唐津駅に着いた。

天気は晴れ。駅の案内所で観光マップを入手し、歌碑のある舞鶴公園（唐津城）まで歩いた。途中、唐津神社に参拝後、向かいの曳山展示場に行き「唐津くんち」（十一月三日、四日開催の秋祭り）で巡行される曳山十四台を見学した。伝統工芸の造形美に驚いた。

唐津城（昭和四十一年再建）の長い石段を上ってゆくと唐津湾、虹の松原、松浦川を一望できる見晴しのよい場所に茂吉歌碑がある。

石の歌碑に活字で以下の歌が刻まれている。（歌集『つゆじも』大正九年九月五日、昭和五十一年十一月十日建立、建立者松浦文化連盟）

　松浦河《まつらがは》月あかくして人の世のかなしみさへも隠さふべしや　茂吉

歌碑には、以下の文が刻まれている。

「喀血後の療養を兼ね大正九年八月三十日長崎からこの地を訪れた歌人斎藤茂吉はこの唐津詠ほか二十四首を残し九月十一日古湯に発った。」

「隠さふべしや」が難解だが解説は書かれていない。古語辞典で調べると、「隠さふ」は、「隠し続ける」の意。

（四段動詞「かくす」の未然形＋反復・継続を表す上代の助動詞「ふ」）「べし」は、意志・決定を表す助動詞の終止形、「や」は反語だと解釈すると、「人の世の悲しみまでも隠し続けるべきか、いや決して隠し続けるべきではない」の意味と思われる。

茂吉は、「作歌四十年」の「つゆじも抄」に以下のとおり書いている。

「唐津城址にのぼって氷水などを飲んだが心慰まなかった。ある月の明るい晩に高谷と松浦河の方まで散歩したことがあった。」

歌碑の歌の前日、茂吉は、「この病癒《やまひい》えしめたまへ朝日子《あさひこ》の光よ赤く照らす光よ」と詠んでいる。当時の茂吉の心境を鑑みると、「人の世のかなしみ」には、喀血して結核の兆候が出ている自身の哀しみが投影されているように思える。歌碑の歌には音楽的な調べがあり、「人の世のかなしみ」が胸深く迫ってくる。

歌碑の背後は風光明媚な絶景である。今まで見てきた茂吉歌碑の中で、最も眺めの好い場所の一つに思えた。

舞鶴公園から石段を下りて石垣の道を行くと西の浜で、唐津湾のおだやかな海が目の前にある。宝くじにご利益があると言われて有名な宝当神社がある高島も近い。砂浜を十分ほど歩くと、茂吉が唐津滞在中に宿泊した木村屋旅館（現在の名称は、「渚館きむら」）が見えてきた。この日宿泊予定の宿である。茂吉歌碑はこの旅館の裏にある。すぐ砂浜で海を向いて建っている。

鏡のように光る黒石に、以下の歌が活字で刻まれている。（『つゆじも』、「唐津浜」大正九年、昭和五十四年二月四日建立、建立者松浦文化連盟）

肥前なる唐津の浜にやどりして唖《おし》のごとくに明け暮れむとす　茂吉

『つゆじも』のこの歌の一首前に以下の歌がある。

五日あまり物をいはなく鉛筆をもちて書きつつ旅行くわれは　茂吉

現代において「唖」は不適切な表現だが、二首セットで鑑賞すると、病気が長引き血痰が出るので咽喉を使わないように注意して筆談していた茂吉の苦悩がわかる。

さらに、この歌の一首後に以下の歌がある。

海のべの唐津のやどりしばしばも噛《か》みあつる飯《いひ》の砂《すな》のかなしさ　茂吉

病気療養で沈黙しながら、何度も砂を噛んでいる茂吉の悲哀が伝わってくる。

茂吉は、「作歌四十年」の「つゆじも抄」に、当時の状況を以下のとおり書いている。

「それから、高谷寛をつれて、八月三十日、肥前唐津浜にゆき木村旅館というのに宿った。高谷と私は筆談で用を済ますので、女中は私を唖だとおもった。あるとき高谷にむかい、『この唖さんは耳が聞こえますね』と云ったことがある。

この宿の飯には砂が多く、一椀に平均六つ乃至七つぐらい入っていた。それを噛みあてる毎に私は声を立てたほどである。長崎で折角治療して来た歯がここに来て忽ち砕けた。この濱は風の強いところである。砂原に行って日光浴などしていても、潮風が咽喉に沁みてならない。」

唐津での療養においても茂吉の血痰は止まらなかった。海岸から山に環境を変えてみようと判断した茂吉は、唐津を去って古湯へ一人で行き療養することになる。

命《いのち》はてしひとり旅こそ哀《あは》れなれ元禄《げんろく》の代《よ》の曾良《そら》の旅路は　茂吉

茂吉は、「作歌四十年」でこの歌を以下のとおり自注している。

「元禄の曾良は壱岐まで旅して壱岐の夜寒に果てたことがおもいだされ、ここも朝鮮に近いことなどが感ぜられてならない。」

曾良は、『おくのほそ道』の旅で芭蕉と二人旅だったが、壱岐ではひとり旅の中で死んでいった。茂吉がそうした史実を唐津の浜で思い出したのは、自分も病気で死ぬかもしれないという覚悟があったからであろう。『ひとり旅こそ哀れなれ』には孤独な旅に死んだ曾良への強い共感が表れている。

いつくしく虹《にじ》たちにけりあはれあはれ戯《たはむ》れのごとくおもほゆるかも　茂吉

唐津の砂浜で虹を仰いで詠んだ歌である。「作歌四十年」に以下の自注がある。

「あるとき天の一方に美しい虹がたった。いかにも美しいものである。けれども前途が暗い病身にとっては、それが余り美麗で、何かしら自然の遊びのような気がする。戯れのような気がしてならない。そこでこういう歌になった。」

美しい虹と前途の暗い病身との対比が、調べとなって切実に胸に響く歌である。私は、唐津の明るい浜辺を歩きながら、茂吉がわびしい境遇の中で詠んだ秀歌の数々に思いを馳せた。なお、渚館きむらの食事は砂など全くなく新鮮な魚介類が美味だった。

最後に、一首書かせていただき第六十五回目の筆を擱きたい。

障泥烏賊《あおりいか》食いてやすらぐ吾《わ》にしたたし唐津の冬の潮鳴りの音　修

平成二十七年二月二十一日

第六十六回　堅苔沢（山形県）

三月末、春の日本海を見たくなり、庄内海岸の堅苔沢《かたのりざわ》漁港（山形県鶴岡市）にある茂吉歌碑を訪ねた。天気晴。JRの青春18きっぷを利用して、仙台駅発八時一分の東北本線の列車に乗る。陸羽東線（小牛田《こごた》～新庄）、陸羽西線（新庄～余目《あまるめ》）、羽越本線（余目～小波渡《こばと》）とローカル線を三度乗換えた。陸羽東線の宮城・山形県境を越え東長沢駅（舟形町）を過ぎると、雪原の彼方に白銀に光る月山が見えてきた。私は、茂吉の以下の歌を思った。

　山脈《さんみやく》が波動《はどう》をなせるうつくしさ直《ただ》に白しと歌ひけるかも　茂吉（歌集『白き山』）

隣町の大石田に疎開中に詠んだ歌である。（昭和二十二年三月作、六十四歳）月山を直接詠んだ歌ではないが、春おそいみちのくの山々の美しさへの感動があふれている。

茂吉は、『白き山』（短歌新聞社）の後記に以下のとおり書いている。

「『白き山』という名は、別にたいした意味はない。大石田を中心とする山々に雪つもり、白くていかにも美しいからである。」

新庄駅で陸羽東線から陸羽西線に乗換えた。古口駅（戸沢村）を過ぎると、雪解けで増水した最上川を下る観光船が二艘見えてきた。

　最上川水《み》かさまさりてけふもかもわがゆく汽車の方《かた》よりながる　茂吉（『たかはら』）

下句の「わがゆく汽車の方《かた》よりながる」に、故郷の母なる川を愛しむ茂吉のまなざしが感じられる。茂吉の最上川詠は、「最上川逆白波《さかしらなみ》のたつまでにふぶくゆふべとなりにけるかも」など『白き山』の絶唱が有名だが、『白き山』に限らず「最上川」の固有名詞を入れた歌を生涯で百首以上詠んでいる。

高屋駅（戸沢村）を過ぎると対岸に、その名のとおり長い白糸が天から降りて来るような「白糸の滝」が眼前に迫ってきた。私は、茂吉も愛したであろう芭蕉の『おくのほそ道』の一節を思い浮かべた。

「白糸の滝は青葉のひまひまに落ちて、仙人堂、岸にのぞみて立つ。水みなぎつて舟あやうし。五月雨をあつめて早し最上川」

午後十三時五十二分、小波渡《こばと》駅（鶴岡市）に降り立った。小波渡駅は無人駅でホームの山側に「熊出没注意」の黄色い掲示板が立っている。近年、人口減少に比例して熊が里に下りて来るニュースが増えている。黒い熊のリアルな絵が気になった。

集落を抜けると国道7号線に出る。眼前に青い海が広がり、磯には沢山のウミネコが群れている。小波渡から堅苔沢にかけて山が海に迫り、磯場が多く砂浜は狭い。寒さが交じる海風に吹かれながら歌碑まで約三十分歩いた。

堅苔沢に近づくにつれて、北に海を置いてたつ鳥海山の白い頂が雲を突き出て見えてきた。堅苔沢は鳥海山のビューポイントである。秋田、山形の県境に聳える鳥海山は、出羽富士とも呼ばれる日本百名山の一つで秀麗な独立峰である。年中、雲がかかりやすく全山を望める日は少ない。

漁港は、長く伸びた突堤の下で作業をしている人が二人見えるだけだった。

茂吉の歌碑は、海と鳥海山を背にして建っている。おむすび型の石製だが形が少し鳥海山に似ている。はめ込んだ黒石板に以下の歌が活字で刻まれている。（『白き山』昭和二十一年九月二十七日、平成十一年十二

月十五日建立、建立者堅苔沢自治会、堅苔沢公民館)

もえぎ空はつかに見ゆるひるつ方鳥海山は裾より晴れぬ　茂吉

「もえぎ」は、「萌黄」で、葱の萌え出る色を連想させる青と黄との間の色。「はつか」は、「わずか」、「いささか」の意である。(『広辞苑』)

茂吉がこの歌を詠んだ日の日記には以下の記載がある。

「九月二十七日金曜、海荒レ、風雨、夕、晴　堅苔沢第四夜〈中略〉海ニ波立チ、鳥海山カクレテ見エズ」

歌碑の前に立ち歌を声に出して読んでみた。結句の「鳥海山は裾より晴れぬ」の写生に、風雨のため見えなかった鳥海山が、時間の経過とともに美しい裾を現わしたことへの感動が込められている。

年譜によれば、茂吉は大石田に疎開して一ケ月後の昭和二十一年三月九日夜から病臥、左湿性肋膜炎を患い重態に陥った。夏頃ようやく病が癒えたことから、同年九月二十四日から二十八日まで堅苔沢にある高桑家(大石田の旧家)の別荘に静養した。

このとき、二藤部《にとべ》兵右衛門《ひょうえもん》(大石田の大地主。茂吉が住んだ聴禽書屋は氏の屋敷の離れ)、板垣家子夫《かねお》(献身的に茂吉の世話をした弟子)、金山平三《かなやまへいぞう》(大石田に疎開していた画家)の三氏が同行した。

茂吉は、堅苔沢でたくさんの歌を詠んだ。それらの歌は、『白き山』に「海」(八首)、「浪」(二十六首)の表題で収められており、歌碑の歌は「浪」中の一首である。

鳥海のまともにむかふこの家は青わたつみを中におきける　茂吉(『白き山』、「海」)

茂吉が小波渡駅に降り立った日(九月二十四日)に詠んだ歌。茂吉の日記によれば、この日は「晴レ」だった。

しづかなる心に海の魚を食ひ二夜《ふたよ》ねぶりていま去らむとす　茂吉(『白き山』、「浪」)

堅苔沢を発つ前日（九月二十七日）に詠んだ歌である。前日の日記に、「魚ノ市ガ立チ見物シタ」と記載がある。

はたはたの重量はかるあま少女或るをりをりに笑みかたまけぬ　茂吉（同右）

茂吉は、ハタハタなど日本海の鮮魚の美味を満喫したことだろう。

「しづかなる心に」には、温かく世話をしてくれる大石田の人々への感謝の気持と堅苔沢を去りがたく思う旅情が溢れている。実際、茂吉は堅海沢に四泊している。「二夜ねぶりて」と表現したのは調べのよさを強めるための虚構だったのだろうか。

堅苔沢に茂吉の歌碑が建立された当時、四十代前半だった私は転勤で鶴岡に単身赴任中だった。うららかな春の休日に一人で歌碑を訪ね、隣の四阿《あずまや》で日本海越しに聳える鳥海山に見惚れながらまどろんだ記憶が甦った。

最後に、一首書かせていただき第六十六回目の筆を擱きたい。

春の海をおおう薄雲《うすぐも》突き抜けて鳥海山はしろがねを見す　修

平成二十七年四月一日

第六十七回　草津温泉（群馬県）

五十代半ばから、学生時代の友人四人で年一回集まり旧交を温めている。私以外の三人は群馬県出身なので、五月九日、草津温泉で懇親した。絶好の機会と思い、草津温泉「西《さい》の河原《かわら》」にある茂吉歌碑を訪ねた。

仙台から高崎まで新幹線で行き、高崎駅十一時二十三分発の特急草津1号に乗車。（JR吾妻線利用）長野原草津口駅に十二時半頃着。駅前から草津温泉ターミナル行の直通バスに乗り約二十分で着いた。好天に恵まれ、車窓から新緑の彼方に白根山（標高２１７１ｍ）の残雪が見えた。草津温泉は標高１２００ｍの高所にある。バスから降りると清涼な空気に包まれた。

昭和八年九月十六日、輝子夫人と軽井沢経由で草津を訪れた茂吉（五十一歳）は、以下の歌を詠んだ。（歌集『白桃』）

朝寒《あさざむ》をおぼゆるころに草津路《くさつぢ》の古りしながらの平《たひら》に立ちぬ　茂吉

茂吉は、「『古りしながらの平』がその儘の写生である。」と自注している。（「作歌四十年」）温泉街に通じる道が急な下り坂で、建ち並ぶ土産物屋に湯治場の雰囲気が残っている。わずかだが茂吉の歌の気配が感じられた。

ホテルにチェックイン後、先に着いていたM君と湯畑に行った。沢山の湯けむりが上がって硫黄の匂いがする。湯畑は湧出量日本一を誇る草津温泉のシンボルである。硫黄の匂いは「かおり風景１００選」（環境省）に選ばれている。

湯畑から、「西の河原通り」を十分ほど歩くと「西の河原公園」が見えてきた。河原のあちこちから噴き出た大量の湯が滝や川になって流れている。付近一帯は上信越高原国立公園に指定されている。

茂吉の歌碑は滝の側にあり以下の歌が活字で刻まれている。（『白桃』昭和八年、平成二年五月十六日建立、建立者草津町）

いづこにも湯が噴きいでて流れゐる谷間を行けば身はあたたかし　茂吉

西の河原の特異な光景を詠んだ自然詠である。結句の「身はあたたかし」に茂吉の主観が出ている。歌碑のすぐ側の滝つぼに手を入れてみると熱い。茂吉は皮膚感覚で歌を詠んだのだろうと想像した。

同行したM君は多忙なビジネスマンだが読書家である。歌碑の歌の正直な感想を聞くと、ほとんど感応しない。短歌に興味がある一部の人を除けば、現代社会においてM君に限らず、茂吉の自然詠は退屈に思われるのが一般的なのだろう。

歌碑の側に案内板（英文併記）があり、以下の記載がある。

「草津には昭和八年九月十六日に輝子夫人と共に訪れ、望雲館に二泊した。その時の日記には、宿から白根山を見たスケッチが残されている。草津町教育委員会」

白根山《しらねやま》の鋭く延びしなだれをし雲晴れゆきて人見るらむか　茂吉（『白桃』）

描写力が光る歌である。茂吉は白根山をスケッチしながら詠んだのだろうか。仙台に帰って茂吉の日記（『斎藤茂吉全集』岩波書店）を見たが、白根山のスケッチはない。手帳に描いたのだろうか。

茂吉の歌碑から近い小高い所にベルツ博士の胸像と石板の記念碑が建っている。茂吉は草津に来てベルツ博士に想いを馳せ、以下の歌を詠んだ。

この山にベルツ博士ものぼり来て湯治《たうぢ》のことを通信しゐる　茂吉（『白桃』）

ベルツ博士（一八四九～一九一三、ドイツ出身）は、一八七六年（明治九年）お雇い外国人として東京医学校（現東大医学部）の教師に招かれ日本の医学に多大な貢献をした医学者である。草津温泉を度々訪れて時間湯や泉質を研究しその素晴らしさを世界に紹介したことで知られている。歌自体は事実の報告だが、茂吉はベルツ博士の業績に敬意を表して歌に詠んだのであろう。現在、草津温泉には「ベルツ通り」と名付けられた通りがある。

ホテルに戻って温泉に浸かると、硫黄の匂いやにごり湯が蔵王温泉に似ている。茂吉の日記によれば、昭和八年九月十七日午後に西の河原を散策したが、午前中に二度温泉に入浴している。茂吉は、郷里の蔵王温泉（当時は高湯）を懐かしみながら草津の湯を楽しんだのではないだろうか。

温泉街《ゆのまち》の草津《くさつ》のよるは更けわたり三時《さんじ》ごろにしばらく人ごゑの絶ゆ　茂吉（『白桃』）

茂吉は、同年九月十六日付の日記に、「人通八午前三時ニタユ、歌数首アルベシ」と書いている。茂吉は深夜でも観察力を研ぎ澄まして歌を詠んだのだろう。「作歌四十年」の中で右記の歌を以下のとおり自注している。

「『三時ごろに暫く人ごゑの絶ゆ』は実際がよく出てゐる。温泉地の特色で不思議なものである。」

その夜、木下杢太郎の詩（東北大学医学部構内に詩碑がある）が思い浮かんだ。

「昔の仲間も遠く去れば、また日頃顔合せねば、知らぬ昔とかはりなきはかなさよ」

私は、友人たちと久しぶりに痛飲した。

午前三時頃は熟睡中でその時間帯の様子を確認できなかった。六時頃に朝ぶろに行くとすでに大勢の人がいる。草津温泉の人気の高さを実感した。

翌日、地元で医師のT君の車に乗せてもらい新緑の榛名湖《はるなこ》、榛名神社を廻った。その後、高崎市保渡田《ほどた》（旧西群馬郡上郊村《かみさと》）にある群馬県立土屋文明記念文学館（平成八年開館）を案内してもらった。三つの古墳（前方後円墳）に囲まれた緑地にあり、榛名山が見える。文学館の側に土屋文明の歌碑があり、以下の歌が刻まれている。

青き上に榛名を永久の幻に出でて帰らぬ我のみにあらじ　文明

文学館のガイドの女性のご説明によれば、土屋文明は祖父が起こした金銭問題を苦慮し百歳の生涯の中で帰省したのは数回に過ぎなかったとのこと。歌碑の歌から望郷の想いが伝わってきた。

文学館内に独自に選んだ「三十六歌人」の人形を埋め込んだコーナーがある。茂吉の人形は制作者が大石田時代の「逆白波」の歌をイメージして作ったもので、吹雪の中をマント姿で歩く茂吉の姿が情感豊かに表現されていて面白かった。

最後に、一首書かせていただき第六十七回目の筆を擱きたい。

湯治客となりて草津に安らぎし茂吉顕ち来る湯けむりの中　修

平成二十七年五月十六日

第六十八回　秩父①（埼玉県）

五月十八日、埼玉県秩父市（旧大滝村）の三峯《みつみね》神社にある茂吉歌碑を訪ねた。

前日、学士会短歌会例会（於神田神保町）の終了後、池袋から西武池袋線特急に乗って秩父に行き一泊。翌朝快晴。西武秩父駅発九時十分の三峯神社行バスに乗った。（乗車時間約七十五分）

三峯神社は一九〇〇年の歴史があり、関東のパワースポットとして参拝客が多い。バスは山道を幾度となくカーブして上って行く。車窓から眺める秩父の山々の新緑に見とれて一首詠んだ。

若葉萌ゆる山道《やまぢ》の下の渓《たに》ふかく蒼くかがやく秩父の湖《うみ》は　修

三峯の名は、東に聳える三つの峯（雲取山《くもとりさん》、白岩山《しらいわさん》、妙法嶽《みょうほうがたけ》）が連なることから付けられたとのこと。神社は標高1100mの所にある。バス停に降り立つと眺望がすばらしい。清浄な空気が全身を包んだ。檜や杉に囲まれた神域を歩くとつつじの花盛りで鶯の鳴き声が聞こえる。十分ほど参道を上ると明治百年を記念して造られた日本武尊銅像（本体5・2m）が右手を大きくあげて、威風堂々と建っている。

茂吉の歌碑はその近くにある。石製の歌碑はリーフパイを少し斜めに立て掛けたような恰好で、茂吉自筆の以下の歌が刻まれている。（歌集『ともしび』昭和元年）

二つ居りて啼くこゑ聞けば相呼《あひよ》ばふ鳥が音《ね》悲し山の月夜《つくよ》に　茂吉

茂吉四十四歳の作。誰もいないので歌碑の文字をさすりながら声に出して読んでみた。深い山中を照らす月明かりの静寂の中、鳥の鳴き声に自身の悲しみを重ねて傾聴している茂吉の心情が、調べとなって胸に響いてきた。

本殿は歌碑の位置からそう遠くないが、木立に隠れて見えない。清浄な空気の中、御祈祷の太鼓の音が聞こえて来る。

歌碑の裏面に佐藤佐太郎が記した解説が刻まれている。私はその場で手帳にメモした。

「山いよいよ峻しく水いよいよ早い秩父多摩国立公園に三峯神社がある。遠く日本武尊が伊弉諾尊《いざなぎのみこと》、伊弉再尊《いざなみのみこと》二柱をいつきまつった三峯神社が鎮座し古来人々の崇敬するところである。近年交通の発達とともに参拝者はもとより深山の気を慕って訪うものが甚だ多い。

ここに大正十五年八月歌人斎藤茂吉は機会あって五日間三峯神社大書院に起臥し月明に仏法僧鳥を聞いて

短歌五首を作った。いま筆跡を移して一首を石に刻し登拝者のために永くその幽韻を傳える。歌碑は三峯神社のくわだてによって氏子諸氏が協力し昭和四十六年十月二十七日に成った。門人佐藤佐太郎記　元大瀧小学校長　倉澤奎一書」

茂吉は、「作歌四十年」の「ともしび抄」に、三峯神社で詠んだ三首を書き、以下のとおり自注している。

「いつしかもあかあかとして月てれる檜原《ひはら》の山に夜の鳥ぞ聞く

〈中略（歌碑の歌）〉

うつそみの悲しむごとし月あかき山の上《うへ》にしてひびかふ鳥よ

（大正十五年）八月二日から五日間、第三回アララギ安居会を三峯山三峯神社大書院に開いた時の歌である。第一首。三峯山上には仏法僧鳥が沢山に啼いた。これは高野山でも木曽福島でも経験があるから直ぐ分かったが、夕がたまだ日光のあるうちからも啼き、月明の時などは大書院のすぐ上の杉の樹で啼いた。この鳥は、檜原杉原に住むものだから、此処に多いのであった。

第二首（筆者注・歌碑の歌）。あい呼応するというので、これは高野山上でも同様であった。第三首。このこえは切実で、しぼるような肉声に朗かな鉱物音をも交え、人間があい悲しむときのような聯想を起さしめた。」

『ともしび』中の「三峯山上」五首の直前に以下の二首が収められている。

むなしき空《そら》にくれなゐに立ちのぼる火炎《ほのほ》のごとくわれ生きむとす

ひとりゐて今夜《こよひ》は何もせざりけり友死にしより寂しくもあるか　茂吉

いずれの歌も生きる苦しみ、寂しさが強くにじみ出ている。当時の茂吉は、青山脳病院の失火事件（大正十三年十二月）の事後処理や病院再建に苦闘した時代だった。大正十五年三月には、アララギの盟友島木赤彦が病死した。「艱難暗澹たる生」が実作に影響を与え、茂吉が新たな歌境を切り開いていったことを、三峯神社の歌および前後の歌から感じ取ることができる。

茂吉が詠んだ「仏法僧」とはどんな鳥か？『新明解国語辞典』（三省堂）では以下の通り記述している。「小バト大の美しい鳥。背中は暗い緑色。くちばしと足とは赤い。夏、南方から来て山中にすむ。コノハズクの鳴き声（＝ブッポウソウと聞こえる）をこの鳥のものとまちがえ、この名が付けられた。（ブッポウソウ科）」

三峯神社バス停の近くにある「三峯ビジターセンター」に立ち寄ると、三峯周辺に生息する野鳥の一つとしてコノハズクの標本が展示されているが、本当の仏法僧鳥はなかった。

三峰ビジターセンターの職員にお聞きしたところ、「三峯周辺にコノハズク（＝声の仏法僧）はいるが、姿の仏法僧は見かけません。」との回答だった。茂吉が歌に詠んだ仏法僧は、正確にはコノハズクの鳴き声だったと言って間違いないだろう。

三峯ビジターセンターでは、茂吉以外にもこの地を訪れた人物の歌を紹介している。

　競ひつつ鳴き居たりしが一つとなりほがらに寂し仏法僧のこゑ　土屋文明

茂吉と一緒にアララギ安居会に参加した時の歌。茂吉の歌と合わせて鑑賞すると情景が一層目に浮かぶ。

　星あまりむらがれる故みつみねの空はあやしくおもほゆるかも　宮沢賢治

大正五年、賢治が二十歳の時に三峯神社に訪れ宿坊に一泊して詠んだ歌。後年の『銀河鉄道の夜』につながる幻想的な雰囲気が感じられる。

三峯神社の本殿前の左右に樹齢八百年と言われる杉のご神木がある。多くの参拝客が、深呼吸してご神木に手をあて霊験あらたかな「気」を授けてもらっている。私もご神木に両手を当てながら茂吉歌碑を巡る旅の安全と成就を祈った。

最後に、一首書かせていただき第六十八回目の筆を擱きたい。

仏法僧を詠みし茂吉の歌碑ありて三峯神社に清《きよ》き気の満つ　修

平成二十七年五月二十三日

第六十九回　秩父②（埼玉県）

五月十八日。三峯神社の茂吉歌碑に通じる坂の下に、岡山巌、たづ子夫妻の歌碑が並んで建っている。案内板には、全国的に珍しい「比翼の歌碑」との説明書がある。

一山にこもらふ霧のやうやくにしずもりてふかき天のゆふぐれ　岡山巌

岡山巌は明治二十七年生、広島県出身。東大医学部卒で茂吉の後輩。たちこめる霧が晴れた三峯神社の神域の静謐が格調高く歌われている。

かくまきの肩につもれる雪みかさ鳩のごとくにやさしかりにき　岡山たづ子

たづ子夫人は新潟県出身。「鳩のごとくに」の比喩が優美かつ繊細で夫の歌風とは対照的に思えた。

近くの石段を上り遥拝殿に着くと遥か彼方に秩父盆地が一望できた。かつて茂吉も拝んだことだろうと想像しながら、眼前の妙法嶽の頂にある三峯神社奥宮に向かって遥拝した。近くに「熊出没注意」の案内板がある。やや緊張しながら以下の歌を詠んだ。

天駆ける駱駝のごとき妙法の奥宮拝む熊気にしつつ　修

三峯神社の神域で二時間半近く過ごした私は、十二時四十五分発のバスに乗って下山した。バスは三峰山登山口に停車した。

昭和九年十一月三日、茂吉（五十二歳）は、三峰山登山口で開催された埼玉アララギ会吟行会に参加した。翌日、中津峡を遊行し、歌集『白桃』に「秩父吟行」十三首を収めている。

秩父嶺《ちちぶね》の山峡とほく入り来つつあかとき霜のいたきをも愛づ　茂吉

晩秋から初冬に向かう中津溪谷の美しさを詠んだ茂吉の感動が伝わってくる。

この吟行会には、土屋文明、山口茂吉等と共に同年九月十六日の正岡子規三十三回忌（於向島百花園）で茂吉が初めて出会った永井ふさ子（二十四歳）も参加した。永井ふさ子は松山出身で子規と縁戚関係にある。藤岡武雄著『書簡に見る斎藤茂吉』（短歌新聞社）に以下の記載がある。

「当時の茂吉は、次のように歌っている。（筆者注・『白桃』、「秩父吟行」中の三首）

川の瀬に山かぶさりてあるごときはざまも行きぬ相語《あひかた》りつつ

道のべに榛《はり》の大樹《おほき》の立ちたるを共に見あげておどろき合ひつ

もみぢばのうつろふころを山に入りて今年の秋の福《さいはひ》を得つ

相語る『相手』、『共に見あげておどろき合』う『共に』はふさ子であり、今年の秋のさいわいを得た喜びにもつながるのである。」

「茂吉の実生活は、妻てる子との別居孤独の生活であり、自分の将来は暗澹と見て、戒名を用意するといった痛切な心情を持ち続けていた。こういった老身の孤独を深めていたときに突如現れたのが、前述の永井ふさ子であった。
『今年の秋の福《さいはひ》を得つ』と喜ぶ茂吉は、妻との別居や友人中村憲吉らの死によって精神的支柱を永井ふさ子に求め、傾情していったものと思われる。」

このような背景を踏まえると、『白桃』（「秩父吟行」）の歌には、『ともしび』（「三峯山上」）の歌と趣を異にする明るさのある理由が納得できる。

茂吉記念館（上山市）に、若い永井ふさ子の気品ある着物姿の写真パネルが展示されている。そこには、茂吉の人生を一時彩った女性の華やいだ雰囲気が漂っている。

私はスケジュールの都合から三峰登山口で途中下車せず、終点の西武秩父駅で降りた。

茂吉歌碑（茂吉記念館ＨＰでは「記念碑その他」）がある秩父ミューズパーク内の「百花園」まで約７kmの距離がある。バスの本数が少ないので往きはタクシーを利用した。（所要時間約十分）

百花園に向かう途中、荒川に架かる橋を渡った。その時、二十数年前に小学一年生だった長男を連れて音楽寺（秩父札所二十三番）を訪ねた記憶が甦った。当時、私は新宿の会社に勤務し西武池袋線の沿線（練馬区）の社宅に住んでいた。その時詠んだ一首を思い出した。

夏のかぜ涼やかに吹く荒川の瀬瀬に山女《やまめ》の躍る背な見ゆ　修

百花園は音楽寺のすぐ近くだった。敷地には人影が無く、沢山の植物があって広い。歌碑のある場所がわからなかったので、秩父ミューズパーク管理事務所に電話でお聞きした。係りの方が親切に教えて下さった。

畳を斜め三〇度に傾けたような石の歌碑に、以下の歌が活字で刻まれている。（『寒雲』昭和十二年、平成八年三月二十四日建立、建立者秩父市、晶子、左千夫の歌と併記。）

冬岡に青々として幾むらの曼珠沙華《まんじゆしやげ》見ゆわれひとり来む　茂吉

木の間なるそめいよしのの白ほどのはかなきいのちいだく春かな　晶子

夕しおの満ちくるなべにあやめ咲く池の板ばし水つかむとす　左千夫

茂吉は、花が終わった冬に青々とした葉を見せる曼珠沙華に魅かれて詠んでいる。見逃しがちな地味な歌材の特徴を捉えた茂吉の力量を実感した。

歌碑の側に説明書きはない。この歌が何故ここに刻まれているのだろうか?と考えている所に先程電話に出られた管理事務所の方が来られた。「百花園に植えてある植物に相応しい短歌を選んで歌碑を建てたのでしょう。」と説明して下さった。

茂吉は、随筆「曼珠沙華」（昭和十年）に以下のとおり書いている。

「冬から春にかけて青々としてあった葉を無くしてしまい、直接法に無遠慮にあの紅い花を咲かせている。〈中略〉勿体ぶりの完成でなくて、不得要領のうちに強い色を映出しているのは、寧ろ異国的であると謂うことも出来る。秋の彼岸に近づくと、日の光が地に沁み込むように寂《しず》かになって来る。この花はそのころに一番美しい。」

茂吉は、「秋のかぜ吹きてゐたれば遠《をち》かたの薄《すすき》のなかに曼珠沙華紅し」（『赤光』）など曼珠沙華の花の歌を生涯で九首詠んでいる。（高橋光義著『茂吉歳時記』短歌新聞社）

しかし、歌碑の歌のように花の無い季節の曼珠沙華を詠んだ歌は珍しい。私は、歌碑の歌を選んだ関係者の見識に感服した。

最後に、一首書かせていただき第六十九回目の筆を擱きたい。

三峯の社《やしろ》に初夏の風ありて大瑠璃の鳴く声ぞさやけき　修

平成二十七年五月二十四日

第七十回　盛岡（岩手県、宮城県）

五月二十七日、仙台文学館（仙台市青葉区）で開催中の「北杜夫特別展」を訪ねた。仙台文学館は、広大な台原《だいのはら》森林公園と隣接している。

北杜夫氏（一九二七〜二〇一一）は、『楡家の人びと』、『どくとるマンボウ』シリーズ等ユーモアあふれる作品を残した作家で、茂吉の次男宗吉である。昭和二十三年から二十八年（茂吉逝去の年）までの五年間、東北大医学部学生として仙台で青春時代を過ごした。

平日のせいか入場者は数人しかいなかった。直筆の原稿、創作ノート、日記帳など約一二〇点の資料が工夫して展示されており、静かな環境の中で興味深く鑑賞した。

中でも、「斎藤茂吉書簡　斎藤宗吉宛　昭和二十二年（一九四七）十月十六日付」（世田谷文学館蔵）は、茂吉（六十五歳）の父親としての愛情が直筆の文面に滲み出ている。当時茂吉は大石田に疎開中（翌月十一月三日帰京）で、旧制松本高校に在学中の宗吉（二十歳）と沢山の手紙をやりとりしている。

展示品は、宗吉が動物学志望であること、茂吉の短歌に心酔し崇拝の念を持っていること等を綴った手紙への返信である。宗吉に医学部進学を強力に説得する内容が書かれている。以下に一部抜粋する。

「愛する宗吉よ。速達便貰った。父を買いかぶってはならない。父の歌などはたいしたものではない。父の歌など読むな。それから、父が歌を勉強出来たのは、家が医者だったからである。そこで宗吉が名著（？）を生涯に出すつもりならばやはり医者になって、余裕を持ち、準備をととのえて大に述作をやって下さい。」

展示品より前の同年十月八日付書簡には、以下の記載がある。（『茂吉晩年』）

「父も熟慮に熟慮を重ねひとにも訊ね問いなどして、この手紙書くのであるが、結論をかけば、やはり宗吉は医学者になって貰いたい。これ迄のように一路真実にこの方向に進んで下さい。これは老父のお前にいうお願だ。親子の関係というものは純粋無雑で決して子を傍観して、取りそ［原］まして居るようなことは無いものだ。その愛も純粋無雑だ。

この父の忠告は宗吉が医学者になり、齢四十を越すとき、いかにこの父に感謝するかは想像以上に相違ない。これに反し若し動物学者にでもなって、教員生活に甘んじていたらどうであろうか。父の心配つまり、子に対する愛の心はその心配となって現在あるのである。」

執念深く宗吉に進路を強制する茂吉の手紙を読むと、父親としての愛情が茂吉自身のエゴイズムと紙一重のように思われる。

北杜夫氏は、『茂吉晩年』の中で以下のとおり書いている。

「『愛する宗吉よ』とか『父の歌など読むな』という文句を見て、それほど神経の強靭でない私は動物学志望を断念した。」

茂吉の手紙と北杜夫氏の回想を読み、四十年以上前の自分を重ね合わせた。私は山形県北の県立高校生のとき、本当は文学部志望だった。農業だった父に文学部に入って将来食べていけるのかと反対され、就職に有利な法学部に進んで会社員になった。

それなりに充実した会社員生活を送り子供三人が自立した現在、高校生の頃からやりたかった茂吉歌碑巡りをして人生を楽しんでいる。別の生き方もあったかもしれないが、亡き父に感謝している。

展示品に「わが街・仙台」というタイトルの北杜夫自筆の原稿があり、以下のとおり書かれている。

「もの書きになると心に決めていたため授業に出席することはほとんどなかったが、茂吉を落胆させないために落第だけしないように画策した。」「五月頃から広瀬川では沢山のカジカガエルが鳴いていた。こんな幽玄な声で鳴く蛙を私は初めて知った。街中に行くとカッコウの声が伝わってきた。」「大学を去るとき期待はずれだった仙台の街は『忘れがたいなつかしい場所』になっていた。」

北杜夫氏と同じ仙台で学生生活を送った私は、共感を持って右記の文を熟読した。広瀬川のカジカガエルの鳴き声は、都市化が進んだ現代でも健在で、環境省選定の「残したい日本の音風景100選」に選ばれている。

他の展示品では、北杜夫著『青年茂吉「赤光」「あらたま」時代』(岩波書店)の自筆原稿が目に留まった。長いが以下に引用する。

「ほのぼのと諸国修行《しよこくしゆぎやう》に行《ゆ》くこころ遠松《とほまつ》かぜも聞《き》くべかりけり

『一心敬礼』と題された連作であり、茂吉はその他に『作歌四十年』の中で、ただ次の一首の歌だけをあげている。

ゆらゆらと朝日子《あさひこ》あかくひむがしの海《うみ》に生《うま》れてゐたりけるかも

そして、『作歌四十年』ではこのように書いている。『〈中略〉そうしてこのあたりのものは全体として、しずかな『諦念』に類するものに集注せられていた観がある。『諸国修行に行くこころ』などでも、今から見れば甘い、若気の至ともおもわれるけれども、その頃はなかなか以てそんな遊び気で作って居るのではなかった。〈中略〉第二首。これも日出の歌であるが、『生れて』と云わねばならぬ心境にその頃はあった。これとてもただの洒落ではなかった』」

北杜夫氏は同書の中で、さらに以下のとおり書いている。

「これは正直な告白と言うべきである。『諸国修行に行くこころ』は確かに感傷的で甘いが、妻てる子にうらぎられた茂吉としては、悲痛な心境で作ったものであろう。」

右記の「朝日子」の歌（『あらたま』大正三年）に改作する前の歌の歌碑が盛岡にある。仙台文学館特別展の展示品に触発された私は、早速、翌日に盛岡に出かけた。

斎藤茂吉記念館のＨＰによれば、所在地は「盛岡市伊藤岩太郎庭」となっている。盛岡駅から徒歩約十五分の市内梨木町のアパート敷地内にあり道路から望むことができた。（昭和三十七年四月十三日建立、建立者伊藤岩太郎、活字で六首併刻）

　ぽつかりと朝日子あかく東海の水にうまれてゐたりけるかも　茂吉

私は、新妻との不和による傷心から脱却しようと願う茂吉（三十三歳）の内面を思った。

最後に、広瀬川のカジカガエルの歌を書かせていただき第七十回目の筆を擱きたい。

　広瀬川の河鹿鳴く声透きとおる水澄む瀬瀬の初夏のさやけさ　修

平成二十七年六月二十七日

第七十一回　天竜川（長野県）

六月二十九日、長野県下伊那郡高森町出砂原《たかもりまちだ　さはら》にある茂吉歌碑を訪ねた。仙台駅発八時十六分の東北新幹線はやぶさに乗り、大宮で北陸新幹線あさまに乗換える。長野発十一時の特急しなのに乗換え、十二時一分塩尻着。塩尻から辰野経由で飯田線に乗換え十四時二十六分市田《いちだ》駅で下車した。（仙台から所要時間約六時間）天気晴。無人駅の待合室に、地元特産の市田柿の美味しそうなポスターが貼ってある。市田は天竜川に近い段丘下段にある。茂吉歌碑は「天竜川小公園」（明神橋袂）にあり、駅から天竜川に向かう下り坂を十分ほど歩いて着いた。

歌碑は2m以上ある堂々とした石で、茂吉自筆の以下の歌が刻まれている。（歌集『ともしび』、「霜」）

向《むか》うより瀬の白波の激《たぎ》ち来る天龍川におり立ちにけり　茂吉

茂吉四十四歳の作。歌碑の位置から土手が邪魔になって天竜川は見えないが、川音がたえまなく聞こえる。歌碑の文字を指でなぞりながら歌を鑑賞した。

声に出して読むと言葉の響きを重んじた茂吉独特の声調がある。一首全体がまるで天竜川の激流のように途切れなくリズミカルに心に響いてきた。刻まれている文字も茂吉晩年のものに比較すると筆の勢いがあり歌との一体感がある。

夏草をかき分けて裏面に回ると以下の解説が刻まれており、その場でメモした。

「この歌は大正十五年十一月六日　斎藤茂吉先生が初めて伊那谷を訪れ此処に降り立ち天竜川の壮観を詠まれたもの　筆跡はその時随伴翌年再度来伊の折　故川手義人氏が揮毫していただいた短冊の書を拡大したものである
われわれは先生が此処にこの秀歌を残されたことを記念し尚天竜川の美観を永く後世に伝えることを願い有志相はかり多数の賛同を得てこの碑を建立したものである
昭和五十四年十一月六日　斎藤茂吉先生歌碑建設会」

天竜川の気配を耳元に感じながら解説を読んでいると、この地に茂吉歌碑を建立した地元の人々の熱意が伝わってきた。

佐藤佐太郎は、『茂吉秀歌上巻』（岩波書店）の中で、この歌を以下の通り評している。

「一句から五句まで連続した歌調で、息ながく流動的につづいている。短歌の声調は五句連続したものであるが、それでも二句あるいは三句あるいは四句で休止する場合が多い。

一句から五句まで切れずに連続しているという歌は案外に少ない。それは一句から五句まで、たるまずに、単調にならずに、句切れなく押しきる気魄というものが誰にでもいつでもあると限らないからである。また、歌の調子は、多く句切れにあるからである。この歌はそういう少ない例のひとつとして注目していいだろう。川瀬のしらなみの連続を『むかうより瀬の白波の激ちくる』といった上句、それから『天龍川に』と四句をつづけた波動のうねりのような歌調はまったく美事である。」

歌碑を見た後、明神橋を渡って対岸（下伊那郡豊丘村）まで歩いた。梅雨の晴れ間の川風が心地よい。天竜川の大きさと流れの速さを実感した。

土手を下りて川岸に立つと、まさに茂吉の歌のとおり白波が激しく音を立てて流れてくる。このあたりはカヌーの練習場所になっていて、若者が目の前を過ぎて行った。

天竜川で歌を詠む前後の茂吉の日記には、以下の記載がある。

大正十五年十一月四日、「午後ハ懸命ニナリテ信濃講演ノ用意ヲナス。子規ノ歌ニ就イテソレカラ藤原俊成ノ歌ニ就イテナリ」、「夜モ十一時頃マデ勉強スル」

十一月五日、「夜行ニテ信濃ニ立ツ。」

十一月六日、「伊那電ニ移リ、飯田マデ行ク」、「天竜ガマダ細イノガ段々太クナリ、川霧ガ盛ニ立ッテイル。スガレ紅葉ノ情景ガアル。」、「神稲《くましろ》ノ小学校ニ行キ、〈中略〉『正岡子規ノ歌』ニツイテ話ヲスル。」（筆者注・「神稲」は現豊丘村の地名）

十一月七日、「天竜川原ト川瀬トヲ見ル。」

この日の日記には、さらに以下の記載がある。「飯田ヨリ伊那ニ至ル間ノ天竜川ト駒ヶ岳ト赤石連山ノ山水ガ如何ニモヨク、旅情ヲナグサム。歌ニナラヌガ、歌ノ材料イクラデモアル。」

この一文から、茂吉が信濃の自然に寄せる歌心の熱さが伝わってくる。

山々にうづの光はさしながら天龍川《てんりゆうがは》よ雲たちわたる　茂吉（『ともしび』、「霜」）

歌碑の歌と同じ時に詠んだ歌。茂吉の興奮が語気となって心に響いてくるようだ。

茂吉の年譜を読むと、大正十四年一月五日（四十三歳）にヨーロッパ留学を終えて帰国後、昭和六年まで毎年信濃を訪れて沢山の歌を詠んでいる。

本業面では、帰国直前の大正十三年十二月二十八日、青山脳病院が火事で燃えて以降、病院の復興に精根を尽くす日々を送っていた。

歌の面では、大正十五年三月二十七日、島木赤彦が下諏訪で没した後、岡麓、中村憲吉、土屋文明らとアララギ発行に骨折っている。

この時期、茂吉の信濃行が増えた理由として、島木赤彦没後に信濃のアララギ歌人たちとの交流が深まったことが考えられる。それ以前に、茂吉がヨーロッパから帰国した年の初夏、晩年の赤彦と共に信濃を旅してその風光に接し、心癒されたことも大きく影響しているだろう。

さ夜ふけて慈悲心鳥《じひしんてう》のこゑ聞けば光にむかふこゑならなくに　茂吉（『ともしび』）

赤彦と木曽氷ヶ瀬に遊んだ折の歌。茂吉は「作歌四十年」でこの歌を、「そうして夜鳥のこえは鶩のごとき光明にむかう性質でなくて、闇黒にむかって沁み徹るような性質におもわれる。そこで、『光にむかふこゑならなくに』といい表わした。」と自注している。

娑婆苦《しゃばく》より彼岸《ひがん》をねがふうつしみは山のなかにも居りにけむもの　茂吉（『ともしび』）

この歌からも当時の茂吉の心境が如実に感じられる。

最後に、一首書かせていただき第七十一回目の筆を擱きたい。

天竜川《てんりゅう》の波にもまれてゆくカヌーわが世渡りの姿にも似る　修

平成二十七年七月七日

第七十二回　大平峠（長野県）

長野県下伊那郡高森町の天竜川の歌碑を訪ねた後、ＪＲ飯田線市田駅から電車に乗って塩尻に戻った。駅前のホテルに宿泊。翌日、六月三十日曇り。塩尻駅八時十七分発の中央西線に乗り、次の目的地である南木曽町《なぎそ》（長野県木曽郡）に向かった。

しだいに木曽の山々が両側に迫り、電車は木曽川と並行するように進んで行く。前日、飯田線の電車から見た伊那谷に比較し、木曽谷の険しさを実感した。

　小汽車にて入りつつ行ける木曽がはの川の瀬とほくあるひは近く　茂吉

私は車中で歌集『暁紅』を開きながら、昭和十一年十月、茂吉（五十四歳）が車中で詠んだ歌を追体験する思いで自然ゆたかな木曽谷の景色をながめた。

　駒ヶ嶽見えそめけるを背後《そがひ》にし小さき汽車は峡《かひ》に入りゆく　茂吉

上松駅《あげまつ》を過ぎわずかの時間だが、進行方向の左手奥にたしかに駒ヶ岳が見えた。一瞬の光景も見逃すことなく歌材にした茂吉の歌心のセンサーを思った。右側の車窓から木曽川の流れに浸食された花崗岩が白い岩肌を見せる寝覚めの床が現われた。

大学時代、同じ下宿のＹ君の実家（岡谷市）に泊めてもらい、親切な父上に車で木曽路を案内していただいた思い出が甦った。

九時五十三分南木曽駅着。駅前からバスに乗り、数分で妻籠《つまご》に着いた。妻籠は、京都と江戸を結ぶ中山道の宿場の一つで重要伝統的建造物群保存地区に指定されている。木曽の山中に往時の宿場の家並みが大切に保存されており、外国人観光客も多い。

かつて、妻籠から大平峠《おおだいらとうげ》（標高１３５８ｍ。別名木曽峠）を越えて飯田市に抜ける峠路（県道８号線）にはバスが通っていた。しかし、現在、公共の交通手段がない。

私は妻籠宿のバス停近くに一軒あるタクシー会社に行き、妻籠〜大平宿（飯田市）の往復を依頼し乗車した。（冬期間通行止）タクシーは沢山のカーブを廻って、木曽五木（檜《ひのき》、椹《さわら》、翌檜《あすなろ》、高野槙《こうやまき》、ねずこ）や落葉松が茂る山中の峠道を上っていった。

シーズンオフのせいか、途中一台も車とすれ違わない。運転手さんはベテランで地元情報に詳しい方だった。親切に木曽五木の見分け方や用途を教えてくれた。

四十分ほどで大平峠の見晴しの良い場所にある木曽見茶屋（休業中）に着いた。ここに高さ約３ｍほどの石の茂吉歌碑が建ち、以下の歌が活字で刻まれている。（『暁紅』）

麓《ふもと》にはあららぎといふ村ありて吾にかなしき名をぞとどむる　茂吉

歌碑の裏面に以下の解説が書かれている。

「歌聖斎藤茂吉が木曽福島　王滝の旅を終えて三留野《みどの》山田屋旅館に一泊し飯田におけるアララギ歌会に出席するため秋深まるこの峠を越えたのは昭和十一年十月十八日でした

このとき紅葉する大自然の壮大な美に衝たれてつくった十七首の歌が『大平峠』と題して歌集『暁紅』に収められています

碑の歌はその中の一首でこの地に立ってあららぎの里を望みその地名に茂吉が編集発行者として精根を傾

けた歌誌『アララギ』の名を重ねた深い思いが詠われています〈中略〉
平成元年十一月三日文化の日に　南木曽町内有志により建立　斎藤茂吉歌碑建設委員会」

歌碑からの眺望はすばらしい。曇り空の彼方に御嶽山、乗鞍等の峰々が見えた。歌碑の下を望むとたしかに山中に蘭《あららぎ》という地名の集落が見えた。

昭和十一年十月十八日の茂吉の日記には、以下の記載がある。

「細雨、〈中略〉自動車ニテ、木曽峠、大平峠ヲ越ス。モミジ好シ。穂高ノ方山遥望佳。」

　ここにして黄にとほりたるもみぢ斑《ふ》の檜山《ひやま》をみれば言絶《ことた》えにけり　茂吉（『暁紅』）

「言絶えにけり」の結句に、大平峠の紅葉のうつくしさを目の当たりにした茂吉の感動が絶唱として結実している。

運転手さんのご説明によれば木曽見茶屋付近は、紅葉が夕日に染まる光景が美しく「信州のサンセットポイント」と呼ばれているとのことである。

　大平《おおだいら》の峠に立てば天遠《あめとほ》く穂高《ほだか》のすそに雲しづまりぬ　茂吉（『暁紅』）

運転手さんに穂高の方角を教えてもらったが雲に隠れて見えない。茂吉の歌柄の大きさを感じながら穂高の山貌を想像した。

木曽見茶屋を過ぎて大平峠のトンネル（土管型のアンティークなトンネル。全長約50ｍ）をくぐると飯田市の標識が現われた。槙の森に木洩れ日がさして明るくなってきた。車窓を開けるとどこからともなく鹿の鳴く声が聞こえる。

峠から幾度もカーブする下り坂を十五分ほど行くと大平宿に着いた。大平宿は廃村で、現在、人は住んでいない。妻籠に比較すると規模はずっと小さいが地元保存会の尽力で往時の家並みが残っている。宿場内は無人で車は入れない。江戸時代にタイムスリップしたような錯覚に襲われた。

茂吉歌碑は小川の側にあり、茂吉自筆の以下の歌が刻まれている。（『暁紅』、昭和六十一年十月十八日建立、建立者大平宿をのこす会）

　雲さむき天《あめ》の涯《はたて》にはつかなる萌黄空《もえぎぞら》ありそのなかの山　茂吉（『暁紅』）

歌碑を指でなぞりながら声に出して読んでみた。結句の「そのなかの山」が遥かな木曽の山脈のように余韻となって胸に響いてきた。

大平宿に建つ茂吉歌碑は、今まで見てきた中で最も人目に触れない歌碑の一つと思われる。

茂吉は、「作歌四十年」の中でこの歌を以下のとおり自注している。

「木曽から大平峠を越えて飯田に出たが、これは大平峠のうえで遠望した時の歌である。〈中略〉天涯に僅かばかりの晴れた空があり、そこにまた山が見えている光景で、これもまた悠久無限である。『そのなかの山』とあらわしたのは主観句などより却って好かった。」

　われ嘗て此処を越えにしことあらず始《はじめて》にして終《をはり》とぞおもふ　茂吉（『暁紅』）

私は、茂吉が一期一会の旅をした大平峠を振り返りながら、戻ってきた妻籠宿の茶店で熱々の五平餅を味わった。

最後に、一首書かせていただき第七十二回目の筆を擱きたい。

　大平峠《おおだいらとうげ》をゆけば鹿の鳴く声ものがなし木洩れ日の中　修

平成二十七年七月八日

第七十三回　美濃谷汲（岐阜県）

六月三十日、妻籠を散策した後、南木曽駅からＪＲ中央西線上り電車に乗った。中津川（岐阜県）で名古屋行に乗換え、この日の宿泊地である大垣（岐阜県）に向かった。

右は飛騨《ひだ》ひだりは美濃《みの》の山々とたたなはりつつ曇りけるかな　茂吉（歌集『暁紅』）

大平峠の上で詠んだ歌である。（昭和十一年十月十八日詠、当時五十四歳）どちらを向いても山ばかりの峠に立ち、鳥瞰図のように地理的感覚を駆使して詠んだのだろう。長野県と岐阜県の県境の長いトンネルを電車で通過しながら、茂吉の歌に想いを馳せた。

大垣駅に十七時過ぎに着いた。小雨。大垣市は戸田氏大垣藩の城下町で、松尾芭蕉の『おくのほそ道』むすびの地である。外はまだ明るい。傘をさして市内中心部の「ミニ奥の細道」（水門川遊歩道「四季の道」）の約２㎞を歩いた。

大垣城の外堀だった水門川沿いに芭蕉が『おくのほそ道』の旅で詠んだ句の碑が二十二基ある。各句碑の側には、その句が詠まれた土地の案内板が立っている。

蛤《はまぐり》のふたみにわかれ行秋《ゆく》ぞ　芭蕉

芭蕉は大垣に二週間余逗留した。「したしき人々日夜とぶらひて、蘇生のものに会ふがごとく且つ悦び、且ついたはる」と門人たちの歓待ぶりを記している。江戸を発つときの「後《うしろ》かげのみゆる迄はと見送るなるべし」の文と呼応している。

芭蕉は2400㎞におよぶ『おくのほそ道』の旅を終え、伊勢二見をめざして桑名に川舟で下った。船町港跡付近には、芭蕉と谷木因《たにぼくいん》（大垣の句友）の像、住吉燈台（元禄年間建造の常夜灯）、「蛤塚《はまぐりづか》」（右記の句碑）等がある。水門川沿いはよく整備されており往時の面影を偲ぶことができた。

翌朝、目を覚ますと雨が降っている。予定通り大垣駅九時十分発の樽見鉄道に乗り、九時五十一分谷汲口駅で下車。そこからバスに乗り、山道を約七分上って谷汲山華厳寺《たにぐみさんけごんじ》（岐阜県揖斐郡揖斐川町《いびぐんいびがわちょう》）のバス停に着いた。乗降客は私一人で、雨が激しくなってきた。門前町と参道を約十五分歩き本堂に着いた。

華厳寺（天台宗）は西国三十三番満願霊場として一二〇〇年の歴史をもつ由緒ある寺である。本堂前の左方向の階段を上り門をくぐると茂吉の歌碑がある。

四角い歌碑に、茂吉自筆の以下の歌が刻まれている。（『白桃』昭和八年、昭和四十五年四月十二日建立、建立者岐阜アララギ会）

　谷汲はしづかなる寺くれなゐのうめ干《ぼし》ほしぬ日のくるるまで　茂吉

昭和八年七月三十一日、比叡山のアララギ安居会に出席する途中、岐阜に一泊し谷汲山で詠んだ歌である。（五十一歳）

茂吉は同日の日記に以下の通り書いている。

「午前九時十分東京駅出発。土屋君、柴生田君、小柴伊都子同道。西洋、輝子、茂太ハジメアララギ同人オクル。午後二時半名古屋著。ソレヨリ岐阜行ニノリカエ、岐阜ノ玉井屋ニ投宿。美濃谷汲山ニ参拝ス。」

雨に濡れた文字を指でなぞって読んでみた。一読して谷汲山の大きなしずけさが心に沁みてきた。そして、

「くれなゐのうめ干」の色彩が情景をゆたかに物語り、結句の「日のくるるまで」から、山の寺で過ごす時間の安らぎが伝わってきた。

谷汲の苔よりいでて砂ながすいまだかすかの水なりしかば　茂吉（『白桃』）

茂吉は、「作歌四十年」で右記の二首を採り上げ、以下のとおり自注している。

「美濃谷汲での偶吟だが、西国三十三番の札所であるだけ感じのあるところである。ここの御詠歌は、『よろづ代の願をここに納めおく水は苔よりいづる谷ぐみ』というのであったが、計らず自分もそういう場所を見つけて一首にした。」

佐藤佐太郎は、歌碑の歌を『茂吉秀歌下巻』（岩波書店）で以下のとおり評している。

「作者は『写生を崇むものは、作歌実行中に必ず自分だけに与えられた、自分だけに恵まれた対象に逢著する』（「短歌初学門」）といっているが、この梅干などは偶然に恵まれた対象であったといってもいいものであろう。それにしても、場所も範囲もいわないで、ただ『くれなゐの梅干ほしぬ』といった簡素な表現は、簡潔だからかえって容易にできるものではない。そして『日のくるるまで』と時間をいって言葉のひびきを長くしている。寂しくてしかも親しい歌である。」

小池光氏は、茂吉の歌を以下のとおり評している。

「膨大な旅行歌、その大部分を占める自然詠というか叙景歌というか、そのおおよそにわたしはあまり感応しない。簡単にいえば退屈である。」（『茂吉を読む　五十代五歌集』五柳書院）

小池氏は、歌碑の歌につき以下のとおり記述している。（右記と同書）

「そして『くれなゐの梅干』がなんとも鮮烈である。これはもちろん〈写生〉ということではありえない。

手元の色彩辞典で改めて『くれない』の色を見る。世にどんな梅干があろうとも、このような色彩の梅干があるべくもない。

それが事実くれない色であったから『くれなゐの梅干』と表現したのでなく、あくまでそのごく主観的なあざやかさの印象を『くれなゐ』というコトバで切り取ってみたのである。

何度もいうけれど、対象を言葉で写し取る〈写生〉という信念はひとつの思い込みにすぎない。色彩語はもっとも端的にその虚妄性を明らかにする。なぜならば、現実的存在に付着する色彩はすべて連続的に無限に変化し、一方それを追いかける色彩語の数は有限で限られている。一対一の対応はありえない。どう精密に観察しようとも色彩を〈翻訳〉すること、すなわち写生することなどできはしない。

茂吉はここで、あくまで『くれなゐ』という言葉をそっとその梅干の上においただけである。『日のくるるまで』という何気ない結句が生きている。夕くらがりの庭に、残像としてまぼろしの『くれなゐ』は浮遊し、いつまでも漂ってゆく。佳品である。」

議論好きの茂吉が、もし生きていたらどう反応するだろうか。最後に一首書かせていただき、第七十三回目の筆を擱きたい。

茂吉詠みし梅干しのうた口ずさむ梅雨《ばいう》はげしき谷汲の寺　修

平成二十七年七月十一日

第七十四回　勝浦（千葉県）

七月一日、谷汲華厳寺《たにぐみけごんじ》（岐阜県揖斐川町）の茂吉歌碑を訪ねた後、名古屋に出て東海道新幹線のぞみで東京に向かった。

前日、のぞみ車内で七十一歳男性の焼身自殺事件（犯人含め死者二人）があったことから、新幹線車内で不審物に注意を呼びかけるアナウンスに厳しさが感じられた。

東京までの車中、私は、名古屋出身の城山三郎著『部長の大晩年』（朝日文庫）を読んでいた。大企業を定年退職後、俳句や書を生きがいとした永田耕衣（一九〇〇〜一九九七）の生涯を書いた伝記小説である。耕衣は、「少年や六十年後の春のごとし」などユニークな俳句を残している。

この小説の中で耕衣が茂吉の読書に共感する場面が描かれている。以下にその一文を引用する。

「耕衣は、歌人斎藤茂吉にもかねがね興味を寄せていたが、田中隆尚『茂吉随聞』を読み、読書についても茂吉に教えられた。茂吉が読みたくても入手の難しい本があった。その本を知人が持っていると知ると、茂吉はそれを自分に譲ってくれるよう、ひたすら懇願。

『そちらで必要でも、ぼくはあまり先がないから、とにかく僕に譲ってくれ』と、繰り返した。その思いだけで、恥も外聞も、一切の思惑もなく。

こうした茂吉について、耕衣は感じ入って、『琴座《リラざ》』の後記に書いた。

〈僕はさすがに茂吉だと思い、茂吉としては全く当然のことだと思い、涙が出るほど嬉しくなり、痛ましくもなって、生甲斐を痛感しないではいられなかった。〉」

私は新幹線の車中で、茂吉生来の衝迫を物語るエピソードに共感した。

当夜、神田神保町の学士会館に宿泊した。茂吉の年譜や日記を読むと茂吉は生涯で度々学士会館に出かけている。昭和十五年五月十四日、茂吉五十八歳の誕生日に『柿本人麿』研究の業績により帝国学士院賞を受賞した。同年六月四日、祝賀会が学士会館において催された。茂吉記念館（上山市）には、祝賀会で機嫌よく微笑んでいる茂吉の写真パネルが展示されている。

司馬遼太郎は『街道をゆく36　神田界隈』（朝日文庫）の中で以下のとおり書いている。

「筋むかいに、学士会館があって、機能よりも権威を感じさせる建物が、この一帯の風致をひきしめているといっていい。」

私は、昭和三年に建てられ重々しい雰囲気がある学士会館に居て、茂吉と学士会館との関わりに思いを馳せた。

七月二日、千葉県勝浦市官軍塚にある茂吉歌碑を訪ねるため、東京駅九時発のJR京葉線経由特急わかしおに乗車した。今回、長野県の天竜川、大平峠、岐阜県の谷汲華厳寺と三泊四日で茂吉歌碑を訪ねてきたが、勝浦は最後の目的地である。

十時三十分勝浦駅着。駅前の観光案内所で歌碑の場所を教えていただいた。歌碑まで歩くと約四十分とのこと。あいにく雨が強くなってきたので駅前からタクシーに乗車し、十分ほどで官軍塚公園の駐車場に着いた。そこから遊歩道を上ると太平洋を見下ろす眺望のよい公園になっている。

茂吉の歌碑は海を見下ろすように建ち、以下の歌が活字で刻まれている。（歌集『小園』、昭和五十四年十

月建立、建立者勝浦市）

ひく山は重りあひておのづから小さき港と成りゐたりける　茂吉

年譜によれば、昭和十八年十二月二日、茂吉（六十一歳）は勝浦に転地療養中の山口茂吉を見舞い、四日に帰京している。歌碑の歌はその折に詠まれたもので、『小園』の「海辺」十二首中の一首である。

官軍塚公園から周囲を見渡すとたしかに歌のとおり低い山が重なり合って海に迫り、眼下に小さな川津港や船が見える。茂吉がこの小高い公園に上って詠んだのか不明だが、勝浦の地形の特徴を大づかみに捉えながら、結句の「小さき港と成りゐたりける」に茂吉の人間の営みに寄せる温かな感情が息づいている。三句の「おのづから」が活きており一首全体に過不足もよどみもない。誰もいない公園で傘をさし歌碑の歌を声に出して鑑賞した。茂吉の自然詠の力量が伝わって来た。

昭和十八年十二月二日付の茂吉の日記には以下の記載がある。

「午前十時五十分両国駅発、鴨川行ノ汽車ニ乗リ、代価二円三十銭、千葉マデ直行、千葉カラ非常ニコミ、大網マデハ混雑カギリナシ、午後二時勝浦ニ著ク。ソノ三十分ホド前ニ弁当ヲクウ。山口君出迎エ、見晴館ニ投ズ、御馳走アリ、酒二本ノム」

茂吉が勝浦を訪れる直前の日記を読むと戦時下の非常事態や食糧難に苦慮する出来事が以下のとおり書かれている。

十一月二十五日「防空演習、夜ノ十一時マデアッタ。」

十一月二十六日「松坂屋ニテ午食セントシタガ七階ノ食堂ガ四階マデ人ノ行列、ダメダカラ街ニユキ、難儀シテ犬ノ食物ノ如キヲクヒ」、「夕食ハ全部失敗シ二円ニテ南瓜ノスエタノヲ食ッテカエリ、家ニテ夕食」

十一月二十七日「防空演習、午前中、作歌出来ズ。体ノ調子ガ非常ニ悪クテ臥床」
十一月二十九日「午後明治神宮ニ参拝シヨウトシタトコロニ朝日新聞カラ電話カカリ、ギルバート島第二第三次大戦果ノ歌五首ヲツクル」
十一月三十日「学徒出陣ニテ駅頭大波ノ如シ」

歌作に没頭し新鮮な魚の御馳走を食べた勝浦逗留は、茂吉にとって束の間の安らぎを与えたように思われる。『小園』には、戦時下の食糧難に苦しむ歌がいくつも詠まれている。

街《まち》ゆけど食事《しよくじ》すること難くなり午後二時すぎて帰りて来たり

配給《はいきふ》をうけし蕨のみじかきをおしいただかむばかりにしたり　茂吉

これらの歌には、食いしん坊だった茂吉の悲嘆が込められているようだ。

朝浜《あさはま》にむらがりて来る鴉《からす》らのふるまふ見れば現身《うつせみ》に似たり　茂吉

勝浦逗留中の一首。(『小園』、「海辺」)茂吉は、浜辺に群がる鴉に、非常時のわが身を重ねて詠んだのだろうか。

最後に、一首書かせていただき第七十四回目の筆を擱きたい。

現身《うつしみ》を鴉に似ると歌詠みし茂吉を想う勝浦の海　修

平成二十七年七月十五日

第七十五回　ドナウエッシンゲン通（山形県）

山形県上山市は、茂吉がヨーロッパ留学中、ドナウエッシンゲン市（ドイツ）に訪れた縁から一九九五年三月、同市と友好都市の盟約を締結した。以来、訪問団を相互に派遣するなど友好の絆を深めている。同市には、茂吉歌碑の他に「斎藤茂吉の道」、「上山通」がある。

この度、盟約締結二十周年を記念し上山市を流れる前川沿いの市道が「ドナウエッシンゲン通」（区間230m）と名付けられた。八月十七日、同市のエリック・パウリ大市長、市議ら訪問団三名を迎えて市内体育文化センターにて披露式が行われた。

私は、上山市民に交じって式典の観客になった。小雨の中、上山市長と訪問団が人力車に乗って、新たに欧風街路灯二基が設置された「ドナウエッシンゲン通」を散策。訪問団は地元の歓迎に笑顔で手を振っていた。私も市民と一緒に人力車の後ろについて歩き、通りの名前を記したプレート、説明板の除幕式を見た。

上山市では五年に一度位のペースで約二十名の訪問希望者を募り同市を訪問している。次回訪問のスケジュールは未定だが、チャンスがあれば訪問団に入れてもらって同市の茂吉歌碑に訪れたいと願っている。

茂吉記念館のＨＰによれば、海外にある茂吉歌碑はドナウエッシンゲン市にある歌碑が唯一で、以下の歌が刻まれている。（歌集『遍歴』大正十三年、平成十二年十月六日建立、建立者上山市、上山日独友好協会）

大き河ドナウの遠きみなもとを尋《と》めつつぞ来て谷のゆふぐれ　茂吉

精神科医の茂吉は、大正十（一九二一）年から三年間（三十九歳～四十三歳）、ウィーン大学神経学研究所、ミュンヘン国立精神病学研究所に留学し労苦して研究生活を送った。

そして余暇を利用し、ヨーロッパ各地を精力的に旅行した。右記の歌は、大正十三（一九二四）年四月、茂吉（四十一歳）が復活祭の休みを利用してミュンヘンからドナウ源流へ旅したとき、ドナウエッシンゲンで詠んだ歌である。結句の「谷のゆふぐれ」には、憧れをいだいて遥遥ドナウ川の源流を訪ねて来た旅情が溢れている。ロマンチックな響きのある歌である。

茂吉は、随筆「ドナウ源流行」（『斎藤茂吉随筆集』岩波書店）に以下のとおり書いている。

「この上《かみ》は一体どうなっているだろうか。自分は此処《ここ》まで来て、ブレーゲがブリガッハに合し、そうしてドナウの源流を形づくるところを見て、僕の本望は遂げた。このさき、本流と看做《みな》すべきブリガッハに沿うて何処《どこ》までも行くなら、川はだんだん細って行き、森深く縫って行って、谿川になり、それからは泉となり、苔の水となるだろう。そこまでは僕の目は届かぬ。僕は今夕此処を立たねばならぬ。」

芥川龍之介は、茂吉の随筆「ドナウ源流行」を高く評価し、茂吉宛ての手紙（大正十四年七月四日付）に、「小生の最も敬服したるはドナウ河」と書き寄こしている。

さらに、芥川龍之介は以下のとおり書き和洋融合の独自の表現哲学を切り拓いた茂吉を絶賛している。

「近代の日本文芸は横に西洋を模倣しながら、竪には日本の土に根ざした独自の表現に志している。茂吉はこの竪横の両面を最高度に具えた歌人である。」（『僻見』）

渡欧随筆の傑作といわれる「ドナウ源流行」の冒頭は、以下の文から始まる。

「この息もつかず流れている大河はどのへんから出て来ているだろうかと思ったことがある。維也納《ウインナ》生れの碧眼《へきがん》の処女《しょじょ》とふたりで旅をして、ふたりして此の大河の流《ながれ》を見ていた時である。それは晩春の午後であった。」

ここに登場するウィーン生れの女性とはどのような人物だったのか？　今となっては永遠の謎だが、学究的で孤独な留学生の茂吉を慰藉し、芥川龍之介を唸らせる名文を導いたという意味では、茂吉の恩人のように思える。茂吉がドナウ源流行の旅で詠んだ歌には、歌碑の歌の他に以下の秀歌がある。（『遍歴』）

黒林《こくりん》のなかに入りゆくドウナウはふかぶかとして波さへたたず　茂吉

ドナウ源流の流れていく様子を平易かつ的確に捉えた自然詠の秀歌である。

佐藤佐太郎はこの歌を、『茂吉秀歌上巻』（岩波書店）の中で以下のとおり評している。

「とにかく、川の流れが黒々とした森の中に入ってゆくところが象徴的でいい。しかもその流れは『ふかぶかとして波さへたたず』という、しずかで豊かな流れである。『黒林』はシュワルツワルト（Schwarzwald）の訳だと『作歌四十年』でいっているが、樅の木の鬱蒼とした大森林で、やがて地方の名にもなっている。ここで単に『黒林』といったのが暗示的でいい。」

大正十一年八月四日、留学先のウィーンからミュンヘンに旅行した茂吉（四十歳）は、以下の歌を詠んでいる。（『遠遊』）

バワリアの古き都市《とし》《ふる》としおもへればなべての物がこころに触り来《ふく》　茂吉

平成二（一九九〇）年十一月一日から十日間、三十代半だった私は会社業務でヨーロッパに出張した。そのとき茂吉歌集を持参した。初めて訪れたミュンヘンに初雪が降り、右記の歌がグラグラッと心に沁みて以下の歌を詠んだ。

なべての物こころに触り来と茂吉詠みしミュンヘンに早や初雪降るも　修

大正十二年八月二十九日、茂吉（四十一歳）は留学先のミュンヘンで郷里金瓶の父守谷伝右衛門病没の報せを受けた。（享年七十三歳）

茂吉は、「僕はもう教室に行く気にはなれなかった。そこでホウフブロイという酒屋に行って労働者の群にわり込んで麦酒を飲んだ。」（随筆「午睡録」）と記し、以下の歌を詠んだ。

わが父が老いてみまかりゆきしこと独逸の国にひたになげかふ　茂吉

ミュンヘン出張中、偶々「ホフブロイハウス」で懇親会が開かれた。茂吉に思いを馳せながら大ジョッキでビールを飲んだことは懐かしい思い出である。

最後に、一首書かせていただき第七十五回目の筆を擱きたい。

しぐれきて渡りゆく鳥寒ざむと見つつドイツを南へ下る　修

平成二十七年九月十三日

第七十六回　茂吉記念館昆虫展（山形県）

八月二十二日、斎藤茂吉記念館（上山市）で開催中の夏休み特別企画「斎藤茂吉と北杜夫の親子昆虫展」を鑑賞した。茂吉記念館では、年間を通じて様々な企画展を開催しているが、今回の昆虫展は前例のないユニークなものだった。茂吉親子の昆虫を通じた関わりや昆虫に対する表現の違いが、展示品を通じてわかりやすかった。

茂吉は自然ゆたかな金瓶の農家に生まれ昆虫に親しんで育ったゆえか、その生涯において昆虫を詠んだ歌が三十種類、六二五首にのぼる。（高橋光義著『茂吉歳時記』短歌新聞社参照）

北杜夫氏（茂吉の次男宗吉）は、少年時代から昆虫に熱中し、旧制松本高校生の二十歳の頃、昆虫学者になりたかった。しかし、大石田に疎開中の茂吉から手紙で強く説得されて断念し、東北大学医学部に進み医者になった経緯がある。

北杜夫氏採集の昆虫標本、標本箱の展示品は質量ともに極めて多彩である。北杜夫氏が医師、作家の道に進んでも生涯昆虫を愛したことが現物を通して伝わってきた。北杜夫氏が書いた『どくとるマンボウ昆虫記』（中央公論社）には、昆虫が一八五種類登場すると説明書にあった。

日本昆虫協会理事の新部公亮氏が制作した複数の額装の「茂吉の歌に詠まれた昆虫たち」には、茂吉の歌と北杜夫氏の解説、昆虫の生態を生き生きと描いた絵の三点セットが表現されていて目を奪われた。

　草づたふ朝の蛍よみじかかるわれのいのちを死なしむなゆめ　茂吉（歌集『あらたま』）

大正三年（三十二歳）の作。茂吉が輝子夫人との新婚時代に詠んだ歌だが、弱った蛍に自らを重ね合わせ、一首全体に哀韻が深く流れていて胸に迫ってくる。

茂吉は、「作歌四十年」の中で以下のとおり自注している。

「ああ朝の蛍よ、汝とても短い運命の持主であろうが、私もまた所詮短命者の列から免がれがたいものである。されば汝と相見るこの私の命をさしあたって死なしめてはならぬ（活かしてほしい）、というぐらいの歌である。単純に『死なしむなゆめ』とだけ云ったために、これも常識的意味に明瞭を欠き、いろいろ議論の余地もあるわけであるが、ここは直観的に字面に即して味わってもらえばいいようである。」

展示品に記載されている北杜夫氏の解説は以下のとおり。

「そもそも私が文学を志すようになった最大の原因となった父の若かりし頃の歌である。これは小さなヘイケボタルを心に描いた歌ではあるまいか。しかし、ゲンジボタルの放つ青白い光輝はこの世のものとは思えぬほど夢幻的であった。」

茂吉の歌と北杜夫氏の解説は、昆虫に対して別視点からアプローチしており、名歌を多面的に鑑賞することができて興味深かった。

茂吉本人の展示品では、昆虫を詠んだ歌碑の拓本、自作短歌の短冊、原稿などが目を引いた。拓本は、大石田の聴禽書屋にある「蛍」の歌の歌碑のもので、茂吉晩年の自筆を鮮明に浮かび上がらせていた。（『白き山』昭和二十一年（六十四歳）、昭和五十三年五月一日建立）

蛍火《ほたるび》をひとつ見いでて目守《まも》りしがいざ帰りなむ老の臥処《ふしど》に　茂吉

茂吉はこの歌を以下のとおり自注している。（『斎藤茂吉全集第十四巻』、「歌論」）

「いよいよ夏が来た。まだ寝たり起きたりの状態にあるが、ある日の夜に、夕飯ののち、ひとり家を出て、田の畔のあいだを散歩した。すると、水につかって居る草藪のあいだに蛍がひとつ光っている。ああいよいよ蛍が出るようになった、そういう一種悲哀に似た感慨を以てこの一首を作ったのであった。」

茂吉は、戦争直後に大石田に疎開してまもなく重い湿性肋膜炎に罹り約三ヶ月病臥した。本復には至らないが外出が可能になり、蛍火ひとつの点滅に孤独な病後の老身を重ねて詠んだのであろう。

蛍火が茂吉の内から現われた弱々しい化身のように心に響いてくる。茂吉の歌論どおり、実相に観入して自然・自己一元の生を写した「写生」の秀歌である。

展示されていた茂吉の短冊には、以下の歌が自筆で書かれていた。

すべなきか蛍をころす手のひらに光つぶれてせんすべはなし　茂吉（『赤光』）

大正二年七月三十日、伊藤左千夫が脳出血のため急逝した。報せを受けた茂吉（三十一歳）が、夜半に上諏訪から下諏訪の島木赤彦宅に走って行くときに詠んだ「悲報来」中の一首である。

「蛍をころす手のひら」の具体的表現に切迫感が強烈に出ている。「光つぶれた蛍」が師を突然失った茂吉の心境に重なって響いてくる。短冊は茂吉の若い頃の書なのか、筆使いに若々しい勢いがある。自筆を目の当たりにして悲壮感が一層伝わってきた。

さすがに展示品にはないが、蚤やダニを詠んだ歌に茂吉特有の味わいがあって興味深い。斎藤茂太著『茂吉の体臭』（岩波書店）には、以下のとおり書かれている。

「とにかく、虫類と親和性のあることにかけては父はずばぬけており、のみや家だにとまことに仲がよかった。不思議なことに、同じ部屋にいて、父だけが刺されて、他の者が無事であることが多かった。〈中略〉私の周囲で、ＤＤＴの出現を、父ほど驚喜して迎えた人を知らない。」

蚤の居ぬ夜《よる》の臥処《ふしど》は戦争のなき世界のごとくにて好《よ》し　茂吉（『つきかげ』）

蚤嫌いの茂吉が真剣な気持ちで心情を吐露したのだろうが、衛生面が飛躍的に向上した現代ではユーモアのある歌に思える。

家蝨《いへだに》に苦しめられしこと思《も》へば家蝨《いへだに》とわれは戦《たたか》ひをしぬ　茂吉（『暁紅』）

ダニは茂吉の人生の天敵だったのだろう。「戦ひをしぬ」に人間茂吉の激しい敵愾心と情念が籠もっている。茂吉は生涯で「蚤」の歌を二十一首、「ダニ」の歌を五首詠んでいる。（上述の『茂吉歳時記』参照）

最後に、昆虫の歌として、今夏、岩手県宮古市で詠んだひぐらしの歌を書かせていただき第七十六回目の筆を擱きたい。

津波にて逝きし御霊《みたま》かひぐらしの声沁みわたる浄土ヶ浜は　修

平成二十七年九月十九日

第七十七回　記念館茂吉像（山形県）

十一月八日、斎藤茂吉記念館（上山市）を訪ねた。時雨が降っていたが、記念館前庭の楓や桜の紅葉が見頃で美しかった。

前庭に茂吉の羽織姿の胸像が建っている。茂吉の威厳を感じさせる胸像だが、禿頭《とくとう》でメガネをかけ鬚をたくわえて穏やかな表情をしている。どこかユーモラスな雰囲気があり、胸像と並んで写真をとる来館者も多い。

胸像に茂吉の歌は刻まれていないが、背面に以下の説明が記されている。

「斎藤茂吉先生は明治十五年（一八八二）当市金瓶の農守谷家に生まれ東京の青山脳病院長斎藤紀一の跡を継いだ。

特に歌人として秀でその研究業績により日本学士院賞と文化勲章を受けた。昭和二十年の郷里疎開中はもとより生涯にわたって深くこの景勝の地を愛していた。同二十八年（一九五三）東京に永眠　享年七十一

選文　上山市長鈴木啓蔵書、題字　医学博士斎藤茂太書、桜井祐一彫刻

昭和五十六年四月　上山市建立」

私は、この像の前に立つといつも、茂吉の以下の歌が思い浮かぶ。

　あかがねの色になりたるはげあたまかくの如くに生きのこりけり　（歌集『小園』）

この日、「特別展収蔵資料展」開催中で、偶々この歌の茂吉自筆の半切（掛軸）が展示してあった。間近に鑑賞できて幸いだった。

説明書によれば、この歌は茂吉が故郷金瓶に疎開中の昭和二十年晩秋から初冬に詠まれた、「残生」八首中の一首である。（六十三歳）展示中の半切の書は、昭和二十二年五月、大石田疎開中の茂吉が上山に帰省時に揮毫したもので、「茂吉山人」との署名がある。

佐藤佐太郎は、『茂吉秀歌下巻』（岩波書店）の中で以下のとおり評している。

「みずからの顔を鏡に見て、つくづくと詠歎した歌。老翁となって、戦後に生き残った自分を『かくの如くに生きのこりけり』といったのが悲しい。

『あかがね』は銅、前頭部から顱頂の方まであかくはげあがったのを、『あかがねの色になりたるはげあたま』といったのは、大和言葉でのびのびと確かにいって客観的に状態を捉えているが、『やかんあたま』とか『はげあたま』とか他人に対してはいうべき言葉ではない。自分のことをいうから有情滑稽としてひびくのである。悲劇的なものと喜劇的なものとが渾然としてひびき合っている特殊な歌である。」

秋葉四郎氏（斎藤茂吉記念館館長）は、「茂吉の歌を読んでいると何となく笑いが浮かんで来る歌があります。作者が滑稽に作ろうとしていないのは十分に解るのに、それでもおかしい。そんな歌にしばしば出会うのです。」と述べている。

そしてこの歌を、「太平洋戦争の後の自嘲です。滑稽の奥に懺悔がありましょう。」と評している。（『短歌をよむ　歌人茂吉人間茂吉』ＮＨＫ出版）

この日、私は胸像の前に立って茂吉に思いを馳せながら以下の歌を詠んだ。

光頭《こうとう》の茂吉の像を彩りてはなやかに散るさくら紅葉は　修

茂吉記念館一階の集会室には茂吉晩年の居室（新宿区大京町にあった斎藤家住宅の一部）が再現されており、茂吉の家族を紹介するコーナーがある。

そこでは、山形放送が制作した茂吉特集番組（斎藤茂太氏、北杜夫氏が登場する）の録画を常時見ることができる。

映像とともに茂吉の歌数首がナレーションとして朗読されており、上述の歌と同時期に詠んだ以下の歌を紹介している。（『小園』、「残生」）

うつせみのわが息息《そくそく》を見むものは窗《まど》にのぼれる蟷螂《かまきり》ひとつ　茂吉

結句の「蟷螂ひとつ」に、敗戦直後の茂吉の孤独と悲哀が滲み出て心に響く秀歌である。

佐藤佐太郎は以下のとおり評している。（『茂吉秀歌下巻』岩波書店）

「疎開さきの蔵座敷に起臥していたが、その生活を『うつせみのわが息息』といった。」

「孤独で沈黙がちにいる自分の日常を『見むものは』、人間ではない、昆虫の『蟷螂ひとつ』であるというのである。そういうのは『遊び』だが、遊びがなければ味わいのある詩は出来ない。作者は堂奥をきわめた詩人だから、遊ぶべきところでは適当に遊んでいる。」

「そして歌は、悠々とした遊びの態度をたもちながら、言語堂々としている。堂々としているのが、傑作の一つの条件である。」

茂吉記念館でこの歌を紹介する朗読を聞きながら、私は単身赴任中にこの歌に触発されて詠んだ以下の歌を思い出した。

　単身のわが生活を盗み見て蜘蛛は窓辺に今朝も糸ひく　修

茂吉記念館の常設展示室では、時々模様替えしている。この日は、茂吉自筆の歌（昭和二十二年「短歌拾遺」）と自筆の絵が一体になっている以下三点の画賛が展示されており目をひいた。

　かぎろひの春さり来たる最上川うろくずの子もさかのぼるらし

　のこる雪いまだ厚きに日もすがら最上川べを寒雀啼きのぼる

　男子《おのこご》のおひすゑいはふ今日の日にわれは東京の茂一を祝ふ

歌に合わせて茂吉が描いた猫柳、蕗の薹、笹巻の絵が実にいい。手抜きのない緻密な描写の中に親しみ深い味わいがある。私は、茂吉の絵の魅力を再認識しながらほのぼのとした気持ちになった。

三首目の、初孫斎藤茂一氏（斎藤茂太氏長男、昭和二十一年四月二十八日生）を詠んだ歌と笹巻の絵は、同二十二年五月五日、端午の節句に疎開先の大石田で書いたもので、「祖父茂吉」と書かれている。「茂吉」の文字より「祖父」の文字が大きくてほほ笑ましい。まだ見ぬ初孫の成長を願う茂吉の思いが画賛にあふれている。

茂吉は少年時代に絵を描くのが得意で将来画家になるのが夢だった。医師としての本業や歌作、執筆に専念して絵から遠ざかっていた茂吉が、さかんに絵を描いたのは大石田疎開中の昭和二十一〜二二年頃だった。牡丹や南瓜の写生も細やかな味わいがある。

最後に、一首書かせていただき第七十七回目の筆を擱きたい。
大石田に茂吉の描きしふきのとう春を迎えるよろこびに満つ　修

平成二十七年十二月六日

第七十八回　上山市庁舎（山形県）

十二月五日、上山《かみのやま》ゆうがくくらぶ（民間団体）と上山市教育委員会が主催する「上山ゆうがく塾第五回講座」（於上山市役所）に参加した。昨年秋に「大石田の茂吉歌碑を辿る旅」（バスツアー）に参加させていただいており、今回は二度目の参加である。初冬の時雨が降っていて雪の積もった蔵王山頂が見えない。講座の参加者は約四十名だった。

今回のテーマは、「茂吉～市庁舎の謎～」というミステリアスなタイトルで講師は、茂吉記念館（上山市）の秋葉四郎館長である。サブタイトルは、「茂吉の短歌を学び市庁舎に飾られた知られざる芸術作品を学ぶ」というもの。

現在の上山市庁舎は昭和五十年に完成した。オープン時から、岩間正男氏（一九二五～二〇一三、岩手県出身の美術家）が茂吉の歌から着想を得て制作した前衛的な造形作品六点（レリーフ、ステンドグラス等）が飾られている。岩間氏は石、金属、陶板などによる空間装飾を手掛けた美術造形作者で、東北の精神性を表現した彫刻や絵画を残している。

立派な芸術作品が市庁舎内にあるにもかかわらず上山市民にあまり知られていない。そこで今回の講座実施になった旨、ゆうがくくらぶ代表者からご説明があった。

講師の秋葉館長から、各造形作品のモチーフとなった茂吉の歌の解説とともに茂吉の写生歌の特徴等についてわかりやすくレクチャーしていただき勉強になった。その後、市役所職員のご案内により参加者全員で市庁舎内の造形作品を見学した。

市庁舎議会棟の議員応接室の壁面に、作品名『化身と虹』の四角いステンドグラスがあり、虹の絵に以下の歌が書かれている。

ふゆ空に虹の立つこそやさしけれ角兵衛童子《かくべえどうじ》坂のぼりつつ　茂吉

大正三年、三十二歳の作で、歌集『あらたま』の「冬日」中の一首。美しく立つ冬の虹と、とぼとぼと坂道を上っていく角兵衛童子との対比が絵画的で、青年茂吉の余情がしみじみと伝わってくる。

同年四月、茂吉（三十一歳）は斎藤紀一の長女輝子（十八歳）と結婚した。明治三十八年七月、茂吉（二十三歳、同年九月東京帝国大学医科大学進学）は、斎藤紀一の養子となっていた。

輝子には茂吉との結婚前に恋人が居たとか、輝子は茂吉を嫌っていたとか、茂吉は養子の身で慎ましく振る舞わねばならなかった等、当時の状況が指摘されている。（参照・北杜夫著『青年茂吉「赤光」「あらたま」時代』岩波書店）

このような背景を斟酌すると、坂を上っている「角兵衛童子」は茂吉自身の投影なのだろうか。茂吉が「短歌に於ける写生の説」を「アララギ」に連載したのは、この歌を詠んだ六年後の大正九年（三十七歳）だが、自然・自己一元の生を写す作歌態度がすでに萌芽しているように思える。

このステンドグラスは「斎藤茂吉歌碑一覧」（斎藤茂吉記念館ＨＰ）に掲載されていないので、この日現物を鑑賞するまで存在を知らなかった。たしかに歌碑ではないが、「記念碑その他」項目に掲載すれば茂吉ファンが目にする機会も増えることだろう。

玄関ホールの階段から三階までの吹き抜けのステンドグラス（作品名『雪と人』）は縦８ｍ、横２ｍの長大なサイズで、上記の歌からイメージした虹や獅子が幻想的に表現されている。

制作者の岩間氏は、創作メモに以下のとおり注釈している。

「虹は天に開かれた幻想　獅子は権現　権現は仏の化身　化身は踊る」

市職員のご説明によれば、このステンドグラスは東側の壁面にあり、蔵王から朝日が昇ったとき屋外からの採光が美しく映えるように工夫されているとのことである。

議会棟議場の議長席の後ろに、岩間氏が茂吉の以下の歌をイメージして油絵に描き、オリエンタルカーペット（山形県山辺町）で織り上げたタペストリー（縦７ｍ、横２ｍ）が飾られている。

　あかねさす朝明けゆゑにひなげしを積みし車に会ひたるならむ　茂吉

大正二年五月作で、『赤光』、「口ぶえ」中の一首。鮮明な色彩を帯びた浪漫的な調べが読み手の想像力をかきたてる。初句の「あかねさす朝明け」に青年茂吉の心象が写し出され、詩となり生きる力となって響いてくる。

タペストリーは朝明けの中にたたずむ少女と荷車の車輪を織り出した前衛的な作品で、四十年前に制作した大作である。（オリエンタルカーペットの手織り絨毯は最高級品で、皇居新宮殿、バチカン宮殿などに納品されている。）

私はタペストリーに描かれた鮮明な朝明けの絵柄に圧倒されながら、茂吉が郷里の朝明けの様子を綴った随筆「朝影」（『斎藤茂吉　日本詩人全集10』新潮社）の以下の一節を思い出した。

「東方の蔵王山を中心とした脊梁山脈の空には、もううす黄色に明るみがさしかかっている。私が少年のころ、こういう光景を『湊が白んだ』と云って父などから教わったものである。山国にあって『湊が白む』もおかしい言いまわしだが、これはおそらく仙台あたりから輸入せられた言葉で、意味などの詮議を経ずに、そのまま代々使われたものであっただろう。現在でも老農達はやはり『湊が白む』と云っている。」

造形作品を見学中、近くにおられた上山市民の方数名に『湊が白む』という言い方が現在も上山で使われているのか、お聞きしてみた。茂吉生誕の地の金瓶にお住まいの方も含めて、全員が今まで聞いたこともないとの回答だった。秋葉館長が講演の中で、「茂吉は郷里の方言を大切にし上山の方言を守れと願った人です」と話されたが、茂吉の生きた時代から六十年以上経って環境が激変した今日、消えていった方言も沢山あることを実感した。

市庁舎の外庭に設置された彫刻は、茂吉の以下の歌をイメージしたもので、母子の一体感が悲しみを伴って伝わってきた。

寄り添へる吾を目守《まも》りて言ひたまふ何かいひたまふわれは子なれば　茂吉（『赤光』）

最後に一首書かせていただき、第七十八回目の筆を擱きたい。

暁《あかつき》を「湊《みなと》が白《しら》む」とふるさとの人ら云いきと茂吉記せり　修

平成二十七年十二月十三日

第七十九回　霧島①（鹿児島県）

平成二十八年一月二十一日から二十六日まで、妻と鹿児島県にある茂吉歌碑十基（指宿市の防潮堤レリーフを含む）を訪ねた。全国に茂吉歌碑は一四〇ほどあるが、山形県以外では鹿児島県が最も多い。

茂吉は、歌集『のぼり路』の後記に以下の通り記している。

「自分は昭和十四年十月（五十七歳）、鹿児島県から招かれて神代の聖蹟を巡り、高千穂峰の上をもきわめ、その他のところにも旅して、二百余首の歌を作った。神代山陵の参拝は自分にははじめてのことなので、作歌にもなかなかの難儀があった。」

現在、鹿児島県にある十基の茂吉歌碑は、すべてこの旅行で詠まれたものである。茂吉は、旅行の詳細を随筆「南国紀行」に書き残している。

一月二十一日、仙台空港午前八時発の飛行機に乗り伊丹空港で乗継いだ。鹿児島空港に近づくと、高千穂峰を始めとする霧島連山の雪景色が出迎えるように機窓に迫ってきた。

十一時四十分に鹿児島空港（霧島市）に着陸。天気は曇りだが、午後から鹿児島にしては珍しく雪の予報なので空港でビニール傘を買った。

タクシーに乗り、最初に高屋山上陵《たかやのやまのへのみささぎ》（霧島市）に向かった。空港と同じ旧溝辺《みぞべ》町エリアにあり、北西に約２㎞の距離なのでほどなく御陵口に着いた。見上げると二百段余の石段がある。山頂の御在所まで傘を杖替わりにして石段を上った。近くには九州自動車道が通っている。

山頂はひと気なく御陵らしい神聖な雰囲気が漂っている。「天津日高彦火火出見尊《あまつひたかひこほほでみのみこと》（妃豊玉姫命） 高屋山上陵」と書かれた案内板がある。東側の繁った木立の隙間から、飛行機の着陸直前に上空から見た高千穂峰が見える。

昭和十四年十月六日、高屋山上陵を訪れた茂吉は「南国紀行」に以下の通り書いている。

「御陵は松風の音も絶えて私等はそこに首を垂れた。そして私は神代の御山陵をはじめて参拝するのであるが、神代のことは既に遼遠の過去で私の生《せい》とは全く絶縁せられたごとくに自ら感じていたのが、まのあたり現実として『高屋山上陵に葬め』と記された御陵に相むかい奉ることの出来るということは、私の身にとってはまことに大きい心の更新であった。

今や私の生は断っても断てぬ連綿として神代に繋がり得るのである。」

この地を初めて訪れた茂吉の感慨だが、歴史的背景を踏まえると、当時の日本人の一般的な国史観がベースになっているように思われる。

ひむがしの空にあきらけき高千穂の峰に直《ただ》向かふみささぎぞこれ　茂吉（『のぼり路』）

茂吉が、高屋山上陵で詠んだ八首中の一首。この歌の歌碑は、高屋山上陵から国道５０４号線を横断し南西の方向に徒歩十分くらい坂を上った上床《うわとこ》公園に建っている。（昭和六十二年三月一日建立、建立者溝辺町文化協会、活字）

茂吉の旅は鹿児島県から招待されたもので、作歌の目的は、皇紀二千六百年を奉祝し古代山陵を讃美することだった。

『のぼり路』後記に、「作歌にはなかなかの難儀があった」と書いているのは、招待者の期待に応える責任があったからであろう。

しかし、歌碑の前に立ち声に出して読んでいると、高千穂の荘厳な風光を目の当たりにした茂吉の感動が、「ひむがしの空にあきらけき」の実景表現に充ちており、格調高い写生歌として心に響いてきた。

歌碑は高さ約３ｍの立派なもので、背後に雄大な高千穂峰が見えた。南の隼人《はやと》、国分の方角には海まで見渡せて眺望がすばらしい。

上床公園で歌碑を鑑賞している間、雪が降ってきた。私は、空港の案内所で聞いた地元のタクシー会社に電話して迎えにきてもらい、次の目的地である妙見温泉《みょうけん》（霧島市、旧隼人町）に向かった。移動中のタクシーの中で、茂吉の旅に思いを馳せながら以下の歌を詠んだ。


鹿児島の旅に二百首うた詠みし茂吉を想い歌碑めぐりゆく　修

到底、茂吉の足元にも及ばないものの、今回の取材旅行で二十首くらいは歌を詠もうと決意した。タクシーは天降川《あもりがわ》に沿って山間の道を南下し、約十五分で妙見温泉に着いた。

運転手さんの話では、近くに一人一泊二十万円の高級旅館もあるそうだが、温泉街は小さく、しずかな山間の温泉場の風情がある。

茂吉歌碑は清流の天降川に架かる木橋の「虹のつり橋」の東側たもとにある。橋はあいにく補修工事中で通行禁止になっている。仕方なく小雪の中を遠回りし、少し下流にある妙見大橋を渡って目的地に着いた。

小ぶりな歌碑には、以下の歌が活字で刻まれている。（『のぼり路』、平成十年六月建立、建立者妙見温泉観光協会）

日当山《ひなたやま》　妙見《めうけん》　安楽《あんらく》　塩浸《しおひたし》　湯は湧きいでてくすしき国ぞ　茂吉

持参した地図で確認すると、たしかに天降川に沿って下流から上流に向かう順番で温泉名が歌に詠み込まれている。「くすしき」は、「奇しき」で「不思議だ」、「霊妙だ」の意。(『広辞苑』)
茂吉は高屋山上陵を拝観後、加治木《かじき》町、隼人町の鹿児島神宮等を自動車で案内されて廻り天降川沿いを北上した。「南国紀行」には、「陽がだんだん傾いている。日當山温泉、安楽温泉という温泉場を通り」、と書かれている。
一つの歌の中に四つもの地名をならべた歌はユニークで、強力なインパクトを感じた。茂吉の当意即妙な力量が現われている。類似例として、以下の茂吉の歌を思い浮かべた。

電信隊浄水池《じやうすゐち》女子大学刑務所射撃場塹壕《ざんがう》赤羽《あかばね》の鉄橋隅田川《すみだがは》品川湾

(『たかはら』、昭和四年十一月二十八日、土岐善麿、前田夕暮等と飛行機に同乗して詠んだ歌。)

つかれつつ佐久に著きたり小料理店運送店蹄鉄《ていてつ》鍛冶《かぢ》馬橇《うまぞり》工場等々

(『石泉』昭和七年八月十八日、北海道志文内の次兄守谷富太郎を訪ねたときに詠んだ歌。)

私と妻は、次の目的地に行く路線バスが来るまでの一時間余、遥遥訪ねて来た妙見温泉に旅情を感じながら、天降川沿いや史跡「熊襲《くまそ》の穴」などを散策した。
最後に、一首書かせていただき第七十九回目の筆を擱きたい。

天降川《あもりがわ》の虹のつり橋あるところくすしき国ぞと茂吉歌碑たつ　修

平成二十八年一月三十一日

第八十回　霧島②（鹿児島県）

一月二十一日午後二時過ぎ、妙見温泉のバス停から霧島林田温泉方面行きのバスに乗り、次の目的地である霧島高原国民休養地（旧牧園《まきぞの》町）の茂吉歌碑に向かった。

バスは渓谷が迫る天降川沿いを北上して走る。妙見温泉の茂吉歌碑に詠まれた温泉以外にも新川、日の出、ラムネなど沢山の温泉が目に入った。塩浸温泉は坂本龍馬夫妻が新婚旅行で訪れている。

天降川《あもりがは》やうやく細《ほそ》くなりゆくを霧島山《きりしまやま》にかかるとおもひぬ　茂吉

私はバスの中で、持参した歌集『のぼり路』の「霧島途上」のページを開きながら、茂吉が詠んだ実景の歌に共感した。

塩浸温泉を過ぎると、標高がしだいに高くなり車窓の景色が高原らしくなってきた。二時三十分頃、「牧場」のバス停で下車。国民休養地は敷地が広大で歌碑がどこにあるか見当もつかない。近くにある鹿児島県立霧島自然ふれあいセンターを訪ねて場所をお聞きした。窓口で対応して下さった職員が地図を広げ、「大きなくろがねもちの木の下にあります。」と丁寧に教えてくれた。

緑地を200mほど歩くと、たしかに木の下に歌碑がある。平べったい大きな石の歌碑には、以下の歌が活字で刻まれている。（『のぼり路』昭和十四年、昭和五十年二月建立、建立者大霧島観光協会）

霧島の山のいで湯にあたたまり一夜《ひとよ》を寝たり明日《あす》さへも寝む　茂吉

昭和十四年十月六日、茂吉（五十七歳）が、霧島林田温泉に宿泊したとき詠んだ歌。硫黄湯で名高い温泉に浸かり、高屋山上陵、鹿児島神宮などの参拝の疲れを癒しながら、明日に思いをめぐらす茂吉の姿が目に浮かぶようだ。

茂吉は、郷里の高湯（現蔵王温泉）、箱根の強羅温泉など硫黄の温泉に親しんでいたので、心身ともに和んだことだろう。

雪の降るなか、歌碑の歌に触発された私はその場で以下の歌を詠んだ。

牧園《まきぞの》の茂吉の歌碑を彩《いろど》れるくろがねもちの紅き実に和ぐ　修

茂吉の随筆「南国紀行」によれば、昭和十四年十月六日、その日の巡拝を済ませた茂吉は、自動車で天降川沿いを通って霧島林田温泉に向かう途中、当時の牧園村にあった国立九州種馬所に立ち寄っている。種馬所の跡地が、現在この歌碑のある国民保養地である。

茂吉は、ここで以下の歌を詠んだ。（『のぼり路』）

交尾期は大切《たいせつ》にしてもろもろの馬ももろ人《びと》も一心《いつしん》となる　茂吉

結句の「一心《いつしん》となる」に茂吉の感動が籠もっている。真面目な中に茂吉特有のユーモアのある歌である。

当時、馬は農耕や兵器の役割を担う最有用な動物だった。茂吉は、「種牡馬の種類は、洋種、内国産、雑種とあり、種馬用の優良なものは一頭五万円近くの価格だそうである。」と書いている。（「南国紀行」）茂吉の好物の鰻飯が数十銭の時代なので、優良種馬の経済的価値の大きさに、茂吉がいかに驚いたか想像できる。

茂吉は、『童馬漫語』（大正八年発刊）の自序に「童牛は服さず、童馬は馴れず」の言葉を引用している。簡単に人の言いなりにならない馬の気質に愛着を持っていたのだろうか。

箱根強羅の書屋に童馬山房と名付けた茂吉は、生涯で馬の歌を一三五首詠んでいる。（高橋光義著『続々

茂吉歳時記』短歌新聞社）
十五時三十分頃、「牧場」のバス停から「霧島いわさきホテル」行のバスに乗った。車中、運転手さんから、「途中の丸尾温泉から先は雪の影響で行けなくなりました。丸尾温泉で降車して下さい。」との案内があった。冬タイヤの備えがないのだろう。雪に慣れない鹿児島県の交通事情を実感した。丸尾温泉から、宿泊予約済の霧島いわさきホテル（茂吉が泊まった林田温泉林田旅館）に電話し車で迎えに来てもらった。
夕暮れになって林田温泉に着いた茂吉は、以下のとおり書いている。（「南国紀行」）
「天が晴れて、桜島、開聞嶽《かいもんだけ》方面まで一眸のうちに入り、鱗雲が長く棚引き、来る道からは高千穂も韓国《からくに》も全く晴れていたから、めずらしく豊かな大風景となったのであった。そのうち星がかがやいていよいよ夜になったけれども、西の方、高屋山上陵のかたには余光がいつまでも残っていた。」
文面から、霧島の眺望に感動した茂吉の気持ちの高ぶりが伝わってくる。ここで茂吉は、国民休養地の歌碑の歌の他、以下の秀歌を詠んだ。（『のぼり路』、「霧島林田温泉」）
遠々《とほどほ》し薩摩《さつま》のくには日《ひ》は入りてたなびきにけり天《あめ》のくれなゐ
霧島の山に入りつつ星ひくくかがやきたるをはや珍《めづ》らしむ
大きなるこのしづけさや高千穂《たかちほ》の峰の統《す》べたるあまつゆふぐれ
南なる開聞嶽の暮れゆきて暫くわれは寄りどころなし
すでにして黄なる余光は大隅のくにを越えたる空に求めつ
茂吉は、「作歌四十年」の「のぼり路抄」でこの五首をあげ、以下のとおり自注している。
「いろいろ参拝見聞の材料があったけれども、旅舎について心を休めたのは此処がはじめてであった。それに薩摩大隅にかけて遠望が利き、その荘厳の風光が私をして歌心を湧かしめた。私はひとり温泉に浴し、ひとり部屋に臥してその歌心を具体化しようとしたが、なかなか難渋であって、十首が立ちどころに此処に出来るというわけには行かなかった。」

私と妻がホテルに到着した時は、雪が霧に変って視界を白く包んでいる。深く閉ざした霧の彼方に茂吉が目にした雄大な夕景を想像し、翌朝の眺めを期待した。

林田温泉には、若山牧水、与謝野晶子夫妻も宿泊している。現在は、大規模なリゾートホテルの趣があり、茂吉が泊まった頃と状況は全く異なる。

しかし、湯量豊富な硫黄の温泉は心地よく、茂吉歌碑めぐりの疲れを癒やしてくれた。

最後に、一首書かせていただき第八十回目の筆を擱きたい。

牧水も晶子茂吉も憩いしか霧島に湧くいで湯ゆたけき　修

平成二十八年二月五日

第八十一回　霧島③（鹿児島県）

一月二十二日朝、目を覚ますと硫黄谷から湯けむりが勢いよく上っているのが窓から見える。その先には雪が積った桜島が遠望できた。雲に隠れて開聞岳までは見えなかったが、茂吉に歌心を湧かせた林田温泉の眺望のよさを実感した。

大きな露天の温泉で朝湯を楽しんだ私は以下の歌を詠んだ。

霧島の山のいで湯の朝あけに雪膚《ゆきはだ》光る桜島見ゆ　修

ホテルの館内には林田温泉の歴史がパネルで表示されている。大正十四年に若山牧水が、昭和四年に与謝野晶子夫妻が来訪したと書かれているが、茂吉については触れていない。ホテルの玄関近くに以下の歌を刻んだ大きな歌碑がある。

有明の月は冴えつつ霧島のやまの渓間に霧たちわたる　牧水

情景がまざまざと浮かぶ描写力の秀でた歌である。茂吉よりも同じ九州出身の牧水の方に人気があるのだろうと一人合点した。

朝食後にフロントで確認すると、晴れたので昨日運休したバスは予定通りホテル前から出るとのこと。九時四十五分頃、私と妻は、ホテル前のバス停（始発）から乗車し、次の目的地である霧島神宮に向かった。

車窓から高千穂の峰の雪が青空を背にして見えてきた。

あたらしき年のはじめを旅来《たびこ》しが高千穂の峰に添ふごとかりき　茂吉

大正十年一月四日の作である。（歌集『つゆじも』）

当時、長崎医学専門学校教授だった茂吉（三十八歳）は、妻輝子とともに年末年始の休暇を利用して熊本、鹿児島、宮崎の九州南部旅行をした。その帰途に詠んだ歌だが、現代の霧島の旅をしている私の心境にぴったり響いてきた。

十時十分頃、霧島神宮（霧島市、旧霧島町）のバス停で降車した。歌碑はバス停に近い朱塗りの神橋のたもとにある。（『のぼり路』、昭和四十一年十一月建立、建立者霧島観光協会、他筆）

大きなるこのしづけさや高千穂の峯の統《す》べたるあまつゆふぐれ　茂吉

昨日訪ねた国民休養地の歌碑の歌と同じく、昭和十四年十月六日、霧島林田温泉で詠まれた歌の一つである。（茂吉五十七歳）

歌碑の前で音読してみると、実景に感動して詠んだ茂吉の歌心が一首全体を引き締めている。歌柄の大きさ、格調の高さが伝わってきた。

ただ、歌碑の周辺はロータリーやタクシー乗り場になっていて車や観光客の往来が多い。景色と一体感をもって歌碑の歌を鑑賞できる雰囲気でないのが少し残念だった。

前述のとおり、茂吉は林田温泉でたくさんの秀歌を詠んだ。「作歌四十年」に、「特に、『高千穂の峰の統べたるあまつゆふぐれ』の歌は、直ぐ出来たと謂っていいほどのものであった。」と自賛している。

佐藤佐太郎は、『茂吉秀歌下巻』（岩波書店）の中でこの歌を以下のとおり評している。

「ここの遠望した風光の荘厳に感動して、『高千穂の峰の統べたるあまつゆふぐれ』という下句が即座にできたのである。このときの旅行は歌を作るための旅行だったから、眼と言葉とがそういう方向にあったし、このように大きく充満する意力がすでにあったのである。そのまま手を加えるところもないように完成した歌だが、満身の力をふるって讃美したという、堂々とした一首である。」

茂吉歌碑を鑑賞した後、木立に囲まれた境内をとおって朱色の大きな社殿に向かった。天孫降臨の神話の地ならではの神聖な気配を感じながら参拝し、歌碑めぐりの旅の安全を祈った。

観光案内所でもらったパンフレットに茂吉歌碑の記載はないが、霧島神宮（５００ｍ）から高千穂峰（１５７４ｍ）の頂上まで８㎞あり、所要時間三時間と書かれている。

茂吉の随筆「南国紀行」によれば、昭和十四年十月八日、午前四時、霧島温泉林田旅館を出発して暁に霧島神宮に到着。その足で高千穂登山に向かったが、「雲霧のために展望が全く利かない」悪天候のため途中で登山を断念した。林田温泉から少し坂を降りた所にある硫黄谷の霧島旅館（現霧島ホテル）に宿泊して天候の回復を待った。

硫黄谷温泉の効能が茂吉の身体に変化をもたらし、「今日たびたび硫黄泉に入ったので股のただれの具合が好いようである。」と書いている。茂吉は何でも正直に書く表現哲学を持っていた人なのだろう。

同年十月十日、茂吉は、「荘厳な色彩をこめた」霧島神宮に再度参拝した後、高千穂峰への登頂を果たして念願をかなえた。

「このいただきを中心として十方に展開せられた国土は、薩摩、大隅、日向、肥後、肥前、筑後、豊後あたりまでを籠めた一帯のものである。」「私等は只今その天孫降臨の神聖の連続なるこの山のいただきに立っているのである。」と感動を書き残している。

高千穂《たかちほ》の山のいただきに息《いき》づくや大きかも寒《さむ》きかも天《あめ》の高山《たかやま》　茂吉

『のぼり路』の「高千穂山上」二十首中の一首。スケールの大きいこの歌は、茂吉の高千穂峰登頂の感動を歌い上げた絶唱といえる。

佐藤佐太郎は、以下のとおり評している。（『茂吉秀歌下巻』）

「展望した細部を省略して、ただ高いこと、天地の大きいことだけをいっている。それにしても、『大きかも』につづけて『寒きかも』と現実感に即していったのが、大きな力量である。『息づく』は呼吸することだが、これも単純にいっている。蒼古で荘厳、大きくて鋭い。四句で『大きかも寒きかも』と崇厳にいったから、尋常の句では受けることができない。『天の』と冠したこの五句は驚くに足る。」

霧島神宮の境内で、茂吉がきわめた高千穂峰の頂から見る絶景を想像した。そして、上ってきた参道をもどってバス停に向かった。途中で立ち寄った、大きな樅の木の側にある展望台から見た桜島の景色がすばらしい。霧島神宮で茂吉の実相観入の秀歌に共感した私は、かつて茂吉が郷里の弟子の結城哀草果に戒めの歌を贈ったことを思い出した。

最後に、一首書かせていただき、連載第八十一回目の筆を擱きたい。

通俗の意味あいつけて詠むなかれと茂吉は弟子に歌を贈れり　修

平成二十八年二月七日

第八十二回　霧島④（鹿児島県）

一月二十二日午前中、霧島神宮に参拝したあと、JR霧島神宮駅行のバスに乗った。霧島神宮駅から日豊本線の十一時三十六分発の電車に乗り、十五分で隼人駅着。徒歩で次の目的地である石体神社《しゃくたい》（霧島市、旧隼人町《はやと》）の茂吉歌碑に向かった。住宅地の道を歩いていると垣根にキンカンの実がたわわに実っている家を見かけた。南国鹿児島らしい光景に歌を詠んだ。

隼人町に金柑の実の光る見て和《なご》みつつゆくわれとわが妻　修

石体神社には、隼人駅から約十五分で着いた。延喜式大隅一宮である鹿児島神宮から北側に下り、卑弥呼像の建つ卑弥呼神社を過ぎた所にある。

合力栄著『茂吉と九州』（葦書房）に以下の記載がある。

「ここは、神武天皇が東征にあたって軍議を練ったところとされている。また神功皇后が征韓の帰途この神社に参られ、無事安産されたとの言い伝えがあり、その後安産の神様として信仰を集めている。」

石体神社の赤い社殿の前に1ｍ以上の高さに小石が積まれている。よく見るとハートの形をした小石もあり、珍しい光景に驚いた。境内に歌碑は見当たらない。周辺を歩いていると、隣接する「宮の杜ふれあい公園」のしらかしの木の脇に歌碑を見つけた。

大きな石に黒い石板がはめ込まれ、以下の歌が活字で刻まれている。（歌集『のぼり路』、平成十二年十月二十二日建立、建立者隼人町文化協会）

石體《しやくたい》の神のやしろに小石つむこの縁《えにし》さへ愛《かな》しかりけれ　茂吉

歌は、今しがた社殿の前で目にした小石の山の不思議な光景を詠んだことがわかる。「愛しかりけれ」に、石体神社を訪ねた茂吉の旅情が滲んでいる。茂吉も風習にならって小石を積んだのだろう。

側の黒石板に、以下の「歌碑の由来」が刻まれている。

「アララギ派の歌人斎藤茂吉は、昭和十四年十月六日、鹿児島神宮に参拝し、その後石體神社に詣でました。この時詠んだこの歌が歌文集『高千穂峰』（歌集『のぼり路』所収）にあります。

隼人町文化協会では、文化の香り高い心豊かなまちづくりを進めるため、文化振興基金を積み立て文学碑の建立を計画しました。そこで、安産祈願のお石の習俗を詠んだこの歌を選び、ゆかりの石體神社に近いこの場所に歌人斎藤茂吉の歌碑を建立し、末永く後世に伝えることになりました。」

ふたたび石体神社の社殿にもどると幼児をつれた女性が参拝し小石を積んでいる。安産祈願で小石を一つもらい、出産後にお礼参りにきて小石を二つ積むのが習わしだとお話を伺った。妻と私も小石を積み、以下の歌を詠んだ。

孫四人の成長ねがい石体《しゃくたい》の社《やしろ》に石つむ霧島の旅　修

茂吉歌碑を見た後、鹿児島神宮に参拝した。豪壮な本殿は風格があり、沢山の参拝者が訪れている。茂吉は、鹿児島神宮からの眺望に喜び、「其処から国分平野、鹿児島湾、桜島、遠く開聞嶽まで見わたすことを得た。」と記している。(「南国紀行」)

鹿児島神宮を参拝後、隼人駅にもどり、日豊本線の線路近くにある国指定の史跡隼人塚《はやとづか》を訪ねた。隼人塚は、和銅元年、景行天皇によって征伐された熊襲《くまそ》の霊を慰めるために建てられたと伝えられている。

茂吉は、鹿児島神宮に参拝する途中に立ち寄り、以下の歌を詠んでいる。

隼人塚《はやとづか》の直ぐそがひにし黒々としげれる山にのぼりまうでむ　茂吉

『のぼり路』、「霧島途上」の一首。古語辞典で調べると、「そがひ」は「背向」で背後の意味。「黒々としげれる山」は、鹿児島神宮一帯の鬱蒼とした森をさしているのだろう。

現在の隼人塚は公園になっており、塔のような造形も往時の姿に復元整備されている。間近で見ると古代の異文化に触れる思いがした。滅亡した熊襲の歴史に思いを馳せたであろう茂吉の心境を想像した。

隼人塚をあとにし、隼人駅十四時二十四分発の電車に乗って鹿児島中央駅に向かった。電車は錦江湾《きんこうわん》に沿うようにして走り、左側の車窓に桜島が大きく見えた。

十五時十四分、鹿児島中央駅着。今は好天だが、明後日に九州地方に大きな寒波が来る予報が出ている。

駅前に行くと「まち巡りバス」が発車寸前で、急いで飛び乗った。

バスは、城山（107ｍ）に近づくと西郷隆盛の終焉を熱く語るガイド音声が流れた。城山は、明治十年（一八七七）、西郷隆盛率いる薩軍と政府軍との最後の激戦地で、今は桜島を臨む観光地になっている。

城山にのぼり来りて劇《はげ》しかりし戦のあとつぶさに聞きて去る　茂吉（『つゆじも』）

大正十年一月一日、長崎に居た茂吉（三十八歳）が妻輝子と城山に訪れ、案内人に攻防の激しさを聞いた感懐を詠んだ歌である。

西郷隆盛は、戊辰戦争後の荘内藩に寛大な措置をした。西郷に恩義を感じた旧荘内藩士たちは、『南洲翁遺訓』をまとめ、南洲神社（酒田市）を祀り、「敬天愛人」（西郷の座右銘。「天をおそれ敬い、人を慈しみ愛する」の意）の石碑（鶴岡市）を建てて敬愛した。（鶴岡市と鹿児島市は姉妹都市）

城山を通過し、仙巌園《せんがんえん》（磯庭園）のバス停で降車した。仙巌園は、雄大な桜島と錦江湾を借景にした島津家の大名庭園で国の名勝に指定されている。昨年七月、園内の「反射炉跡」はじめ島津家第二十八代藩主斉《なり》彬《あきら》が築いた「旧集成館」等が、「明治日本の産業革命遺産」として世界文化遺産に登録された。

昭和十四年十月、三つの古代山陵（高屋山上陵《たかやのやまのへのみささぎ》、吾平山上陵《あひらのやまのへのみささぎ》、可愛山陵《えのみささぎ》）を巡って国土を讃美する目的を終えた茂吉（五十七歳）は、鹿児島の旅の最後に仙巌園を訪れた。

責任を果たしてほっとしたであろう茂吉は、自然観照の秀歌を詠んだ。（『のぼり路』、「磯島津邸」）

あるときは潮《うしほ》の波も照りかへすここのみ園の石のうへのつゆ

うつくしき苔のうへなる山小禽《やまことり》ほしいままとて罪ふかからず　茂吉

最後に、一首書かせていただき第八十二回目の筆を擱きたい。

桜島の雪を背にして凛と咲く仙巌園の冬の牡丹は　修

平成二十八年二月七日

第八十三回　野間岬（鹿児島県）

一月二十二日夜、鹿児島中央駅と一体になっているＪＲ九州ホテルに宿泊。翌二十三日天気曇り。指宿《いぶすき》市開聞《かいもん》の茂吉歌碑を訪ねようと駅ビルで弁当を買い、鹿児島中央駅十時五分発の電車（指宿枕崎線）に乗車した。車内は外国人観光客が多くて込んでいる。地図を見ていると相席のご婦人が、「どちらからですか？」と話しかけてきた。途中の駅で降りられたが、沿線の情報などを親切に教えて下さった。私は、一期一会の出会いに感謝しながら桜島の見える車中で以下の歌を詠んだ。

「奥州のせんだいですか？」と聞かれたり薩摩路をゆく旅の車中に　修

ご婦人の話では、「明日は大きな寒波が来る予報が出ている。数センチ積もれば雪に不慣れなので電車もバスも運休かもしれない。」とのこと。予定変更してこのまま終点の枕崎駅まで行き、野間岬《のまみさき》（南さつま市）付近の歌碑を先に訪ねることにした。

指宿駅を過ぎると乗客が少なくなった。山川駅で十分以上停車。ホームに降りて深呼吸すると海の匂いがする。

海きよき南薩摩を過《す》ぎむとし古き歴史の断片《きれぎれ》も好し　茂吉（歌集『のぼり路』）

山川港の繁栄の歴史に思いを馳せて詠んだ歌である。昭和十四年十月十二日、茂吉（五十七歳）は、指宿から自動車で枕崎、野間岬方面に向かう途中、山川港を通った。

随筆「南国紀行」に以下のとおり書いている。

「山川港は現在著名な漁場であるのみならず、古い港で、琉球船も唐船も南蛮船も出入し、濱崎太平（注・北海道から琉球、南洋まで活躍した豪商「濱崎太平次」）の如く活動したものもいた。」

私は山川駅で以下の歌を詠んだ。

海ちかき山川駅に降り立てば斎藤茂吉の旅の香のする　修

しばらくして電車が、西大山駅（ＪＲ最南端駅）に近づくと開聞岳の全貌が見える。のどかな田園風景を車窓に見ながら駅弁をほおばった。そして、以下の歌を詠んだ。

開聞岳《かいもん》を菜の花越しに窓に見て焼サバ食みつつ妻と旅ゆく　修

開聞駅を過ぎて枕崎に近づくにつれて、外は晴れ間が消え小雨交じりの風が吹いてきた。午後一時頃、枕崎駅着。

この町に近づきくれば魚の香ははや旅人《たびびと》の心に沁みつ　茂吉

『のぼり路』、「枕崎港」八首中の一首。茂吉が枕崎を訪れた頃、汽車は山川駅止まりで薩摩半島の西南端の枕崎まで通じていなかった。枕崎は、当時も我が国有数の鰹の漁業基地として賑わっていた。遠くまで来た感慨が旅情となって胸迫る歌である。

指宿～枕崎間は、電車の本数が少ない。宿泊予定地の指宿にもどる次の電車は、枕崎駅発十六時三分である。野間岬まで東シナ海の海岸沿いに国道２２６号線が通じているが、バスはずっと手前までしか行かない。

私はレンタカーを借りることにした。

　枕崎駅近くのタクシー兼レンタカー会社に行くと従業員に、「国道だがカーブが多く狭い道ですよ。寒波が来て雪が降る予報だから止めた方がいいですよ。」とアドバイスされた。

　雪国勤務の経験も運転歴も長いので雪道の怖さは身に沁みて知っている。過信は禁物だが、野間岬近くの歌碑まで往復約80km、帰りの電車まで三時間あればこの空模様なら十分間に合うと判断し、すぐにレンタカーで目的地に向かった。

　通行量が非常に少なく、ナビ役の妻に助けられて走行した。

　自動車で案内してもらった茂吉は、枕崎から坊津港《ぼうのつ》に行き、山の間を通って大浦（南さつま市）に出た。野間池を過ぎて野間岬に着き、以下の秀歌を詠んだ。


　　ここにして野間《のま》の岬《みさき》に照りかへす雲《くも》をとほりて日は入らむとす　茂吉

『のぼり路』の「野間岬（笠狭之碕《かささのさき》）」八首中の一首。リアス式海岸から見た壮大な落日の写生歌で、四句の「雲をとほりて」は、茂吉の自然自己一元の描写力が光っている。茂吉は、「南国紀行」に以下のとおり書いている。「それから野間岬まで行って、その端に立って既に沈まんとする太陽を見た。そして『夕日の火照る国』を心中にしのび奉った。野間嶽が近くに聳え、今頂に雲を冠っている。

　野間嶽の八合目に野間神社がある。この野間岬は即ち笠狭《かささ》碕で、神代紀一書に、天孫瓊瓊杵尊《ににぎのみこと》が『吾田の長屋の笠狭の御碕に到りましき』とあるところである。」

　私たちは、茂吉が通った山の間道ではなく海岸沿いの国道を通って、歌碑のある南さつま市姥《うば》のリアス式海岸展望所（野間岬の手前、野間岳の南麓）に向かった。

途中、八世紀に海上暴風や密航の差し止め、疫病による失明等の苦難を乗り越えて、六度目の挑戦で入国した唐の高僧鑑真上人《がんじんしょうにん》の上陸記念碑と上人像のある秋目浦《あきめうら》を通った。

歌碑には、以下の歌が刻まれている。（『のぼり路』、「野間岬（笠狭之碕）」、平成二年十一月一日建立、建立者笠沙町（現南さつま市）、他筆）

神つ代の笠狭之碕《かささのさき》にわが足を一たびとどめ心和ぎなむ　茂吉

「神つ代の笠狭之碕」には、神話の世界につながる場所を訪れた茂吉の感動が込められている。

歌碑は、リアス式海岸の断崖絶壁の狭いスペースに建ち、背後に大海原の絶景が広がっている。北の方角に野間岬が間近に見える。

茂吉が歌を詠んだ時と季節、時間帯は異なるが、寒波が来る直前の午後の光が恩寵のように雲間をとおって眼下の海を照らしている。

私はひと気のない歌碑の前に立って、「一たびとどめ心和ぎなむ」と絶唱した茂吉に共感した。

この歌碑は、今まで見てきた中で最も歌と景観が一体となり心に響いてくる歌碑の一つに思えた。

夕日が沈むまでここに佇んでいたい気持ちがやまやまだったが、帰りの時間の都合から十分ほどいて満足した。そして、枕崎駅まで安全運転でもどった。

枕崎駅を発ち、十七時三十分頃、指宿駅に着いたときは本格的な雪になっていた。

最後に、一首書かせていただき第八十三回目の筆を擱きたい。

寒波迫るニュース聞きつついそぎ過ぐ鑑真像の見まもる海べ　修

平成二十八年二月八日

第八十四回　指宿①（鹿児島県）

一月二十三日夜、指宿《いぶすき》温泉（指宿市）の国民休暇村に宿泊した。寒波到来で明日にかけて鹿児島県に大雪警報が出ている。鹿児島では珍事のようだ。

名物の砂蒸しの湯を体験して旅の疲れを癒した。作務衣を着て砂に横になり、係りの人にスコップで砂を30㎏ほどかけてもらう。十分ほどでポカポカ汗が出てきた。初めての体験に以下の歌を詠んだ。

指宿の砂湯に妻とあたたまるブーゲンビリアに雪つもる夜に　修

翌二十四日朝、ニュースを見ると九州全域に記録的な寒波が到来し、百年ぶりの大雪となった所もある。鹿児島空港の飛行機、ＪＲ各線の電車、バスは運休、高速道路は通行止めになり、雪は二十五日まで続く見込みとのこと。

二十四日は、茂吉が泊った吹上《ふきあげ》温泉「みどり荘」（鹿児島県日置《ひおき》市）に、二十五日は、同じく茂吉が泊まった人吉《ひとよし》温泉「翠嵐楼」（熊本県人吉市）に予約済だった。しかし、移動が不可能になったのでキャンセルの連絡をした。鹿児島空港からの帰りの飛行機は二十六日のチケットを手配済なので、予定変更し指宿温泉で三連泊することにした。

昭和十四年十月十二日、茂吉（五十七歳）は指宿から開聞《かいもん》、枕崎、野間岬を廻って伊作《いざく》温泉みどり屋（現吹上温泉みどり荘）に泊まった。このときの印象を、「温泉はアルカリ硫黄明礬泉であって、まさしく名湯と謂うべきである。」（「南国紀行」）と書き、以下の歌を詠んでいる。（歌集『のぼり路』、「加世田・伊作」）

このいで湯に浴みつつ遠き神のことおもほゆるまで心しづけし　茂吉

人吉温泉翠嵐楼は、大正十年十二月三十一日、長崎医専教授だった茂吉（三十九歳）が小閑をえて妻輝子と旅をして泊まった宿である。このとき、以下の歌を詠んでいる。（『つゆじも』）

球磨川《くまがわ》の岸に群れゐて遊べるはここの狭間《はざま》に生まれし子らぞ　茂吉

指宿市内の積雪は5㎝程度なのに、交通機関がマヒするとは信じられなかった。それだけ雪に不慣れなのだろう。いずれの温泉も茂吉の旅を追体験しようと楽しみにしていただけに残念だった。機会を作ってあらためて行ってみたい。

この日は、公共交通機関が動かないので、タクシーを利用し、旧開聞町（現指宿市）にある三つの茂吉歌碑を巡ることにした。これらはすべて地元の医師、御鍵儁孝《みかぎよしたか》氏が私財を投じて建立したものである。

雪が降っていて臨時休業のタクシーが多かったが、親切な運転手さんに案内してもらえて幸いだった。運転手さんは地元の名所旧跡を熟知していて、興味深く話をお聞きした。

約二十五分で「玉の井」跡に着いた。田園地帯の道路脇に小さな祠と水の無い石の井戸がある。「玉乃井」と文字が刻まれた石柱のとなりに小ぶりの茂吉歌碑があり、以下の歌が活字で刻まれている。（歌集『のぼり路』、昭和六十三年七月建立）

玉の井に心恋《こほ》しみ丘のへをのぼりてくだる泉は無しに　茂吉

昭和十四年十月十二日、茂吉（五十七歳）が指宿から自動車で案内されて、旧開聞町に立ち寄った折に詠んだ歌。前提を知らないと味わえない歌である。歌碑の近くの案内板には、以下のとおり書かれている。

「神代の昔豊玉姫が朝な夕なに使っていたのがこの玉の井で、日本最古の井戸として伝えられ有名なものであります。」

側に「謡曲玉の井と玉の井戸」の説明書がある。彦火火出見尊《ひこほほでみのみこと》が、海神の娘で愛妻となる豊玉姫と初めて出会った場所であると、神代の物語が書かれている。

茂吉は、随筆「南国紀行」に以下のとおり書いている。

「途中『玉の井』神跡がある。紀、彦火火出見尊の御條に『遂に玉鋺を以ち来つてまさに水を汲む』云々とあるによっている。」

茂吉は、指宿から池田湖（九州最大の湖、カルデラ湖）を通って「玉の井」を訪ねた。四句の「のぼりてくだる」は、そのとき坂道を上り下りした体験が下敷きになっているのだろう。二句の「心恋しみ」、結句の「泉は無しに」にロマンチックな神話に寄せる茂吉の歌心が感じられた。

運転手さんが、「歌碑とご夫婦一緒に写真をお撮りしますよ。」と声をかけてくれたので、雪の降るなか旅の記念にシャッターを押していただいた。

玉の井から南にバス停ひとつもどり、枚聞《ひらきき》神社の茂吉歌碑を訪ねた。枚聞神社は開聞岳を御神体とする格式の高い薩摩一の宮である。竜宮伝説にまつわる豊玉姫を祭る伝説があり、航海安全、漁業守護の神として名高い。天気がよければ背後に開聞岳が見えるのだが、雪が激しく降って全く見えない。

茂吉歌碑は、直方体を横にした石の歌碑で以下の歌が活字で刻まれている。（『のぼり路』、昭和六十一年七月建立）

たわやめの納《をさ》めまつりし玉手筥《たまてばこ》そのただ香《か》にしわが触るるごと　茂吉

茂吉は、枚聞神社の宮司に会い宝物である玉手箱を拝観した。その芳香を心で感じて詠んだ歌であろう。歌碑の歌を声に出して読んでみると、「た」のリズミカルな多用が調べとなって伝説の奥ゆかしい香りを引き出している。

私は、歌碑の真後ろにあるご神木のクスノキ（樹齢八百年、樹高18m以上）に手を当てて神話の世界に思いを馳せた。

つぎに枚聞神社から十分ほどタクシーで移動し、開聞岳登山口から少し上った道路脇に建つ歌碑を訪ねた。上り坂のカーブの途中の木立に隠れるように建っており、しかも雪でわかりにくかった。茶色の大理石のように光る、背の高い石の歌碑に以下の歌が活字で刻まれている。（『のぼり路』、昭和六十三年十月建立）

開聞は圓《まど》かなる山とわたつみの中より直に天に聳えけれ　茂吉

薩摩半島最南端の長崎鼻から、海を隔てて眺めた開聞岳の美しさを詠んだ自然詠である。雪がどんどん降ってきて開聞岳は見えない。私は、歌碑の場所から秀麗な姿を想像した。

最後に、一首書かせていただき第八十四回目の筆を擱きたい。

たまて箱の伝説想い手をあてる枚聞《ひらきき》神社の大楠《おおくす》の幹　修

平成二十八年二月十日

第八十五回　指宿②（鹿児島県）

昭和十四年十月十一日、茂吉（五十七歳）は、吾平山上陵《あひらのやまのへのみささぎ》（旧肝属《きもつき》郡姶良《あいら》村）に参拝し、串良《くしら》、垂水《たるみず》を経て指宿温泉（鹿児島県指宿市）に泊まった。

串良で昼食をとった茂吉は、「少女に諧謔などを云いつつ串良川で捕れた名物鰻を食ったが、これも私の生涯にただ一度のことであるだろう。」（随筆「南国紀行」）と書き、以下の歌を詠んだ。

大隅《おほすみ》の串良《くしら》の川に楽《たの》しみし鰻を食ひてわれは立ち行く　茂吉（歌集『のぼり路』）

三句の「楽しみし」に、旅先で好物のうなぎを食べた喜びが率直に出ている。

指宿温泉でくつろいだ茂吉は、以下の歌を詠んだ。

しほはゆきいで湯の中にしづまりて高千穂の山をおもひつつ居り　茂吉

茂吉は、「ここの温泉に浴し、枕べに直ぐ濤《なみ》の音が聞えるのをめずらしく思いつつ眠に入った。」と書いている。（「南国紀行」）

一月二十四日、指宿温泉の国民休暇村で二泊目の夕食をとった私は、茂吉の旅の歌に思いを馳せながら以下の歌を詠んだ。

五センチの雪に閉ざされ指宿のいも焼酎《しょうちゅう》になじむ今宵も　修

焼酎の肴に食べたきびなごの刺身、黒豚のしゃぶしゃぶが美味だった。

翌二十五日朝、目覚めると雪は止んでいた。仙台に比べると鹿児島の夜明けは遅い。七時二十分頃、部屋から錦江湾を挟んで対岸の大隅半島に朝日がのぼる瞬間を見ることが出来た。私は、素晴らしい眺めに感動して以下の歌を詠んだ。

百年ぶりの大雪はれて神々し朝日に染まる錦江湾《きんこうわん》は　修

この日、晴れたものの積雪の影響で昨日に続き公共交通機関がストップしている。休暇村から海岸沿いを5㎞ほど歩いて茂吉歌碑のある砂蒸《すなむ》し会館「砂楽《さらく》」（指宿市摺ヶ浜《すりがはま》海岸）を訪ねた。鹿児島県内の茂吉歌碑十基のうち、すでに九基巡ったので最後の歌碑である。

視界がひらけて大隅半島の山脈がくっきりと見える。近づくと砂浜から湯気がさかんに立ちのぼっている。砂浜を歩いて砂に指を入れると温かい。

湯が湧き出る砂浜の近くには立ち入り禁止のロープが張られている。天然の砂むし温泉は干潮時に楽しむことができる。「砂楽」裏の浜辺に着いたときは干潮になり、係りの人が砂浜をスコップで掘っているところだった。

茂吉歌碑は、実際には防潮堤の海側の壁のレリーフで、以下のとおり刻まれている。（歌集『のぼり路』、平成五年九月設置、設置者鹿児島県・指宿市）

なぎさにも湧きいづる湯の音すれど潮満ちきたりかくろひゆくも　斎藤茂吉

昭和十四年十月十二日作。五句の「かくろひゆく」は、「隠ろひゆく」で、「隠れて行く」の古語。満潮時に砂湯が変化していく動的な実景を鋭敏な聴覚で詠んだ歌である。

自然の細やかな推移を歌材にして詠めるのは、茂吉が常に歌心を磨いていた証だろう。

私は、レリーフの歌の文字を手でさすって音読した。そして世界的に珍しい指宿の砂湯の特質を、茂吉が詩情豊かに詠んだことをあらためて実感した。

茂吉は、「南国紀行」に以下のとおり書いている。

「今朝潮が満ちたので砂蒸湯のところが見られなかったが、潮が引けば此処の砂原に男女が群れて砂地に湧く温泉で身を蒸すのであって、それほど至るところに温泉が出る。温泉は海浜であるから塩湯である。」

枕べに濤《なみ》の音《と》きこえ重々《おもおも》しとどろく中に蟋蟀《こほろぎ》のこゑ　茂吉（『のぼり路』）

茂吉が指宿の宿の寝枕に詠んだ歌。「終夜波濤の音を聞きつつ寝たが、庭前の砂には蟋蟀の声が朝になっても絶えない。」と、そのときの状況を書いている。（「南国紀行」）

夜のしじまに轟く錦江湾の波の音と、その合間に聞こえるこおろぎの声に安らいでいる茂吉の旅情が、余韻となって心に響く歌である。

合力栄著『茂吉と九州』（葦書房）によれば、この歌もレリーフの歌と同じく、歌碑として指宿市誌に記録されている。その後防潮堤の改築造のときレリーフの歌一首だけが歌碑として残されたとのことである。

防潮堤には、与謝野晶子の以下の歌のレリーフもある。こちらは砂蒸しの湯に向かう通路の側にあるので茂吉のレリーフより目立っている。

白波の下に熱砂の隠さるる不思議に逢えり指宿に来て　与謝野晶子
砂むし会館「砂楽」で入手したパンフレットには、砂湯の小屋下に浴衣姿で手をとりあっている与謝野夫妻の写真とともに以下の歌が書かれている。

砂風呂に潮さしくればかりそめの葭簀《よしず》の屋根も青海《あをうみ》に立つ　与謝野寛
茂吉は、鹿児島県から招きを受けたとき、県の窓口だった鹿児島県立図書館奥田啓市館長（茂吉の長崎時代、

長崎県立図書館勤務で交友関係にあった）に送った手紙に、以下の通り書いている。（昭和十四年九月八日付）

「小生は与謝野先生夫妻の如くにまいらず歌数も少く、大勉強にて三十首がせいぜいではないかと存じ候、それでもよろしきか。」

茂吉は、三十首がせいぜいと謙遜しながら、実際には、十日間の鹿児島の旅で二百首余の歌を詠んでいる。精神病院経営とアララギ歌人を両立させている自分は、職業歌人のように全国を歌行脚している新詩社の与謝野夫妻とはわけが違うのだ、という茂吉の自負心が、手紙の文言とは裏腹にひそんでいるように思えてならない。

最後に、鹿児島県の取材旅行で詠んだ歌三首を書かせていただき、第八十五回目の筆を擱きたい。

神つ代のごとき冬陽を海に見て茂吉歌碑撫《な》づ笠狭之碕《かささのさき》に

時空超えて雪降りしきる玉の井に豊玉姫のまぼろしを見き

雪やみし指宿の夜の月あかり波の音《と》とどく枕を照らす　修

〈追記〉歌友の設樂隆さん（山形市）が詠まれた以下の歌が、朝日新聞「みちのく歌壇」（東北版）に入選された。歌友とはうれしいものである。

鹿児島に茂吉の歌碑は十基あり巡りて来しと友の文今日

平成二十八年三月二日

第八十六回　神栖（茨城県）

三月六日天気曇り。神田に前泊し、茨城県神栖《かみす》市若松緑地公園（旧波崎町）にある茂吉歌碑を訪ねた。東京駅から総武線に乗り、成田駅で成田線乗換え、十一時半頃、下総橋駅着。（千葉県東庄町）東京から二時間以上離れると、のどかな景色にほっとする。

下総橋駅から目的地まで公共交通手段がないのでタクシーに乗車した。利根川に架かる長大な橋を渡るとき、岸辺に沢山の漂着物が見えた。運転手さんの説明によれば昨年の常総市（茨城県）を中心とした大水害で流れ着いた残存物とのことだった。

利根川を渡ると神栖市である。神栖市は、太平洋に面し20km以上の海岸線がある。目的地に近づくと海風を利用した風力発電所の巨大な風車が見えてきた。

目的地には約十五分で到着した。事前に、神栖市商工観光課に問い合わせたところ、職員の方が親切で交通手段や周辺地図、歌碑の写真等を郵送して下さった。

おかげでスムーズに歌碑訪問ができて感謝している。周囲は製鉄所や製薬会社等がある大規模な工業地帯で、砂地の起伏のある緑地公園だけが昔の面影を残しているようだ。

白梅の花に見惚れながら遊歩道を歩いていると、小高い丘の木の繁みの中に茂吉歌碑を見つけた。大きな石に四角い黒石板がはめ込まれ、以下の歌が活字で刻まれている。（歌集『暁紅』昭和十年一月、平成三年二月建立、建立者波崎町文化財保護審議会）

冬の日のひくくなりたる光沁《し》む砂丘に幾つか小《ち》さき谿《たに》あり　茂吉

茂吉（五十二歳）がこの地を訪ねて、実際に目にした光景を詠みあげた格調高い自然詠である。声に出して読んでいると、「冬の日のひくくなりたる光沁む」の描写力が光っている。歌碑自体がまるで超えがたき巨き巌《いわお》のように思えた。

歌碑の現物と対面し、斎藤茂吉記念館ＨＰには「光沈む」と誤記されていることに気付いた。老婆心ながら、仙台に帰ってから茂吉記念館に訂正依頼のハガキを送った。

茂吉は、「作歌四十年」の「暁紅抄」で、この歌を以下の通り自注している。

「砂丘にのぼるともう傾きかけた冬の日の光が沁むように差している。そして砂丘には幾つか小さい谿谷が見えているというので、砂丘は樹木の無いアフリカあたりの大山を小さくしたような気分もあり、小さいなりに荒寥たる趣を保っているのを捉えたのであった。」

茂吉の詳細な自注から、この歌が写生歌の自信作であることがわかる。茂吉は、「作歌四十年」の「暁紅抄」に同時作として以下の歌を併記している。

下総《しもふさ》を朝あけ行けば冬がれし国ひくくして雲たなびきぬ

ものなべて黄枯《きがれ》にしづむ国はらをいろを湛《たた》へて河ながれたる　茂吉

佐藤佐太郎は、『茂吉秀歌下巻』（岩波書店）の中で歌碑の歌を以下の通り評している。佐太郎はこの時茂吉に随行しているので評に説得力があり、鑑賞を深める上で参考になる。

「『冬の日』は、冬の太陽である。夕べになって斜めにさしてくる光線が砂丘に当たっているところで、韻文は圧縮していうから、こういう簡潔な表現になる。単調な砂丘だが小さな谿のようなひだがいくつもあって、それが斜陽に影を引いて明暗が際だっているところで、これも自然の暗示的な静かな気持である。『幾つか』の『小さき谿』だからおもしろいので、蘇東坡の『物の変を弄ぶ』というような趣がある。『暁紅』では『白桃』のきびしさを通過して即物的に平静な歌が多くなるが、これもその一つである。」

歌碑の脇に案内板が設置されており、以下の通り書かれている。

「この歌は昭和十年、斎藤茂吉が二人の弟子を伴って銚子を訪れた折、小見川から船で渡り当時の海軍演習場付近の砂丘を歩いた時に詠んだものの一つである。

茂吉が砂丘を訪れてから五十幾年、砂丘は工業団地となりその姿を変えた。この一つの短歌に凝縮されたかつての景観を伝えるべく、日本を代表する歌人の歌碑を建立する。〈中略〉　平成三年四月　神栖市教育委員会」

茂吉は、日記（昭和十年）にその時の様子を以下の通り書いている。（『斎藤茂吉全集』）

「一月五日　土曜、晴、午前八時半上野駅ヲタチ、山口（茂吉）、佐藤（佐太郎）二君ト小見川ト云フ水郷ニ行キ林屋ニ宿ル。利根川ノ沿岸ニテ大ニヨシ。そば屋。菓子屋。舟ニテ行キ。砂丘ナドヲ見ル。夜ハ鰻酒ヲシテ飲ム。」

「一月六日　日曜。晴、九時四十分ニテタチ。銚子ニ行キ灯台ノ犬吠ノ方ヨリ海岸ヅタヘ《ママ》ニ行キ、漁村ナドヲ見ツツ、カヘリ来リ、利根ノ川口ヲ見テ、汽車ニ乗リテ九時ゴロニ帰宅セリ。ナカナカヨキ清遊ナリキ。」

緑地公園はよく整備されており、かつて砂丘であった面影をわずかに残している。しかし、残念ながら案内板記載のとおり、茂吉が詠った景観は無きに等しい。

茂吉が歌に詠んだ当時と、景観が最も様変わりした場所に建っている歌碑の一つのように思われた。私は目を閉じ、茂吉が「ナカナカヨキ清遊ナリキ」と喜んだ八十年前の光景を想像した。

茂吉の昭和十年の日記を読むと、輝子夫人とは「ダンスホール事件」の影響から別居中で、病院経営、診療、作歌、柿本人麻呂研究、著述等に忙殺される日々を送っている。

体力的な衰えと極度の疲労からほぼ毎日午睡し、一月十七日から二十六日までの十日間に七日も好物の鰻を食べて気力、体力の回復に努めていたことがわかる。一月五日、二人の弟子と「鰻酒ヲシテ飲」んだことも英気を養い秀歌を詠む活力になったことだろう。

一月十七日の日記には、「夕食ニ鰻ヲ食ヒタルニ元気ヲ生ジ、眠クナクナリテ、人麿ノ評釈ヲ少シク読ミカヘシタ。」と書いている。

以下の歌からも鰻の効用に執着して生きた茂吉の思い入れがうかがえる。

　これまでに吾に食はれし鰻らは仏となりてかがよふらむか　茂吉（『小園』）

最後に、一首書かせていただき第八十六回目の筆を擱きたい。

　茂吉歌碑百四十を巡りゆくその風光を吾《わ》も詠まんとて　修

平成二十八年三月十二日

第八十七回　関門海峡（山口県）

五月十二日晴。三度目の九州の茂吉歌碑巡りに出発した。九州には茂吉歌碑が合計二十四基ある。（指宿市の防潮堤レリーフを含む）今回は、未訪問五基プラス山口県下関市一基、計六基を四泊五日で巡るスケジュールをたてた。過去二回は妻同行だったが、今回は一人旅である。

仙台空港発七時三十五分の飛行機に搭乗し、九時三十分頃福岡空港に着陸した。天気晴。地下鉄で博多に移動。ＪＲ博多駅から在来線に乗り、お昼前に下関駅に着いた。

下関駅から駅前大通りを十分ほど歩くと、交差点（細江町市営駐車場前）で丸みのある石に以下の歌を活字で刻んだ茂吉歌碑を見つけた。（歌集『のぼり路』、「関門」中の一首、平成八年四月二日建立、建立者「美と安らぎのある街づくり実行委員会」）

雨雲のみだれ移るを車房よりわが見つつ居り関門の海　茂吉

人通りが多いので歌碑の歌を黙読した。初句の「雨雲のみだれ移る」に刻々と変化する実景を捉えた茂吉の描写力が光る。昭和十四年十月十五日（五十七歳）、十日間に及ぶ鹿児島の古代山陵巡拝の旅を終えて帰京する途中に詠んだ歌である。

今朝、福岡空港に着陸する前に眼下に見た関門海峡の光景を歌に重ねて鑑賞した。そして、「車房よりわが見つつ居り」に九州を今まさに去らんとする茂吉の心境を想像した。

雨しぶく関門海峡《くわんもんかいけふ》の船に乗り二十二年の来《こ》し方《かた》おもほゆ　茂吉（『のぼり路』）

歌碑の歌と同時に詠んだ歌である。「二十二年」前は、大正六年十二月、茂吉（三十五歳）が長崎医学専門学校教授として赴任するため、関門海峡を連絡船で渡って九州に来たことをさしている。（茂吉の生涯における九州往来回数を門司通過回数でみると往復五回、片道二回で計十二回門司を通っている。参考文献合力栄著『九州と茂吉』葦書房）

昭和十四年の旅は鹿児島県からの招待によるものだった。当時の茂吉は、ヨーロッパ留学で学位を取得し焼失した青山脳病院を苦難の末に再建した高名な病院長だった。さらに、大歌人としての地位を確立していた。

雨の降る関門海峡をわたる連絡船の中で、茂吉が想起した長崎着任以来の「二十二年の来し方」とは、どのような日々だったのだろうか。

大正九年一月、長崎時代の茂吉（三十七歳）は流行したスペイン風邪にかかって倒れた。回復前に仕事に追われて病状が悪化し喀血する。あきらかに結核の症状だった。茂吉自身は肺炎と思い込み、長崎、佐賀の各地で温泉療養を続けて回復する。そうした中、三十八歳の茂吉は、長崎医専を辞職してヨーロッパに留学することを決心した。

茂吉が、長崎から島木赤彦に送った手紙には以下のとおり書かれている。

「歌の方はいつでも出来るが、医学上の事は年をとるとどうしても困難になるから、今のうちにせねばならぬ。」「ただ茂吉は医学上の事が到々出来ずに死んだといわれるのが男として、それから専門家として残念でならぬ〈中略〉。」

このような背景を踏まえて歌を読みなおすと、下句の「二十二年の来し方おもほゆ」には、茂吉の特別な感慨が込められていることがわかる。

大病を体験し不退転の決意で有限の人生を切り拓こうとした長崎時代は、茂吉にとって大きな転機だったのであろう。

歌碑は通行量の多い目抜き通りにあるが、関門海峡の岸壁まで数十メートルの距離しかない。岸壁に向かって歩くと、若山牧水の以下の歌を刻んだ歌碑がある。

桃柑子《ももみかん》芭蕉《ばせう》の実《み》売る磯町の露店《よみせ》の油煙青海にゆく　牧水

「芭蕉の実」はバナナの古称である。当時、下関は山陽本線の終着駅として大陸や九州を往来する旅行者で賑わっていたのだろう。

百年前の光景は想像もつかないが、牧水の歌碑から当時の下関の繁華な光景が伝わってきた。

茂吉の歌碑から海岸沿いを十分ほど歩き唐戸《からと》に向かった。唐戸市場に隣接する食堂に立ち寄り、関門海峡を眺めながら名物ふく入りの海鮮丼を食べて満足した。

唐戸から巌流島航路の船に乗り、約十分で巌流島（下関市大字彦島字船島）に着いた。

大正十年十月二十七日、ヨーロッパ留学のため横浜から日本郵船熱田丸に乗って出帆した茂吉（三十九歳）は、同年十一月二日、門司停泊の機会を利用して巌流島に上陸した。

茂吉の随筆「巌流島」（『斎藤茂吉随筆集』阿川弘之・北杜夫編、岩波文庫）によれば、茂吉は歌友の中村憲吉から、『宮本武蔵』（宮本武蔵遺蹟顕彰会編纂）という書物を渡欧の餞別にもらっている。

茂吉は随筆に、「私は突嗟《とっさ》の間にそこに行く気になった。」と書いている。さらに、以下の通り書いている。

「しかし私は巌流島に訪ねて来て、むしろ巌流に同情したのであった。いろいろ智術をやっている武蔵をむしろ私は憎悪した。

幾ら智術だなどといっても三時間も故意に敵をいらいらさせるなどは如何《いか》にも卑怯者《ひきょうもの》であり、また一方が剣で闘うなら一方も剣で闘わなければ、剣客の勝負としては、私は面白くない。断りなく通知なくして木刀を使ったなども、卑怯者の所做《しょさ》である。〈中略〉武蔵の所做をひどく悪《にく》みながらこの島を去った。」

その夜、下関の万歳楼で河豚をむさぼり食べた茂吉は、以下の歌を詠んだ。

わが心いたく悲しみこの島に命《いのち》おとしし人をしぞおもふ
はるかなる旅路《たびぢ》のひまのひと時をここの小島《をじま》におりたちにけり　茂吉

随筆からは、世間の常識や一般論に与せず筋の通らぬ事には真っ向から批判する茂吉の反骨心の強さが感じられる。随筆はこのままで終わらなかった。作家の菊池寛は、武蔵は当代随一の剣豪であると反論して茂吉との大論争に発展している。

四月の熊本地震の影響で九州への外国人観光客が激減していると新聞で読んだが、巌流島に来てみると外国人観光客が多く人気スポットに思えた。観光客のほとんどが海峡を背景にして建つ「武蔵VS小次郎像」の前で記念写真を撮っていた。

最後に、一首書かせていただき第八十七回目の筆を擱きたい。

敗れたる小次郎悼む茂吉のうた巌流島に口ずさみたり　修

平成二十八年五月二十一日

第八十八回　彼杵神社（長崎県、佐賀県）

五月十二日、博多泊。翌十三日晴。博多駅八時三十四分発の佐世保行特急に乗車し早岐駅で大村線に乗換える。右手に大村湾のおだやかな海を眺めながら、十一時三分に目的地の彼杵駅《そのぎ》（長崎県東彼杵町）に着いた。彼杵駅に着くと、「そのぎ茶市」の幟が立っている。中高年の女性が多く人波がある。歩行者に尋ねると、ここは長崎県最大のお茶の産地で今日は年に一度の新茶の市がたつ日だという。偶然に驚きながら五分ほど歩くと旧街道の面影を残す通りに出た。

往来の両脇に新茶や乾物、雑貨、鯨肉等の露店が並んでいる。まもなく右手に彼杵神社があり、石鳥居をくぐった境内にも茶市の幟がたっている。

参道の左側に四角形の石の歌碑があり、以下の歌が金文字で刻まれている。（歌集『つゆじも』大正九年、昭和五十八年四月建立、建立者東彼杵町文芸同好会、他筆）

　旅にして彼杵神社の境内に遊楽相撲《いうらくすまふ》見ればたのしも　茂吉

『つゆじも』には、「十月二十日。小浜発、零時二十二分彼杵着、夕べ嬉野《うれしの》著」の詞書がある。歌碑の前で黙読すると、初句の「旅にして」に旅情が滲んでいる。結句の「遊楽相撲見ればたのしも」に、旅先で奉納相撲に出くわしワクワクして楽しんでいる茂吉（三十八歳）の童心があふれている。

近くに茂吉が楽しんだ立派な土俵が今も現役で残っている。相撲好きの茂吉の喜びが詠嘆となって胸に響いてきた。

メモ魔の茂吉は、彼杵神社の奉納相撲（宮日《くんち》相撲）の行司の口上などを手帳二（『斎藤茂吉全集』）に以下のとおり記している。

「長崎　彼杵神社庭前に於て　遊楽すまう《ママ》仕る故、その前に罷出でたる／そもそも　天神七神地神五代の神世の昔より／「持つたる扇は日天月天を表じたり！」／同一封これは某《ソレガシ》へ下さる、／只今ノ勝負、名残おしうはござりますれど　引わけまして勝負は又ノ御縁に仕ります／若緑／天位益固万民安皇運愈昂四海平」

茂吉歌碑の中で「楽し」と結んだ歌は、彼杵神社の他に二首がある。

もみぢ葉のすがれに向かふ頃ほひにさばね越えむとおもふ楽しさ
（「短歌拾遺」昭和二十一年（六十四歳）、山形県舟形町猿羽根峠）

肘折のいで湯浴みむと秋彼岸のはざま路とほくのぼる楽しさ
（「短歌拾遺」昭和二十二年（六十五歳）、山形県大蔵村肘折温泉）

この二首は、大石田に疎開中、湿性肋膜炎の回復後に詠んだ歌である。敗戦後の心身を癒やしてくれた故郷に感謝する気持が出ている。

彼杵神社の歌は、大病が転地療養でやっと回復した安堵感と相撲を楽しむ解放感が共鳴している。これら三つの「楽し」の歌に通底するのは、茂吉の存命の喜びであろう。

茂吉歌碑を鑑賞後に彼杵神社に参拝すると宮司さんが居られた。突然の訪問で失礼と思ったが、歌碑についてお尋ねするとご多忙にもかかわらず大変親切にご対応くださった。

さらに、茶市で茶生産者、業者から神社に奉納された「そのぎ茶」を「おさがり」として賜った。私は望外の幸運に感謝した。

茶市の露店で新茶を試飲すると深い甘味がある。お茶好きな妻への土産に一袋購入した。茶市の突き当りにある彼杵港まで歩くと、「元禄船着場」の案内板がある。海風に吹かれながら石で築いた船着場に立ってみた。かつて、陸路海路の要衝として繁栄した彼杵宿の歴史に想いを馳せて歌を詠んだ。

茶市たつ長崎街道彼杵宿茂吉の歌碑に幟はためく　修

彼杵駅前発十三時十五分のＪＲバスに乗り、次の目的地である嬉野温泉（佐賀県嬉野市）に向かった。茶畑が広がる山を越えて、十三時四十分頃、温泉から１㎞ほど手前の大野原のバス停で降車。数分歩き、「轟《とどろき》の滝公園」にある茂吉歌碑を訪ねた。

轟の滝は平坦地にあるが想像以上に大きくその名の通り音が轟いている。滝壺からの塩田川の流れは浅く穏やかで対称的だ。

茂吉の歌碑は滝のよく見える場所にあり、以下の歌が活字で刻まれている。（『つゆじも』大正九年、昭和六十一年十一月建立、建立者嬉野文化協会）

わが病《やまひ》やうやく癒えぬと思ふまで嬉野の山秋ふけむとす　茂吉

歌碑の前に立って音読すると、大病を治すため、雲仙、唐津、古湯、小浜、六枚板と転地療養し、嬉野で本復を実感した茂吉の喜びが伝わって来た。二句の「やうやく癒えぬ」と言い切った感慨と、結句の「秋ふけむとす」の実景描写が共鳴して胸を打つ。

大正九年十月二十二日、茂吉が久保田俊彦（島木赤彦）宛に送った絵ハガキには、以下のとおり書かれている。

「今は病気も癒りたることを思ひ天に向かって感謝いたし申候。」

轟の滝公園から国道三四号線を十五分ほど歩き、茂吉が七泊逗留した嬉野温泉の大村屋旅館を訪ねた。

茂吉は大村屋旅館で敬愛する書家中林梧竹《なかばやしごちく》（佐賀県小城出身）の書に出会った。（茂吉は少年時代、梧竹の書いたアイウエ帳を手本に恩師佐原窿応から書を学んだ。）

嬉野の旅のやどりに中林梧竹翁《ごちくおきな》の手ふるひし書《しよ》よ　茂吉（『つゆじも』）

茂吉は、「作歌四十年」でこの歌を以下のとおり自注している。

「中林梧竹翁のことは忘れていたところが宿の額面に八十七歳最晩年の書が残っていた。後日嬉野に大火事があったから、多分あの文字も焼けたであろう。」

大村屋旅館のロビーでコーヒーを注文し飲んでいると中林梧竹の書が飾ってあり、「万大利」と書かれている。若いご当主にお聞きすると、「たいまんをつくす」と読み、「大いなる利益を得る」の意味とのこと。「大正十一年一月四日の大火の際、嬉野川に投げ捨ててまで守った唯一の書です。伊能忠敬の宿帳などはすべて焼失しました。」と親切にご説明いただいた。

ただ、「茂吉が歌に詠んだ梧竹の書と同一物かは不明です。」、とのことだった。

私は、明治を代表する書家である梧竹の書を鑑賞しながら、嬉野の茂吉に思いを馳せた。

最後に、一首書かせていただき第八十八回目の筆を擱きたい。

病癒えし喜びうたう茂吉歌碑いで湯やさしき嬉野に逢う　修

平成二十八年五月二十二日

第八十九回　福岡県

五月十三日、嬉野《うれしの》温泉からバスで隣の宿場町である武雄《たけお》温泉（佐賀県武雄市）に行き、楼門（重要文化財）を見た。楼門は、東京駅を設計した辰野金吾博士（佐賀県唐津出身）の設計で大正四年に完成した。釘を一本も使用していない天平式構造物で、築百年の風格がある。武雄温泉のシンボルである。

扁額「蓬莱湯」は中林梧竹（佐賀県小城《おぎ》出身）の書で堂々とした趣がある。大正九年十月、茂吉（三十七歳）が嬉野温泉で療養した時、すでに楼門はあった。しかし、茂吉が訪れた記録はない。もし茂吉が立ち寄っていたらどんな歌を詠んだろうかと想像した。

ＪＲ武雄温泉駅発十六時二十七分の特急に乗り宿泊地の博多に向かった。（博多着十七時三十四分）車中、武雄温泉駅で買った駅弁（佐賀牛極上カルビ弁当）と缶ビールを味わいながら、この日の茂吉歌碑巡りを振返った。

翌五月十四日、晴。歌碑はないものの茂吉が訪れて歌を詠んだ福岡県内の久留米、太宰府を訪ねた。博多駅発八時五十三分の電車に乗り、九時三十二分、久留米駅に着いた。

茂吉は、「作歌四十年」の「つゆじも抄」に以下のとおり書いている。

「大正十年になった。自分は九年の暮からこの一月にかけ九州の旅に出た。熊本、鹿児島、宮崎、青島、久留米、太宰府等を旅した。」

大正九年晩秋、転地療養が奏功して病状が改善した茂吉は再び長崎医専、県立長崎病院の勤務を再開した。この旅は、大正十年三月十六日に茂吉が長崎を去る前の最後の九州旅行であり輝子夫人と一緒だった。

茂吉が残した手帳（『斎藤茂吉全集』）によれば、茂吉夫妻は、大正十年一月四日夜、宮崎から夜行列車に乗り翌朝五日に久留米に着いた。

久留米はこの旅行の最後の宿泊地である。茂吉は久留米で、遍照院《へんじょういん》（勤王の志士、高山彦九郎の墓参）、水天宮、梅林寺《ばいりんじ》を訪ね、塩屋旅館で地元のアララギ会員たちと歌会を開いた。

　九州の十一人《じふいちにん》の友よりてわれと歌はげむ夜の明くるまで　茂吉（歌集『つゆじも』）

茂吉が久留米で詠んだ歌。アララギ会員たちと夜を徹して歌を語り合った充足感に満ちている。茂吉晩年（昭和二十三年、六十五歳）の以下の歌に通じる心温まる歌である。

あつまりて歌をかたらふ楽しさはとほく差しくる光のごとし　茂吉（『つきかげ』）

私は、久留米駅から筑後川の方向に五分ほど歩き梅林寺を訪ねた。気温が三十度近くあり汗が噴き出て上着を脱いだ。

梅林寺《ばいりんじ》に紫海禅林の扁額《へんがく》あり谷《たに》を持ちたるこの仏林《ぶつりん》よ　茂吉（『つゆじも』）

茂吉の歌のとおり、歴史を感じる立派な山門には今も「紫海禅林」の扁額が掲げられている。梅林寺は、臨済宗妙心寺派の禅寺で、旧藩主有馬家の菩提寺である。山門をくぐると寺域は広く起伏がありたしかに谷がある。境内は静かで外苑は寺名どおり梅林になっている。梅林の小高い場所に上がると筑後川が新緑越しに見えた。

「仏林」は梅林寺の景色を的確に捉えた言葉だと実感した。しかし、『広辞苑』に出ていない。有名な「逆白波」と同様に茂吉の造語なのだろうか。

筑後川日田《ひた》よりくだる白き帆も見ゆるおもむきの話をぞ聞く　茂吉（『つゆじも』）

梅林寺の南にある水天宮（全国の水天宮の総本社）に行くと、筑後川のゆたかな流れをより間近に感じた。川から届く涼風が楠の新緑を渡って心地よい。しかし、茂吉が歌に詠んだ「白き帆」は想像するしかなかった。

久留米で一時間半ほど過ごした後、ＪＲで二日市に行きバスに乗り換えてお昼頃、西鉄太宰府駅前に着いた。参道は観光客であふれている。天満宮に道中の安全を祈って参拝した。門前の茶店で昼食代わりに焼き立ての名物梅ヶ枝餅を二個食べた後、南隣にある光明禅寺を訪ねた。

茂吉は大正十年一月の旅で光明禅寺に訪れていないようだが、平成六年秋、大阪で勤務していた私は、会社同僚との旅行で一度訪れたことがある。上司のＮさん（九州大学出身）が、学生時代から好きな寺だと言って案内して下さった。
天満宮から１００ｍくらいの場所だが、鎌倉時代創建の古刹で別世界のように人影が少ない。「一滴海底」という名の枯山水庭園はもみじの新緑が映えて心が洗われた。私は、静かな雰囲気に旅情を感じて以下の歌を詠んだ。

初夏のかぜ光明禅寺に吹きわたり床に楓《かえで》のみどり映せり　修

光明禅寺から三十分ほど歩き、茂吉が地元のアララギ会員たちと訪れた観世音寺《かんぜおんじ》と大宰府政庁跡（都府楼《とふろう》跡、特別史跡）を訪ねた。

観世音寺《くわんぜおんじ》都府楼《とふろう》のあともわれ見たり雑談《ざつだん》をしてもとほりながら　茂吉（『つゆじも』）

歌友と語らいながら太宰府の史跡巡りを楽しんでいる茂吉の心情が素直に出ている歌である。地元のアララギ会員たちにとっても歌壇の指導者茂吉と直接触れ合えたことは、大きな喜びだったことだろう。
私は、茂吉も拝観したであろう観世音寺宝蔵の巨大な仏像群（重要文化財）に圧倒された。そして、長塚節が、「手をあてて鐘は貴き冷たさに爪叩き聞く其のかそけきを」（『鍼の如く』）と詠んだ日本最古の梵鐘（国宝、白鳳時代六八一年）を間近に見て音色を想像した。
西鉄都府楼前駅から電車に乗って博多に戻った。十五時頃に博多駅前からバスに乗り、福岡市城南区の片江風致公園にある茂吉歌碑を訪ねた。（「油山団地前」バス停で降車）
片江風致公園は想像以上に自然豊かで雑木林の中に小さな渓谷がある。茂吉の他、啄木、牧水、晶子などの歌碑を多数配置した文学碑公園になっている。散策しながら文学に親しめるよう工夫されている。茂吉の歌碑は、箱根強羅公園（神奈川県箱根町）にある歌碑拓本を基に建立されたものである。（『ともしび』大正

十四年、建立者吉川熊雄）

おのづから寂しくもあるかゆふぐれて雲は大きく谿に沈みぬ　茂吉

私は、平成二十四年七月に強羅公園の茂吉歌碑を取材した時のことを思い出しながら歌碑に刻まれた秀歌を鑑賞した。

最後に、平成六年秋に詠んだ歌を書かせていただき第八十九回目の筆を擱きたい。

焼酎のぬくもりいまだ素手にあり博多太宰府あわただしの旅　修

平成二十八年五月二十九日

第九十回　大分県

五月十四日夜、退職した会社の同期たちと博多で久しぶりに再会し酒に酔った。彼杵神社や嬉野で見た茂吉歌碑の歌に、茂吉の存命の喜びのメッセージを感じたせいかもしれない。一期一会の気分になった。翌十五日、曇り。大分県佐伯市にある茂吉歌碑を訪ねた。ＪＲ博多駅発八時二十三分の特急ソニックに乗って大分に向かう。二日酔いの目に別府湾が見えて来ると旅情が湧いた。

鳥の音も海にしば鳴く港町《みなとまち》湯いづる町を二たび過ぎつ　茂吉（歌集『つゆじも』）

大正十年三月十八日、茂吉（三十八歳）が別府で詠んだ歌である。初句の「鳥の音も海にしば鳴く」は、港町、温泉町の別府の情景を独自の写生眼で捉えている。

結句の「二たび過ぎつ」には、別府を再訪し九州を去ろうとしている茂吉の感慨が込められている。（大正八年夏、茂吉は同僚と一度別府に旅している。）大正六年十二月から同十年三月までの間、長崎医専教授を務めた茂吉にとって別府は九州で最後に訪れた町だった。

茂吉年譜（斎藤茂太著『茂吉の体臭』岩波書店）によれば、大正十年二月二十八日、茂吉（三十八歳）はヨーロッパ留学のため文部省在外研究員を命ぜられた。三月十六日、長崎を発ち、福岡、別府を経て四国に船で渡り、岡山、神戸、近江番場蓮華寺（恩師の佐原窿応在住）を廻って三月三十日帰京している。

今回は別府駅で下車しなかったが、昭和五十年三月、大学同級生のS君と別府を訪ねた思い出がある。当時の国鉄周遊券で九州を半月ほど貧乏旅行し、別府温泉の共同浴場で旅の疲れを癒した。行きは東京駅から当時走っていた急行桜島（自由席、寝台なし）に乗り、約二十六時間かけて終点の西鹿児島駅（現鹿児島中央駅）に到着した。二十歳の頃の体力を懐かしく思い出した。

大分駅で日豊本線の特急にちりんに乗り換え、十二時十分に佐伯駅に着いた。茂吉の歌碑は城山公園に近い上尾皮ふ科医院の庭にある。佐伯駅前からタクシーに乗り約五分で目的地に着いたが休診日だった。諦めかけたが、フェンス越しに歌碑の後ろ姿が見える。前面は見えないものの、辛うじて裏面の解説文を読むことができた。

茂吉記念館ＨＰによれば、歌碑には以下の歌が刻まれている。（『白き山』、昭和三十二年十二月建立、銅板レリーフ）

　　山脈が波動をなせる美しさただに白しと歌ひけるかも　茂吉

昭和二十二年三月十四日、茂吉（六十四歳）が大石田疎開中に詠んだ絶唱の一つである。植木の隙間から見える歌碑裏面の文字を、私はその場でメモした。

「先考上尾清彦の院庭に吾が歌の師斎藤茂吉大人の筆塚を兼ねて歌碑を営み永く子子孫孫にその餘薫を仰がしめんとす　先生一八八二年山形に生れ一九五三年東都に没せらる

歌は故郷の雪を詠めるを古希自祝と記し賜りしもの　筆は遺愛の唐筆輝子夫人が形見にとて賜いしもの

母刀自上尾クラ妻はる子と之を建つ　一九五七年朧月　長門莫　撰」

合力栄著『九州と茂吉』（葦書房）には、以下の記載がある。

「九州にある二十三基の歌碑の内、茂吉が訪れていない処に二基の歌碑が建立されている。当然ながら地図を頼りに訪ねた。一基は、佐伯市の上尾医院の前庭にある。同碑は、昭和十八年、先代院長の長男長門莫氏が軍医中尉のとき、茂吉の歌に感動して手紙を送り、アララギ会員になって以来指導をうけ、それを記念して建立したものである。」

茂吉は、歌集『白き山』の「後記」に以下のとおり書いている。

「『白き山』という名は、別にたいした意味はない。大石田を中心とする山々に雪つもり、白くていかにも美しいからである。」

佐伯の歌碑の歌は、歌集名をそのまま一首に詠み込んだ趣があって格調が高い。

斎藤茂吉記念館（上山市）では茂吉の代表歌の歌碑拓本を十点ほど展示している。九州の歌碑では、「朝あけて船より鳴れる太笛のこだまはながし並みよろふ山」（『あらたま』大正六年）の歌を刻んだ長崎の歌碑と、佐伯の歌碑の二つの拓本が飾られている。

裏面だけとはいえ実物を見ることができ、佐伯に来た甲斐があった。茂吉未踏の場所にも、茂吉を敬愛する方が建てた歌碑があることに感動し、以下の歌を詠んだ。

白き山の絶唱きざむ茂吉歌碑海の風ふく佐伯に出逢う　修

佐伯駅十三時四十一分発の特急にちりんに乗り、大分で久大線の特急ゆふいんの森に乗り換え、次の目的地である日田《ひた》（大分県）に向かった。

湯布院付近を通過するとき、青いビニールシートをかけた人家の屋根が目立った。湯布院が熊本地震の被災地であることを実感し、復興を祈った。十六時四十七分、日田駅着。まだ日が高いので駅前の観光案内所でマップをもらい、天領だった江戸時代の町割りが残る豆田町周辺（重要伝統的建造物群保存地区）を散策した。町人町の面影が色濃く残っていて往時の繁栄に思いを馳せた。

茂吉は、『つゆじも』の「後記」に以下のとおり書いている。

「大正七年夏には、二三の同僚と共に宇佐から耶馬渓、それから山越をして日田に出で、日田から舟で筑後川をくだり、鮎の大きいのを食い、その耶馬渓から日田への途上、夜の山越をしたとき、紅い山火事を見たりして、その時の歌もあったのに、それらは焼失せたのであった。」

茂吉（三十六歳）が、日田を旅したときに詠んだ歌は、上記のとおり書きとめていた手帳を焼失したため永遠の謎である。しかし、茂吉が訪れていない日田市大山町大久保台の梅林公園に以下の歌を刻んだ歌碑がある。日田に宿泊し、翌十六日、私は雨の降る中バスを乗り継いで歌碑を訪ねた。（『寒雲』昭和十二年、昭和六十一年三月建立、建立者旧大山町）

近よりて笑《ゑま》ひせしむることなかれ白梅《しらうめ》の園《その》にをとめひとり立つ　茂吉

梅林の梅は大きく育って収穫が近い。茂吉には珍しく艶のある歌で、歌碑は周辺の環境に溶け込んでいる。

最後に、一首書かせていただき第九十回目の筆を擱きたい。

鮎躍る三隈川《みくまがわ》ゆく日田の町ふるき家並《やなみ》に下駄の音する　修

平成二十八年六月二日

第九十一回　西川町（山形県）

七月八日晴れ。山形県西村山郡西川町大井沢《おおいさわ》にある茂吉の歌碑を訪ねた。

西川町は月山や朝日連峰に囲まれた町で、清流日本一とも称される寒河江《さがえ》川がながれている。仙台から大井沢に行くには公共交通機関に頼れないので、マイカーで妻と訪ねた。

大井沢の集落に着くと小学校跡地の隣に「大井沢自然博物館」がある。草取りをしている方に歌碑の場所をお尋ねした。応対してくださった四十代くらいの女性は西川町役場大井沢支所の職員だった。

「林の中なのでわかりにくいから案内してあげますよ。」と親切に仰ってくださったので、ご好意に甘えることにした。車に同乗していただき、寒河江川の上流方向にある歌碑に向かった。

川沿いの林に山荘風の建物が建っている。建物近くの木や草の繁茂する場所に、自然石に黒石板をはめ込んだ小ぶりの歌碑がある。たしかに歌碑の場所がわかりにくい。私は案内して下さった職員の方に心から感謝した。

歌碑には、茂吉自筆の以下の歌が刻まれている。（歌集『つゆじも』、昭和五十四年十月建立、建立者東海

林恒昭）

かなしきいろの紅《くれなゐ》や春ふけて白頭翁《おきなぐさ》さける野べをきにけり　茂吉

大正十年五月、茂吉三十九歳のとき郷里に帰省した折に詠んだ歌で、茂吉が大井沢で詠んだ歌ではない。オキナグサはキンポウゲ科の多年草で葉も花もアネモネに似ている。晩春、黒みがかった紅の妖艶な花が散ると白髪頭のように見えることから白頭翁と書く。翁草、おきな草と表記されることもある。

歌碑は、大蔵村肘折温泉の茂吉歌碑と同様に山形県でも有数の豪雪地に建っている。長年の風雪にさらされているが、文字はしっかり判読できた。歌碑に手を触れて音読すると、白頭翁の花の風情とともに茂吉がこの花に寄せた特別な想いが胸に響いてきた。

茂吉は同年三月、長崎医学専門学校教授を辞任し、この歌を詠んだ五か月後の大正十年十月、ヨーロッパ留学のため横浜港から出帆している。長崎でスペイン風邪をこじらせた茂吉は、実質的には結核を患った。長崎、佐賀で転地療養し教授辞任前に回復しているが本復とはいえなかった。渡欧直前の八月五日から一か月間信濃富士見高原で療養している。こうした背景を踏まえて歌を鑑賞すると茂吉の感傷の深さが伝わって来る。

初句の「かなしきいろ」は、「愛し」と「悲し」が融合して白頭翁の紅色が強烈に浮かび上がってくる。一首全体に白頭翁に対する愛着があふれる歌である。

茂吉が生涯で詠んだ花の歌は六九八首ある。白頭翁の歌は二十首で、梅一〇〇首、菊三十八首、百日紅二十一首より少ない。（高橋光義著『茂吉歳時記』短歌新聞社）

しかし、第一歌集『赤光』から最晩年の第十七歌集『つきかげ』まで生涯を通じて白頭翁を詠んでいるところに茂吉の惚れ込みの深さが感じられる。
大井沢の歌碑に関連して茂吉が詠んだ白頭翁の歌をいくつかピックアップしてみたい。

おきな草口《くち》あかく咲く野の道に光ながれて我《われ》ら行きつも　茂吉

『赤光』（大正二年）の有名な連作挽歌「死にたまふ母」中の一首。晩春の金瓶の野道を母（守谷いく）の葬送の列にいて詠んだ歌である。（茂吉三十一歳）母を亡くした深い悲しみと葬列のつましさが、白頭翁の花と共鳴して胸に迫ってくる。

白頭翁の花の外側は細い白毛があり内側の花の黒みがかった紅色を覆っている。その花の容姿を「口あかく咲く」と捉えた茂吉の描写力が光る歌である。茂吉が当時まだ言っていなかった「実相観入」の写実精神がすでに宿っているようだ。

おきなぐさに唇ふれて帰りしがあはれあはれいま思ひ出でつも　茂吉

これも『赤光』の一首で、大正元年の作。「唇ふれて」には山野草に親しんで育った少年時代の追憶が鮮明に出ている。故郷のほのかな初恋の思い出が背景にながれているような甘美なムードが白頭翁の花のイメージとともに顕ち上がってくる。

おきなぐさここに残りてにほへるをひとり掘りつつ涙ぐむなり　茂吉

昭和二十二年五月、茂吉（六十四歳）が大石田疎開中に詠んだ歌で、『白き山』の「白頭翁」五首中の一首。「ここに残りて」の「ここに」は大石田とか金瓶とか特定の地名を述べていないので茂吉にとっての故郷と捉えることもできる。

白頭翁の花は茂吉にとって、懐しい母につながる故郷そのものだったのだろう。「ひとり掘りつつ涙ぐむなり」には、戦争に敗れ社会や自然が変転していく中で白頭翁が滅びてゆき、東京に戻れば二度と会えないかも知れない、といった晩年の心境が凝縮しているように思われる。

『白き山』には、他にも以下の歌がある。

われ世をも去らむ頃にし白頭翁《おきなぐさ》いづらの野べに移りにほはむ

たたかひにやぶれし国の高野原《たかのはら》口あかく咲くくさをあはれむ　茂吉

いずれの歌も白頭翁にかたむける愛惜の気持ちが籠もっている。

最上川ながれゆたけき春の日にかの翁ぐさも咲きいづらむか　茂吉

昭和二十四年春、茂吉六十六歳の作。茂吉最後の歌集『つきかげ』の一首である。昭和二十二年十一月、疎開先の大石田から東京の家族のもとに帰った後、故郷を懐かしんで詠んだ歌である。故郷の母なる川である最上川と白頭翁の花をセットで想起しているところに、茂吉の白頭翁に対する思慕の深さがうかがえる。

茂吉の生きた時代は白頭翁は山野にふつうに自生していたが、環境変化に伴って激減し、山形県内でもその姿が久しく見られない時期があった。

近年は上山の茂吉記念館、宝泉寺(茂吉菩提寺)、大石田の聴禽書屋(茂吉が疎開した二藤部兵右衛門家離屋)など、茂吉ゆかりの場所に植えられている。花の季節には、訪れる茂吉ファンの目を楽しませてくれる。

最後に、今年、聴禽書屋を訪ねたときに詠んだ歌を一首書かせていただき、第九十一回目の筆を擱きたい。

口あかく翁草の花あふれ咲く聴禽書屋《ちょうきんしょおく》に初夏の風ふく　修

平成二十八年九月三日

第九十二回　蔵王熊野岳（山形県）

八月十一日、妻と蔵王熊野岳山頂（山形県上山市）の茂吉歌碑を訪ねた。国民の休日に制定されて初めての「山の日」効果か、山形駅前バスターミナル九時三十分発の蔵王刈田《かった》山頂行（山形交通、一日一便、冬期運休）は家族連れが多い。

山形市は村山盆地特有の気候で夏が暑い。昭和八年に四〇・八度を記録し、近年まで日本最高記録だった。天気予報は最高気温三十六度で晴れ。バスは蔵王温泉（山形市）を経由し、予定通り十一時六分、終点の刈田山頂バス停（宮城県七ヶ宿町）に到着した。

茂吉歌碑がある熊野岳（蔵王連峰の最高峰、標高１８４１ｍ）の頂上までは、お釜（火口湖）を右手に見ながら、通称馬の背と呼ばれる登山道を歩いて約四十分の距離である。

近年、蔵王の火山活動が活発化したことから馬の背は通行禁止区間になっていた。七月七日、沈静化により規制解除された。茂吉歌碑には従来通りバス利用で来やすくなった。

妻は高校生の頃に山岳部員で蔵王に麓から登った経験があり張り切っている。お釜は霧が発生しやすく見えないことが多い。この日は好天に恵まれ濃緑色の湖面が美しかった。小学校の修学旅行で初めてお釜を見て絶景に驚いたことを思いだした。

雪消えしのちに蔵王の太陽《たいやう》がはぐくみたりし駒草《こまぐさ》のはな　茂吉（『寒雲』昭和十四年）

馬の背付近は高山植物のコマクサの群生地として知られているが、季節外れで見られなかった。茂吉の歌を口ずさんで清楚な花の姿を想像した。

熊野岳山頂に到着すると赤とんぼが飛んでいる。三六〇度視界が開けて、スケールの大きな景観に達成感を感じた。昼時で多くの登山者が、ゴロゴロ転がっている岩に腰かけて休息している。

歌碑は熊野山神社（避難所併設）の近くにある。実質的には茂吉が許可した唯一の歌碑と言われている。舟を想わせる自然石の台石の上に茂吉自筆の文字を刻んだ歌碑が垂直に建ち、茂吉生家のある上山市金瓶の方向を向いている。（歌集『白桃』、昭和九年八月二十九日建立、建立者高橋四郎兵衛）

陸奥《みちのく》をふたわけざまに聳えたまふ蔵王の山の雲の中にたつ　茂吉
茂吉五十二歳の作。歌碑に直接手を触れて音読すると歌柄の大きさが胸に響いてきた。歌は茂吉がこの歌碑建立のために作歌し揮毫したもので、間近で見ると茂吉の気魄が伝わって来る。あたかも茂吉自身が歌碑に変身して聳えているようだ。

茂吉は、「作歌四十年」の中でこの歌を以下のとおり自注している。

「『（昭和九年）六月四日、舎弟高橋四郎兵衛が企てのままに蔵王山上歌碑の一首を作りて送る』という詞書を附けて置いた。歌碑建立はそのころ歌壇の流行になっていたのでこういう企は尽く拒絶していたところ、梧竹翁の富士山上碑もあるのに、朝晩仰いで育った蔵王のお山に歌碑を建てない法はないと説得せられ、ついにこの一首を作った。」

中林梧竹は茂吉が子供の頃から敬愛する書家で、明治三十一年に富士山上「鎖国之山」の銅碑を建立している。この拓本が生家そばの宝泉寺にあるので梧竹を意識したのだろう。

佐藤佐太郎は、『茂吉秀歌下巻』（岩波書店）の中で、この歌を以下の通り評している。

「下句をただ単純に『雲の中に立つ』といっただけの内容だが、『陸奥をふたわけざまに聳えたまふ』という上句が蒼古として大きい。さらにいえば『聳えたまふ』というのは、霊山の麓に生を享けたこの作者でなければいえないだろう。虚にいて実を行なうとはこういう句である。混沌とした高山の霊気を感じさせる。作者は「写生」ということを作歌の信条としたが、写生はただ目前の事実にしばられるものでもない。」

佐藤佐太郎は茂吉の郷里金瓶と蔵王を挟んだ宮城県大河原町出身である。佐太郎にとっても蔵王は特別な故郷の山であったろう。茂吉の身近にいた弟子の評として右記を読むとき、茂吉の写生観を多面的に理解できる。

茂吉は歌碑の歌を揮毫したときの状況について、以下のとおり日記に書いている。

「六月四日　月曜　午前中部屋掃除等ヲナス　午睡、午后ヨリ夜ニカケテ、蔵王山ノ歌碑、〈中略〉等ヲカク。ヘトヘトニツカル。」

「六月二十日　午前中、歌碑ノ文字ノかもじツクル　大ニツカル。」

八月二十八日、茂吉記念館定例歌会に参加したとき、たまたま特別企画展「茂吉が見た原風景」を開催中だった。歌碑を建立した茂吉の実弟高橋四郎兵衛の旧蔵品が多数展示されていた。秋葉四郎館長のギャラリートークにより解説を拝聴しながら、茂吉が揮毫した歌碑の歌の原本（掛け軸）や、茂吉が高橋四郎兵衛宛に書いた封書（巻紙）を鑑賞できたのは幸いだった。

四郎兵衛宛の封書には、歌碑は心ある人だけが見に来てくれればよいから人目につかない所にひっそりと建ててくれ、建てたことは秘密にしてくれ、お前にその覚悟があるのか、との本音が書かれている。茂吉の細やかな性格が偲ばれた。

茂吉が歌碑に初めて対面したのは、歌碑建立から五年後の昭和十四年七月だった。（五十七歳、同行者岡本信二郎、河野与一、多麻夫妻、結城哀草果、高橋四郎兵衛等）茂吉は、この時の様子を日記に以下の通り書いている。

「七月八日　旧五月二十一日　土　ハレ　蔵王登山。午前三時出発、硫黄精煉所マデ自動車、ソコヨリ徒歩。牧場朝食。志津脱糞。水ノ出ル湿地。賽河原残雪。熊野神社午前十時半。歌碑ノ前ニテ食事ス。歌碑ハ大キク且ツ孤独ニテ大イニヨイ。残雪ヲ食タ。風強イ。」

　わが歌碑のたてる蔵王につひにのぼりけふの一日をながく思はむ　茂吉（『寒雲』）

茂吉記念館の特別企画展には、茂吉一行が熊野岳山頂に登ったときの写真が展示されていた。茂吉は背広姿で、河野多麻夫人（学者、歌人）は浴衣姿である。山上で着替えたのだろうか。今日的には信じがたい。

茂吉が歌碑行をする前の昭和十年夏、佐藤佐太郎は歌碑行を行い、以下の歌を詠んだ。

　直ざまに空よりふける霧なかに立ついしぶみや寂しきまでに　佐太郎

蔵王山上歌碑の寂寥感が胸迫る秀歌である。

最後に、一首書かせていただき、第九十二回目の筆を擱きたい。

　山の日の蔵王は晴れて「陸奥《みちのく》」の歌に力満つ茂吉の歌碑は　修

平成二十八年九月十一日

第九十三回　支笏湖（北海道）

二〇一〇年から全国の茂吉歌碑を訪ねて旅をしている。その都度、茂吉がいかにいろんな場所に行き沢山の歌を詠んだかを実感している。しかし、茂吉は生前約一万八千首の歌を詠んでいるので、歌碑として建立されている歌は1％にも満たない。

今回は、茂吉が歌を詠んだ場所で、もしここに歌碑があれば鑑賞の楽しみを与えてくれるに違いないと思われる景勝地について書いてみたい。（現実には国立公園内等の理由から無理な話だと思うのだが……。）

八月二十九日、私は本年三月開業した北海道新幹線を利用して妻と支笏湖《しこつこ》（千歳市、「支笏洞爺国立公園」）を訪ねた。宿泊した支笏湖休暇村のパンフレットには、水質日本一の湖と書かれている。

初秋の晴天と周囲の山々を映す湖面は鏡のように澄んでいる。北海道の自然のゆたかさを感じた。はやくもナナカマドの実が赤く色づいている。支笏湖の森は野鳥の宝庫で、散策路を歩くと近くにキビタキの鳴き声が聞こえた。渚で水に手を浸すと透明度の高さを実感した。

昭和七年八月、茂吉（五十歳）は弟の直吉（高橋四郎兵衛）と約一ケ月かけて北海道、樺太（現サハリン）を旅した。前年に郷里金瓶の長兄守谷広吉が亡くなり、天塩《てしお》国志文内《しぶんない》（現中川町共和）で拓殖医をしていた次兄守谷富太郎に十六、七年ぶりに再会するのが目的だった。

茂吉はこの旅で約三百首の歌を詠む。これらは歌集『石泉』の主要部分となっている。同年八月三十一日、茂吉は札幌を経由して支笏湖を訪ねた。このときの支笏湖詠が『石泉』に二十五首収められている。

その中の一首。

支笏湖の黒く澄みたるみづを見てわれは和《なご》む心極《こころきは》まるまでに　茂吉

地球温暖化など自然環境が変化した今日に比較すれば、当時の支笏湖はもっと透明度が高かったことだろう。この歌には、実景と心象が呼応して自己自然一元の趣がある。下句の字余りが茂吉の感動の余韻となって心に響く。これほど支笏湖の美しさに感動して詠んだ歌は他にないのではないだろうか。湖面をわたる涼風に吹かれながら支笏湖のほとりに立つと、歌の感動が胸に響いてきた。

みづうみの朝のいさごにおりたちて人の世の受くる苦しさもなし　茂吉

下句の「人の世の受くる苦しさもなし」には、闘病生活、夫婦の不仲、青山脳病院再建の苦悩など生きる苦しみを散々味わってきた五十歳の茂吉の境涯が滲み出ている。支笏湖の風光に接して心癒され、精神力を回復している茂吉の姿がみえるようだ。

支笏湖探訪の翌々日に登別から長万部《おしやまんべ》行きの汽車に乗った茂吉は、車中で以下の歌を詠んでいる。

旅とほく来つつおもほゆ人の生《い》くるたづきはなべて苦しくもあるか　茂吉

支笏湖の歌とのつながりが感じられる。多忙な日常を離れて旅という非日常に身を置くことは、知見を広めるだけでなく人生をじっくりと俯瞰できる機会でもある。人生の後半期を懸命に生きる茂吉の感慨に共感する。

湖《うみ》じりの水をし見ればうたかたの消えつつぞゆくかく結びつつ　茂吉

支笏湖の水にたわむれてひととき現身の苦労を忘れ、離れがたい思いにふけっている茂吉の心境が胸に迫ってくる。

支笏湖休暇村に二泊目の夜、大型の台風10号が道南に上陸し激しい嵐となって通過していった。夜中に停電し木立の大きく揺れる音が悲鳴のように聞こえた。

台風が通過した翌朝、支笏湖周辺は朝霧につつまれてほとんど視界が利かない。帰りのバスを待っている間、近くを妻と散策した。幻想的な空気感の中で以下の歌を詠んだ。

　支笏湖の森に朝霧たちこめて間近にやさしきヤマガラの声　修

昭和七年九月五日、茂吉は北海道、樺太の長旅を終えて函館を出帆し、青森に着いた。現代の常識ではすぐに帰京すると思うが、茂吉は帰途に奥入瀬渓流と十和田湖を訪ねている。

北海道だけでは飽き足らず、せっかくの旅の機会を活かそうと貪欲に歌材を求めたのだろうか。茂吉のしつこいまでの行動力と体力には驚く。

『石泉』には、「十和田湖」の題で二十二首の奥入瀬、十和田湖詠が収められている。

　ひむがしへふかき奥入瀬《おいらせ》の谷間《たにま》よりあふれみなぎりし湖《うみ》のうへの雲　茂吉

奥入瀬渓流を遡って行き、ついに現われた神秘的なまでに蒼い十和田湖の光景が目に浮かぶ歌である。

十和田湖と一体をなす奥入瀬渓流は、「十和田八幡平国立公園」になっている。とくに新緑と紅葉の美しさは何度訪れても見飽きずリフレッシュできる。日本を代表する自然景観の一つだろう。

石巻で勤務していた二十五歳の秋の週末、仙台の居酒屋で後に数学者になった大学時代の友人K君と酒を飲んだ。話が盛り上がって奥入瀬の紅葉を見たくなった。そして、その夜のうちにK君と青森行きの夜行急行八甲田（今はない）に乗った。翌日、奥入瀬を歩き十和田湖の遊覧船に乗ったことは楽しい思い出である。

昨年十月と今年五月、私は妻と奥入瀬、十和田湖を訪ねるバスツアーに参加した。奥入瀬では、茂吉の歌に触発されて歌を詠んだ。

秋みじかし華やぐ時を愛《いと》しみて妻と紅葉の奥入瀬をゆく　修

茂吉は弟と十和田湖に来て亡き母いく（大正二年逝去、享年五十九歳）を思い出し、以下の歌を詠んでいる。

朝あけて十和田《とわだ》のうみを弟《おとうと》ともとほり居りて母をしぞおもふ　茂吉

自然詠が多い中で唐突感のある一首である。生涯故郷を出ることもなく亡くなった母に、この景色を見せてあげたかった、という茂吉の悔悟の想いが感じられてならない。

現身《うつしみ》に沁《し》むしづかさや旅ながら十和田《とわだ》の湖《うみ》にわれは来にけり　茂吉

支笏湖の歌と同様に、しみじみと安らぎを感じている茂吉の心境が伝わって来る。もし十和田湖に歌碑を作るとしたら、この歌がふさわしいと思うのだが……。

最後に、五月に詠んだ歌を書かせていただき、第九十三回目の筆を擱きたい。

ひとときに瑞葉《みずは》ととのう十和田湖の森とよもして春蟬の鳴く　修

平成二十八年十月十日

第九十四回　龍泉寺（奈良県）

十一月二十日、学士会短歌会が終わった後、東京駅から東海道新幹線のぞみに乗車。四泊五日で関西の茂吉歌碑を巡る取材旅行に出発した。

関西に茂吉歌碑は計五基ある。平成二十六年六月、滋賀県米原市蓮華寺の歌碑を訪れたので、今回は、奈良県一基、和歌山県二基、兵庫県一基の計四基訪問が目的である。

二十日夜、京都駅で近鉄に乗換え、二十一時半頃、橿原神宮前駅着。駅前のビジネスホテルに宿泊した。

二十一日早朝、橿原神宮に参拝し旅の安全を祈った。神宮近辺は広々として森や池があり清々しい。旅の始まりに以下の歌を詠んだ。

　畝傍山《うねびやま》の朝あけ来れば神宮に遠き代のごと鳥のこえ澄む　修

橿原神宮前駅九時発の電車（近鉄吉野線）に乗った。発車して二つ目が飛鳥駅である。

　ここに来て吾等たたずむ万葉《まんえふ》のかなしき命《いのち》も年ふりゆきて　茂吉

歌集『たかはら』の「飛鳥」中の一首である。昭和五年八月十日、茂吉（四十八歳）は、歌友の中村憲吉、森川汀川と飛鳥に泊まって島木赤彦を偲び、翌日、中村憲吉の案内で万葉の遺跡巡りをした。『万葉秀歌』の著作ほか万葉集研究に業績を遺した茂吉の心酔が滲み出た歌である。

私が乗った電車が飛鳥駅に停車すると、近くに座っていた外国人観光客グループが下車していった。

昭和五十三年四月、私は就職した会社の新人研修直後、同期のS君（奈良県出身）に案内してもらい飛鳥の田園風景を歩いた。石舞台などを巡った思い出が一瞬よみがえった。

九時四十八分大和上市駅着。地域コミュニティバスに乗換えて吉野郡川上村に向かった。

乗客は私を含めて三人だけだった。料金は一律二百円。数時間に一便走るマイクロバスで地域住民の足である。バスは蛇行する吉野川に沿って紅葉のうつくしい山間の道を上っていく。

　のぼり来し丹生川上《にうかはかみ》の石《いし》むらに雲《くも》の触《ふ》りつつゐるをともしむ　茂吉（歌集『たかはら』）

茂吉が詠んだ川上村の光景を車窓からながめていると旅情が湧いてきた。

十時半頃、湯盛温泉バス停で降車。旅行前に川上村役場から郵送していただいたガイドマップを頼りに最初の目的地である丹生川上神社上社《かみしゃ》をめざした。左手に吉野川の大滝ダムを見おろしながら十分ほど坂道を上ると神社に着いた。

この神社は龍神総本宮で水の神を祀っている。ガイドマップによれば、後醍醐天皇が吉野行宮にて「この里は丹生の川上ほど近し祈らば晴れよ五月雨の空」と歌に詠んだ由緒ある神社である。社務所でいただいた「参拝のしおり」に、以下の由緒が記載されている。

「天武天皇の御代白鳳四（六七五）年、『人の声の聞こえざる深山吉野の丹生川上に我が宮柱を立てて敬き祀らば天下のために甘雨を降らし長雨を止めむ』という神宣により、御社殿が建立、奉祀されました。」

境内からの眺望はすばらしい。大滝ダムを取り囲む吉野の山脈が一望できた。

『たかはら』の「丹生の川上」には以下の詞書と歌七首が収められている。

「（昭和五年）八月十二日十一時半上市より自動車に乗り、東川、西川、大滝を経、丹生の川上に至り、官幣大社上社にもうづ」

風のおと川わたり来るみやしろに梅檀《せんだん》の実のおつるひととき
苔《こけ》の香《か》は沁みとほるまで幽《かす》かにて神《かみ》の社《やしろ》に雲かかりくる　茂吉

いずれの歌も聴覚と視覚を駆使した写生歌である。吉野川を渡るさわやかな風に吹かれながら神社で和んでいる茂吉の姿が目に浮かぶようだ。

しかし、現在の神社は茂吉が訪れた当時と別な場所に移転している。昭和三十四年の伊勢湾台風の被害による大滝ダム建設に伴って境内全域が水没することになった。このため平成十年三月、高台の現在地に遷座した旨、「参拝のしおり」に書かれている。

私は現在の境内に立ち吉野の山々からとどく秋風に頬を吹かれながら、茂吉が秀歌に遺し今は失われた光景を想像した。

再びバスに乗り、来た道を４㎞ほど戻った。車窓から渓谷の岩場を滝になって流れる吉野川を見ていると、まもなく大滝バス停に着いた。


　山ふかき村のはづれにいささかの塩売《しほう》る家《いへ》の前を過ぎつつ　茂吉（『たかはら』）

茂吉が大滝の集落で詠んだ歌である。バス停近くに古い商店が一軒ある。茂吉が詠んだのはこの店のことだろうか。ガイドマップを頼りに商店と郵便局の間の細い道を山に向かって二十五分ほど歩くと、茂吉歌碑のある龍泉寺《りゅうせんじ》に着いた。

歌碑は「浄土宗鳴貝山龍泉寺」と刻まれた石柱のそばに建っている。背後に古い鐘楼が見える。立派な石の歌碑に、明朝体で以下の歌が刻まれている。（『たかはら』、平成二年七月二十八日建立、建立者川上村）

　滝のべの龍泉寺にて夏ふけし白さるすべりみつつ旅人　茂吉

歌碑の文字を指でなぞりながら音読していると、茂吉が龍泉寺でいだいた旅情がしみじみと伝わって来た。

歌碑の案内板には以下の記載がある。

「昭和五年八月、斎藤茂吉先生は高野山から明日香、吉野山を経て丹生川上神社上社に遊ばれました。当龍泉寺には八月十二日に立ち寄られ、詠まれた歌が歌集『たかはら』に入っています。そのさるすべりの木は今も鐘楼の横にあります。」

境内に入るとたしかに大きなさるすべりの木があり黄葉をつけている。私は太い幹に手をあてながら以下の歌を詠んだ。

茂吉愛でしさるすべりの木年ふりて旅人を待つ龍泉寺の庭　修

寺にご住職がおられたので、来意を告げ歌碑についてお聞きした。茂吉詠の「滝のべ」は村内の蜻蛉《せいれい》の滝をさしているのか、大滝バス停近くの吉野川が滝のようになっているのをさしているのかは不明とのこと。

除幕式に斎藤茂太氏が出席されたことなど親切にご説明いただきありがたかった。

最後に、一首書かせていただき第九十四回目の筆を擱きたい。

紅《べに》ふかき色の柿の葉ずしを食むしぐれ降り来る川上村に　修

平成二十八年十二月三日

第九十五回　熊野古道（和歌山県）

十一月二十一日、奈良県川上村からバス、近鉄を乗継ぎあべの橋（大阪）に出た。ＪＲ天王寺駅発十六時三十二分の特急くろしおに乗車。十八時三十二分紀伊田辺駅着。外は雨が降っている。翌日の好天を祈って駅前のビジネスホテルに宿泊した。

十一月二十二日、快晴。田辺駅前八時二分発の明光バス「快速熊野古道1号」新宮駅行に乗車し、茂吉歌碑のある中辺路《なかへじ》に向かった。

熊野古道は日本で唯一、世界でも珍しい「道」が主役の世界遺産である。同じく世界遺産のスペインのサンティアゴ巡礼の道と姉妹提携をしていることから、スペインからの旅行者も多い。バスが渓谷に沿うように山間の道を上ってゆくと、あちこちに雨上がりの雲が立ちのぼっている。聖地の雰囲気が漂ってきた。

九時七分、バスは予定どおり「古道歩きの里ちかつゆ」（田辺市中辺路町近露《ちかつゆ》）に着いた。

そこの古道歩き館で古道歩き体験の申込みをした。茂吉歌碑のある野中《のなか》の清水までマイクロバスで一般道（上り道）を送ってもらい、近露王子まで約九十分コースの古道を歩いて下ることにした。王子は熊野古道の道筋に熊野三所権現（熊野本宮大社、熊野速玉大社、熊野那智大社）の御子神を祀った神社である。

この日の古道歩き館の利用者は私一人でマイクロバスは貸切状態だった。十分ほどで野中の清水に着いた。歌碑は眼前にある。歌碑は古《いにしえ》の趣きが色濃く残る古道に自然物のように建ち、以下の歌が活字で刻まれている。（歌集『白桃』、昭和四十八年十一月十七日建立、平成十一年十一月移転、建立者中辺路町）

いにしへのすめらみかども中辺路を越えたまひたりのこる真清水《ましみず》　茂吉

近くの案内板に以下の説明書がある。

「歌人斎藤茂吉が昭和九年（一九三四）七月土屋文明とともに熊野に来て、自動車で白浜に向かう途中で詠んだ短歌である。」

歌碑の右側には、環境省の名水百選に選ばれた野中の清水が湧き出ている。野中の清水の背後は断崖になっていて、その上には継桜《つぎざくら》王子がある。野中の清水には先客が数人いてポリタンクで湧水を汲んでいる。茂吉（五十二歳）もきっと清水を飲んだだろうと思い、列にならんで流れ落ちる清水を手で掬って飲んでみた。

歌碑の歌のように、京から現世浄土を求めて熊野詣での旅をした平安貴族に思いを馳せると、自分も聖地巡礼の旅人になった気がした。

茂吉の年譜によると、大正十四年八月（四十三歳）と昭和九年七月の二度熊野古道を歩いている。二度とも土屋文明と一緒だった。大正十四年の旅では、比叡山、高野山、和歌浦を経て海路勝浦に向かっている。勝浦から那智を訪ねて大雲取、小雲取を越えるルートをたどっている。

紀伊のくに大雲取《おほくもとり》の峰ごえに一足ごとにわが汗はおつ
山のうへに滴る汗はうつつ世に苦しみ生きむわが額《ひたひ》より　茂吉（『ともしび』）

これらの歌から、茂吉が非常に難渋して熊野古道の難所を越えたことが伝わって来る。茂吉は小雲取越の折に目の不自由な遍路に出会い、生きるエネルギーを感得している。

茂吉は、随筆「遍路」に以下の通り書いている。

「この山越は僕にとっても不思議な旅で、これは全くT君（筆者注・土屋文明）の励ましによった。然も偶然二人の遍路に会って随分と慰安を得た。なぜかというに僕は昨冬、火難《くわなん》に遭って以来、全く前途の光明《くわうみやう》を失っていたからである。すなわち当時の僕の感傷主義は、曇った眼一つでとぼとぼと深山幽谷《しんざんいうこく》を歩む一人の遍路を忘却し難かったのである。然もそれは近代主義的遍路であったからであろうか、僕自身にもよく分からない。」

大正十年十月、横浜港を出帆しヨーロッパに三年間留学した茂吉は、大正十三年十二月二十九日、帰途中の香港、上海間の船上にて青山脳病院火災の電報を受け取った。大正十四年一月七日、灰儘に帰した東京青山の焼け跡に帰ったが、火災保険の継続手続きをしていなかった。ヨーロッパから送った本を含めて膨大な蔵書も焼けた。茂吉の人生は暗転し、病院再建に奔走する苦難の日々が待っていた。

このような背景を踏まえて右記の随筆を読むと、熊野古道の旅が人生に苦闘する茂吉に大きな癒しを与えたことがわかる。

今回の取材旅行は熊野古道のうち中辺路だけだが、平成七年四月、私は家族で熊野那智大社、青岸渡寺を訪ねた。当時、西宮市夙川《しゅくがわ》の社宅住まいで、平成七年一月十七日、阪神大震災（震度7）を家族で体験した。会社研修所（豊中市）での疎開生活から社宅に戻り、妻や小学生だった三人の子供たちと熊野に震災厄払いの旅行をしたことは懐かしい思い出である。

話がそれたので元に戻したい。野中の清水の歌碑を見た後、継桜王子の境内の斜面にある一方杉《いっぽうすぎ》（和歌山県指定天然記念物）の巨木に手をあてて、聖地のエネルギーをいただいた。古道歩き館でもらった散策マップを頼りに近露王子まで歩き、いったん古道歩き館に戻った。

さらに田辺方向の牛馬童子口まで古道歩き館のマイクロバスで送ってもらい箸折峠《はしおりとうげ》を越えて古道歩き館までの六十分コースを歩いた。晩秋の好天の中、計約6㎞の熊野古道中辺路を満喫した。

熊野路《くまのぢ》の中辺路《なかへぢ》ごえはむら山をいくつ越えてし今ぞ磯浪《いそなみ》　茂吉

この歌は、『白桃』の中で歌碑の歌の次に収められている。実際に山また山の熊野古道に身を置いた茂吉の体験が、一首に染み透った秀歌である。

茂吉は、「作歌四十年」で以下の通り自注している。

「中辺路の熊野街道は後鳥羽上皇なども当代の歌人を連れて越えられた処で、その他の由緒もいろいろあるところである。その長い道中を自動車で走って、紀伊の海岸に出たときには、『今ぞ磯浪』といふ感慨であった。」

中辺路のハイライトコースを歩き終えた後、「熊野歩きの里ちかつゆ」で名物の目張りずしをゆっくりと味わった。

最後に、一首書かせていただき第九十五回目の筆を擱きたい。

中辺路の野中の清水手に汲めばこころ澄みゆくわれも旅人　修

平成二十八年十二月七日

第九十六回　白浜（和歌山県）

十一月二十二日、「古道歩きの里ちかつゆ」（和歌山県田辺市中辺路町近露）で目張りずしの昼食をとった。そこから十二時四十六分発の明光バス「快速熊野古道2号」（新宮駅始発三段壁行）に乗車。白浜温泉（和歌山県西牟婁《にしむろ》郡白浜町）に向かった。

白浜温泉には翌日訪ねる予定だった。しかし、中辺路の熊野古道歩きを予想外に早く終えたのと明日の天気が下り坂との予報から、本日中に白浜まで行くことにした。気ままに予定変更できるのが一人旅の妙味である。

白浜温泉は、大阪で勤務していた平成五年頃、職場旅行で来た思い出がある。関西屈指のリゾート地として有名だが、飛鳥時代に天皇の行幸を仰いだ「牟婁《むろ》の湯」として『日本書紀』にも登場する歴史ある温泉である。田辺湾から鉛山湾に面して湧き出る白浜、湯崎など複数の温泉を総称して白浜温泉と呼ばれている。

十四時二十六分、白浜温泉の湯崎バス停で降車した。青い海がすぐ目の前にあり日はまだ高い。バス停の道路を挟んだ向かい側に共同浴場「牟婁の湯」の建物がある。

その玄関横に茂吉歌碑（湯崎七湯の沿革の説明書き、明治期の絵図、茂吉の歌を併記した石の記念碑）が建っている。

歌碑には以下の歌が活字で刻まれている。（歌集『白桃』昭和九年、昭和六十年四月十一日建立、建立者白浜町）

ふる国の磯のいで湯にたづさはり夏の日の海に落ちゆくを見つ　茂吉

歌碑の前で読んでいると、温泉好きの茂吉が磯場のいで湯に浸かって海の夕日に感動している光景が目に浮かんできた。

この歌は、『白桃』の「湯崎白浜」五首中の一首である。茂吉がこの歌を詠んだ昭和九年七月十九日の日記に以下の記載がある。

「雨、後晴、朝自動車（乗合）ニテ熊野街道中並路ヲ越ユ。野中ノ清水。滝尻後鳥羽上皇歌会アト、真砂清姫ノ墓、十一時五十分朝来《あっそ》著。ソレヨリ汽車ニテ白濱口ソレヨリ乗合ニテ白濱ニツキ白良《しらら》荘ニ投宿ス。夕方マデ湯崎ノ方ヲ散歩シ、入浴シテ落日ヲ見ル。」

歌碑を見ていたら落日まで間があるものの、茂吉が入浴して歌を詠んだ湯崎温泉露天共同浴場「崎の湯」に入りたくなった。崎の湯は、湯崎半島の突端に湧き出ている。

歌碑の場所から八分ほど歩いて着いた。浴場の壁面に掲げられた説明書きによると七世紀に斉明天皇、持統天皇が入浴された当時のままの日本最古の外湯であるとのこと。将軍徳川吉宗が入浴した記録もある。

受付で入浴料四二十円を払い、二百円でタオルを買った。タオルには有間皇子《ありまのみこ》の、「家にあれば笥《け》に盛る飯を草枕旅にしあれば椎の葉に盛る」の歌（万葉集）が印刷されている。

磯場にある崎の湯に入浴すると、海と一体化した気分になった。泉質もすばらしい。熊野古道を歩いてきた疲れもふきとんだ。

茂吉は、歌碑の歌について「作歌四十年」の中で以下の通り自注している。

「それから二人（注・茂吉と土屋文明）は湯崎に行って、海岸に浸るばかりに近き巌の湯に浴した。ここは斉明天皇以来の由緒のあるところで、古えをおもうて悲喜こもごも至るところである。『ふる国の磯のいで湯』の句はそれに本づいている。この歌の、『たづさはり』は友と一しょぐらいの意味で、一人でない、孤独でない意味に使っている〈後略〉。」

　横《よこ》ぐもをすでにとほりてゆらゆらに平《ひら》たくなりぬ海《うみ》の入日《いりひ》は　茂吉（『白桃』）

歌碑の歌と同時に詠んだ秀歌である。茂吉は以下の通り自注している。（「作歌四十年」）

「海濤に近い湯の中で見た落日の光景である。水平線の上ちかく雲が無いように見えたが、太陽が沈むにつれてそういう雲もあることが分かった。太陽がそこを通りすぎて、邪魔物のないところに出たかとおもうと、一団の紅光が飴か何ぞのようにゆらゆらとゆらいで、あのまん円いものが平べたくなった。というので、散文ならばこれまでもいろいろ優れたのがあり、漢詩などにも、偉いのが数多あるだろう。和歌では新古今集の、『なごの海の霞のまよりながむれば入日をあらふ沖つ白波』が直ぐ連想に浮ぶのである。」

佐藤佐太郎は、『茂吉秀歌下巻』（岩波書店）の中でこの歌を以下の通り評している。

「海の入日は最も低いところに太陽が入る。その豊かさは格別だが、歌は、見たことのない人にもそのありさまが想像されるほど表現が美事である。『ゆらゆらに平たくなりぬ』と切って『海の入日は』という結句の倒置法によって詠歎をこめているのが、躍動する調子そのものに感動があり、単なる描写をぬけ出た詩の表現である。

自註の終わりの方でいっていることは、こういう表現はおそらく他にあるまいという心をこめていると受け取っていい。」

佐藤佐太郎の評から、茂吉が崎の湯で詠んだ歌に並々ならぬ自信を持っていたことがわかる。私は崎の湯に浸かって海をながめながら、ここで短い時間に秀歌を連発した茂吉の力量を思った。

晩秋の午後の日は海を輝かせている。落日まで一時間以上はかかりそうだ。さすがにそれまで粘っていられないので、湯からあがることにした。

湯崎バス停に歩いてもどると近くにフィッシャーマンズワーフがある。建物の中に入ると鮮魚市場があり水槽には魚や伊勢海老が泳いでいる。

従業員の女性から、「この場で刺身や焼き魚にできますよ。今の時間なら安くしますよ。」と声を掛けられた。ここで海を眺めながら落日を待って一杯やるのも記念になると思い、奮発して小ぶりの伊勢海老の頭を焼き物に、半身を刺身にしてもらった。

生ビールで湯上りのほてった身体と咽喉を潤し、茂吉も味わったであろう紀州の海の幸を味わった。

雲とぢし山を見さけてこのゆふべ海の荒磯にものおもひもなし　茂吉（『白桃』）

中辺路を越えて崎の湯に癒され、「ものおもひもなし」と安らいだ感慨を詠んだ茂吉を追慕し、一日の行程を振り返った。

最後に、一首書かせていただき第九十六回目の筆を擱きたい。

波しぶきとどく湯崎の湯に憩う熊野古道の旅の終わりに　修

平成二十八年十二月八日

第九十七回　伊丹（兵庫県）

十一月二十三日曇り、田辺（和歌山県）から大阪にJR特急で移動。その夜、勤務した会社の同期三人と梅田の庶民的な串カツ屋で旧交をあたためた。三人とも短歌に関心は薄い。読書家のO君から、茂吉の以下の歌なら面白いので知っているとの発言があった。

München《ミユンヘン》にわが居りしとき夜《よる》ふけて陰《ほと》の白毛《しらげ》を切りて棄《す》てにき　茂吉（歌集『ともしび』）

何でも歌にしてしまう茂吉ならではの歌である。大正十四年一月、三年間のヨーロッパ留学を終えて帰国した茂吉（四十三歳）が火難（青山脳病院火災）後の病院再建に苦闘した時期に、留学時代を思い出して詠んだ歌である。

ふつうなら歌材にしない特異な歌だが、異国の侘しい下宿部屋で鬱屈を抱えている孤独な茂吉の姿が浮かび上がってくる。転勤の多い会社だったので、O君はじめ集まった全員が単身赴任経験者である。茂吉の異郷での困難や孤独が現代人にも共感を呼ぶのだろう。

私は、関西在住の同期たちと久しぶりに再会できたことがうれしくて酒を飲み過ぎた。旅に出てかつて苦楽を共にした友人に会い語り合うのは人生の喜びである。

手遅れになる前したいことをせんたとえば会いたい人に会う旅　修

同夜、新大阪のビジネスホテル泊。翌二十四日晴、兵庫県伊丹市の茂吉歌碑を訪ねた。新大阪から伊丹まで約四十分で着いた。Iさん（西宮市在住）とJR伊丹駅で十時に待ち合わせ、ご案内していただいた。

Iさんは、私が大阪勤務の頃に取引先にお勤めで、西宮市夙川の家族社宅で阪神大震災（平成七年一月）に遭遇したとき、物心両面で支援してくださった恩人である。

茂吉歌碑がある神津小学校正門前には、猪名川《いながわ》に架かる桑津橋を渡って約十五分で着いた。三角おむすび型の石の歌碑には以下の歌が刻まれている。（『白桃』昭和九年、昭和六十一年三月建立、建立者伊丹市文化財保存協会、書は茂吉の自筆集字）

猪名川の香《かぐ》はしき魚《いを》を前に置き食ふも食はぬも君がまにまに　茂吉

猪名川で捕れた「香はしき魚」、すなわち大好きな鮎を前にして喜んでいる茂吉（五十二歳）が浮かんでくる。茂吉は生涯で鮎の歌を十首詠んでいる。魚の歌では鯉二十八首、鰻二十四首についで三番目に多い。（高橋光義著『続々茂吉歳時記』短歌新聞社）

猪名川は古歌に詠まれた猪名野の川で、百人一首に以下の歌がある。

ありま山ゐなのささ原風ふけばいでそよ人をわすれやはする　大弐三位（紫式部の娘）

茂吉が詠んだ頃の猪名川は鮎の棲む清流だったのだろう。

「食ふも食はぬも君がまにまに」は、「食うもよし、食わぬもよし、それはあなたのお気のままに」の意味である。(『文学碑を訪ねて』伊丹市文化財保存協会)

歌に出てくる「君」とはだれか? 『白桃』の詞書に以下の記載がある。

「(昭和九年)七月十二日大阪伊勢屋にて川田順氏のもてなしを受けぬ同席土屋文明・田中四郎・暁夢艸の五人席上短冊に歌かけといひしかば」

この詞書から、「君」は川田順であることがわかる。川田順は佐佐木信綱門下の歌人であり、茂吉とは東大の同窓かつ明治十五年生まれの同い年で親交が深かった。当時の川田順は住友本店の重役でもあった。茂吉年譜によれば、前日の七月十一日、土屋文明と共に東京を発ち西宮甲陽園に宿泊。翌十二日、川田順他と会った後、二十日まで吉野、熊野、白浜、和歌山を訪ねた。

さらに七月二十一日から一人で石見に向かい柿本人麻呂に関する「鴨山考」につき調査するという長旅をしている。本業の病院経営に苦闘しながらも貪欲に旅を続け、作歌の肥しにした茂吉のタフさには驚く。

昭和九年七月十二日の茂吉の日記には、川田順と会った時の様子が詳細に記されている。

「午前九時ゴロ甲陽園ヲタチ、大阪ニ来リ住友本店ニ川田順ヲ訪問ス。然ルニいせ屋ニテ午餐ヲ御馳走スルト云ウノデ土屋、田中、僕、池須健三ノ四人ニテ(神田君モイル)ビールヲ飲ミ、川田君ト歌ノ話ナドヲナス。川田君ハ定家ノ「なかりけり」ヲ僕ニ賛成セズ。又業平ノ歌ガオモシロイと云ウ。ソコガ少シ違ウナリ。」

この一文から、茂吉が久しぶりに旧友に再会し楽しく旧交を温めている様子がわかる。

昭和八年十月三十日、親友の平福百穂が没し、同年十一月、妻輝子の「ダンスホール事件」によって精神的負傷を負い、さらに昭和九年五月五日、アララギの盟友中村憲吉が没している。悲嘆の時期に川田順と再会したことが茂吉を和ませたのであろう。

昭和二十三年十月二十二日から十一月五日まで、晩年の茂吉（六十六歳、享年七十歳）は、京都、三朝《みささ》温泉（鳥取県）、石見（島根県）、広島県布野村中村家（中村憲吉墓参）、岡山、京都、名古屋を廻り人生最後の長旅をしている。

大石田の疎開生活で重病を患い身体の衰えを自覚していた。敗戦から三年経過し、自身の気力、体力のあるうちに盟友の墓参をし、会いたい人に会っておこうと思っての旅だったであろう。

同年十月二十四日、京都で最後に会ったのが川田順だった。茂吉が会ってまもない同年十二月一日、川田順は二十八歳年下の人妻、鈴鹿俊子（京都大学教授夫人、三児の母）とのいわゆる「老いらくの恋事件」で自殺未遂に至る。十二月四日、新聞報道され世間から大いに指弾を受けた。

新聞記事を読んだ茂吉は直ぐ川田順に以下の手紙を書き、川田順の恋愛に理解を示しエールを送った。（姦通罪が廃止されたのは前年の昭和二十二年十月だった。）

「拝啓ああおどろいた。ああびっくりした。むねどきどきしたよ。どうしようかとおもったよ。しかし電報拝見したが、無理なこととしてはいかんよ。お互いもうじき六十八歳ではないか。レンアイも切実な問題だがやるならおもいきってやりなさい。」

私は、伊丹の茂吉歌碑の前に立ち、茂吉と川田順との友情に想いを馳せた。

最後に、一首書かせていただき第九十七回目の筆を擱きたい。

猪名川の香魚《あゆ》をたたえし茂吉歌碑酒蔵ふるき伊丹に出会う　修

平成二十八年十二月十七日

第九十八回　伊東（静岡県）

十二月四日、静岡県伊東市の仏現寺（日蓮宗本山、霊跡寺院）を訪ねた。ここの梵鐘に刻まれている茂吉の歌を見るための日帰り旅行である。

茂吉記念館ＨＰの「斎藤茂吉歌碑一覧」を見ると、「記念碑その他」の項目がある。仏現寺の梵鐘はこの項目に記載されている。通常の歌碑ではないものの、設置者が茂吉を敬愛し茂吉の歌を刻んでいることに変わりないので、いつか訪ねてみたいと思っていた。

仙台駅から早めの新幹線に乗り、東京駅発十時の特急踊り子号に乗車。熱海に近づくと海上に初島が見えてきた。初島は、源実朝の名歌「箱根路をわれこえくれば伊豆のうみや沖の小島に浪の寄る見ゆ」に出て来る「小島」だと伝えられている。

私は持参した文庫本の歌集『石泉』の以下の歌が載っているページを開けた。

眉《まゆ》しろき老人《おいびと》をりて歩きけりひとよのことを終《をは》るがごとく　茂吉

昭和六年六月四日、茂吉（四十九歳）が熱海に静養していたとき、船で初島に渡って詠んだ歌である。上句が現在形（「老人をりて」）と過去形（「歩きけり」）が入り混じって不思議な訴求力のある歌である。茂吉特有の飛躍した表現の面白さがある。

佐藤佐太郎は、『茂吉秀歌上巻』（岩波書店）で以下のとおり評している。

「老人の様子、行為というものを『歩きけり』と簡潔にとらえ、その意味を『ひとよのことを終るがごとく』といったのは、大切なものだけを掬いあげて示したという表現である。通りすがりの旅行者で、しかもこれだけの人世を見るというのはただごとではない。」

伊東駅にはお昼前に着いた。改札を出ると駅前のいちょう通りの黄葉が美しい。伊東観光協会でガイドマップを入手し、坂道を上り徒歩約二十五分で市役所の隣にある仏現寺（伊東市物見ヶ岡）に着いた。仁王像のある大きな山門をくぐって広い境内を歩くと木立の隙間から伊東湾が見える。庫裡と客殿の間の石段を下りると右に鐘楼が見えた。梵鐘に近づいて目をこらすと茂吉の以下の歌が刻まれており判読できた。

朝ゆふに打つ鐘の音はあまひびき地ひびき永遠にひびきわたらむ　茂吉

（「短歌拾遺」昭和二十二年、昭和二十三年一月建立、建立者水村日鴻）

茂吉六十五歳の作である。鐘楼の柵から手を伸ばすと、わずかに梵鐘の歌の文字に触れることができた。声に出して読んでみる。調べの整った歌で、「ひびき」を三回繰り返し結句の「ひびきわたらむ」が扇を広げるように鐘の音の印象を深めている。

鐘楼の側の解説板によれば、もともと仏現寺の梵鐘は明暦二（一六五六）年に鋳造され永く親しまれてきたが大東亜戦争の折に供出されて不在になってしまった。

昭和二十三年、新鋳するとき、「忌むべき戦争と運命を共にした梵鐘を犠牲者菩提のため、新たに之を鋳造し平和の鐘と名付けて」六名の著名な歌人、俳人の作品を刻んだ旨、説明に書かれている。

茂吉の歌の他には、以下の歌と高浜虚子の俳句二句が刻まれている。

新しき国につくさむむつみあひともにはたらき共に栄えて　千葉篤胤

とどろきて消えゆく鐘に明けくれのこころ寄すらむ伊豆の国人　窪田空穂
寝ねたりておもひ空しき暁の心にひびく大寺のかね　尾上八郎（尾上柴舟）
初日のぼる一天四海やはらかき春来たれりと初日はのぼる　佐佐木信綱

境内におられた地元の男性にお尋ねすると、毎日朝夕六時に梵鐘は自動的に撞いている、大晦日には一般市民が梵鐘を打つことができるので沢山の人が並びます、とのこと。

私は茂吉の歌を刻んだ「平和の鐘」が伊東の町に鳴り響く音色を想像しながら、梵鐘に指を伸ばして爪で小さく弾いてみた。

仏現寺から伊東駅にもどる途中、伊東市立木下杢太郎記念館を訪ねた。記念館は土蔵造りなまこ壁の建造物（明治四十年建築）で、奥には天保六（一八三五）年に建てられた木下杢太郎（本名太田正雄）の生家が保存されている。

木下杢太郎は、明治十八年にこの地に生まれ、一高、東大医学部に学んだ茂吉の同窓である。（茂吉より三歳若く、一高は一年後輩）文学者、医学者として業績を遺した郷土の偉人である。記念館の展示資料によれば、東大医学部教授を務めた皮膚学の権威でフランス政府からレジオン・ドヌール勲章を授与されている。茂吉とは、明治四十二年、森鷗外が主宰する観潮楼歌会で出会って以来の交流があった。（当時、茂吉二十六歳、杢太郎二十三歳）

記念館には、茂吉が杢太郎に送った手紙（大正五年十月二十日付）が展示されている。

茂吉の第一歌集『赤光』（大正二年十月発刊）の「初版跋」で、茂吉は次のとおり書いている。

「平福百穂、木下杢太郎の二氏が特に本書のために絵を賜わった事を予は光栄に思っている。そのうち木下杢太郎氏の仏頭図は明治四十三年十月三田文学に出た時分から密かに心に思って居たものである。このたび予の心願かなって到頭予のものになったのである。」

杢太郎から『赤光』に絵を提供してもらった茂吉の喜びが表現されている。記念館には、杢太郎が描いた植物画「百花譜」や本業の「解剖図」が展示されており、緻密な絵一つ一つに豊かな画才が感じられた。

茂吉はヨーロッパ留学中、妻輝子が会いに来たパリでも杢太郎の世話になった。大正十三年八月十五日(推定)、前田茂三郎宛書簡に以下のとおり杢太郎への感謝を綴っている。

「巴里の生活は、やはり新たに生活をはじめるやうなものにて、気ばかりいらいらし、折角友人が心配して呉れた下宿ではさんざん南京にやられたりして、宿を換へること五たびやうやく今のホテルに移り申次第に御座候。木下杢太郎さんがまだ巴里に居られて、いろいろ世話してくれ申候、今のホテルも同君の世話に御座候。」

私は、木下杢太郎記念館で茂吉と杢太郎の生涯にわたる親交に想いを馳せた。

最後に、一首書かせていただき第九十八回目の筆を擱きたい。

杢太郎の海の入日の詩碑に逢うイソヒヨドリの遊ぶ伊東に　修

平成二十八年十二月二十日

第九十九回　北見（北海道）

昭和七年八月、茂吉（五十歳）は、末弟の高橋四郎兵衛（上山温泉山城屋主人、四十五歳）と共に北海道、樺太（現サハリン）を約一ヶ月かけて旅をした。

当時、北海道志文内《しぶんない》（現中川町）の拓殖医だった次兄の守谷富太郎（五十六歳）を訪ねて、十六、七年ぶりに再会することが主目的だった。拓殖医は北海道庁の政策により開拓地に配置された医師である。

前年十一月、上山金瓶の長兄広吉が逝去している。（享年五十七歳）次兄の富太郎は開拓地の医師として多忙のため長兄の葬儀に帰郷できなかった。残った兄弟三人が存命のうちに会いたいとの思いがこの長旅に結実したのであろう。

うつせみのはらから三人《みたり》ここに会ひて涙のいづるごとき話す　茂吉（歌集『石泉』）

富太郎との再会を果たした喜びにあふれる歌である。志文内で富太郎と五日間過ごした茂吉と四郎兵衛は、稚内、樺太、旭川、層雲峡、釧路、阿寒湖、根室、札幌、支笏湖、登別、函館等を巡った。茂吉は、この遠大な旅の歌を三百首以上詠んでいる。帰京後に詠んだ北海道詠も多い。この旅が茂吉の作歌に大きな刺激となったことがうかがえる。

茂吉と富太郎は仲が良く尊敬しあっていたことから生涯にわたって文通した。富太郎が遺した茂吉自筆の書簡、短冊、色紙等の貴重な資料は、富太郎亡き後もご遺族によって大切に保存され、平成九年、北見市に寄贈された。現在は、北見市立中央図書館「斎藤茂吉文学資料室」に展示されている。

北見市に茂吉の歌碑はないが、茂吉関連資料を是非見たいと思い、一月、北海道を三泊四日で一人旅した。また、茂吉には到底及ばないが真冬の北海道詠に挑戦したいと思った。

一月二十五日、仙台駅八時六分発の新幹線で北上し、新函館北斗、札幌で乗換え、旭川駅に十六時二十五分に着いた。旭川は氷点下十数度で雪が降っていた。その夜、旭川に単身赴任で勤務しているかつての同僚T君と六年ぶりで再会し、居酒屋で旧交を温めた。

旭川に遠く旅来て旧友《とも》と飲む苦楽をともにせし日語りて　修

同夜、旭川泊。翌二十六日、旭川駅九時発の石北本線特急オホーツク1号に乗車し北見に向かった。途中、車窓から北の大地の冬景色を堪能した。

雪ふぶく遠軽《えんがる》の野の牛の群れ列車を見つめじっと動かず　修

十一時五十分、北見駅着。北見市立中央図書館は北見駅とつながっている。図書館は約一年前に新築した立派な施設で、茂吉文学資料室は二階にある。入口に、背広を着て下駄履きの茂吉とカイゼル髭の富太郎が並ぶ写真（昭和十八年五月上山にて撮影）を拡大した垂れ幕がある。そこには以下の歌が書かれている。

北海道の北見の国にいのち果てし兄をおもへばわすれかねつも　茂吉（『つきかげ』）

子どもや孫に囲まれて北見で最晩年を過ごした富太郎は、昭和二十五年十月、七十四歳で亡くなった。右記の歌は、富太郎逝去の報せを聞いた茂吉（六十八歳）が東京で詠んだ挽歌である。尊敬してやまなかった次兄を喪った茂吉の悲しみが、結句の「わすれかねつも」の詠嘆に出ている。

茂吉の年譜によれば、富太郎が逝去した翌日に左側不全麻痺を起している。富太郎の死が茂吉にとっていかにショックだったかがわかる。この日を境に日記も自筆が困難になり、家人、看護婦による代筆になった。

茂吉はいよいよ老衰の道を辿り、昭和二十八年二月に逝去した。（享年七十歳）

茂吉文学資料室の入口には、もう一つ別の写真の垂れ幕がある。富太郎が日露戦争に応召し、出発前に東京で撮影した写真である。（明治三十七年二月六日撮影）

茂吉（二十一歳、第一高等学校学生）、富太郎（二十七歳）ともに着物姿で若々しい。

茂吉年譜（斎藤茂太著『茂吉の体臭』岩波書店）に、「（明治三十八年）一月、神田の貸本店より正岡子規の『竹の里歌』を借りて読み作歌の志を抱いた。」との記述がある。これにより写真の茂吉は、短歌に開眼する約一年前といえる。

しかし、開成中学三年生の茂吉（十七歳）が、兵役に就き台湾にいた富太郎に送った書簡（明治三十一年十月三十日付）に、以下の歌が書かれている。

兄上は雲か霞かはてしなき異域の野べになにをしつらん　茂吉

茂吉の現存する最も古い歌である。富太郎への兄弟愛とともに茂吉の歌才が感じられる。

写真撮影の翌年の明治三十八年、富太郎は苦学の末に医師開業試験に合格した。

垂れ幕には以下の歌が書かれている。

二里奥へ往診をして帰り来し兄の額より汗ながれけり　茂吉（『石泉』）

昭和七年八月、茂吉が志文内で詠んだ歌である。兄弟三人水入らずで過ごすわずかな時間にも拓殖医である富太郎は仕事を休めなかった。

当時、東京の大病院の院長として心労を抱えていた茂吉は、同じ医師として奮闘する富太郎の汗に尊いものを感じたのであろう。尊敬と兄弟愛が滲み出た歌である。この歌の茂吉自筆の短冊が茂吉文学資料室内に展示されている。
室内の多数の展示物の中で、富太郎の一人娘富子（茂吉の姪）の写真が目をひいた。聡明そうな美人である。昭和十六年、富子は志文内から北見の大橋喜義氏に嫁いだが、わずか二か月後、急性肺炎により二十二歳の若さで逝去した。翌年、富太郎は女婿の喜義氏と養子縁組した。再婚した喜義氏のご子息が現在の守谷記念整形外科院長守谷俊一氏（富太郎の孫）で、貴重な茂吉関連の遺品千点以上を父の名で北見市に寄贈された。

微けくも消えゆく吾子の心音を聴診器もて父われは聴く　一塊（富太郎）

死にゆく愛娘の最後を詠んだ絶唱である。富太郎はアララギ会員で茂吉は歌の師匠でもあった。茂吉が丁寧に添削した富太郎の歌稿の展示がある。茂吉の富太郎宛書簡に、「兄上の歌はなかなかうまく現代の一流の歌人にも負けません。」と書かれている。富太郎が秀でた歌人だったことがわかる。
最後に、一首書かせていただき第九十九回目の筆を擱きたい。

拓殖医の兄を尊ぶ三百の茂吉書簡あり吹雪く北見に　修

平成二十九年二月三日

第一〇〇回　根室（北海道）

一月二十六日、北見市立中央図書館の茂吉文学資料室で自筆短冊等を見た後、守谷記念整形外科を訪ねた。路面が凍結している上、４kmほど距離があるのでタクシーを利用した。医院名に「記念」が付いているのは、現在の守谷院長が、茂吉と守谷富太郎の記念館を作ることを願った父守谷喜義氏の遺志を継いだからとのことである。

守谷記念整形外科には茂吉と富太郎の遺品展示コーナーがある。受付で許可をもらいロビーの展示コーナーを見せていただいた。富太郎が志文内で収集したアンモナイトが数十点ある。茂吉記念館（上山市）で展示してある、茂吉が富太郎から志文内の土産にもらったアンモナイトを思い出した。

この谷の奥より掘りしアンモナイト貝《がひ》の化石《くわせき》を兄は呉れたり　茂吉（歌集『石泉』）

茂吉が富太郎からのプレゼントを生涯大切にしたことに思いを馳せた。

同日、北見駅十四時十七分発の特急オホーツク網走行に乗車した。せっかくの北海道旅行なので、茂吉歌碑はないものの道東をＪＲで巡ることにした。

十五時、網走駅着。晴。釧路行の乗換えまでの約一時間、市内を散策した。流氷観光砕氷船「おーろら」は営業しているが、流氷が着岸するのは数日先のようだ。駅の観光案内所で入手したパンフレットによると流氷まつりは二月十日から三日間とのこと。歩道が凍結しているので転ばないように注意した。

海風に幟《のぼり》凍てつき流氷の祭りちかづく網走の町　修

十六時十五分発釧路行の釧網《せんもう》線普通列車に乗った。釧路駅着十九時五十三分予定で約三時間半の各駅停車の旅である。網走市街を過ぎてトンネルをくぐると左にオホーツク海が見えてきた。列車は知床斜里駅まで一時間ほど夕映えの海沿いを走った。私は旅情を感じながら、網走駅で買った缶ビールを飲み、数の子弁当を味わった。

オホーツクの雲間をとおる夕日影流氷せまる海を照らせり　修

列車が摩周湖や阿寒湖の最寄駅である摩周駅に停車した時、外は寒々として暗かった。

茂吉（五十歳）は、昭和七年八月二十六日に阿寒湖を訪れて以下の歌等「阿寒湖行」十七首を歌集『石泉』に収めている。

一たびは見むとおもひてあひ見つる雄阿寒《をあかん》の山雌阿寒《めあかん》の山　茂吉

一度は見たいと念願していた阿寒の山々を目の当たりにした感慨が籠もった歌である。

茂吉は、「作歌四十年」の中で以下のとおり自注している。

「釧路に一泊し、それから阿寒湖を見、湖畔に一泊し、釧路に帰り、それから根室に行った。私がいまだ歌をはじめたばかりのころ、平福画伯が愛奴を画くため北海道に旅し、雄阿寒雌阿寒を歌に詠まれたことがあった。あの頃はもっと不便であったことが分かる。」

茂吉が、阿寒湖畔から鹿児島県で病気療養中の中村憲吉宛に送った絵はがきに、以下の記述がある。（昭和七年八月二十六日発信）

「東京いでて十六日めにて疲労加わり申しいんきんたむしになり難渋に御座候釧路とここととは日に一回のみの交通に候。画伯曾遊の地に御座候」

敬愛する画家でアララギの盟友でもある平福百穂に想いを馳せた一筆で、「作歌四十年」の自注と通底している。

平福百穂が阿寒湖を訪ねたのは、年譜によれば明治四十年八月だった。このとき平福百穂が描いた「アイヌ」は、明治四十二年、文部省展覧会に出品されて百穂の出世作となった。

茂吉は生涯、百穂の「アイヌ」の絵を愛蔵した。晩年、病床にあってもこの絵の掛け軸を見て生きる力をもらったといわれている。

「アイヌ」は斎藤家から茂吉記念館（上山市）に寄贈されて、常設展示されている。

今回の旅行で阿寒湖、摩周湖に行かなかったが、摩周駅ホームの観光案内を見ながら真冬の湖に思いを馳せた。

夜汽車停まる駅に摩周の文字見えて雪閉ざす湖《うみ》想いつつ過ぐ　修

同夜、釧路泊。翌一月二十七日、釧路駅八時十八分発の根室本線（愛称花咲線《はなさきせん》）の普通列車に乗って根室に向かった。終点の根室駅まで二時間半の行程である。車両は一両のみで乗客も少ない。雪の降る中、大自然の雪原を走る旅情に満たされた。

茂吉は、釧路から根室に向かう汽車で詠んだ歌十一首（「根室途上」）と、根室滞在中に詠んだ歌十首（「根室」）を『石泉』に収めている。

右《みぎり》にはくろぐろしたる森林《はやし》あり遠くつづけば起伏《おきふし》もなし

わが汽車の落石《おつちし》ちかくなれるころ小湾が見ゆ異国《いこく》のごとし　茂吉

持参した文庫本の『石泉』（短歌新聞社）の歌を詠んでいると、季節が異なるものの茂吉が詠んだ地理的特徴が次々と車窓に現われてくるのを実感した。

小池光氏は茂吉の北海道詠について、「おおむね退屈な歌が続き、一定の修練を積めばおおよそ作れそうな歌が多い」と感想を述べている。（『茂吉を読む　五十代五歌集』五柳書院）しかし、歌が詠まれた場所を実際に訪れ実景と照合してみることで、私はあらためて茂吉の描写力の高さを実感した。

これまで各地のローカル線の旅をしてきたが、花咲線の車窓の景観は最果ての趣が格別である。私は、茂吉の歌に刺激を受けて車中で以下の歌を詠んだ。

厳しくも氷浮かべる厚岸《あっけし》の湾に真冬の薄日さす見ゆ

鹿避《よ》けの警笛鳴らし雪野ゆく車両ひとつの花咲線は　修

茂吉は、根室で以下の歌を詠んでいる。

北ぐにのはての港とおもひつつ弟と二人《ふたり》街《まち》歩きゆく　茂吉

茂吉は「作歌四十年」の中でこの歌を自注し以下のとおり振り返っている。

「根室の町は新開地の感じであるが、発展の気運を示していて愉快であった。」

私は根室駅前から納沙布岬行のバスに乗った。そして烈風のなか岬の突端に立ち、北方領土を間近に臨んで以下の歌を詠んだ。これで第一〇〇回目の筆を擱きたい。

怒濤ひびく納沙布岬にウミウ飛ぶ近くて遠き島々見つつ　修

平成二十九年二月五日

第一〇一回　備後布野（広島県）

春めいて来た三月十三日朝、仙台空港八時十分発の広島行の飛行機に乗った。今回の旅行は、広島県および愛媛県にある茂吉歌碑訪問が目的である。広島空港に九時五十分着。天気晴。バス、ＪＲを乗換えて十一時半頃、尾道に着いた。

尾道に茂吉歌碑はないが、アララギの盟友だった中村憲吉（広島県布野《ふの》村（現三次《みよし》市）出身）の終焉の旧居を訪ねた。（昭和九年五月五日没、享年四十五歳）

中村憲吉の歌は、高校生の頃に学んだ以下の代表歌が思い浮かぶ。

篠懸樹《ぷらたぬす》かげ行く女《こ》らが眼蓋《まなぶた》に血しほいろさし夏さりにけり（『林泉集』）

雪国の高校生だった私は、この歌に都会的な季節感を感じて愛誦した。

憲吉旧居は、尾道市街と尾道水道を見下ろす千光寺のすぐ下にある。尾道駅から古寺めぐりコースの狭い坂道を二十分ほど歩いて着いた。尾道独特の箱庭的風景に旅情を感じた。旧居の入り口に「中村憲吉終焉の家」の石碑がある。小さな旧居は採光、通風に恵まれている。眺望の良さは病床の憲吉をなぐさめたことだろう。旧居には憲吉歌碑があり、以下の歌が刻まれている。

千光寺に夜もすがらなる時の鐘耳にまちかく寝《い》ねかてにける　憲吉

下句の「寝ねかてにける」には、鐘の音を聞きながら愛妻や五人の娘たちを案じ、来し方行く末を想って寝付けない病床の心情が溢れている。

昭和五年十月～十一月、当時の満州（中国）、朝鮮半島を旅行した茂吉（四十八歳）は、下関に到着。その後、平福百穂、中村憲吉と三人で森鷗外の生地津和野、益田の柿本神社、出雲大社等を旅し広島県布野の憲吉宅を訪ねた。

茂吉は、東京の平福ます子（百穂夫人）宛に送った絵ハガキ（同年十一月二十五日付）に、「三人水入らずの談合放話一代の幸福旅行に御座候」と記している。盟友との旅は、茂吉の生涯の中で最も楽しい旅の一つだったのだろう。私は、尾道の憲吉旧居を見学しながら、病床の憲吉の胸にもきっと茂吉や百穂との親交が去来したことだろうと想像した。

同日、広島泊。翌三月十四日、曇り。広島駅九時一分発の芸備線普通列車三次行に乗車し中村憲吉の故郷布野に向かった。十時四十分頃三次着。タクシーを利用し約三十分で布野に着いた。旧出雲街道沿いにある山峡のしずかな町で日陰には雪が残っていた。

年譜によれば茂吉は生涯で六回、布野の中村憲吉宅を訪れている。最初に憲吉の墓を訪ねた。墓は生家の方角を向いて親族の墓と並んで建っている。憲吉の墓は茂吉の揮毫によるもので、端正な文字に盟友を喪った悲しみが込められているように思えた。

昭和九年五月八日、茂吉（五十一歳）は布野の憲吉宅での葬儀に参列した。

こゑあげてこの寂《さび》しさを遣《や》らふとはけふの現《うつつ》のことにしあらず

うつつなるこの世のうちに生き居《い》りて吾《を》は近《ちか》づく君がなきがら　茂吉

歌集『白桃』、「悲嘆録」五首中の二首で、「布野に中村憲吉君を哀悼す」の詞書がある。

茂吉は、「作歌四十年」の中で以下のとおり自注している。

「中村憲吉を弔らうために布野に行って、これらの歌を作った。はじめの歌は、もうこえも何も立たない寂しさで、今の現実の切ないことを云っておる。次の歌は、寝棺に寝ておる中村にあうところである。これでは『吾は近づく君がなきがら』というので止めた。平福百穂にせよ、中村憲吉にせよ、普通一般の挽歌にもならぬほどの切実なものがあるので、力負けがしてなかなか出来なかった。」

憲吉逝去前年の昭和八年十月三十日、秋田県横手にて平福百穂が死亡した。（享年五十五歳）そして、翌十一月、輝子夫人が関わったとして「ダンスホール事件」が新聞報道された。茂吉は精神的負傷を負って落ち込み、世間に恥じて夫人と別居している。

このような背景を踏まえて茂吉の布野での歌を読みなおすと、人生の中で最も悲嘆が続く時期に一人残された沈痛な思いが込められた歌であることがわかる。

茂吉は、憲吉の亡骸の前で学生時代以来の友情と重厚深切な歌風を讃えて心のこもった弔辞を読んだ。そして、憲吉宅に宿泊した翌日、岡麓、土屋文明とともに赤名峠を越えて石見に向かった。

同年七月、一人で再び石見を旅して柿本人麻呂の調査研究にさらに精力を傾けた。茂吉が悲嘆をエネルギーに変えてテーマに没頭したことが、学術的に大きな業績につながったと言える。


一とせを鴨山考にこだはりて悲しきこともあはれ忘れき　茂吉（『白桃』）

茂吉は、昭和九年十一月、『柿本人麿（総論篇）』（岩波書店）を刊行した。

憲吉の墓参をした後、中村憲吉記念文芸館を訪ねた。文芸館は平成二十四年に憲吉生家を整備、改修した建物で、憲吉の遺墨、遺品等資料を展示している。事前に見学を予約していたことから、升井館長が懇切丁寧に案内してくださった。

あららぎや百日紅の木のある庭に、文芸館のオープン時に作られた茂吉・文明合同歌碑（建立者藤原郁子）が建っている。歌碑は背丈ほどの直方体の石柱で、茂吉と文明の以下の歌が白いパネルのような形式で書かれている。

よろこびをしみじみとして語りたり文明君と床をならべて　茂吉
君がいへに夜もすがらなる樅の雨ほのぼのとして鳩のなくなる　文明

いずれも、昭和十二年五月十二日、憲吉の長女中村良子の結婚式に参列のため憲吉生家に泊まったときに詠んだ歌である。茂吉（五十四歳）の歌は、『寒雲』に収められている。新婦を心から祝福する想いが平明で素直に胸に迫ってくる。『寒雲』にはこの時詠んだ以下の歌がある。

今のうつつに君しいまさば手をとりて互《かたみ》に踊《をど》り痴《し》れたるならむ　茂吉

茂吉と憲吉との「アララギ」創刊以来の深い絆と友情が強く感じられる歌である。

最後に一首書かせていただき第一〇一回目の筆を擱きたい。

憲吉のふる里布野に訪ね来て文明茂吉の残り香に逢う　修

平成二十九年三月二十五日

第一〇二回　呉・松山（広島県、愛媛県）

広島に連泊した翌日の三月十五日、広島県立宮原高等学校（呉市）にある茂吉歌碑を訪ねた。天気晴。広島駅九時十四分発のＪＲを利用し約三十分で呉駅に着いた。くれ観光情報プラザでガイドブックを入手し、宮原高校の場所を確認。呉港や海上自衛隊の施設を横目に見ながら坂道を歩き、約二十分で目的地に着いた。

宮原高校正門の両脇に大きなフェニックスの木が繁っている。左の木の横に茂吉の以下の歌を刻んだ石の歌碑が建っている。（歌集『小園』昭和二十年、昭和五十八年八月建立、建立者宮原高等学校第十三回卒業生、他筆）

灰燼の中《なか》より吾もフェニキスとなりてし飛ばむ小さけれども　茂吉

昭和二十年秋、茂吉（六十三歳）が郷里金瓶に疎開中に詠んだ歌で、呉で作った歌ではない。同年五月二十五日の空襲で東京青山の病院も自宅も焼失してしまった。価値観が大転換した敗戦直後、茂吉は悲嘆、孤独、戦犯不安等に襲われる疎開生活の中にいた。

しかしこの歌には、自由と平和をめざす新しい時代を迎えて、年老いて非力の自分も不死鳥となって今一度立ち上がろうとの強い気概が表出している。

宮原高校の事務室を訪ねて歌碑建立の由来を在室の先生に伺ってみた。この歌が選ばれた理由は不明だが、アララギ派の歌人だった当時の教頭先生が選定し揮毫して卒業記念に建立されたと、親切に説明して下さった。

いつの時代も人生には様々な苦難が訪れる。卒業生が窮地に陥った時、勇気を与える歌としてこの歌を選んだのだろうか。そんな推測をしながら歌碑を撫でてみた。

宮原高校の歌碑を見た後、呉港十三時十分発のフェリーに乗って四国の松山（愛媛県）に向かった。早春の瀬戸内海のおだやかな景色を眺めながら約二時間の船旅を楽しんだ。

十五時五分松山港着。バス、電車を利用し、JR松山駅前のビジネスホテル泊。

翌十六日、快晴。松山駅前から路面電車に乗り、終点の道後温泉で降車。徒歩十分ほどで茂吉歌碑のある宝厳寺《ほうごんじ》に着いた。「時宗一遍上人御誕生旧跡」と記した標柱が建っている。境内に入ると右手に茂吉歌碑と子規句碑が並んで建っている。

茂吉の歌碑には、以下の歌が刻まれている。（『あらたま』、平成三年三月建立、建立者山上次郎）

あかあかと一本の道通りたり霊剋《たまきは》る我が命なりけり　茂吉

すぐ側の案内板に以下の説明文が書かれている。

「当寺との関わりは昭和十二年五月二十日茂吉（五十五歳）が参拝したことによるが、この歌は東京代々木原の秋の斜陽のイメージに孤独な者の一筋の人生行路を重ねたものといわれる。歌人山上次郎は茂吉の遺髪を受けてここに納めた。文字は茂吉自筆。　松山市教育委員会」

歌碑の歌は、茂吉の代表作の一首（三十一歳作）で、東京の青山脳病院跡にある歌碑と同じ歌である。茂吉は、『童馬漫語』（斎藤茂吉全集）の中で以下の通り自注している。

「左千夫先生追悼号の終の方に予は『秋の一日代々木の原を見わたすと、遠く遠く一本の道が見えている。赤い太陽が団々として転がると一ぽん道を照りつけた。僕らはこの一ぽん道を歩まねばならぬ』と記している。このような心を出来るだけ単純に一本調子に直線的に端的に表現しようと思ったのである。」

宝厳寺は、平成二十五年八月の火災により本殿、一遍上人立像が焼失してしまった。現在の本殿は昨年五月に落慶法要を行った新築である。私は、新しい本殿に再生するエネルギーの逞しさを見て、昨日呉で見た茂吉歌碑の「フェニキス」の歌を思い浮かべた。

茂吉の歌碑の隣に子規句碑があり自筆の以下の句が刻まれている。

色里や十歩はなれて秋の風　子規

案内板に以下の説明が書かれている。

「明治二十年十月六日快晴　同居の漱石と道後へ吟行。その日のことを記した『散策集』に『宝厳寺の山門に腰かけて』と前書きしてこの句がある。」

道後温泉の世俗と荘厳な寺を対比した俳味を感じながら句碑を鑑賞していると、観光ガイドの女性がシニアのご夫妻を案内しながら説明を始めた。手持ちの資料を広げながら、「この写真の美人は茂吉のいい人だったひとです。松山の方で、昭和十二年五月に茂吉が松山に来たとき案内しました。」と話している。

茂吉の年譜によれば、昭和十二年五月十二日、広島県布野村での中村良子（憲吉の娘）の結婚式に土屋文明と共に出席した後、柿本人麻呂研究のため石見を踏査。五月十八日から二十一日、松山に行き、子規旧居、城山、正宗寺《しょうじゅうじ》（子規の墓）、宝厳寺、愚陀仏庵《ぐだぶつあん》（漱石、子規が同居した旧居）などを訪ねた。松山では永井家（医院）、道後温泉に宿泊し、永井ふさ子に案内してもらっている。

茂吉とふさ子の出会いは昭和九年九月十六日、子規三十三回忌歌会が催された向島百花園に於いてであった。（茂吉五十二歳）

この時、ふさ子（二十四歳）が、「四国松山から来たこと、父が正岡子規と幼な友達で子規のことを『のぼさん』と呼んで話していることなどを述べると、茂吉は『ほう、それは因縁が深いな』と言う。」（北杜夫著『茂吉彷徨』岩波書店）

茂吉は、明治三十八年一月（二十三歳）、神田の貸本屋から子規の『竹の里歌』を借りて読み作歌に志を抱いている。茂吉にとってふさ子との出会いは子規を機縁とした運命的なものに思えたとしても不思議ではない。

茂吉とふさ子の恋愛の背景には、輝子夫人の「ダンスホール事件」（昭和八年十一月新聞掲載）を原因とする茂吉の「精神的負傷」があったと、柴生田稔は書いている。

茂吉はこの事件に苦悶し、四人の子供を引き取ってその後十二年間輝子夫人と別居生活を送っている。

茂吉は生前、ふさ子との関係を秘匿し、ふさ子宛に書いた手紙をすべて焼却するようにふさ子に懇願していた。茂吉が亡くなって十年後の昭和三十八年、書簡百二十二通が『小説中央公論』に発表されて、茂吉とふさ子との関係が世に知られることとなった。

最後に、一首書かせていただき第一〇二回目の筆を擱きたい。


山笑う春の道後の湯につかる　のぼさんの句を口遊みつつ　修

平成二十九年三月二十七日

第一〇三回　松山続編（愛媛県）

三月十六日、宝厳寺の茂吉歌碑、松山市立子規記念博物館を訪ねて道後温泉に入浴した。その後、茂吉ゆかりの場所を訪ねた。

永井ふさ子の墓は、松山市御幸の長建寺にある。（ふさ子は生涯未婚で平成四年六月逝去、享年八十二歳）道に迷って若い人に尋ねたところ、わざわざ案内してくださった。近所に住んでいるという大学生だった。見知らぬ旅行者に親切にしてくれた大学生に心から感謝した。

ふさ子の墓碑には、以下の自詠が刻まれている。


ありし日のごとくに杏子花咲けりみ魂かへらむこの春の雨

アンズの花を見て亡き人を想う作者の真情が滲んでいる。ふさ子が優れた歌才を持っていたことがわかる歌である。ふさ子は生前、アンズの思い出を以下の通り語っている。

「まだ、私どもの父母も健在だった時分、住宅の庭の一隅に大きな古いアンズの木がありまして年毎に見事な花を咲かせてくれました。私どもの家族は庭にむしろをしいて、その上で弁当をひらいて花見の宴をはったものです。

いつか、茂吉先生が来られました折、このアンズの宴会の話をしましたら、今度の花見の頃には是非知らせてくれと言っておられましたが、実現しませんでした。私にとりましては、このアンズの木は忘れられないものでありました。」（参考・永井ふさ子の手記、山上次郎著『斎藤茂吉の恋と歌』、『斎藤茂吉の生涯』）

私はふさ子の歌に、懐かしい父母を想う気持ちとともに茂吉を追慕する気持ちを感じながら鑑賞した。

茂吉がふさ子を想って詠んだ代表歌として以下の歌がある。

海のかぜ山越えて吹く国内《くぬち》には蜜柑《みかん》の花は既に咲くとぞ　茂吉（歌集『暁紅』）

茂吉はこの歌を以下のとおり自注している。

「海の風が山を越えてくる君の土地ではもう蜜柑の花が咲くようになったそうである。あの小さい蜜柑の花のことをおもうとなつかしいというので、『とぞ』の止めでも結句の役目を果し得る。」

佐藤佐太郎は、『茂吉秀歌下巻』（岩波書店）の中で以下のとおり評している。

「（茂吉が）永井ふさ子に宛てた書簡によって、『国内』は伊予の松山地方をさし、清楚で薫りたかい小花をなつかしむのはやがて特定の人を恋い思うのであることがわかる。しかし短歌ではそういう背景は隠れて、ただあたたかい感情だけが感じられる。」

永井ふさ子との恋愛が茂吉に多大な影響を与え、艶と光彩を放つ数々の秀歌につながったことが理解できる。

昭和十二年五月十九日付の茂吉（五十五歳）の日記には以下の記載がある。

「松山永井宅。朝ふさ子ト朝食ヲ共ニス。老先生（ふさ子の父）ハ看護婦ノ試験、家族ノ写真ナドヲ僕ガトル。永井ふさ子ト松山ノ城山ニ汗カキナガラ上リ、櫓ノ上ヨリ四方ヲナガメ大体ノ有様ヲ見タ。ソコヲクダリ、自動車ヲ見ツケテ、正宗寺ノ子規ノ遺髪塔と内藤鳴雪ノ墓トニ詣デ、遺品ナドヲ見テ、自動車ニテ大街ノ喫茶店『翁』ニ寄リクリームソーダヲ飲ミ、カヘリテ午睡ヲナス。」

茂吉の行動と前後したが市電に乗って松山市駅で降り、子規の墓のある正宗寺を訪ねた。寺の前の左右に石柱があり双方に歌を記した白板がはめ込まれている。

右の石柱には茂吉の以下の歌が記されている。

正　宗《しやうしゆうじ》寺の墓にまうでて色あせし布団地《ふとんぢ》も見つ君生《い》けるがに　茂吉

『寒雲』、「松山道後」の一首である。尊敬してやまない先覚である子規の遺品に接した茂吉の感動が表れている。茂吉記念館ＨＰの「斎藤茂吉歌碑一覧」にこの石柱の記載はないが、歌碑と同類の記念碑に思われた。正宗寺の境内に子規が十七歳まで過ごした旧居を模して建てられた子規堂（木造平屋建て）がある。遺稿、遺品、写真などが展示されている。私は、子規堂を見学しながら子規が日本の文学史に遺した偉業をあらためて思った。

なお、正宗寺の左の石柱には、与謝野晶子の以下の歌が記されている。

子規居士と鳴雪翁の居たまへる伊豫の御寺の秋の夕暮　晶子

正宗寺の受付の女性に愚陀仏《ぐだぶつ》庵跡の場所をお聞きしたら、マップをくれた上に印をつけてわかりやすく教えてくださった。私はご親切に感謝し以下の歌を詠んだ。

愚陀仏庵へゆく道問えば伊予ことば春かぜのごと和《なご》みて親し　修

愚陀仏庵は、明治二十八年に夏目漱石と正岡子規が五十二日間同居した旧居である。茂吉は、正宗寺を訪ねた翌日に訪れている。

街中のその場所を訪ねてみると駐車場になっていて、往時の面影は全くない。案内板には、昭和二十年七月の松山大空襲で焼失した旨書かれている。現在は、松山市立子規記念博物館の中に愚陀仏庵の一階部分が復元され常設展示してある。

私は、愚陀仏庵跡を見たあと城山に徒歩で上り、松山城天守閣を見学した。火災や戦火で失われた櫓などは木造で復興され、築城当時の面影を今に残している。山麓から本丸にかけての石垣が立派で、上りながら名城の趣を実感した。

城山に高くのぼりて日にきらふ古《ふる》ぐに伊予《いよ》はわれのまにまに

この国にあふちの花の咲くときに心は和ぎぬ君とあひ見て　茂吉（『寒雲』）

いずれも、昭和十二年五月十九日、永井ふさ子に案内されて、「城山ニ汗カキナガラ」上ったときに詠んだのであろう。茂吉の旅情が感じられる歌である。

松山城天守閣からの眺望はすばらしく、瀬戸内海や道後温泉が一望できた。帰りはリフトで下りてきた。鶯の群れがまだ慣れない鳴き声で満開の梅林を渡っていくのが眼下に見えた。

街にもどり伊予名物鯛めしの店で地酒と美味を味わいながら、五十代の茂吉が情熱を燃やし生涯秘めた、ふさ子との恋愛に思いを馳せた。

最後に、一首書かせていただき第一〇三回目の筆を擱きたい。

松山をめぐれば子規の句にみちて俳句の街の香りしたしき　修

平成二十九年三月三十日

第一〇四回　人吉（熊本県）

四月五日、茂吉とゆかりのある熊本県人吉市に妻と旅行した。昨年一月、鹿児島県内の茂吉歌碑を訪ねたとき人吉訪問の予定だったが、大雪の影響で断念した経緯がある。

人吉に茂吉歌碑はないが、大正九年暮れから翌十年一月六日まで、長崎時代の茂吉（三十八歳）が輝子夫人（二十五歳）と九州南部旅行（熊本、鹿児島、宮崎）で訪れた思い出の地である。

茂吉は、大正九年一月、スペイン風邪に罹り喀血。温泉嶽、古湯などに転地療養し、回復後の晩秋から長崎医専、病院の勤務に復帰した。十年三月、長崎を去り、十年十月、ヨーロッパ留学のため横浜港から出帆しているので、夫人との九州南部旅行は特に想い出深いものであっただろう。

大正九年十二月三十一日、旅行中に茂吉が久保田俊彦（島木赤彦）宛に送ったハガキには以下のとおり書かれている。

「拝啓、三十日に妻と喧嘩いたし為方なしに一処に旅行に出かけ申候。気がくしゃくしゃして出かけたれども途中にて仲直いたし候、実に妙なものに御座候。しかし小生には夫婦喧嘩は非常に毒にて頭の工合が悪くなり候が、愚妻の性質（先天的、遺伝的）はどうしても時折小生をして喧嘩せしめ申候。実に悲しき気持もいたし申候」。

喧嘩後もすぐ仲直りして旅を共にしているところに茂吉夫妻の組合わせの妙味が感じられる。

歌集『つゆじも』の「九州の旅」に以下の詞書がある。

「大正九年十二月三十日。長崎発、熊本泊、翌三十一日熊本見物を終り、同夜人吉林温泉泊。大正十年一月一日。林温泉より鹿児島に至る。一泊」

四月五日、晴。新鳥栖駅十一時十五分発の九州新幹線に乗車。熊本から八代行の普通列車に乗換えると車窓から青いビニールシートを覆った瓦屋根住宅が散見された。一年前の熊本地震の後遺症に心を痛めた。八代駅十二時四十七分発の肥薩線普通列車に乗り換える。車窓から山峡を流れる球磨川（日本三急流）を見て旅行気分にひたった。

茂吉は、八代から人吉に向かう車窓から見た様子を以下のとおり手帳に書いている。

「人吉、球麻（磨）川、山にそいてしずかなる川　はざまゆく、○トンネル　○クマガハノキシニムレイテアソベルハココノハザマニウマレタルゴ《ママ》ドモ」

手帳にメモした感想は推敲されて、以下の歌が歌集『つゆじも』に収められている。

球磨川の岸に群れゐて遊べるはここの狭間に生まれし子らぞ　茂吉

私たちが乗った列車は、十四時十一分人吉駅に着いた。人吉は明治維新まで六七〇年続いた相良氏の城下町である。町に足を踏み入れるとホッとする雰囲気がある。司馬遼太郎は、人吉について以下のとおり書いている。

「この球磨川上流の盆地は桃源郷とか隠れ里とかいったような地勢をもっている。」（『街道をゆく3』「肥薩のみち」朝日文庫）

まず、駅から五分ほど歩いて青井阿蘇神社（八〇六（大同元）年創建、国宝）に参拝して旅の安全を祈願した。当夜は人吉温泉の旅館翠嵐楼に宿泊した。翠嵐楼は、茂吉夫妻が泊まった人吉温泉発祥の湯である。部屋の窓から間近に悠々と流れる球磨川が見渡せる。

茂吉は翠嵐楼の周辺で目にした光景を手帳に克明にメモしている。

「球磨川の流の川原の脇ニ支流の合する処ノ横の水にもう黒いおたまじゃくし、むかがる《ママ》　冬の小草、冬草の青き、かえる鳴きいづ。○夕ぐれの川原を人あるく見ゆ、○川を舟にて渡す、人わたる見ゆ、

大正十年一月一日　球磨川一帯一めにさ霧がこめている。」

みぎはには冬草《ふゆくさ》いまだ青くして朝の球磨川ゆ霧たちのぼる　茂吉（『つゆじも』）

翠嵐楼の温泉につかって旅の疲れをいやした後、浴衣姿で球磨川沿いの土手を歩いてみた。茂吉が手帳に記した渡船は現在ない。茂吉が詠んだ冬の光景と異なるものの、対岸の山から鶯や雉の鳴く声が聞こえる。散歩している地元の方にお聞きすると、ここには二十数種類の野鳥がおり、霧のかかる早朝にはヤマセミの姿も見られるとのこと。自然の豊かさに驚いた。

日本三急流のうち、最上川、天竜川に茂吉歌碑があるが球磨川にはない。私は夕ぐれの球磨川に手をひたしながら、もし茂吉歌碑を建てるとすればこのあたりがふさわしいだろうと想像した。

翌四月六日、雨後曇り。人吉駅十時八分発の肥薩線、吉松（鹿児島県）行観光列車いさぶろう・しんぺい号に往復乗車した。レトロな内装の列車で、途中、ループ線、スイッチバック、日本三大車窓（えびの盆地、

霧島連山、桜島が一望できる）を楽しめることから鉄道ファンに人気のローカル線である。
茂吉は、日本三大車窓（他は根室本線狩勝高原、篠ノ井線姨捨《おばすて》）のすべてを体験したことになる。
大正十年一月一日、人吉駅から肥薩線（当時は鹿児島本線）の汽車に乗った茂吉は、手帳に以下のとおり書いている。
「〇白髪岳《しらがたけ》、市房山《いちふさやま》　さつまざかひの山なみをゆくなり　汽車のぼる峠に道細々とつきあるはあはれなる哉
大畑《おこば》駅、ループ線、矢嶽十二時三十分／山上の気分、隧道中にて峠を下る音する。」
そして、茂吉は以下の車中詠を詠んだ。（『つゆじも』）
白髪岳《しらがだけ》市房山《いちふさ》もふりさけて薩摩ざかひを汽車は行くなり
大畑《おこば》駅よりループ線となり矢嶽《やたけ》越す隧道《トンネル》の中にてくだりとなりぬ　茂吉
私と妻は、茂吉が手帳と歌に残した肥薩線の珍しい沿線光景を見ながら、名物駅弁の栗めしを食べて肥薩線の旅を楽しんだ。
なお、茂吉が人吉から鹿児島、宮崎を旅した帰途（大正十年一月四日）に詠んだ以下の歌の歌碑が、平成二十五年五月、宮崎県高原町高原駅前に建立されている。（『つゆじも』、高原駅開業一〇〇年記念）
霧島はおごそかにして高原《たかばる》の木原を遠《をち》に雲ぞうごける　茂吉
霧島連山の麓を巡る車窓から見た写生歌で、旅情ゆたかな歌である。
最後に一首書かせていただき、第一〇四回目の筆を擱きたい。
輪を描き峠越えゆくしんぺい号薩摩ざかいの春を旅ゆく　修

平成二十九年五月五日

第一〇五回　蔵王（山形県）

四月二十一日、珊瑚婚の記念旅行にと妻と蔵王温泉わかまつや（山形市）に宿泊した。ここは、茂吉の親戚筋にあたる宿である。この機会を利用して、昨年、蔵王に新たに建立された茂吉歌碑二基を訪ねた。蔵王温泉周辺は、「茂吉ロード」として歌碑が今後さらに増える予定である。

天気晴れ。仙台から蔵王温泉まで県境の笹谷トンネルを越え、マイカーで約二時間の行程である。山形市内は馬見ヶ崎川沿いの桜が満開だったが、標高約９００ｍの蔵王温泉は日陰に雪が残っていた。

蔵王温泉の「蔵王四季のホテル」別館前に背丈ほどの石柱型歌碑があり、以下の歌が活字で刻まれている。

　ひさかたの天はれしかば蔵王のみ雲はこごりてゆゆしくおもほゆ　茂吉

（歌集『霜』、平成二十八年十一月八日建立）

晴天なのに蔵王は雲が籠もっている。天気が下り坂に向かうのだろうかと案じている自然詠である。歌碑の場所から蔵王の残雪の峰が間近に見えて蔵王との一体感が感じられた。

この歌は、茂吉（五十八歳）が蔵王瀧山《りゅうざん》に登る途中に詠んだ十首中の一首で、以下の詞書がある。

「（昭和十六年）四月三十日、赤湯を立ち上山温泉山城屋に著く。五月一日、上山を立ち山形を経て高湯温泉なる瀧山に登る。高橋重男同道せり」

蔵王温泉は、かつて高湯と呼ばれていた。高橋重男は、茂吉の甥（山城屋主人で実弟の高橋四郎兵衛の息子）で茂吉のカメラマン的役割も担っていた。

茂吉は日記に以下の通り書いている。

「五月一日　木曜　ハレ　高橋重男同道、バスニテ山形ニ行キ、九時山形発ニテ高湯ニ十時五分ニ著キ、龍山ニ登リ、頂上ニテ食事シ、二時若松屋ニ入ル、入浴数回」

歌碑の歌と同日に詠んだ歌として、『霜』に以下の歌がある。

桜桃の花しらじらと咲き群るる川べをゆけば母をしぞ思ふ
しろ妙の雪をかかむる遠山がをりをりに見ゆ木立の間に
うつせみの胸戸ひらくるわがまへに蔵王は白く雁戸ははだら
いきほひて山の奥よりながれたる水際しづかに雪は消残る　茂吉

登山中、短時間に次々と歌を詠む茂吉の多作ぶりに驚く。途中、亡き母を偲んだのは、茂吉にとって蔵王が懐かしい母と重なる故郷そのものだったからだろう。

蔵王四季のホテルの歌碑を見たあと、蔵王スカイケーブル上ノ台駅からロープウェイに七分ほど乗った。眼下に雪解け水が勢いよく流れていく細い渓流が見える。中央高原駅で降りると間近に蔵王権現像の堂があり、隣に茂吉の以下の歌を活字で刻んだ歌碑が建っている。(『霜』、平成二十八年七月一日建立、瀧山山頂記念碑・木製の老朽化に伴い移築建立)

山の峰かたみに低くなりゆきて笹谷峠はそこにあるはや　茂吉

この歌は、前述の歌碑の歌と同日の昭和十六年五月一日、茂吉が蔵王瀧山の頂上にたち周囲を遠望して詠んだ歌である。結句の「はや」の詠嘆から、笹谷峠を目にした茂吉の感動が伝わってくる。

笹谷峠は山形、宮城県境の峠で日本海側と太平洋側を結ぶ道として昔から利用されていた。茂吉は幼い頃に父守谷伝右衛門から所要で幾度も笹谷峠を越えた話を聞かされていた。瀧山の頂に立ち笹谷峠を遠望して亡き父を思い出したことだろう。

しらじらと川原《かはら》がありてその岸にわが生《あ》れし村の杉木立《すぎこだち》みゆ　茂吉（『霜』）

これも瀧山山頂で詠んだ歌で、はるかに故郷金瓶の集落と須川を望んだ郷愁が出ている。

この瀧山登山が契機となり、茂吉は翌年の昭和十七年五月、還暦の記念に笹谷峠を徒歩で越えた。『霜』の「笹谷越」に以下の詞書がある。

「おのれ今年六十一歳の還暦をむかへたれば、をさなき頃父兄より屡《しばしば》その話聞きつる笹谷峠を越えて記念とす。五月一日朝、甥高橋重男を伴として上ノ山を立つ」

笹谷峠の上には、このときに詠まれた以下の歌の歌碑が建っている。（昭和六十二年建立）

ふた国の生きのたづきのあひかよふこの峠路《たうげぢ》を愛《かな》しむわれは　茂吉

スカイケーブル中央高原駅からロープウェイで蔵王温泉に戻り、わかまつやにチェックインした。わかまつやには、さっき見てきた二つの歌碑と同日に詠んだ以下の歌の茂吉自筆の色紙が展示されている。（『霜』には、「山をくだりて若松屋長右衛門方にやどる。」との詞書がある。）

高原《たかはら》を越えのぼり来て消えのこる雪のかたへにわれはたたずむ　茂吉（『霜』には、「消《け》のこれる」と記載されている。）

一読して、春の蔵王に登って残雪の傍らにたたずむ茂吉の姿が顕ち上がってくる。戦争の緊迫した時代にあって、蔵王は茂吉に活力と束の間の心の安らぎを与えたことだろう。　私は、茂吉が愛したわかまつやの硫黄湯に浸かりながら、茂吉が晩年に詠んだ秀歌に思いを巡らせた。

みちのくの蔵王《ざわう》の山に雪の降る頃としなりてわれひとり臥す　茂吉（『つきかげ』）

昭和二十五年、茂吉（六十八歳）が東京の家族のもとで病床にあって詠んだ望郷の歌である。老衰のため故郷に帰れなくなった茂吉の胸中を占めたものは、終生愛した故郷であり、その象徴ともいうべき蔵王だったのであろう。

茂吉は、昭和二十八年二月二十五日、新宿区大京町の自宅で心臓喘息のため逝去した。（享年七十歳）茂吉の最後の歌集『つきかげ』の最後尾に以下の辞世の歌が収められている。

いつしかも日がしづみゆきうつせみのわれもおのづからきはまるらしも　茂吉

命終の茂吉に浮かんだのは、やはり忘れえぬふるさと蔵王の光景だったであろう。

歌誌『楡ＥＬＭ』に平成二十二年三月号から続けてきた本連載も、私人宅の歌碑等を除きほぼ完結したので、今回をもって最終回としたい。

最後に、斎藤茂吉記念館（上山市）の茂吉像の歌を書かせていただき筆を擱きます。

聳えたつ蔵王を背にし茂吉像　世の歌詠みの挑戦を待つ　修

平成二十九年五月十二日

斎藤茂吉歌碑建立数

資料提供：斎藤茂吉記念館

平成30(2018)年３月現在

《都道府県別》

	都道府県名	建立数
北海道	北海道	4
	計	4
東北	岩手	2
	秋田	1
	宮城	6
	福島	4
	山形	65
	計	78
関東	栃木	2
	群馬	2
	茨城	1
	埼玉	1
	千葉	2
	東京	8
	神奈川	1
	計	17
信越・東海	新潟	1
	長野	7
	岐阜	2
	計	10
近畿	滋賀	1
	兵庫	1
	奈良	1
	和歌山	2
	計	5
中国	広島	2
	島根	7
	鳥取	1
	山口	1
	計	11
四国	愛媛	1
	計	1
九州	福岡	1
	佐賀	6
	大分	2
	長崎	4
	宮崎	1
	鹿児島	9
	計	23
海外	ドイツ連邦共和国	1
	計	1
合計		150
(山形県を除く合計：85)		

《山形県》

市町村名	建立数
上山市	23
山形市	13
大江町	6
大石田町	4
酒田市	3
新庄市	3
鶴岡市	3
尾花沢市	2
大蔵村	2
村山市	1
南陽市	1
山辺町	1
舟形町	1
西川町	1
最上町	1
合計	65

平成29(2017)年12月現在

《形態別》

種別	全国(山形県を除く)	山形県内	合計
自筆歌碑	35	38	73
活字歌碑	37	22	59
他筆歌碑	10	6	16
合計	82	66	148

あとがき

本書は、『楡ＥＬＭ』（楡の会、隔月）の平成二十二年三月号から二十九年十一月号まで連載した拙稿に、若干の加筆と訂正を加えたものです。

学士会短歌会の長田泰公さんから寄稿を依頼された当初は、会社員として本業多忙のため、「歌集『白き山』の故郷」と題して、数回の掲載で終了する予定でした。

しかし、高校一年生の秋、郷里の猿羽根《さばね》峠に建つ茂吉歌碑の歌に感動して作歌を始めた私にとって、茂吉歌碑を巡ることは高校生の頃からの夢でした。歌碑は昨年末で全国に一五〇基ほどあり、いずれも茂吉を敬愛する地元の人々によって建立されたものです。執筆しているうちに、歌碑巡りを為し遂げたいとの思いが強くなりました。

その結果、私人宅の歌碑等を除けばほぼ完結するまで、八年にわたって連載を続けさせていただきました。在職中から、少年期の夢の実現に着手する機会を与えて下さった楡の会の皆様に感謝申し上げます。

また、歌碑を訪ねて北海道から鹿児島県まで巡りましたが、全国各地で多くの方々にお世話になりました。斎藤茂吉記念館には何度も足を運びました。ご協力下さった皆様のご厚情に感謝申し上げます。

とくに、茂吉の母校である東大医学部在学中に東大アララギ会責任者を務められた長田泰公さんからは、執筆のきっかけを作っていただいたのみならず、過分な序文を賜りました。

また、日本女子大学校歌を作詞された国文学者の原田夏子さんからは、執筆開始以来、具体的なアドバイスを多数賜りました。

畏敬するお二人の絶大なお力添えがなければ、本書の出版はありえませんでした。学士会短歌会のご縁に感謝し、厚くお礼申し上げます。

茂吉が、昭和二十八年に七十歳で没してから六十数年経ち、生前の茂吉を直接知る人も稀になりました。今日、茂吉の私生活や戦時下の愛国心など側面ばかり注目されて、茂吉短歌の魅力に寄せる世人の関心も薄れつつあるように思われます。

本書は、茂吉の一ファンによる拙い旅行記の域を出ませんが、ささやかでも、近代の傑出した歌人である茂吉の歌心に触れるガイドになれば、誠にありがたいと思います。

本書に、斎藤茂吉記念館の秋葉四郎館長より身に余る帯文を賜ったことは光栄の至りと存じます。

最後に、本書出版に理解を示し、ときには歌碑巡りに同行してくれた妻に感謝します。そして、本書を亡き父母に捧げます。

末尾ながら、本書出版にあたって多大なお世話をいただいた現代短歌社編集長の真野少さん、校正担当の山本真也さんに感謝申し上げます。

平成三十年八月

沼　沢　　修

著者略歴

沼沢　修（ぬまざわ　おさむ）

1954年６月　山形県に生まれる
1978年３月　東北大学法学部卒業後、損保会社に勤務し転勤の多い会社員生活を送る
現在　損保ジャパン日本興亜社友会会員、学士会短歌会会員、宮城県芸術協会会員、宮城県歌人協会会員、斎藤茂吉記念館友の会会員

著書　歌集『若葉光る日』（砂子屋書房刊、2010年）

茂吉歌碑を訪ねて

発行日　二〇一八年九月十三日
著　者　沼沢　修
発行人　真野　少
発　行　現代短歌社
〒一七一―〇〇三一
東京都豊島区目白二―八―二
電話　〇三―六九〇三―一四〇〇
発　売　三本木書院
〒六〇二―〇八六二
京都市上京区河原町通丸太町上る
出水町二八四
装　幀　田宮俊和
印　刷　日本ハイコム
製　本　新里製本所

ISBN978-4-86534-230-7 C0092 ¥4000E